图书在版编目（CIP）数据

移动的诗学：中国古典文论现代观照的海外视野/李凤亮等著．—广州：暨南大学出版社，2012.3
（中国古典文艺美学的现代价值研究丛书）
ISBN 978-7-5668-0127-2

Ⅰ．①移…　Ⅱ．①李…　Ⅲ．①古典诗歌—诗歌研究—中国　Ⅳ．①I207.22

中国版本图书馆 CIP 数据核字（2012）第 032103 号

………………………………………………………………………………………

《移动的诗学：中国古典文论现代观照的海外视野》
著　　者：李凤亮等
策划编辑：史小军
责任编辑：陈绪泉
责任校对：何　力
地　　址：中国广州暨南大学
电　　话：总编室（8620）85221601
营销部（8620）85225284　85228291　85228292（邮购）
传　　真：（8620）85221583（办公室）　85223774（营销部）
邮　　编：510630
网　　址：http：//www.jnupress.com　http：//press.jnu.edu.cn
排　　版：广州市天河星辰文化发展部照排中心
印　　刷：佛山市浩文彩色印刷有限公司
开　　本：787mm×960mm　1/16
印　　张：23.375
字　　数：387 千
版　　次：2012 年 3 月第 1 版
印　　次：2012 年 3 月第 1 次
定　　价：45.00 元
（暨大版图书如有印装质量问题，请与出版社总编室联系调换）

总　序

新时期以来，在现代性的策动下，我国文艺理论、美学界出现了观念多元化和形态多样性的发展态势。怎样建设立足本土、面向未来的文艺美学新形态，成为学术界关注的热点。近年来，“中国古代文论的现代转换”、“西方文论的中国化”更成为文艺理论界两大关注焦点。“中国古代文论的现代转换”这一论题的实质在于：如何运用中华民族自身的文论传统资源作为内在的基础和文化命脉，面对全球化程度日益加强的现实语境，处理好文论建设的现代性与民族性的关系，创造出既有现代思维高度、又具有民族性的新的文论形态。到目前为止，学术界对这一重大问题的研究成果已有不少，有些达到了较高水平。但总体来看，更多的是宏观上、倡导式的，在理论方法上兜圈子，鲜有把那些意识和方法运用到文论、美学建设的实际中的扎实之作。

因应理论上的挑战和学术界的趋势，我们较早地进入了这方面的思考和研究。其中一个重要的基础性工作，就是在2005年由北京大学出版社出版，由蒋述卓、刘绍瑾、程国赋、魏中林等编著的《二十世纪中国古代文论学术研究史》一书。如果说“一切历史都是当代史”的话，那么古人的文艺思想在本质上都具有当代性。但是这种“当代性”内涵只有在不断的历史阐释活动中才能展现出来。20世纪的中国古代文论研究，正是在现代学术规范、现代文艺思想的“当下视阈”中对古典文论文本的阐释过程。这一阐释过程体现出来的也正是“历史语境”和“当下语境”的“视界融合”。20世纪的学术史，不是对过去了的研究历史的简单追述，而是对学术转型时期学术思想、学术理路的反思，从那段学术历史的回顾与反思中能预测未来的可能方向。

在这个既有的基础上，我们在2005年，由蒋述卓教授领衔，以其山东大学文艺美学研究中心兼职研究员的身份，成功申报了教育部人文社会科学重点研究基地重大项目——“中国古典文艺美学的现代价值研究”。现在奉献给读者的，就是这个重大项目的结题成果。

“中国古典文艺美学的现代价值研究”这套丛书从古今对接、中西对话的宽广视野，深入探讨中国古典文艺美学的现代价值和当代意义，研究中国古代文论参与现代文艺理论建设的可能性和发展方向。以这一主题为中心，通过整体考察、专题研究、个案分析相结合的方式，把历史沉思与理论探究结合起来。具体来说，该丛书以如下四本论著来展开论述：

其一，《古今对话中的中国古典文艺美学》。这是撰著者蒋述卓、刘绍瑾近年来对他们赖以起步的中国古代文论、中国古典文艺美学研究的拓展和深化，也是我们主编的这套丛书所涉及课题的理论反思和方法建构，主要探讨了实现古今对话的基本途径，从学术史上回顾了中国古典文艺美学的现代化历程，并从文化视野上观照中国古典文艺美学的民族精神。我们主张以开阔的比较视野和对话意识，立足本土，探寻中国文艺美学的“源头活水”，超越中国当代文论的无根性危机。只有获得了深厚宽广的本民族母体支撑的思想文化建设，才能获得精力弥满、取之不尽的力量源泉。该书为本丛书建立了基本的框架和理论视阈。

其二，《通向现代的中国古典文艺美学范畴》。该书是蒋述卓、刘绍瑾近年来自己撰著或组织暨南大学文艺学博士生完成的一部富有特色的古典文艺美学范畴研究著作，主要研究现代文艺批评、现代文艺美学建构中存活的中国古典文艺美学范畴、概念、术语，分析它们的古典意义及其在现代的生成、延展甚至误读。古典美学范畴研究成果斐然，但走出围墙、打通现代的范畴研究，则是本书的一种新的尝试。从20世纪20年代提出用科学的方法“整理国故”，到50年代开始提倡的“古为今用”，再到90年代热炒的“现代转换”，这方面的理论、方法提出了不少，但现在最需要的是扎实的、具体的实践。在现阶段，一些畅谈中国美学值得继承的优良传统的宏观论述固然有其价值，但从问题、范畴、概念入手，探讨其古今对接的可能性的具体个案研究，尤为需要。通过这一系列走出围墙、打通现代的范畴研究，中国古典文艺美学那种一以贯之、生生不息而又不断创化的精神，于斯可见。

其三，《移动的诗学——中国古典文论现代观照的海外视野》。该书由李凤亮教授在暨南大学任教期间主持撰写，深入而系统地研究了海外华人学者在中西、古今对接上的经验，为我们思考中国古典文艺美学的创造性转化提供了一个重要的参照。学界此前的相关研究，主要以大陆文艺理论界的实践和经验作为总结对象，而忽略了海外。海外华人学者（含在海外求学且经常往返海外的台港学者）作为一种学术群落，其文化身份之于中国传统，具有“自我”与“他者”、“看”与“被看”兼而有之的色彩，具有与纯粹的大陆学者不同的文化立场、思维方式和阐释视野。他们往往“置身于”西方文化中心和最新文艺理论思潮的“现场”，吸收并参与这些理论思潮的起伏与讨论，但同时又始终不忘对中国传统的“根”的体认和再造。这样，他们就能把中国古典诗学和中国传统美学放到中西比较的大视野下，以西方最新的理论为参照进行开掘与阐发。这样的结果，不仅有力地彰显了中国古典美学的世界意义和价值，而且从某种程度上实现了中国传统文艺思想的现代阐释和创造性转化。

其四，《庄子的“古典新义”与中国美学的现代建构》。该书由佀同壮在暨南大学文艺学博士学位论文基础上扩展而成，是一个古典文艺美学现代生发的个案研究。该书系统研究了20世纪的庄子美学研究与阐释，着力探讨古典的庄子怎样通过现代阐释进而参与到中国美学的现代进程中来。通过对这一在古典时期有重要影响的传统文艺美学个案现代生发的考察，揭示出古典向现代转化及重新生成的价值意义与实际可能。“古典新义”一语采自闻一多《古典新义》一书，不仅意在提示闻先生及其前辈先贤对庄子美学现代阐发的开创之功，也隐然展示了该著作者站在前人肩膀上继续开拓的用意和雄心。

刘彦和曾言为文之用心：“方其搦翰，气倍辞前；暨乎篇成，半折心始。”毋庸讳言，我们的研究和工作还有很多不尽如人意之处。中国古典文艺美学现代价值的发掘、现代文艺学建设中传统文论的参与，既是一个理论命题，又具有鲜明的实践品格。与其说它是目的，不如说是过程，是一个丰富的、具体的、鲜活的展开过程。实现中国文论的古今对接、揭示古典文艺美学的当代价值和现代意义、强调新世纪中国文艺美学建设返本开新的重要性和必要性，这是我们的一种努力方向，但这一方向更应凸显其开放性、进行时和多元途径。考虑及此，我们这套丛书的“不尽如人意之处”，也许会成为学界同仁深入肌理、探骊得珠的引玉之砖了！

最后，本丛书的立项与写作，得到了山东大学文艺美学研究中心及谭好哲教授的支持，在此特致谢忱！同时，本丛书的出版还得到了暨南大学“211工程”第三期建设项目“比较文艺学与海外华文文学”的资助。暨南大学出版社总编史小军教授、本丛书的责任编辑李艺女士，都对该丛书的出版付出了智慧与辛劳。值此丛书出版之际，我们谨向上述各位表达最诚挚的敬意和感谢！

蒋述卓　刘绍瑾

2012年2月10日于暨南园

目　录

引 言

中国传统文论现代观照的海外视野

新世纪以来，随着海内外学术交流的频密，对海外华人学者中国传统文学批评的考察日渐成为理解“传统之现代转化”的重要视角。这一涉及中国古典文论、西方文论、比较文学、海外汉学、华侨华人研究诸领域的崭新论题，因以海内外文化交流、融合的视野来观照文学的传播、阐释和发展，为传统的文学研究注入了新的内容，而日益为不同科际学者所关注和思考。

正如著名华人学者刘若愚在《语际批评家：阐释中国诗歌》（*The Interlingual Critic*：*Interpreting Chinese Poetry*）一书中所指出的，活跃于西方汉学界的中国文学批评家，其实是跨民族、跨语言、跨文化意义上的“语际批评家”。这一模糊的中间地带，使得海外汉学研究始终面临如何于不同语言和文化之间，寻找有效的批评角度和阐释方法的问题。而随着近代中国于19世纪末启动的包括公派留学生在内的一系列举措，一度为传教士、外交官所把持的汉学研究，也开始出现华人学者的声音。这一新生力量的加入，使得西方汉学体制内的“跨语际批评”逐渐形成了两类意义不同的群体和实践：

> 第一种是以中文为母语，在中国出生并接受教育，而现在则身处英语国家或至少在以英文为教学语言的机构中任职的批评家。第二种则是以英语或其他欧洲语种为母语，而视中文为学术对象，并以教授或研究中国文学为专业的批评家。①

本书所讨论的海外华人学者则属于上述第一类“跨语际”批评家，他们大多在中国大陆和台湾完成大学学业，后出国（多在美国）继续攻读学位并在境外学术机构工作，构成20世纪后半叶的学术“西游记”、“东渡记”。

从港台或内地“流散”至“他方”的经历，则使海外华人学者一方面能对异域批评理论作近距离移植，另一方面又能对中国文学问题采取远观姿态。这种“近取远观”的态度，为中国传统文论的研究带来了“另一种

---

① James J. Y. Liu. *The Interlingual Critic*: *Interpreting Chinese Poetry*. Bloomington: Indiana University Press, 1982. p. ix.

声音”，其中隐含着诸多值得探讨的学术话题：既有研究立场、方法论上的，也有理论观念、学术观点上的。而海外学人与国内学者在学术规训上的差异和言说位置上的区别，则突破了过去中国文学研究单一封闭的视角，其直接参与及影响所至，在某种意义上改变着20世纪中国文学研究的总体格局，且目前已从某种边缘状态向中心地带滑动。

第一节　海外中国传统文论研究的兴起

“中国诗论的西播史，严格说来并不算长。明清之际，来华传教士西译儒经，稍涉处于萌芽状态的文学观。但在很长的时间内，它只是作为经学或文化研究的附庸，断续零星地传到西方。”① 自1814年法兰西学院设立第一个汉学讲座教授开始，西方汉学渐成系统，逐步发展为体制健全的专业化学院学科，并先后出现了以伯希和（Paul Pelliot）为代表的正统语文学学派和以葛兰言（Marcel Granet）为代表的社会学学派。然而，二者研究的重心或在历史考古，或在政治风俗，却绝少有人能于翻译之外寻求理解和解释中国传统文学的可信方法。对此，留法三年的李思纯指出：

> 法之治中国学者，其攻中国之事凡两途：其一探讨古物，而为古物学之搜求；其一探讨政制礼俗，而为社会学之搜求。然决未闻有专咀嚼唐诗宋词以求其神味者。此无他，彼非鄙唐诗宋词为不足道，彼实深知文学为物，有赖于民族之环境遗传者至深，非一蹴而及也。②

因而，20世纪中叶以前，海外中国传统文论研究的重要贡献，大多来

---

① 王晓平、周发祥、李逸津：《国外中国古典文论研究》，江苏教育出版社1998年版，第15页。

② 李思纯：《与友论新诗书》，载《学横》1923年第19期。

自那些知名的翻译家①，其中比较重要的是理雅各、翟理斯和魏礼。19 世纪中叶，理雅各（James Legge，1815—1897）在中国学者王韬的帮助下，完成了“四书”、“五经”等主要中国经典及《楚辞》等中国古典诗章的英译。其中，1871 年作为《中国经典》（*The Chinese Classics*）第四卷出版的《〈诗经〉英译》首次翻译了《毛诗序》，同时该译本还附有长序和注文，介绍三百篇的采编、流传、内容、版本、笺注、传序、格律、音韵以及地理、政区、宗教等背景知识，为英语世界了解儒家美学及文论提供了基本依据。翟理斯（Herbert Allen Giles，1845—1935）是剑桥大学第二任汉学教授，在翻译研究中国古典文学方面成就卓越，他编译有《古文选珍》（*Gems of Chinese Literature*，1884，1898，1923，1965）、《中诗英译》（*Chinese Poetry in English Verse*，1898）等，而他于1901 年出版的《中国文学史》（*A History of Chinese Literature*），则首次向英语世界读者展现了中国文学的发展历程，这也是世界上第一本中国文学史著作，其中全文翻译了中国文论的又一经典——司空图的《二十四诗品》。魏礼（Arthur David Waley，直译为阿瑟·韦利，1889—1966）从剑桥大学毕业后长期在大英博物馆图书绘画部工作，其以《汉诗选译 170 首》（*A Hundred and Seventy Chinese Poems*，1918）为代表的诗文译作，深刻影响了当时欧洲的中国诗热潮。

20 世纪 50 年代以来，中国文论经典作品先后出版了英文全译或选译

---

① 其他重要翻译家有：与理雅各并称汉籍欧译三大师的德国传教士卫礼贤（Richard Wilhelm，1873—1930）及法国传教士顾赛芬（Couvreur Seraphin，1835—1919）；又比如与翟理斯、理雅各并称为英国汉学三大宗师的德庇时（Sir John Francis Davis，1795—1890）。其中德庇时对中国文学研究的贡献较大，德庇时是典型的外交官汉学家，他对中国诗学的贡献集中于《汉文诗解》（*The Poetry of the Chinese*，1829）的编译。该书由中国“诗法”和中西“诗质”的比较构成，书中选有《诗经》、《三字经》、唐诗、清诗乃至小说（如《好逑传》）中的若干片段。流传甚广，影响颇大，曾多次重刊。

本①，为深入研究中国传统文论思想奠定了基础。70 年代以降，随着比较文学和西方批评理论的兴起，以刘若愚《中国文学理论》（*Chinese Theories of Literature*，1975）和宇文所安（Stephen Owen）《中国文论：英译与评论》（*Reading in Chinese Literary Thought*，1992）为代表的总体性综合研究，标志着海外汉学中国传统文论研究进入高产期。期间，期刊论文大量涌现，较重要的综合性论文选集有李又安（A. Rickett）主编的《中国的文学观：从孔夫子到梁启超》（*Chinese Approaches to Literature form Confucius to Liang Qi-chao*，1978）和缪文杰（Miao，Ronald Clendinen）主编的《中国诗歌和诗学研究》（*Studies in Chinese Poetry and Poetics*，1978），并出现了包括宇文所安《传统中国的诗歌与诗学》（*Traditional Chinese Poetry and Poetics：an Omen of the World*，1985）、余宝琳（Pauline Yu）《中国诗歌传统中的意象读法》（*The Reading of Imagery in the Chinese Poetic Tradition*，1987）、张降溪《道与逻各斯》（*The Tao and the Logos：Literary Hermeneutics，East and West*，1992）、苏源熙（Haun Saussy）《中国美学问题》（*The Problem of a Chinese Aesthetic*，1993）在内的一批重要专著。

此一时期的批评阐发，显示出全面超越传统研究的重大变化。其一，研究者普遍具有鲜明的理论意识，考证、译注、赏析的语文学范式已让位于西方 70 年代兴起的各种人文社科批评方法，如高友工、梅祖麟对唐诗展开的结构主义分析；浦安迪基于荣格原型批评的《红楼梦》研究；王靖宇运用解释《荷马史诗》口头传统的“帕里—劳德”理论对《诗经》的考证等。其二，在中西比较诗学的理念下，寻找解释中国文学传统的诗学框架，建立具有涵盖性的诗学模式，比如宇文所安从宇宙论模型提出的“非虚构传统”；陈世骧、高友工从文类和审美经验出发建构的“抒情传统”；张隆溪从阐释学角度提出的“道”。然而，当代西方汉学的中国传统文论研究，在提供各式眼花缭乱的概念话语与批评模式之际，也向我们提出如

---

① 《文赋》（E. R. Hughes 译本，1951；陈世骧译本，1953）、《文心雕龙》（施友忠译本，1959）、《诗品》（John Timothy Wixted 选译，见 *The Literary Criticism of Yuan Hao-wen*）、《昭明文选》（David R. Knechtges 译本，1982、1987、1996）、《沧浪诗话》（Gunther Debon 德文全译本，1962；Yip Wai-lim 选译，1970；Richard John Lynn 选译，1975）。《人间词话》（A. Rickett 译本，1977）。另有香港学者黄兆杰编译《早期中国文学批评》（*Early Chinese Literary Criticism*，1983）翻译了从古代到六朝的一系列文论文本。

下问题，即如何在不脱离比较语境的基础上，正确评估汉学研究方法与思想创构的关系。

与中国古典文论在西方的传播相比，如果从19世纪末理雅各、翟理斯等翻译名家与中国学人的交往算起，海外中国传统文论研究在中国的译介和影响，已有百年历史。20世纪30年代开始，陈受颐、方重、朱谦之等学者从影响研究的角度，集中、系统地发表了一批关于中国文学文化与启蒙时代（17、18世纪）欧洲思想之关系的论述①，着重介绍了早期传教士汉学家对中国文学文化的阐释。50~80年代，由于历史原因，海外汉学译介中心由大陆转向港台，仅见诸报端的译评文章已不下百篇，重要的英文专著，如刘若愚的《中国诗歌艺术》（杜国清译，台北幼狮文化公司，1977）、《中国文学理论》（杜国清译，台北联经出版事业公司，1981）、韩南的《韩南中国小说论集》（王秋桂编，台北联经出版事业公司，1979）也相继刊行台湾译本。此外，另有中国古典文学翻译委员会编《英美学人论中国古典文学》（香港中文大学出版社，1973）、施叔晋《西方人看中国戏剧》（台北联经出版事业公司，1976）、侯健编《国外学者看中国古典文学》（中央文物供应社，1982）、郑树森编《中美文学因缘》（东大图书股份有限公司，1985）等论文集问世。

1978—1980年，钱钟书先生相继赴欧、美、日三大国际汉学重镇交流访问②，推动并重启新时期以来海内外中国古典文学研究的互动交往。此后，以《文学遗产》为代表，多家学术期刊不定期编译刊发海外古典文学

---

① 参见黄鸣奋：《英语世界中国古典文学之传播》，学林出版社1997年版，第12页。

② 1978年，钱钟书一行6人参加了意大利北部奥蒂赛依（Ortisei）小城举行的第26届“欧洲汉学家会议”，他在题为“古典文学研究在现代中国”的演讲中说道：“我们还得承认一个缺点，我们对外国学者研究中国文学的重要论著，几乎一无所知；这种无知是不可原谅的。”会后，钱钟书第一次知道了夏志清1961年出版的《中国现代小说史》以及书中对他的介绍。1979年，钱钟书参加中国社会科学院代表团赴美国访问，先后前往哥伦比亚大学、加州大学伯克利分校的著名汉学研究机构，与夏志清、浦安迪、宇文所安、余国藩等重要汉学家会面；1980年，钱钟书访问日本，在早稻田大学文学讲谈会上宣讲论文《诗可以怨》。

研究论文，并推出海外汉学家访谈专栏，介绍海外研究趋势及动态。[①] 80年代末以来，在上海古籍出版社“海外汉学丛书”（王元化主编）和江苏人民出版社“海外中国研究丛书”（刘东主编）全面引介海外汉学整体研究状况的基础上，海内外中国传统文论研究的交流呈现出一种“加速”趋势，汉译名著大量涌现，柳存仁、丁乃通、夏志清、高友工、梅祖麟、王靖宇、韩南、柳无忌等著名汉学家的中国古典文学研究均有汉译本问世。[②] 至90年代，国内海外汉学研究机构先后成立，相继推出《国外中国学研究》（四川外国语学院，1991）、《清华汉学研究》（清华大学国际汉学研究所，1994）、《国际汉学》（北京外国语大学海外汉学研究中心，1995）、《法国汉学》（清华大学国际汉学研究所，1996）、《汉学研究》（北京语言文化大学汉学研究中心，1996）、《中国学研究》（复旦大学中文系，1997）、《（复旦）汉学论丛》（复旦大学国际文化交流学院，1997），《世界汉学》（中国艺术研究院中国文化研究所，1998）等带有连续性出版性质的丛刊、集刊，为海内外学术研究的“整合”提供了相对成熟和完善的机制与平台。

伴随汉学研究著作的译介，对海外古典文学批评的学术史梳理和个案考辨也渐成风气。前者有王丽娜《中国古典小说戏曲名著在国外》（学林出版社，1988）、张弘《中国文学在英国》（花城出版社，1992）、黄鸣奋《中国古典文学之传播》（学林出版社，1997年）、周发祥《西方文论与中

---

① 《文学遗产》于20世纪80年代末推出“海外学者访谈”专栏，相关访谈成果于2008年结集出版，参见《文学遗产》编辑部编：《学镜：海外学者专访》，凤凰出版社2008年版。

② 柳存仁《伦敦所见中国小说书目提要》（书目文献出版社，1982）、丁乃通《中国民间故事类型索引》（孟慧英等译，春风文艺出版社，1983；郑建成等译，中国民间文艺出版社，1986）、白之《白之比较文学论文集》（湖南文艺出版社，1987）、夏志清《中国古典小说导论》（胡益民译，安徽文艺出版社，1988）、高友工和梅祖麟《唐诗的魅力：诗语的结构主义批评》（李世耀译，上海古籍出版社，1989）、王靖宇《〈左传〉与传统小说论集》（北京大学出版社，1989）、韩南《中国白话小说史》（尹慧珉译，浙江古籍出版社，1989）、施耐德《楚国狂人屈原与中国政治神话》（张啸虎等译，湖北教育出版社，1990）、时钟雯《中国戏剧的黄金时代：元杂剧》（萧善田等译，山西人民出版社，1991）、《海外学者评中国古典文学》（王守元和黄清源主编，济南出版社，1991）、柳无忌《中国文学新论》（中国人民大学出版社，1993）、浦安迪《中国叙事学》（北京大学出版社，1996）等。

国文学》（江苏教育出版社，2000 年）、王晓路《中西诗学对话——英语世界中的中国古典文论》（巴蜀书社，2000 年）等专著所做整理和探索。后者则突出表现为，海外汉学重要代表人物及观点著作所受到的持续关注和争论，如刘若愚以文学四要素对中国文论的系统化改造、叶维廉对道家美学的现象学阐释、宇文所安对中国文学传统“非虚构”特征的命名，都曾在内地学界引发不同程度的讨论甚至批评，而由此形成的“批评—反批评”现象也成为近年来汉学研究界的热点之一。

由此，我们不得不承认，在日渐多元的学术话语中，海外中国传统文论研究以其自成体系的学科体制和“异质”的研究模式，在“中国传统文论的现代转换”进程中切实扮演了“他者”的角色。这一群体所呈现出的别样观念与方法，刺激了内地学界陈陈相因的学术话语，并为我们打开了众多曾被忽视和遮蔽的研究领域。

第二节　中国传统文论海外传播与接受的几种形式

在中国文化西传欧洲的历史上，以外国文字输出中国文化并产生过重要影响的中国人并不多，较著名者有参与了礼仪之争、后定居巴黎的黄嘉略，协助理雅各英译中国经典的王韬，最早留学欧洲的清末外交官陈季同，“生在南洋，学在西洋，娶在东洋，仕在北洋”的辜鸿铭等。直至 20 世纪 60 年代，在全球“学术流散”的大趋势下，西方才开始成批出现中国留学生以中国文史传统为题而撰写的英语博士论文，并从中产生了一个深刻改变西方汉学研究格局的华裔学术群落。而在海外古典文学研究领域，具有相当影响力的华人学者，除本书专章讨论介绍的刘若愚、叶维廉、唐君毅、牟宗三、徐复观、杜维明、陈世骧、高友工、孙康宜、林顺夫、叶嘉莹、夏志清、王德威、黄维樑、张错外，至少还可以举出洪煨莲、施友忠、柳无忌、罗郁正、李田意、丁乃通、柳存仁、张心沧、程抱一、涂经诒、余国藩、马幼垣、王靖献、王靖宇等。以下就后者所列华人学者逐一作简要介绍：

洪煨莲（Hung，William，1893—1980），原名业，字鹿岑，谱名正继，

号煨莲，福建侯官（今闽侯）人，当代国际著名历史学家。洪煨莲在美期间，花了相当大的工夫整理杜诗，他不但在哈佛开了杜甫课，而且在耶鲁大学、匹兹堡大学、夏威夷大学等高校演讲时，也都以讲杜甫的作品和品格为主。他将自己多年来研究杜甫的成果整理成书，《中国最伟大的诗人杜甫》于1952年出版。这本英文专著分上下两册。上册收录了杜甫的诗作374首，并详细说明其时代背景与史实的关系。下册是注解，注明各诗的出处、中外人士的翻译和历朝历代给杜诗所作注解，其中夹杂大量洪煨莲本人的观点和看法。该书对杜甫的生平有很多新发现，对杜诗提出了不少新见解。在序言里，洪煨莲很谦逊地说自己英文不好，可能造成某些失实，但大多数学者都认为他将杜诗译得非常传神。这本书在杜甫及杜诗研究者当中，是当之无愧的权威之作。详见王钟翰、翁独健、刘子健合撰《洪煨莲先生传略》，《文献》1981年第4期。

施友忠（Shih，V. Yu-chung，1902—2001），福建福州人。先后获得福建协和大学学士、北平燕京大学硕士、美国南加州大学哲学博士等学位。1945—1973年，任教于西雅图华盛顿大学东亚系。其英译《文心雕龙》（*The Literary Mind and the Carving of Dragons*. New York：Columbia University Press，1959；Hong Kong：The Chinese University Press，1983）被认为是该书最好的英译本之一。

柳无忌（Liu，Wu-chi，1907—2002），江苏吴江人，为近代著名诗人柳亚子的哲嗣。1927年于北京清华学校毕业后赴美留学，1931年以《英国浪漫主义诗人雪莱》论文获耶鲁大学英国文学博士学位。1932年回国后，他先后在南开大学、西南联大、中央大学任教。1946年再度赴美，先后执教于劳伦斯大学、耶鲁大学和印第安纳大学，任中国文学教授。著有《孔子的生平与时代》（*Confucius*，*His Life and Time*，Philosophical Library，1955）、《中国文学导论》（*An Introduction to Chinese Literature*，Indiana University Press，1966）等。

罗郁正（Lo，Irving Yu-Cheng，1922— ），福建福州人，1939年入上海圣约翰附中，其间在刘大杰的私人指导下攻读中国古典文学。1942年入圣约翰大学文理学院英文系，1949年于哈佛大学获得英国文学硕士学位，后入威斯康星大学攻读英国文学及比较文学，并于1953年获哲学博士学位。曾在美国多所大学东亚系从事中国文学教学、研究和翻译工作。他参与策划的数种中国古典文学，尤其是中国诗歌的英译选集在美国产生了很大影响，他也积极从事中美两国之间的文学和文化交流，曾作为美国代表团成员出席中美比较文学学术会议。罗郁正的主要学术著译包括《辛弃疾研究》（*Hsin Ch'i-chi*，New York，1971），与著名华裔学者柳无忌合编的中英文版中国古典诗词选集《葵晔集——中国历代诗词曲选集》（*Sunflower Splendor*：*Three Thousand Years of Chinese Poetry*，New York：Doubleday，Indiana University Press，1975—1998），以及与美国汉学家舒威霖（William Schultz）合编的中国清代诗歌选集《待麟集》（*Waiting for the Unicorn*：*Poems and Lyrics of China's Last Dynasty*，*1644 —1911* . Indiana University Press，1986）等。

李田意（Li，Tien-Yi，1915—2000），河南汝阳县人。1933 年入北京大学攻读，后转南开大学，1937 年获文学学士学位。曾先后任教于西南联大及中央大学。1945 年前往美国，先后获耶鲁大学历史硕士学位、哲学博士学位。历任耶鲁大学助教、副教授、教授，专授中国语言文学课程。在耶鲁大学期间，还曾兼任该校远东出版社主任及总编辑，出版多种书籍。1969 年接受俄州大学之聘，为该校中国历史及“文学嘱香”讲座教授，1971 年至 1975 年兼任东亚语文系主任。著有《中国小说研究论著目录》（*Chinese Fiction*：*A Bibliography of Books and Articles in Chinese and English*，Far Eastern Publications，1968）、《中国文学史：精选书目》（*The History of Chinese Literature*：*A Selected Bibliography*，Far Eastern Publications，1968）等专著多种。

丁乃通（Ting，Nai-tung，1915—1989），浙江杭州人，早在 1936 年即毕业于北京清华大学西方语文学系，并于 1938 年获得美国哈佛大学英国文学硕士学位，三年后又在哈佛大学获得博士学位。后先在国内浙江大学、河南大学、中央大学、岭南大学教授英国文学，1957 年起客居美国，任教于泛美大学和西伊利诺大学。在美从事英国文学研究教学多年，后转向民俗文学研究，因编撰《中国民间故事类型索引》（1978）而驰名海内外。他借用芬兰学派的 AT 分类法来处理中国民间故事，依据 580 多种故事资料，归纳出 843 个类型，涵盖故事 7 300 余篇。另著有《圣人与蛇妇：亚洲和欧洲文学中一个女妖故事的研究》（1966）、《中国和印度支那灰姑娘故事的来龙去脉》（1974）、《中国天气谚语》（1972）等。

柳存仁（Liu，Ts'un-yan，1917—2009），山东临清人，早年毕业于北京大学，先后获伦敦大学哲学博士及文学博士学位。曾任澳大利亚国立大学中文系主任、亚洲研究学院院长，澳大利亚人文科学院首届院士、英国及北爱尔兰皇家亚洲学会会员。专长道教典籍史、中国小说史及先秦文献等。主要著作有《佛道对中国小说的影响》（*Buddhist and Taoist Influence on Chinese Novels*，1962）、《伦敦所见中国小说书录》（*Chinese Popular Fiction in Two London Libraries*，1967）、《和风堂文集》（*Selected Popular from the Hall of Harmonious Wind*，1976）。

张心沧（Chang，Hsin-Chang，1923—），英籍华裔著名中国文学理论研究家、爱丁堡大学中文系教授。张心沧与夫人丁念庄，同毕业于上海沪江大学，后留学爱丁堡大学（1948—1950 年），张心沧获英国文学博士学位，丁念庄获语言学博士学位，于剑桥大学东方学院（Faculty of Oriental Studies）任教，教授明清戏曲、小说、传奇。编译《中国文学：通俗小说与戏剧》（*Chinese Literature*：*Popular Fiction and Drama*，Aldine Publishing Co.，1973）一书，全书共有十二章，是对中国 13 世纪至 18 世纪小说戏剧进行选择和探研的一部专著；另著有《中国文学之二：山水诗》（*Chinese Literature* 2：*Nature Poetry*，Columbia University Press，1977），以“自然诗”兼指“山水诗”和“田园诗”，叙及陶渊明、谢灵运、王维、孟浩然和柳宗元五位诗人。

程抱一（François Cheng，1929— ），原名程纪贤，祖籍江西南昌，出生于山东济南，毕业于重庆立人中学、南京金陵大学，1948 年随父赴法国定居，在巴黎第九大学取得博士学位，任教于巴黎第三大学东方语言文化系。2002 年程抱一被选为法兰西学院（Académie française）院士，也是迄今为止唯一一位亚裔院士。他的许多作品已经成为西方学术界研究中国绘画、诗歌的主要参考材料。主要中国美学、诗学著作有《张若虚诗之结构分析》（*Analyse formelle de l´œuvre poétique d´un auteur des Tang : Zhang Ruoxu*，1970）、《中国诗语言研究》（*L´œcriture poétique chinoise*，1977）、《虚与实：中国画语言研究》（*Vide et plein*：*le langage pictural chinois*，1979）等。

涂经诒（Ching-I Tu，1935— ），1958 年获得台湾大学学士，1967 年获得西雅图华盛顿大学博士，自 1966 年起任教新州罗格斯大学，现为该校东亚语言文化系主任。著有《王国维〈人间词话〉》(*Poetic Remarks in the Human World* By Wang Kuo-wei，台北：中华书局1970年)。

余国藩（Anthony C. Yu，1938— ），美国芝加哥大学巴克人文学讲座教授（Carl Darling Buck），为该校神学院、比较文学系、英文系、东亚系教授，现为该校巴克人文学讲座荣休教授。余国藩也是台湾“中央研究院”及美国国家人文科学院院士，并荣任“中央研究院”中国文哲研究所通信研究员。研究范围涉及西方神学、中国古典小说戏曲。余国藩以英译《西游记》（*Journey to the West*，四册）饮誉学界，著有《余国藩西游记论集》、《重读石头记：〈红楼梦〉里的情欲与虚构》、《从历史与文本的角度看中国的政教问题》等著作及若干论文。

马幼垣（Ma，Yau-woon，1940— ），广东番禺人。香港大学文学学士、美国耶鲁大学博士。在美国夏威夷大学执教逾四分之一世纪，1996年荣休后任该校荣誉教授。曾在美国斯坦福大学、台湾大学、清华大学（新竹）、东海大学、香港大学任客座或兼任教职。研究以中国古典小说和海军史为主，尤以《水浒》研究著称。主要英文著作有与刘绍铭（Joseph S. M. Lau）合编的《中国传统故事：主题与变奏》（*Traditional Chinese Stories*：*Themes and Variations*，Columbia University Press，1978）、《孔子与中国古代文学批评：与古希腊的比较》（*Confucius and Ancient Chinese Literary Criticism*：*A Comparison with Early Greeks*，1970）。中文著作有《中国小说史集稿》、《水浒论衡》、《水浒二论》、《水浒人物之最》、《景印两种明代小说珍本序》等。

王靖献（Wang，Ching-hsien，1940— ），台湾花莲人，早年笔名叶珊，后改笔名杨牧，台湾著名现代诗人。1963年毕业于台湾东海大学，1966年获爱荷华大学文学硕士，1971年获伯克利加州大学比较文学博士。曾先后执教于麻省大学、台湾大学及西雅图华盛顿大学等。著有《钟与鼓——〈诗经〉的套语及其创作方式》（*The Bell and the Drum*：*Shih Ching as Formulaic Poetry in an Oral Tradition*，1974）。

王靖宇（Wang，John Ching-yu，1934— ），台湾大学外文系毕业，美国明尼苏达大学硕士、康奈尔大学博士，历任密歇根大学中国语言文学助理教授，斯坦福大学中国文学、比较文学教授兼亚洲语文系主任，现任斯坦福大学柯罗赛特（Edward Clark Crossett）人文讲座教授。主要研究中国传统小说理论与文学批评，对《左传》和《红楼梦》的叙事理论有深入研究。主要著作有《金圣叹》（*Chin Sheng-t'an*，1972）、《早期中国叙事文研究》（*Early Chinese Narrative: The Tso-chuan as Example*，1977）等。

在我们看来，这一学术群落的文化身份有其特别之处。他们是龙的传人，对中国传统文化怀有一种“根”的体认和漂泊异乡而产生的“乡愁”之寄；而他们生活、教育的主体环境，又往往是西方文化主宰的现代文明地带。这就使得海外华人学者之于中国传统，具有“自我”与“他者”、“看”与“被看”兼而有之的色彩，从而具有与纯粹大陆学者不同的文化立场、思维方式和阐释视野。

本书选取的角度，正是处于东西两种文化之间的海外华人学者及其创造性重塑中国传统文学思想的尝试。我们的研究并未奢求面面俱到的通史叙事，而是依据不同研究者的专长和个性，以个案的方式呈现对该命题的思考。同时，虽然从比较诗学的视野来沟通中西文艺美学，借以彰显中国古典美学在世界文论中的地位、意义和价值，是海外华人学者的共同努力，但是这种努力却因动机和立场的差异而显示出不同的路径。因而，入选本书的五组个案，则分别代表了20世纪后半叶至今，海外华人学者重释中国传统文论的几种具有代表性的阐释路径及理论构型。

第一章考察“比较诗学”之于中国传统文论的实践及理论意义。分别讨论了刘若愚以“求同”为目的的“体系重建”以及叶维廉以“见异”为旨归的“文化模子”原型。刘若愚以沟通中西诗学体系、建立普遍的文学理论为旨归，以西方诗学体系来整理中国文论，异中求同、同中探异，其为沟通中西文论的筚路蓝缕的开拓之功，深刻地影响着此后中西学者中西文论比较的思路和进程；而叶维廉则以“文化模子”原型，着力探讨以道家精神为根基的“以物观物”的美感经验的独特价值，借以反思、批判西方现代性的弊端，显示出不同于刘若愚“求同”的“探异”路径。他们位于中西理论的前沿，共同将西方现象学与中国美学相沟通进行比较诗学的探讨，反思其成败得失，这将对我们思考理论旅行过程的种种问题具有重要的启示。

第二章检视“海外新儒家”的“中国艺术精神”命题及其现代价值。

20世纪后半叶，儒学思想在美国汉学界可谓风光无限，不仅有以狄百瑞[①]（William Theodore de Bary）为代表的学者力倡“宋明理学（新儒家）”与中国传统的积极意义，更有以徐复观、唐君毅、方东美、杜维明等为代表的“港台及海外新儒家”身体力行，在文史哲多个领域展开儒学的现代诠释。作为儒家文化的海外传人，上述学者从艺术、美学角度切入对“中国艺术精神”这一命题的重视，凸显出他们独特的问题视角和美学主体的意识。他们或以儒家理性精神作为中国艺术精神的主体，或以庄子精神作为中国艺术精神的代表，或视其兼通儒道精神，又抑或将其视为传统文化整体的“天人合一”的生态精神。其对儒、道、禅的偏向与偏颇，体现出海外新儒家文化身份的坚守和精神追求的差异；其兼通和综合，又显示出代际递变以及回应现实问题（现代性和全球化）的活力。正是在这一过程中，“中国艺术精神”这一命题得以不断发展，由中国人性哲学和宇宙精神所滋养的这一美学精神，也就具有了真正的根性。对这一过程的描述和反思，对于我们从文化的深层土壤开拓古典文艺美学的价值，提供了来自传统人性论和文化精神的独特立场和阐释视野。

第三章揭示“中国抒情传统”与“传统之现代发明”的关系。“中国抒情传统”在海外华人学术界的彰显及其对于中国台湾文化的影响，使得中国文化的独特性、世界意义以及现实价值获得了较为深刻的展示。以陈世骧、高友工、孙康宜、林顺夫等人为代表的海外华人学者，站在中西诗学比较的立场上，对中国古典审美文化有别于西方的“抒情传统”进行了历时性的梳理和共时性的讨论，整理出其整体的文化脉络。他们对中国古典的审美经验和汉语诗学的独特形式进行了深入的探讨，一方面既与标榜“经验”、“形式”的西方现代美学进行对话；另一方面，则揭示出中国文艺美学所具有的现代性价值和世界性意义，并由之推及对中国传统文化精神的阐扬。正是这一“感性”的抒情传统，成为中国文化参与世界对话的基础。

第四章则呈现中国古典文学之传播与接受的现代实践。以叶嘉莹为代

① 狄百瑞（William Theodore de Bary，1919— ），美国哥伦比亚大学梅森荣休讲座教授及荣休副校长。狄百瑞的研究兴趣是东亚的宗教和思想传统，尤其是中国、日本和韩国的儒学。他把新儒学研究引入美国，对亚洲在通识与核心课程中的位置，提出了一种全新的构想。近年撰写和编辑了超过25部著作。

表的海外华人学者，以“传道者”的身份，不遗余力地推动中国文学传统的海外传播，将中国古典文化置于国际语境展开自觉对话。她亲炙讲坛，不断以个体的生命感性来展示古典诗词的魅力，借其“兴发感动”的独特实践，使中国古典文艺美学获得现代的活力和生命，构成中国古典文化新生的独特路径。以此亲身践行的生命体悟为基础，她对中国古典诗词的美学特质进行建构，并从更为广泛的创作、传播和接受等环节，与西方现代诗学进行沟通，从而体现出比较诗学的显著特征。这种发自心灵守候的比较和建构意识，这种发自感性文本的独特体悟，显示出一个诗人学者的自觉努力，对我们极富启示。

第五章则转向传统文论话语在海外中国现代文学批评中的显现。古为今用，从学科建设角度，将古典文化应用于现代批评是古典文艺美学现代价值最为直接的体现，也是“中国古代文论现代转换”这一命题最为艰难的地方。以夏志清、王德威、黄维樑、张错等为代表的海外华人批评家，置身于西方批评理论的现场，或自觉或不自觉地将中国传统文化的精神、表达方式和理论话语运用到中国现代文学研究中，取得了令人瞩目的实绩，获得中西批评方法结合之后的独特创新。然而，海外华人批评家在阐释中呈现出的误读与误区，也提醒我们注意：如何真正发现中国古典文艺美学的独特价值和智慧，以与西方批评方法互补共生，有效地应用于当代的批评实践，应成为我们借鉴和反思的起点。

为更全面地反映中国传统文论在海外的研究实绩，我们还特别在附录中专章讨论了美国哈佛大学宇文所安教授在文义疏释、术语更新、思想创构方面的独特贡献。

上述学术群体，或从事比较诗学，或从事中国哲学思想，或从事中国古典文学，又或者从事现代文学批评。他们对中国古代文论现代价值的揭示，也出于不同的动机和目的，比如寻找普遍的文学理论，又或者作为自身哲学体系建构的一个部分，又或者从实际批评出发……他们置身于不同的时代，面对的现实问题也存在代际差异，但从根本上言，立足本土文化进行传统重建、立足时代语境阐扬传统精神、立足跨文化视野实现中西沟通，又正是这些不同的海外华人学术群体所具有的共同特征。海外华人学者种种复杂、多元、差异的学术图景，及其异中有同的整体特征，正形成一种有别于中国大陆半个世纪以来的古代文论研究的学术谱系，并构成中国古代文论现代转换的海外传统。

第三节 建立中国传统文论研究的全球视野与整体观念

与以往国内学界对海外华人学者的分散式介绍不同，本书通过一组相对集中的专题研究，勾勒出20世纪中期以来海外中国传统文论研究的兴趣中心及重要成果，其目的则在于推动建立一种大的中国古典文学研究的“整体观”。这种整体意识，不是说把作为研究对象的中国古典文学/文论研究向文化、地理、图像、考古等“泛文化”领域扩展，而是希望在“研究队伍”和视野上建立一种全球意识，进而从海内外学术交往的互动影响中，解释中国传统文论现代转换的轨迹，并尝试以跨国意识、比较视野更新传统中国文论的研究格局。

其实，自20世纪80年代以来，西方史学界已开始关注“全球化”与历史书写的关系，相关实践渐成气候，成为当下极重要的“全球史”流派。这一新史观，是自新文化史的“微观”史学之后，打破兰克（Leopold von Ranke）建立的近代“国族史学”书写范式的又一次观念更新。

虽然兰克在18世纪已然雄心勃勃地提出了“世界史”的研究计划，但其“世界史”写作仍然建立在各民族国家相互分立的视野之上，因而呈现为一种“国族史”简单相加的拼盘式景观。相较而言，当今的“全球史”写作并不仅仅满足于从历时、共时的坐标中构建一幅横纵交错的历史图景，更重要的是，它还特别强调“互动”和“交往”在塑造人类历史进程中的重要意义，也就是说，全球史把族群间经济、政治、文化的交往视为文明的基本推动力。因此，“全球史关注世界史中涉及的一种全球进程，即随时随地都在发生的日渐增进的相互联系和彼此依赖”①，并把20世纪的世界历史视为一个典型的“全球化”过程：

---

① ［美］布鲁斯·马兹利什：《世界史、全球史和新全球史》，刘新成主编：《全球史评论》（第2辑），中国社会科学出版社2009年版，第14页。

民族国家是在晚近时代形成的，不能成为人类历史经验一以贯之的基本考察单位，更适宜的基本单位应是“社会”、民族、文化、文明以及族群国家等等。这样的视角，与民族国家历史的拼盘自然也大不同，问题不仅在于民族国家单位的上溯实际并不尊重历史，而且在于，同“国别史”或者区域史相比，世界史要特别关注的正是跨社会、民族、文化、文明、国家的联系。①

“全球史”提倡的“大范围的互动研究”以及由此突显的对整体意识和交往意义的重视，为我们从学术史角度考察20世纪中国传统文论的现代转换提供了新的切入点。

事实上，海外中国传统文学/文论研究在学术方法、研究对象、思维模式、言说理路上呈现出的“异质性”特征，与全球化时代的“学术流散”现象密切相关。随着近代西方资本主义开启全球化进程，人类不断跨越空间、国别、种族、语言、文化、学科的界限，流向地理及文化意义上的彼岸。因而，流散现象本身即是近百年来全球化进程的必然产物，流散学者的学术研究更集中体现出一种“学术全球化”倾向。本书所讨论的海外华人学者，正是20世纪以来全球文化互动及国族交往中兴起的特殊族群。他们是远离母体的“他者”，又是西方文化的“边缘”，这双重“他者”的身份让他们不断地越界、移动，去探求边缘地带的新的可能。这些流散学者所具有的双重民族和文化身份——游离于他国和故土之间，既可以和故土文化进行对话，同时也能促进故土文化更具有全球性特征。

以“中国抒情传统”的海外建构为例，其空间上呈现北美、港台的跨地域特点，其时间上跨越半个世纪的历史沿革，其内容上牵涉传统文学、美学、艺术的跨学科布局，直接促成了中国传统文论现代转换中一次声势浩大的“现代发明”。近年来，这一理论阐发，在陈国球、黄锦树、王德威等海外现代文学批评家的推动下，更有向中国现代文学领域扩散的趋势。对此，如果我们能把这一类实践不仅视为本土研究的“他者”，更视为20世纪中国传统的现代转化这一“整体过程”中的有机组成，那么经

---

① 赵轶峰：《〈全球文明史〉与“世界史”概念的再思考》，《东北师大学报》（哲学社会科学版）2006年第5期，第81页。

"整体观照"后的海外中国传统文学/文论研究，不仅呈现出一种阔大的学术气象，更能从中找到某些与本土研究相似的立意和命题。

可以说，正是有了近30年的"请进来"、"走出去"，大陆古典文学/文论研究中的一元化意识才得以逐步消解，基于"文化比较"的诗学发明才使得中国传统文学批评获得了现代价值和世界意义。同时，在海内外学界互动的大背景下，我们并不排除差异的继续存在。实际上，正是有了观念、立场、视角和方法上的差异，才可能形成对话和互动的学术空间。一切有价值的交流，都应是在尊重差异的前提下发生的。交流应该是双向的，不应再像过去三十年间那样，以内地学界对境外的"单向接受"为主，而是在真正的"交往"意义上，扫除各自的"盲视"和"偏见"，打破观念性、时间性、空间性的自我设限，进而在跨地域、跨科际的学术整合中实现海内外的互动与双赢。

第一章

比较诗学视野中的中国古典文论

在20世纪美国的中国文论研究界，有两位华人比较文学学者格外引人注目，他们便是刘若愚和叶维廉。刘若愚是一位难得的把中国传统文论与西方20世纪文学理论整合起来的语际批评家，是一位在华人学界、比较文学学界与汉学界三个领域都有极为重要影响的出类拔萃的学者。他的比较诗学体系在西方汉学界产生过重大影响，并对中国文艺理论走向世界作出了不可忽略的贡献。叶维廉则是蜚声中西比较诗学、美学研究界的理论批评家，比较诗学中国学派的开创者。他曾被美国著名诗人吉龙·卢森堡（Jerome Rothenberg）称为“美国现代主义与中国诗艺传统的汇通者”。乐黛云先生曾经这样评价叶维廉：“他是著名的诗人，又是杰出的美学理论家。他非常‘新’，始终置身于最新的文艺思潮和理论前沿，他本身就是以现代主义诗歌创作起家，且一直推介前卫艺术并身体力行；他又非常‘旧’，毕生徜徉于中国诗学、道家美学、中国古典诗歌的领域而卓有建树。”①

刘若愚和叶维廉对中国诗学与西方诗学之汇通进行的开创性尝试，构成20世纪60年代至90年代海外华人学者中国古典诗学阐释和研究的最高成就。刘若愚以理论总体架构见胜，叶维廉则以文本细读见长，但他们的一个共同倾向则是借镜西方诗学以阐释中国诗学，尝试把中国诗学引向现代诗学批评实践，从比较视野发掘中国诗学的现代意义和价值。本章拟对他们的理论成就分节论析，而他们理论的共同点（如以现象学阐释中国诗学）则在第四节进行专门的比较和分析。

第一节　刘若愚的《中国文学理论》

刘若愚（James J. Y. Liu，1926—1986），美国杰出的华裔汉学家、比较文学家，是美国华人学界较早影响中西比较诗学研究的学者之一。曾与美国东海岸哥伦比亚大学的夏志清教授一起被誉为“东夏西刘”。1948年，刘若愚毕业于北京辅仁大学西语系，在清华大学研究生院攻读一学期后，

① 叶维廉：《叶维廉文集》（第壹卷），安徽教育出版社2002年版，第1页。

到英国留学。1952 年获英国布里斯托尔大学（University of Bristol）硕士学位。其后，曾在英国伦敦大学，香港中文大学，美国夏威夷大学、匹兹堡大学、芝加哥大学任教。1967 年，刘若愚到斯坦福大学（Stanford University）执教，曾任该校东亚语言系（现改为东亚语言与文化系）主任。1977 年荣升为中国文学和比较文学教授。

刘若愚毕生致力于中国文学、中国文学理论的教学和研究，写有英文著作 8 种，论文 50 多篇。著作有：《中国诗学》（*The Art of Chinese Poetry*, 1962）、《中国之侠》（*The Chinese Knight Errant*, 1967）、《李商隐的诗》（*The Poetry of Li Shang-yin*, 1969）、《北宋六大词家》（*Major Lyricists of the Northern Sung*, 1974）、《中国文学理论》（*Chinese Theories of Literature*, 1975）、《中国文学艺术精华》（*Essentials of Chinese Literature Art*, 1979）、《语际批评家：阐释中国诗歌》（*The Interlingual Critic: Interpreting Chinese Poetry*, 1982）、《语言·悖论·诗学：一种中国观》（*Language-Paradox-Poetics: A Chinese Perspective*, 1988）。这些著作中的理论思考，是他融汇中西文学批评的理论实践，其中多部著作被列为西方汉学研究的必读书。他的著述不仅对西方读者、学者了解中国传统诗学精华及其特点有极大的帮助和开启之功，而且对中国本土学者的研究亦有推动和拓展视野之作用。在中国诗歌翻译、中国文学的海外传播尤其是中西诗学比较研究等领域，刘若愚的成果具有里程碑式的意义。

在美国主流大学教授中国文学、中国文学理论，刘若愚处于一个把中国文学理论推向现时代的舞台，这个舞台的宏大背景就是西方文学理论。因此，首要的任务是如何找到二者交流的汇通点，找到能被西方世界接受和认同的言说方式。在建设中国文论体系的过程中，刘若愚的《中国文学理论》作为第一部应用西方理论体系驾驭中国古代文论的学术专著，极大地丰富了中国文论研究的可能性，扩展了构建中国古代文论体系的视野，创造出理解与阐释中国文学思想的系统理论。该书兼采中西文学思想和批评方法之长，以现代的、理性的、跨文化的眼光整理中国古代感性的文艺理论，曾一度因其耳目一新的文学理论形态引起学者们的普遍重视——饱受赞赏也备受批评。

一、写作的目的

在《中国文学理论》第一章《导论》中，刘若愚明确指出了他写作该书的三个目的，并作了解释说明：

> 第一个也是终极的目的，在于提出渊源悠久而大体上独立发展的中国批评思想传统的各种文学理论，使它们能够与来自其他传统的理论比较，从而有助于达到一个最后可能的世界性的文学理论（an eventual universal theory of literature）。①

很多学者认为，“世界性的文学理论”是不可达到的目标，刘若愚自己也并非天真地相信会有一个普遍接受的文学定义，但他认为寻求比现存更适切、应用更广的文学理论是值得尝试的。刘若愚的这种学术信念和执著是他取得卓越成就的原动力。

第二个目的也是较直接的目的是“为研究中国文学和批评的学者阐明中国的文学理论”②。在刘若愚之前，中国文学批评史的写作已取得了较大成就。从20世纪初陈中凡写作第一部《中国文学批评史》开始，很多学者在此领域中努力开拓。从体例上看，中国文学批评史著作可以分为：①纪传体——以专门的批评家为纲，以历时为暗线进行编撰，如朱东润的《中国文学批评史》；②编年体——以历史朝代的划分为明线，对专门的批评家、问题进行分析，如郭绍虞二卷本的《中国文学批评史》；③以文学问题为纲——分门别类，通过对专门的批评家的观点的阐释阐明文学理论问题，如傅更生的《中国文学批评通论》。总之，以时为纲，以人为纲，还是以文学问题为纲，盖取决于撰述者的编撰需要。学者们的这些尝试体现了文学批评史写作的各种可能性。刘若愚的《中国文学理论》是中国文学批评史写作的另一种尝试。他认为：“虽然已有成打（中文和日文的）一般文学批评史，但其中有些只不过是广征博引，穿插以事实的叙述而

---

① 刘若愚：《中国文学理论》，江苏教育出版社2006年版，第2、3页。

② 刘若愚：《中国文学理论》，第5页。

已，以及论述某一专题或著作的无数论文（包括一些英文的），而许多重要的批评概念与术语仍未阐明，主要的中国文学理论仍未获得适当的叙述。”刘若愚也指出，郭绍虞和罗根泽对中国古代文学理论的搜集与整理，使中国文学理论有了一些秩序，“但是我们需要更有系统、更完整的分析，将隐含在中国批评家著作中的文学理论提取出来”[①]。《导论》中还有一段话也表达了相同的旨趣：“中国批评家通常是折中派或综合主义者；一个批评家同时兼采表现论和实用论，是常有的。因此，一个批评家的见解可能散见于本书不同的章节。纵非所愿，实难避免。否则，或是以年代次序讨论所有批评家，而写成一部编年纪或搜集一些批评文萃加以翻译，串以事实的叙述与流水账似的评论；或是耽溺于蒙昧主义（obscurantism），甚至是走火入魔（mumbojumbo），堆砌野狐禅（zen-my）（若非野人头 zany）的话语，以便使‘神秘的东方’与‘不可测的中国人’这种神话永传下去。”[②] 这段话既是对书中体例安排作的一点说明，也隐晦地表达了刘若愚对此前一些文学批评史的看法。在《中国文学理论》中，刘若愚对“文”、“气”、“道”等概念和范畴的讨论，对中国文学理论的系统化梳理，为研究中国文学理论的中西方学者带来了新的视角和诸多启发。

刘若愚的第三个目的与其第一个目的即终极目的紧密相连，是“为中西批评观的综合铺出比迄今存在的更为适切的道路，以便为中国文学的实际批评提供健全的基础”[③]。他认为，对于中国文学的研究，必须考虑中国的传统文学理论，不能将纯粹起源于西方文学的批评标准完全应用于中国文学，但当我们以世界性的观点来研究中国文学时，若只采用中国传统理论作为批评基础可能会不尽如人意。因此，世界性文学理论的形成有其必要性，但它的形成，前提条件是对世界各具特色的文学理论的比较与综合，而这种比较与综合应奠基在对各种文学传统理论系统、深刻的了解之上。刘若愚对中国文学传统理论的分析与系统化研究为中西批评观的深入比较和综合打下了一定的基础。

有些人认为，许多中国传统思想是直觉的而不是分析的，分析中国传

---

① 刘若愚：《中国文学理论》，第 5 页。
② 刘若愚：《中国文学理论》，第 18 页。
③ 刘若愚：《中国文学理论》，第 6 页。

统批评是否应该？刘若愚对此解释说："我不是为分析而分析，而是为将来可能的综合做准备的。总之，综合之前必先分析：若不先分析天然橡胶，何以知道综合橡胶的制法？况且，若阅读原文，或许有可能不经过分析就了解中国传统的批评著作，但阅读各种翻译，则不尽然。翻译中文的批评著作而不加以任何分析，可能导致严重的误解。"① 从刘若愚的研究目的和立场来说，他的研究，并非像一些学者所认为的"以西释中"，而他本人也非如西方学者施密特所指责的"欧洲中心"论者和具有（西方）"种族优越感"的人。② 他站在更高的境界，超越民族与文化的立场，孜孜不倦地从事着他心中的圣事。

二、中国古代文学理论体系的建构

刘若愚的《中国文学理论》，因其所面对的是西方知识传统浸淫下的西方读者，故不同于之前的文学批评史著作。在体例上，刘若愚将中国文学理论分为六大类，即形上理论、决定理论、表现理论、技巧理论、审美理论、实用理论。这一分类源自对美国学者艾布拉姆斯（M. H. Abrams）《镜与灯》（*The Mirror and the Lamp*）中所提出的文学四要素说及其理论框架的适当借鉴和改造。在艾布拉姆斯看来，西方的艺术理论可以纳入四个大类中，每一类都倾向于四要素——宇宙、作品、艺术家和观众——中的一个要素，其中倾向于宇宙的是模仿论，倾向于观众的是实用论，倾向于艺术家的是表现论，只关注作品的是客观论。

刘若愚修改了艾布拉姆斯艺术四要素的图表，将其范围缩小至文学理论，同时否认自己以前在《中国诗艺》中认为"作品可能是一个客观存在"的看法。他提出文学理论的四要素之间存在一个相互影响、作用的循环过程，因此，整个艺术过程应该是一个完整的圆圈。由此，他得出了自己的图表和分类，如下所示：

---

① 刘若愚：《中国文学理论》，第6页。

② 詹杭伦：《刘若愚——融合中西诗学之路》，文津出版社2005年版，第182页。

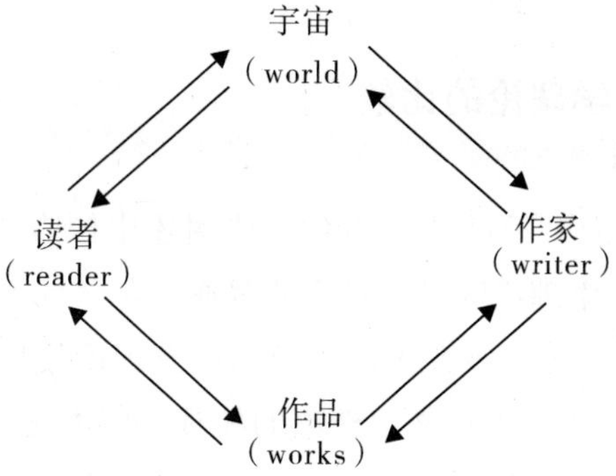

在刘若愚的图表里，宇宙影响、感发作家，作家对之作出反应，此为艺术过程的第一阶段。作家由于对宇宙的这种反应而创作出作品，这是艺术过程的第二阶段。作品与读者见面，对读者产生影响为第三阶段。读者因阅读作品而对宇宙的反应有所改变，这是艺术过程的第四阶段。同时，每一阶段的作用都不只是单向的，这一过程也可以逆向进行。整个艺术过程是一个生气勃勃的整体。以这个框架把含混的中国文论各安其位，刘氏把中国文学理论分为六类，即形上理论、决定理论、表现理论、技巧理论、审美理论和实用理论。凡是基于表现宇宙原理的理论都可归入形上理论；决定理论则认为文学是当时政治和社会现实的不自觉的和不可避免的反映与显示；表现理论重在作家和作品的关系，表现对象则形形色色，或是普遍的人类情绪，或是个人气质、才气、感受，或道德风貌；技巧理论侧重于语言技巧；审美理论的基础是把文学看成优美的文辞丽饰，与技巧理论不同，主要关切文学作品对读者的功效；实用理论重在创作过程的第四阶段，把文学看作实现政治目的、社会目的、道德目的以及教育目的的手段。

在第二至第六章的具体论述中，刘若愚细致地梳理了每一种理论的起源、发展脉络，对其中涉及的概念、术语、范畴作了界定。在第七章则详细讨论了六种理论之间相互影响与综合的特点，并对一些批评家之间的矛盾或者他们理论的内在矛盾进行了分析，如对“诗大序”的矛盾、陆机的采择主义、刘勰的综合主义以及六种理论在清朝的发展态势和交互影响都作了讨论。由此，在刘若愚创造性的建构中，在与西方文艺理论流派并置对应中，中国古代诗学赢得了一个较为完整的体系。

三、中西文学理论的比较

《中国文学理论》不只是一部系统地阐述中国古代文学理论的著作，也是一部中西方文学理论沟通、对话的著述。在《导论》中，刘若愚说得很清楚："各类的特点，彼此之间以及与西方理论的异同，将是以下各章的主题。"① 诚然，中国古代文学理论的梳理、归类是这本书的主要内容，中西方文学理论的比较非题中应有之义，但刘若愚认为这也是书的主题之一，这自然与他的写作目的密切相关。他指出："属于不同文化传统的作家和批评家的文学思想的比较，可能展示出哪种批评概念是世界性的，哪种概念是限于某几种文化传统的，而哪种概念是某一特殊传统所独有的，进而可以帮助我们发现（因为批评概念时常是基于实际的文学作品），哪些特征是所有文学所共同具有的，哪些特征是限于以某些语言所写以及某些文化所产生的，而哪些特征是某一特殊文学所独有的。如此，文学理论的比较研究，可以导致对所有文学的更佳了解。"② 为了发现中西文学批评中共同的概念，刘若愚在讨论每一种理论之后，总会对其与西方相应的理论进行比较，提炼、概括出它们的异同之处。如第三章最后一部分指出中西表现理论的三点差异，这种差异的讨论是着眼于两者的主要倾向或者大多数理论家的观点而言的。另外，对中西方文学理论的比较也是考虑到本书的西方读者的接受心理，使他们在中西文学理论共同的场域中理解中国文学理论，在两者的对接中更加鲜明地认识本土理论的特色。

在各章的论述中，中西方理论的比较体现出不均衡性，如第二章论述中国形上理论与西方模仿理论、表现理论、象征主义、现象学的相似和不同，篇幅较长，而讨论中西表现理论、中西技巧理论、中西审美理论时，提纲挈领地指出它们的相似点或者不同，都只有一页甚至一段，但其观点以及宏观的视野、比较的意识却对从事中西比较诗学的学者有着较大的启发性。

在比较的过程中，刘若愚发现中西诗学对文本的阐释、理解，对作

① 刘若愚：《中国文学理论》，第18页。

② 刘若愚：《中国文学理论》，第3页。

家、作品与宇宙关系的探讨，都存在不同程度的一致和类同，这表明作为一种与西方截然不同的异质文化，中国诗学与西方诗学的对应和补足，不仅有助于理解中西艺术理论的深度差异（同中有异），也为抛弃狭隘欧洲中心论，寻找和建构跨越种族、文化藩篱的普世“总体诗学”提供了可能。而且，通过横向（中西）与纵向（内部各派）的比较，中国诗学与西方诗学之间饶有兴味的一些论题也得以显现出来，为中西诗学的深入比较拓展了空间。

四、是非成败任评说

在这个多元对话的全球化时代，对中国古代文论的现代阐释已离不开西方文学理论的大背景，这是无可争议的事实。无论是中国本土的学者还是海外的汉学家，都清醒地认识到这一点。而在 20 世纪 70 年代，刘若愚不但有此卓识，而且作出了可贵的探索和努力，影响深远。

刘若愚对中国古代文学理论的研究方法为中外许多学者所借鉴。黄维樑在《中国古典文论新探》一书中将艾布拉姆斯的艺术四要素图表应用于《文心雕龙》，指出《文心雕龙》各篇涉及作品与自然、社会、时代和作品本身。[①] 叶维廉也在修正艾布拉姆斯和刘若愚的图表的基础上，得出了自己的艺术诸要素关系图，他所增加的文化、语言等因素，实际上仍然未出其右。同时，刘若愚的开拓也启发了许多后来汉学家对书中提到的中西诗学差异与类同的关注。余宝琳在她的一篇论文《中国诗论与象征主义》中直接引用刘若愚界定的形上理论，从庄子到司空图、严羽、谢臻、王夫之、王士祯的诗歌主张与 19 世纪末、20 世纪初的西方象征主义和后期象征主义作了详尽的比较，可以看作是刘若愚在《中国文学理论》一书中“形上理论与象征主义的比较”章节的延伸和深入。[②] 这样的例子不胜枚举。刘若愚在中外比较文学界的影响由此可见一斑。

同时，学界对刘若愚的研究方法也颇多批评。乐黛云教授认为刘若愚处理中国古代文论的这一做法，是一种体系对另一种体系的切割和强加。

---

① 黄维樑：《中国古典文论新探》，北京大学出版社 1996 年版，第 59 页。

② 余宝琳：《中国诗论与象征主义》，《比较文学》1978 年第 4 期。

曹顺庆教授在《中国文学理论的世纪转折与建构》一文中甚至将此书定位为“一部典型的‘以西释中’之著”[①]。这些看法有合理之处，毕竟这种体系化的努力不可能做到尽善尽美。一方面是由于中国诗学本来在材料上极为零散，每一位批评家的文论思想又历来兼收并蓄，很难彻底归属于某单一流派。刘若愚不得不从善于折中的中国古代文论家的理论里挑挑拣拣。结果即使是对一个批评家而言，如刘勰、陆机，他们的理论也如串珠般散落于全书各个章节作为某一整体的一个部分。另一方面，刘若愚在论述中缺乏对中国文论自身特色的总体论说。刘若愚对中国古代文论的系统化，虽然有经验归纳的过程，但毕竟是参照了艾氏之后经过外部推演才确定的总体理论把握方式。框架式的比较研究固然可以实现较为明确的定位与分类，加强我们对于中国文论的理解，但一旦以这个理论推论建立的框架作为根本的衡量标准，特别是当难以在具体理论文本和框架之间达成逻辑的一致性时，就容易导致某种对中国文论的表述“混乱”，因而有学者批评他是“削足归纳”[②]。刘若愚虽然在比较的视野中清醒地意识到了中西文论诸种差异，并由此对艾氏框架作了创造性的调整而扩大了该框架的适用性，但总体而言，没能在中西文论的差异中寻找到合乎中国文论自身特色的最终说明。

前文我们已经分析了刘若愚写作《中国文学理论》的初衷和立场，他始终没有忘记自己的华裔身份，并且始终为了超越中西异质文化的鸿沟、实现对“总体诗学”的共建以及中西诗心文心的共鸣和相通而努力着。因此，在评价他的研究成果时，这是一个不可忽视的因素。将《中国文学理论》视为“以西释中”的典型案例似乎有些欠妥。刘若愚曾在《导论》部分说：“来自一种文学的批评标准，可能不适用于另一种文学。”“有些学者曾将艾布拉姆斯这一值得称赞的图表应用于分析中国文学批评，可是我个人的研究认为：有些中国理论与西方理论相当类似，而且可以同一方式加以分类，可是其他的理论并不容易纳入艾布拉姆斯的四类中的任何一类。”因此，他对四个要素重新排列，“设计了一个分析的图表以及用以质

---

① 曹顺庆：《中国文学理论的世纪转折与建构》，《中州学刊》2006 年第 1 期。

② 毛庆耆、谭志图：《评〈中国文学理论〉》，《文艺理论与批评》1996 年第 2 期。

问任何批评见解的一套问题”①。可见，刘若愚并非机械地将艾布拉姆斯的四要素套用在中国古代文学理论中，而是根据中国古代文学理论的实际情况，创造性地改变了艾布拉姆斯原来的图表，这是一个大的发展，应该予以充分肯定。另外，不可否认的是，艾布拉姆斯的四要素非常简明地概括出文学活动中最基本的因素，具有广泛的普世性。刘若愚以此四要素作为建构理论的基点，正是出于这方面的考虑。

《中国文学理论》向我们展现了海外华人学者在跨文化的视野下努力淘汰陈旧观念，提出新方法、新视角，不断超越自我的气魄，他们的学术研究活动充满着生生不已的生命力，值得我们探究和珍视。

第二节　跨文化对话中的道家美学

叶维廉（Wai-Lim Yip，1937— ）长期生活于西方学术语境，这使得他能以一种第三者的眼光观照中西文化之特质，创造性阐释中国诗学之精髓。叶维廉在诗学研究领域著述颇丰，主要理论著作达 16 种之多，包括《中国现代小说的风貌》（原题为《现象、经验、表现》，1970）、《秩序的生长》（1971）、《饮之太和》（1980）、《比较诗学》（1983）、《寻求跨中西文化的共同文学规律》、《历史、传释与美学》（1988）、《解读现代与后现代》（1992）、《中国诗学》（1992）、《从现象到表现》（1994），*Modern Chinese Poetry* 1955—1965：*Twenty Poets from the Republic of China*（1970），*Chinese Poetry*：*Major Modes and Genres*（1976），*Lyrics from Shelters*：*Modern Chinese Poetry* 1930—1950（1992），*Diffusion of Distances*：*Dialogues between Chinese and Western Poetics*（1993），2003 年安徽文艺出版社出版《叶维廉文集》（1—9 卷），上述主要著作和他的诗作得以结集问世。叶维廉的批评著作涉及比较诗学理论之建构、中西诗学之汇通、诗学诠释学、古典与现代之汇通等诸多领域，体现了强烈的文化责任感和中西比较意识。

作为一个海外游子，叶维廉一直致力于维护自己故土的传统文化。西

① 刘若愚：《中国文学理论》，第 3、12、13 页。

方哲学对知识论的偏重，在他看来，是对宇宙本真本样的偏离；而工业文明对文化多样性的消灭，则促使他思考文化全球化在发展中国家现代化进程中的负面影响。在当今文化对话的全球格局中，叶维廉认为道家美学作为中国诗学的理论据点和独特的东方美感经验，对于重新评价西方知识论的偏限，反思现代工业文明、经济全球化对人类文化生存的灾难有着重要的理论价值。本节拟分析叶维廉道家美学再阐释的思路和踪迹，重点考察道家美学的世界价值及叶维廉的解读策略。

一、以物观物与中国诗学的美感经验

对中国诗的美学据点“道家美学”的重新发现，是叶维廉倾力于中国山水诗的结果。20 世纪 70 年代上半叶，叶维廉一直致力于思考中西诗歌美感意识的差异，及其中西诗歌美学上的汇通。《语法与表现：中国古典诗与英美现代诗美学的汇通》（1973）、《中国古典诗中山水美感意识的演变》（1974、1975）是这一方面的代表之作。中国山水诗这一文体最为有力地承载了道家美学传统，典型地代表了中国文学的美学理想。

叶维廉对中国山水诗个性的关注始于他对中国诗的翻译。西方学者对中国诗的翻译使得中国诗“自由活动的空间和境界完全被破坏了”，他为此“急起来，气起来”。在这种不同文化进行转换的过程中，他进一步思考中国山水诗与西方自然主义诗歌的差异。针对西方学者把华兹华斯比作陶潜、谢灵运，他提出了异议。他认为这只是一个表面化的论断。文化责任感驱使他寻找中国诗歌的文化之源。他从中国山水诗的传统中探求其衍生的历史，继而探寻中国诗的美学据点。

之所以用“以物观物”概括中国诗学的美感经验及其中国美学的风范，是因为在叶维廉看来，道家“以物观物”的观物感物程序不仅影响和规定了中国诗的表达和传达，也影响和规定了中国美学不同于西方的美学个性。“中国的山水诗人要以自然自身构作的方式构作自然，以自然自身呈现的方式呈现自然，首先，必须剔除他刻意用心经营思索的自我——即道家所谓‘心斋’‘坐忘’和‘丧我’——来对物象作凝神的注视，不是从诗人的观点看，而是‘以物观物’，不渗与知性的侵扰。”①

道家美学理念规定了中国山水诗人的观物态度和中国山水诗的审美品格。钟情于山水诗，以山水诗作为中国诗歌美学风貌的体现，是因为在叶维廉看来，山水诗最为典型地承载了道家美学，承载了中国诗歌的美学理想。山水在诗中由衬托的地位升腾为主位的美感观照对象，则犹待晋至宋间文化急剧的变化发生，“其间最核心的原动力是道家哲学的中兴”②。郭象注的南华真经“不仅使庄子的现象哲理成为中世纪的思维的经纬，而且经过其通透的诠释，给创作者提供了新的起点”③。道家美学为中国诗学提供了思想资源，其历史变迁导致山水美感的产生。

由对山水诗的寻根进而到对道家美学个性的发掘，道家美学不仅仅影响了中国诗歌的品格，而且决定了中国诗歌不同于西方诗歌的鲜明个性，“道家的美学大体上是要以自然现象未受理念歪曲地涌发呈现的方式去接受、感应、呈现自然，这一直是中国文学和艺术最高的美学理想，求自然得天趣是也”④。叶维廉认为中国的山水诗人所呈现的山水是透明、自足、灵动的，这来源于道家美学的观物态度和表现程序。而中西诗歌的差异正在于其观物方式的不同，即“以我观物”和“以物观物”之间美学感应和表现程序的分别：

在前者，以自我来解释“非我”的大世界，观者不断地以概念观念加诸具体现象的事物上，设法使物象撮合意念；在后者，自我融入浑一的宇宙现象里，化作眼前无尽演化生成的事物整体的推动里，去“想”，就是去应和万物互相的自由兴现。前者“倾向于”用分析性、演绎性、推论性的文字（或语态），用直线追寻、用因果律的时间观，由此端达到彼端地推进，使意义明确地界定。后者“倾向于”将多层透视下多层联系的物象和它们并发性的兴发以戏剧的方式出来，不将之套入先定的思维系统和结

① 叶维廉：《中国古典诗中山水美感意识的演变》，参见《中国诗学》，（北京）三联书店1992年版，第97页。

② 叶维廉：《中国古典诗中山水美感意识的演变》，参见《中国诗学》，第90页。

③ 叶维廉：《中国古典诗中山水美感意识的演变》，参见《中国诗学》，第91页。

④ 叶维廉：《无言独化：道家美学论要》，参见《叶维廉文集》（第贰卷），安徽教育出版社2003年版，第133页。

构里。①

在《言无言：道家知识论》一文中，叶维廉进一步阐发了以物观物的美学态度——消解距离，把定时、定位、定向的限制消解：第一层含义是“以不断换位的方式去消解视限、消解距离，而能意会到物物之间的无限延展，物物之间互依互存互显的契合”，从各个角度都可以实现与物的融洽结合；第二层含义是并时性，即观者同时从此看去，从彼看来。“能够同时从不同的距离看，能够自由的转移，则有赖主体的虚位”，“唯有主体虚位，才可以任素朴的天机活泼兴现”，“主客自由换位，意识与世界互相交参、补衬、映照，同时出现，物物相应和、相印认”。②

道家的“以物观物”决定了中国诗学的美学品格：消解中心，物我两行。视觉的游移在最大限度上实现了观察者这样一个中心的潜隐，外物的多姿多彩由于观察者踪迹的变动得到了最大程度的彰显。正因为物我一体、未始有物，所以能够实现天机的完整性，实现“天放”的境界。

叶维廉的“以物观物”侧重诗人的视界，同时也包括诗词作品在传释过程中读者接触物象、事象时的过程。叶维廉也正是以观物方式的思考为基础展开他对中国古典诗的传释活动的分析。在叶维廉这里，“以物观物”强调了诗人运思、表达的方式，即诗人不以主观的情绪或知性的逻辑介入去扰乱眼前景物内在生命的生长与变化的姿态，景物直观读者目前，毫无阻碍地出现；“以物观物”也强调了中国诗在传释活动中“利用其未定位、未定关系或关系模棱的词法语法，使读者获得一种自由观感、解读的究竟，在物象与物象之间作若即若离的指义活动”③。

在叶维廉的阐释中，“以物观物”的方式在作者与读者之间架起了共同通向事物真实面貌的桥梁，它早已超越了老庄原著的历史局限，不仅与中国晋宋以来的山水诗有着最为亲密的血缘关系，还与中国诗歌发展史、中国现当代文化观念紧密相关。同时，通过中西互释的策略，道家美学与西方美学具有可供沟通的共同话语——观物方式，在这个为中西诗学对话

---

① 叶维廉：《无言独化：道家美学论要》，参见《叶维廉文集》（第贰卷），第133页。

② 叶维廉：《言无言：道家知识论》，参见《中国诗学》，第55页。

③ 叶维廉：《中国古典诗中的传释活动》，参见《中国诗学》，第18页。

所搭建的比较空间中，道家美学的独特个性得以凸显。

二、中国山水诗与“以物观物”

叶维廉以中英山水诗的绝对性差异为出发点，从语言、文化、历史层面探讨了中英山水诗“以物观物”、“以我观物”之间的差异。与王国维不同的是，叶维廉在他的比较诗学研究中认为，“以物观物”才是中国的美感领域和生活风范的典型代表，这是中国诗歌区别于“以我观物”的西方诗歌的最大特点。

叶维廉只承认“以物观物”这一观物方式对中国艺术思维、表达程序的影响。对现象本真状态的强调一直是叶维廉诗学的核心，他反复强调中国诗歌是未经分割、表里贯通，不分时间空间、川流不息的现象本身。“以我观物”与“以物观物”，前者以自我来解释“非我”的大世界，观者不断以概念、观念加诸具体现象事物之上，设法使物象配合先定的意念；在后者，自我融入浑一的宇宙现象里，化作眼前无尽演化生成的事物整体的推动里。而在诗歌中，直现的事物最大限度地接近真实世界，使其保持本来的姿势、势态、形现、演化，正是中国诗的最大特点。现象（由宇宙的存在及变化到人的存在及变化）本身自成系统，自具律动。语言的功用，在艺术的范畴里，只应捕捉事物伸展的律动，不应硬加解说。任事物从现象中依次涌出，让读者与之冲击，让读者参与，让读者各自去解说或不解说。①

叶维廉的理论来源于它对道家美学传统的认可。他从道家美学那里汲取营养，强调与物为春、物各自然的素朴状态。叶维廉一直避免讲关于诗歌的“情感”问题，虽然学界普遍承认中国诗的抒情传统。这与其对道家美学和禅宗美学的推崇有直接关系。在他看来，道家美学特别是从《老子》、《庄子》激发出来的观物感物的独特方式下，主体虚位，从宰制的位置退却，我们才能让素朴的天机回复其活泼的兴现。

叶维廉认为，山水景物在中国诗歌中由衬托的地位升长为主要的美感观照对象，有赖于魏晋至宋之间文化的急剧变动，例如名士对汉儒名教的

---

① 叶维廉：《现象 · 经验 · 表现》，参见《叶维廉文集》（第壹卷），第 326 页。

反抗；道家的中兴和随之而起的清谈之风；知识阶层追求与自然合一的隐逸与游仙等。正是这些变化直接或间接地引发了中国独特的山水意识的兴趣。以庄子、郭象等为代表的道家哲学，重视万物“物各自然”的自由兴作，主张齐物顺性以保持天机的完整。他们认为，山水自然之值得观览，是因为“目击而道存”，因为山水自然即天然，即完整。这种观念构成了中国山水诗人观物示物的独特视角。

但叶维廉的理论与王国维的理论有相当的差距。首先王国维与叶维廉各自诗学立论的文类基础不同。如前所述，王国维重在探讨“重视人类之兴味”的抒情诗，它的诗学理论核心是“情”、“欲”。而叶维廉强调的却是中国的山水诗重视景物自然显现、悠然自足的状态。厄尔·迈纳认为“一种文类可能不只是一种诗学的基础文类，而且反映着诗歌实践和诗为何物的设想”①。对于王国维和叶维廉而言，他们立论的文类倾向不同，其理论指向就有了相应的分歧。

叶维廉与王国维都认为，诗人的视境与作品的境界有着相通之处，“以我观物”既是诗人的视境，也是作品的境界。从王国维《人间词话》的原文看，“以我观物”和“以物观物”视境的不同，使得诗词作品的“境界”有了优美和壮美的区别。叶维廉的“以物观物”侧重诗人的视界，同时也包括诗词作品在传释过程中读者接触物象、事象时的过程。叶维廉也正是以对观物方式的思考为基础开始他对中国古典诗的传释活动的思考的。在叶维廉这里，“以物观物”强调了诗人运思、表达的方式，即诗人不以主观的情绪或知性的逻辑介入去扰乱眼前景物内在生命的生长与变化的姿态；景物直观读者目前，毫无阻碍地出现；也强调了中国诗在传释活动中“利用其未定位、未定关系或关系模棱的词法语法，使读者获得一种自由观感、解读的究竟，在物象与物象之间作若即若离的指义活动”②。

可见，王国维和叶维廉之“以物观物”虽然都指的是诗人的视界，但它们具有不同的侧重点和含义。在王国维看来，“以我观物”与“以物观物”之分歧点在于诗人处理情感的方式不同，以及由此而来的诗词作品所

---

① ［美］厄尔·迈纳著，王宇根、宋伟杰等译：《比较诗学》，中央编译出版社 1998 年版，第 177、178 页。

② 叶维廉：《中国诗学》，第 18 页。

体现的意境的不同。而在叶维廉看来，“以我观物”与“以物观物”之分歧点在于它们对待自然景物的方式不同。所以，“以物观物”虽然是一个命题，但在两位学者眼中却有着不同的内容。

叶维廉仅仅论及了“以物观物”之于中国山水诗发生学上的意义，而对于“以我观物”是持否定态度的。中英诗歌是否具有如叶维廉所谓的泾渭分明的界限，实在是一个有待继续探讨的问题。① 叶维廉和王国维理论的分歧之处在于他们对于艺术之为艺术的宗旨的理解的差别，这种差别源于他们不同的文化价值取向。这一分歧的根本在于他们探讨的虽然是诗歌这一文体，但一个侧重抒情诗，一个侧重山水诗；一个强调艺术之美，一个强调自然之美。王国维认为美术之务在描写人生，而叶维廉却强调诗歌对于自然原生态的直观显现；王国维认为“故美术之为物，欲者不观，观者不欲。而艺术之美所以优于自然之美者，全存于使人易忘物我之关系也”（《红楼梦评论》），而叶维廉在中国山水诗中所发现的正是对于自然之美的无言独化的显现。

一个命题在其旅行过程中，其意义必然随着作者意图和使用语境的变化发生相应的转变。从这个意义上说，一个命题所能提供的往往只是其作为“语词”的意义。它为不同时代的人们提供了相同的话题，可相同的话题背后又潜藏着不同的问题指向，因而一个历史性的命题作为语词，其内容又处于不断增加或减少、充实或剥落这样一个衍异的过程中。

叶维廉对道家美学与现象学的沟通作出了独到的阐释。以现象学为契入点，深入中国文化寻找可以阐释中西方美学的共同命题——“观物方式”，这是叶维廉在比较诗学研究过程中的理论贡献。对“观物方式”的考察是叶维廉解决中国美学、中国文学问题的基本出发点。以“对观物方

---

① 奚密认为中西诗歌的区别并不在于有我或无我，他认为这种差别主要体现在两者不同的结构方式上，浪漫主义展示出诗人与自然间的一种辩证的关系，这种关系指的是两者之间持续不断地交流和互答。这种交流和互答在时间上表现为一个过程，一个心灵与自然交流的发展演变的过程，诗本身就是一个过程。诗人与自然对象是分隔开的两极，通过交流而创造意义。而中国的自然诗，却是相对地独立于时间秩序之处，它就像绘画一样，通过并列共时表现出来。在中国山水诗里，诗人与自然之间，不是西方那种线性互答的关系。诗人与自然共置（embeded）在这个世界中，使它作为一个整体同时演出。英美自然诗歌给予我们力量与紧张，而中国山水诗给予我们宁静与和谐。

式”这一命题的思考为基础，他对中西比较诗学、美学领域最为基础性的问题进行了思考。他对道家美学及中国山水诗意义的重新发现在当代的中国诗学研究中具有开拓性的意义。

“以物观物”作为道家传统，意味着对个人情感的排除，对自然本真状态最大限度的亲近。这与审美判断无关乎个人情感、欲望、意志以及知性和理性的特点是相契合的，这正是“以物观物”作为一个美学命题的内涵。但道家对情感的否定意味着抽空了审美的现实性，使它成了一个纯而又纯的理想境界。王国维运用这一命题对中国抒情诗进行了现代阐释，他承认以物观物所具有的“无我”的特点，但他并没有排除情感之于文学的基质性意义，而是把它上升到了一个应有的高度，这与他对文学与现实之关系的思考是密切相关的。叶维廉以“以物观物”来阐释中国的山水诗，强调中国山水诗对于景物自然状态的真实显现，这与道家美学传统是一脉相承的。

在谈到中国诗歌的源起和特点时，“物感”说似乎一直都是这一话题的中心。[①] 观物与感物之侧重点的不同在于，前者强调个人亲身经历的自然原本状态，后者强调带有先验色彩的情感之于艺术创作的优先意义。观物比之于感物，少了一层主观唯心的神秘色彩，更强调审美知觉及其直观感受的意义。张节末先生认为中国美学感知优先于情感，“诗歌的真正本质是其对境（其中有自然和人）所作的纯粹的感性直观”[②]。正是知觉将人与自然最为直接地联系起来；相对于知觉，情感和观念与自然的关系是第二位的。在“以物观物”的过程中，个人的视野和情怀在与自然的对答中成为一个流动的整体。因此，作为道家传统的“以物观物”，它是中国诗学美感经验的源头，也是中国诗学美感经验的集中体现。

---

① 在《乐记》以及汉代以来对“物感”说的论述中，对“气”、“道”的形而上意义的重视是非常明显的，气之动物、物之感人以至于吟咏情性是其一贯的表述。

② 张节末：《中国美学史研究法三题》，《光明日报》2001 年 10 月 16 日，B02 版。

三、直觉：语际沟通的现代性

现代汉语的直觉（直观）作为一个舶来概念①，是一个现代性的词语，而非中国文化所固有。它是一个来自现代日语的外来词，由汉字词语组成，乃由日语使用汉字来翻译欧洲词语时所创造。1905年王国维作《论新学语之输入》谈到“intuition”的引入情形：

> 十年以前，西洋学术之输入，限于形而下学之方面，故虽有新字新语，于文学上尚未有显著之影响也。数年以来，形上之学渐入于中国，而又有一日本焉，为之中间之驿骑，于是日本所造译西语之汉文，以混混之势，而侵入我国之文学界……虽然，余非谓日人之译语必皆精确者也。试以吾心之现象而言之，如“idea”为“观念”，“intuition”之为“直观”，其一例也。夫“intuition”者，谓吾心直觉五官之感觉，故听嗅尝触，苟于五官之作用外加以心之作用，皆谓之“intuition”，不独目之所观而已。……“intuition”之语，源出于拉丁之“in”及“tuitus”二语。“tuitus”者，观之意味也，盖观之作用，于五官中为最要，故悉取由他官之知觉，而以其最要之名名之也。②

在王氏看来，intuition意味着五官感受与心理作用的协调，并非仅指耳听目视。

以“直觉”阐释道家美学，始自郭绍虞。早在20世纪30年代，郭绍虞在谈到庄子的“神遇”时说：“这个和他的名学有关，因为他的知识论立言高远，富于神秘的色彩。他所重的知识是性知，是先天之知。这先天之知，是不用经验，不以触受想思知的”，而“庄子所谓听以气云者，即是直觉。盖庄子之所欲探讨而认识者，即庄子之所谓‘道’。道是宇宙的

---

① 德文Anschauung一词在汉语学界被译为“直观”、“直觉”。蓝公武译的《纯粹理性批判》将与德语Anschauung相对应的Intuition译为“直观”，此后的版本大都从蓝译，如最近邓晓芒的新译本。汉语“直观”、“直觉”具有相同的词源。

② 姚淦铭、王燕：《王国维论文集》（第3卷），中国文史出版社1997年版，第42页。

本体而非宇宙的现象。明宇宙的现象须后天的经验之知，故是常识所能辨别的；明宇宙的本体贵先天的性知，所以是超常识的。"① 郭氏以"先天之知与经验之知"作为区分本体与现象的特征；先天之知是绝对和独立的，所以是排斥经验的。很明显，郭氏是以康德的"先验之知与经验之知"这一对范围阐释道家的。在郭氏看来，神遇的境界正是超越了耳听目视的感觉而达到了与道合一。郭绍虞强调庄子对直觉的重视，但他却以康德的主观唯心主义美学阐释道家。在康德那里，直觉和先天之知，显然是矛盾对立的。"听之以气"是直觉，但"道"却是先天的性知，两者之间如何进行沟通，郭绍虞并未进行详述。

徐复观写于1966年的《中国艺术精神》也以直觉阐释道家美学。他说："忘知，是忘掉分解性的、概念性的知识活动，剩下的便是虚而待物的，亦即是徇耳目内通的纯知觉活动。这种纯知觉活动，即是美的观照。"② 在徐氏看来，所谓观照，是对物不作分析的了解，而只出之以直观的活动。孤立化、专一化的知觉，正是美的观照得以成立的条件。孤立的知觉之知，即是美的观照中的直观、洞察。与郭氏不同，徐复观不仅强调直观，而且强调美的"观照所以能使对象成为美的对象，是来自观照时的主客合一，在此主客体合一中，对象实际是拟人化了，人也拟物化了"③。徐复观认为直觉是对知识的排除，他据以立说的理论基础是胡塞尔的现象学。在胡塞尔看来，作为第一哲学的现象学是以对绝对知识的追求为取向的，胡塞尔的这种理性主义精神与徐复观所谓直觉显然是互相排斥的。

刘若愚的《中国文学理论》认为，"气"被解释为直觉的认识，这是他与郭绍虞、徐复观的一致之处。"庄子用'气'和'神'这两者所表示的是'精神'，或一个人借以了悟道的那种直觉的、超理性的能力。而当一个人达到这种直觉了悟的境界时，庄子称之为'神人'。"④ 但他认为，根据庄子的观点，这种直觉的认识并非与生俱来，而是经过长期的专心致志和自我修养才能获得的。老子和庄子关于直观自然以及与道合一的观

---

① 郭绍虞：《中国文学批评史》，百花文艺出版社1999年版，第37、38页。
② 徐复观：《中国艺术精神》，华东师范大学出版社2001年版，第44页。
③ 徐复观：《中国艺术精神》，第48页。
④ 刘若愚：《中国文学理论》，第58页。

念[①]，被文学批评家应用于创作，成为刘若愚所谓的妙悟派。后来，刘氏把妙悟派改称为“形而上学的批评家”[②]，认为受道家影响的中国批评家与现象学家都提倡二度直觉，那是在对现实中止判断之后达到的。[③]

虽然早期的庄子研究者以“直觉”阐释道家美学，阐释富于感悟色彩的“听之以气”，但其理论倾向具有鲜明的差异：郭绍虞以康德阐释庄子，徐复观以胡塞尔阐释庄子，其自身矛盾之处是显而易见的。

叶维廉十分重视直觉、经验之于道家美学的意义，他用现代词汇“直觉”阐释“以物观物”。道家的观物、感物方式，之所以与西方形成了如此鲜明的差异，在于它对“直觉”的重视；道家对于知性、理性等人为因素的排除，正是一种直观、直觉的状态。道家从“最直接的经验开始”[④]，所以能够摆脱知识架构的纠缠。

在叶维廉那里，直觉是作为知识论的对立形象出现的，叶维廉认为，由于对人和语言的限制性的认识，即认知力无法概括所有的事件同时发生共存的整体，因而对认知力和语言表示出极大的不信任感，“这一个对人、宇宙万物和语言的相互关系的认识，是道家影响下中国美学诗学的据点”[⑤]。

概念、名制、意识、语言，这是西方哲学赖以成立的基本单位。在叶维廉看来，道家美学是反概念、反名制、反意识、反语言的。这决定了道家美学所具有的反知识论的基本品质。这个反概念、反名制、反意识、反语言的境界，是一个信赖“最初直觉”的境界，“我们张目一看，我们看到万物，或是万物呈现在我们眼前，透明、具体、真实、自然自足”[⑥]。而西方哲学正因为“不能信赖他们接触万物时对万物之为万物的最初直觉，不信赖他们作为一个在未求解状态前的自然反应”，执著于“对所谓真理

---

① 刘若愚：《中国文学理论》，第 59 页。

② 60 年代初，刘若愚写作《中国诗艺》一书时，单列妙悟派（the Intuitionalists View）一章。在后来的著作《中国文学理论》里，刘若愚以“形而上学的批评家”替代先前称之为直觉主义的批评家。

③ 刘若愚：《中国文学理论》，第 303 页。

④ 叶维廉：《言无言：道家知识论》，参见《中国诗学》，第 39 页。

⑤ 叶维廉：《无言独化：道家美学论要》，参见《叶维廉文集》（第贰卷），第 127 页。

⑥ 叶维廉：《言无言：道家知识论》，参见《中国诗学》，第 39 页。

的追逐”，所以才偏离了事物的本真。

在《言无言：道家知识论》一文里，叶维廉对道家的这种反知识倾向进行了阐释，西方自柏拉图以来由于对知识论的偏重，其对作为对知识追求的架构，始终坚牢未变。而道家知识论的独特之处在于：

（1）道家的知识论，在语言的破解中建立一种“离合引申”的活动，不但走向异乎寻常的朴实而诡奥的遮诠行为，引至“显现即无、无即显现”的美学，而且还对“名”与“体制”之间的辩证关系作了深刻的反省。

（2）道家美学是反名制的。“名”之用，是产生于一种分辩意欲，依着人的情见而进行。因为“名”是依附着人的情见、意欲，所以由各种“名”圈定出来的意义架构往往是含有某种权力意向的。

（3）语言之用，不是通过“我”说明性的策略，去分解、去串联、去剖析物物关系浑然不分的自然现象，或是通过说明性的指标，引领及控制读者的观、感活动，而是用来点兴、逗发万物的自真世界。

（4）大制无割。道家的知识就是发生在我们介于“名制”中的“知”与物物化育运转有实的“不可全知”之间的“若即若离”的联系。①

在叶维廉看来，康德所举出的所谓“真知的情况与条件”和他承传、衍化的柏氏、亚氏的架构，可以为了解道家哲学据点与立场提供一个比对的作用。在叶氏那里，道家与康德代表着迥然相异的两种美学个性。在道家看来，直觉是容不下智力的，而“庄子的伟大处，是他用了独特的哲学方式，点兴出来这物我的关系，使我们可以认可印历，使我们并未完全因智知而消失的原性在我们心中再生”②。西方自柏拉图以来，对知识、概念的偏重使他们相应地疏离了万物自然而然的原始状态，理念与现象之间泾渭分明的界限只不过是一个人为的假定而已。与此相反，中国的道家美学是反语言、反名制的，这种对概念分封的疏远与西方的知识论传统形成了鲜明对比。庄子的现象哲理是对西方哲学传统的一个有力的反拨。

《纯粹理性批判》是第一部专门论述直观之于先验感性论的地位的著

---

① 叶维廉：《言无言：道家知识论》，参见《中国诗学》，第 61 页。

② 叶维廉：《无言独化：道家美学论要》，参见《叶维廉文集》（第贰卷），第 131 页。

作。在康德看来，知识不问其以何种式样、何种方法与对象相关，其所由以直接与对象相关，及一切思维所由以得其质料者，为直观（Anschaung）。人唯在直观中，授自身以对象，而直观仅限在对象授予吾人之限度内发生。如果以“直觉”阐释道家的“以物观物”，那么康德美学并没有构成对道家美学的真正挑战。康德充分肯定了直观之于思维的基础性意义。

康德对审美判断无关乎理性、知识的论述，与叶维廉对道家美学的论述是一致的。叶维廉把康德看成与道家美学水火不容的两种美学倾向，因其所重在康德的知识论而忽视了其对美学领域的开拓。在康德看来，审美是无关乎理性和道德而独自成体的。如果着眼于康德的审美论，会发现其与道家并非绝无共同点。而叶维廉之所以着力对康德进行批判，是因为在他看来，康德正是西方知识论的典型代表。

与对康德的批判相一致，之于道家美学，叶维廉显然更为看重其反理性、反知识倾向，而非其审美倾向。他推崇道家美学，也正是出于此意。

所以，叶维廉以“直觉”阐释道家美学，却与康德分道扬镳，倾向于经验主义、实用主义。经验主义、实用主义认为知识是以感性经验为基础的，它们摒弃了理性主义所谓先验的理性基础。休谟的经验主义与道家美学的共通点也正在于对理性、规划、先验种种原则的责难。

四、全球化视野中的道家美学

现代化带来了前所未有的变化，它以其快速的信息渠道传播着知识，充塞着人们的感官，人类也因此摘掉了想象的翅膀，一步步走向平面化生存。感官欲望的满足是以剔除灵魂的自由想象为代价的。工业化、全球化、信息化给人类带来了毁灭性的灾难。为启蒙知识分子所激赏的现代性进程，纠结着权力、经济、文化种种问题，其弊端越来越明显地暴露出来。

1998 年，叶维廉应邀到北京大学，以对现代工业文明的反思为主题作了讲座。从全人类命运的角度看，叶维廉认为现代化、全球化也是一种语言建构的神话，我们也可以用“道可道非常道，名可名非常名”的方式将其神话爆破而回归合乎自然律动的朴素。道家思想在否定人为的同时，又指向一种无为而无不为的自然境界。在叶维廉看来，道家美学对权力、名制的否定仍具有其现代意义。

首先，道家美学为我们反思全球化进程提供了一个中国视角，叶维廉的思考正是基于现代化的这种负面影响而深入的。叶维廉之所以推出道家思想，是因为西方的自由思想潜藏的困境在于，“本质上无法做到道家不断去语障（尤其是服役于权力的语言操作）解心囚所依循的基准：收复整体的生命世界，持护‘自然’自生自律自化的运作”①。道家思想跨越了时空的限制而具有现代意义。道家的这种否定精神与后现代主义理论家的批判精神具有一致性。

文化工业“是人性整体经验的减缩化和工具化，把商业至上主义推演到一个程度，使任何残存的介入和抗拒的自觉完全抹除”②。阿多诺的“文化工业”理论毕竟是西方思想内部的产物，因此它具有针砭资本主义制度的直接性。跨国资本主义是加快现代化进程的主角，它们是权力和财富的拥有者，是经济殖民化、文化殖民化的获利者。同第三世界国家一样，资本主义国家同样面临着经济工业、文化工业的诸种弊端。不同于第三世界国家的是，资本主义国家在权力和经济方面的优势能够保障其获得持续的利益，而第三世界国家文化传统的断裂是与其经济上的受压迫、受剥削同步的。

对于第三世界国家，这种现代性进程既是被动又是主动的。第三世界国家希望获得“现代化代表科学的理性主义和启蒙精神下的民主思想”，但却被迫接受现代化进程中的负面结果：人性的异化。第三世界期望借西方思想摆脱科学方面的愚昧和政治方面的黑暗，但西方势力的介入却使其再次陷入了另一个圈套。它们成为资本主义世界殖民的对象。叶维廉说：“西方工业革命资本主义下的‘文化工业’便成了弱化民族意识的帮凶。”③ 全球化文化渗透着西方强权的汁液，“西方工业技术推动下打着现代化的旗号以经济意欲为纲、以语言框限权力为部署、以消费为主轴、以目的至上、以工具理性至上所刻画出来的全球化文化”④，吞噬了各地文化

① 叶维廉：《道家美学与西方文化》，北京大学出版社 2002 年版，第 148 页。
② 叶维廉：《道家美学与西方文化》，第 153 页。
③ 叶维廉：《道家美学与西方文化》，第 157 页。
④ 叶维廉：《道家美学与西方文化》，第 148 页。

的独特性与多元性。这需要我们反思自五四以来现代性的复杂情结。

其次，文化生态的重建依赖于美的想象，“尤其是道家去语障解心囚所唤起的物我之间互参互补互认互显活泼整体生命的印证”①。在道家那里，事物的原真状态呈现出一个敞开的境界，万物因为没有人为的束缚，没有语障和成规的限定而自由自然。道家美学对当前文化生态和自然生态的建设性意义也正在于此。

后现代的致命之处在于其对生命的放逐。“虽然资讯工业给我们提供了与世界各地可以瞬息相连的超空间，但人们在放逐了自然之后又把自然赋给我们的想象放逐，并在一种新的仰赖情结中，沉入拟真的现实而愈来愈远离原真的世界、远离我们生命原真的状态；后现代艺术在否定艺术独立个性的同时与商品拜物主义妥协，是政治与文化的夺权。”② 后现代文化生态，“平面化，无深度性，没有生命的物像以广告世界夺目的光芒构成一组唤不起原物的幻象和拟象，计划式的可复制的幻象，在崇高性全面解体后，现在是物像的享乐主义……”③ 道家美学精神的真谛不仅仅在于提供一个否定性的观察方式，其对于生命原真状态的重视还为我们重新审视文化工业的种种弊端、创造和谐的文化生态提供了启示。

仰赖道家美学，并不意味着叶维廉持保守主义的态度。他并非主张要回到那小国寡民、纯净无争的桃花源。“以艺术家人文关怀的想象方式来应用生态科学技术，把机器人性化”④，从这个意义上说，道家提供了一种逆反性的视角，“返者道之动”。

五、新古典主义倾向的可行性

20 世纪 80 年代以来，随着对五四文化激进主义的反思，文学研究界对当时的文化保守主义如学衡派、国粹派的历史合理性进行了重新评价。保守主义的理性温和立场正是20 世纪中国文化革命所缺乏的。对理性、均

① 叶维廉：《道家美学与西方文化》，第 161 页。
② 叶维廉：《道家美学与西方文化》，第 160 页。
③ 叶维廉：《道家美学与西方文化》，第 159 页。
④ 叶维廉：《道家美学与西方文化》，第 162 页。

衡、常态、健康、沉稳等文化态度及审美特质的强调无疑具有其历史依据和现实意义，但把一切归罪于五四的激进主义思想，这无疑是一种文化决定论的观点。王元化先生认为五四反传统是作为反对封建思想而提出的，而并不意味着反对文化遗产。[①] 他还认为把从五四至今70年来的各种失误的源头归结到五四，“这是一种讨债算账式的研究‘五四’的方式。我不否认历史的事件之中经常存在着复杂的联系，但这种联系不是简单的因果关系”[②]。

叶维廉的美学研究正是基于对五四时期激进思潮的批判，他强调向古典特别是道家精神的回归。在叶维廉看来，对人、宇宙万物和语言相互关系的认识，是道家影响下的中国美学诗学的据点。阐释道家之于中国诗学、美学的意义，强调道家美学的观物感物方式对中国文学和艺术的美学理想的走向的影响，这是叶维廉国学研究的着力之处。

从中国美学的历程看，尽管儒家美学一直处于显位，制约和规定着中国士大夫的精神生活和价值倾向，但在艺术方面，因其注重点在艺术和艺术的功用上，所以未能实现真正的超越。虽然道家思想最初的关注点不在艺术，但正因为其倾向于“自然”，所以能够摆脱道德、教化、功用种种限制。也正是因为其关注点不在艺术，所以它能够切近艺术的真谛，正如郭绍虞在论述道家的文学批评思想时指出，道家虽不论文却能攫得纯文艺的神秘性，其在文学批评上的价值和影响，则道家所论固远胜于儒家。[③]

对立德立功的重视剥夺了艺术的独立性，这是儒家正统观念的局限。道家因其不执于一端的立场对这种观念进行了解构，这是旧传统内部道家美学所载负的历史意义。自西学入侵、传统崩溃的晚清以来，中国一步步走向现代化，新的历史赋予了道家美学不同于以往的现代意义。

叶维廉认为道家美学代表着中国的美学风范，并以此与西方形成显著差异。他希望中西文化可以达成文化的交融——“假定西方的读者哪一天肯开怀接受部分东方的美感领域及生活风范，假定我国的读者不再过度地

---

① 王元化：《传统与反传统》，上海文艺出版社1990年版，第33页。

② 王元化：《传统与反传统》，第51页。

③ 郭绍虞：《儒道二家论“神”与文学批评之关系》，《燕京学报》1928年第4期。

迷惑于物质主义自我中心的西方的思维方式和内涵"[①]。"在我们看来，庄子的'无待'，常常被视为绝对自由的最高典范，却必须与他强调的'齐物'思想连在一起看；它从根本说是大异于西方垄断的、自我中心的、个人主义的取向的。"[②] 叶维廉期望从传统文化中汲取营养，以期实现中西文化的这种互补交流。

问题在于，以道家美学作为中国诗学和美学的据点，这一对道家形象的现代塑造能够在多大程度上代表中国文化？在叶维廉看来，近现代以来中国社会的现代变迁在某种程度上牺牲了中国文化的合理精神，激进的功利主义思想与道家思想成为截然对立的两面。但是，在中国本土，道家精神也并非是一枝独秀、一成不变地得以延续的。相对于现代牟宗三、张君劢等人对新儒学的提倡，道家精神并没有成为主导话语。仅仅以道家精神作为中国美学风范的主流，把中国美学风范归结为国粹文化，叶维廉的立场是带有新保守主义色彩的。当前大众文化的兴盛远远背离了昔日的文化传统，知识分子这种怀旧式的理想也只是一个一相情愿的乌托邦。以道家美学为主导，必然走向本质主义的中国美学：把中国阐释为铁板一块的实体——把东方视为西方的反面或所谓"他者"，认为两者在哲学、美学、文学以及社会生活方面，都没有共同之处。从本质主义的立场出发，必然把东西方文化归结为各不相同、固定不变和超越历史的某种传统，而忽视不同文化自身历史的变化、不同文化在言说方式上的一致性。西方所谓的东方，是一个充满了异国情调的形象。之于东方学者，描述这种异国情调，而忽视中国文化现代性进程面临的诸多困境，往往陷入另一个极端立场。主张对经典的回归并不能从根本上解决文化的争端。

把传统和现代看成截然对立的两面，一方面忽略了历史传统的传承性，一方面夸大了现代化的负面影响而反倒看不清现代化对传统的扬弃。因此，在批判西方文化时，把中国理想化、浪漫化和神圣化，往往陷入另一种自我中心立场。在西方世界，视非西方文化为与西方文化截然不同的另一种文化模式，赞同异国情调和神秘东方的态度，正是一种潜在的殖民

---

① 叶维廉：《语法与汇通——中国古典诗与英美现代诗美学的汇通》，参见《叶维廉文集》（第壹卷），第121页。

② 叶维廉：《历史整体性与中国现代文学研究之省思》，参见《中国诗学》，第202页。

心态；对于东方学者，强调东方文化对西方文化的超越，倾向于国粹，却是一种故步自封的保守主义心态。两者并不是跨文化交流所应持的平和心态。

第三节 现象学与中国文艺理论沟通的可能性

尽管现象学在20世纪20年代至30年代已经达到了它的繁盛时期，但它真正进入汉语学界却是半个世纪以后的事情，“直到60年代，现象学方面的中文著述才开始出版。但对现象学的研究首先是从法国存在主义的介绍开始的”，“现象学在中国的较为广泛的传播是在1978年以后”①。20世纪60年代以来，以现象学视野观照中国文艺理论成为学界的一个新倾向；这也是现象学真正进入中国文艺理论研究领域的新开端。② 这个新倾向肇始于台湾学者及美国华人学者的庄学研究。自1966年台湾学者徐复观的《中国艺术精神》尝试用现象学的观念阐释庄子以来，刘若愚的《中国文学理论》（1975）、叶维廉的《饮之太和》（1980）等在这方面作了进一步的探索，现象学与中国文艺理论特别是《庄子》的可供沟通之处是其中最为热点的问题。

一、刘若愚、徐复观的理论探索

20世纪60年代以来，徐复观、刘若愚和叶维廉不约而同地尝试把现象学运用于《庄子》研究中。饶有意味的是，在汉语学界现象学作为“第一哲学”受到重视竟然是从艺术领域开始的。刘若愚、徐复观十分合拍地强调现象学与《庄子》的汇通之处，这与20世纪60年代以来现象学在美

① ［瑞士］Iso kern、倪梁康：《现象学在中国》，《江海学刊》2000年第5期，第72页。

② 就笔者所触及的资料看，20世纪60年代以降，文艺理论研究领域对现象学的接受和运用是现象学在中国传播的第一站。

国和台湾的传播直接相关。[①] 这也正是现象学能够与庄子进行对话的外在诱因。现象学在欧洲的盛行时期与在中国的影响时期的这种错位，可以归因于历史的选择倾向，不同时期学界总有着不同的价值观念和理论趋向。[②]

徐复观的《中国艺术精神》专门把艺术精神的主体——心斋之心与现象学的纯粹意识进行了比较。徐氏认为心从实用与分解之知中解放出来，而仅有知觉的直观活动，这即是虚与静的心斋，即是离形去知的坐忘。此孤立化、专一化的知觉，正是美的观照得以成立的重要条件。并且他认为现象学的归入括号、中止判断，实近于庄子的忘知。不过，现象学是暂时的，而庄子则是一往而不返的要求。因为现象学只是为知识求根据而暂时忘知；庄子则是为人生求安顿而一往忘知。现象学的剩余，是比经验的意识更深入一层超越的意识，即纯粹意识，实有近于庄子对知解之心而言的心斋之心。再者，徐氏认为现象学强调主客合一，并且认为由此所把握到的是物的本质。而庄子在心斋的虚静中所呈现的也正是“心与物冥”的主客体合一，并且庄子也认为此时所把握的是物的本质。庄子忘知后是纯知觉的活动，在现象学的还原中，也是纯知觉的活动。庄子强调“虚”，所以现象学之于美的意识，只是傥而遇之，而庄子则是彻底的全般呈露。凡是进入到美的观照时的精神状态，都是中止判断以后的虚、静的精神状态，也实际是以虚静之心为观照的主体。[③] 但徐氏认为现象学并不曾把握到心的虚静本性，未能见到艺术精神的主体。徐复观认为庄子的这种艺术精神正因为是从人格根源之地所涌现、所转化出来，所以是彻底的艺术精神；这也正是现象学所无法比拟的。[④]《中国艺术精神》的后半部用大量篇幅论述了古代画论，在徐氏看来，由庄子所显出的典型，彻底是纯艺术精神的性格，而主要又是结实在绘画上面。因此该书“第三章以下，可以看

---

① 现象学在美国和台湾的传播见［美］赫伯特·施皮格伯格的《现象学运动》第四编“现象学运动的地理分布”。

② 尽管现象学和实用主义在西欧和美国的盛行大致处于同一时期（现象学的创始人物胡塞尔和实用主义大师杜威同出生于 1859 年），但在中国相对于五四时期胡适对实用主义的青睐而言，现象学在中国学界登台并产生影响却是半个世纪以后的事情。

③ 徐复观：《中国艺术精神》，第 47 页。

④ 徐复观：《中国艺术精神》，第 79 页。

作都是为第二章作证、举例”①。

刘若愚的《中国文学理论》(*Chinese Theories of Literature*，1975)英文版于1975年在美国出版。在“形上理论”一章，刘氏专门把中国的形上理论与法国现象学美学家杜夫润(Mikel Dufrenne，大陆译为杜夫海纳)的理论进行了比较，意在“唤起注意其中某些要素展示出与中国形上理论显著的类似点”。在刘氏看来，“形而上理论”是“最有趣的论点，可与西方理论作为比较；对于最后可能的世界文学理论，中国人的特殊贡献最有可能来自这些理论”②。刘氏所作的比较大致如下：首先，中国形上批评家认为文学和自然都是“道”的显示，杜夫润认为艺术和自然都是“有意义的存在”的显示，这种“存在”的概念，可与道家认为“道”是所有存在之整体的概念并比。其次，现象学与中国形上观更类似的一点是：杜夫润肯定主体与客体的一致，以及“知觉”与“知觉对象”，或者“内在经验”与“经验世界”的不可分，这正像中国形上观批评家肯定“物”和“我”一体，以及“情”(内在经验)和“景”(外在世界)不可分。③再次，现象学和庄子都不依赖原始直觉，而意求达到摒弃经验知识以后，可称为“二度直觉”的状态，庄子“心斋”正像胡塞尔的判断的中止。④

徐复观和刘若愚所描述的庄子与现象学的可供沟通之处，是不是东方和西方哲学思想的一次不期而然的巧合的相似呢？徐氏和刘氏的论点大致可以归纳为道与存在的比较、庄子的心物为一与现象学的主客为一的比较，以及庄子的心斋和坐忘与现象学的还原的比较。

首先，就道与存在所具有的终极意义而言，它们具有一致性，因为它们都力图为那不可命名的形而上问题进行命名。但是道所具有的形而下品格也是非常明显的，庄子认为道“无所不在”(《知北游》)，他强调“齐物”(《齐物论》)、“与物宛转”(《天下》)。道虽然是不能通过知觉活动把握的，但通过“游”，即“心”与“自然”的自由交流，可以达到“独与天地精神往来而不傲倪于万物”(《天下》)的境界。虽然庄子认为道“恍兮惚兮”，但他认为道又存在于生活经验之中，所谓“在蝼蚁”、“在

---

① 徐复观：《中国艺术精神》，第4页。

② 刘若愚：《中国文学理论》，(台北)联经出版事业公司1980年版，第27页。

③ 刘若愚：《中国文学理论》，第109页。

④ 刘若愚：《中国文学理论》，第113页。

稗”、“在瓦”、“在屎溺”（《知北游》）。

其次，庄子的心物为一与现象学的主客为一有着实质性的不同。胡塞尔批判了自然主义，他认为现象之根源处于现象对之显现的认识主体的意识之中。现象学以意向性问题作为开端，意向性把认识和对象统一起来，意向是意识意指某物，这里体现了主体和客体的共同存在。但从根本上看，胡塞尔现象学仍是以主客体的相互对立为前提的，只不过他所关注的中心在主客体相关联的意向性，重在对意识形式、主观活动结构进行分析。即使是杜夫海纳，它在强调主体和客体的协调时，又引进了另一个本体论的概念——先验，他认为在先天的层面，主体和客体实现了高度的协调。杜夫海纳认为，情感是主体与客体融合在审美经验之中，从而实现交流的“关节点”。可以说，在杜夫海纳那里，先验和情感是实现主体和客体交流的前提。庄子的“齐物”思想更强调自然万物各自为春、互不妨碍、逍遥自在的情形；庄子希望排除知识、人为对于人与自然这种单纯关系的介入。社会的动荡和阶级的差别是庄子的主要批判对象，他提到了“绝圣弃智”，代表知识构成的概念、思想应该也在他的“小国寡民”的理想国的范围以外。强调天人一体，故庄子又是否定情感的[①]，因此仅仅从主、客之合一出发而认为庄子与现象学思想的趋同，是不符合庄子与现象学的文本原意的。

再者，庄子“心斋”和“坐忘”与胡塞尔的所谓“还原”、“加括弧”包含着不同的意义。庄子的心斋和坐忘，带有很强的自省色彩；而胡塞尔的所谓还原，更多地强调在纯粹意识领域对先见、知性的排除。庄子的心斋和坐忘趋向的是忘知，而现象学的还原、加括弧趋向的是纯粹意识。前者更侧重于一种生命体验状态，而后者为的是获得彻底的知识。现象学所作的努力并非单纯返归的心理活动，它的最终指向仍然是现象的呈现方式及其意义。“还原”的最大教导是：“彻底的还原是不可能的。”[②] 梅洛·庞蒂的这句话从侧面说明这种努力尽管有着美妙的设想，但不是完美和全能的。

徐复观认为庄子的精神是彻底的艺术精神，就庄子与现象学而言，它

① 《庄子·大宗师》曰：“若然者，其心志，其容寂，其颡頯；凄然似秋，暖然似春，喜怒通四时，与物有宜而莫知其极。”庄子向往的是去除心机和欲望的自然之情。

② ［法］梅洛·庞蒂著，姜志辉译：《知觉现象学》，商务印书馆2001年版，第8页。

们虽有可以沟通的地方，但就艺术精神而言，现象学显然不及庄子。就现象学的关注点而言，在胡塞尔那里，现象学并不是以对艺术的解释为任务的，它以对“自然主义”的批判为出发点，所关注的是现象的显现方式。而庄子的艺术精神其根源在于对人生境界、人格精神的关注。徐复观对庄子的阐释开辟了20世纪60年代以来庄学研究的新天地，但他对现象学与庄子所作的比较，虽然注意到了庄子的独特之处，却没有相应地注意到现象学的理论背景。所以徐复观才仅仅局限于以庄子所体现的艺术精神比之于现象学。

刘若愚旨在寻找“世界性的文学理论”，因此他更多地注意到了中西文论中可供沟通的共同命题，以及这些命题所具有的一致性的理论趋向。这种综合的努力虽然遭到了一定的非议，但这种工作的先行意义却是不容忽视的。但道与存在、庄子的主客合一与现象学的主客合一之所以能相提并论，却仅仅因为它们是可以共通的，而不是共同的。

不可否认以西释中对古典文本重新解读的意义，但问题在于这种沟通是否站在同一平台，其中的共同话语又是否具有有效性？就徐复观、刘若愚的研究而言，他们的理论的价值取向一是出于对民族文化精神的维护，一是出于对西方科学主义和实证主义的反思和反击。而庄子与现象学的关系成为这两个价值取向的一个最为恰当的例证。正因为此，他们更注重在经典文本中发掘中西美学可能沟通的共同点，《庄子》成为与现象学衔接的最为有力的资源。剥离了两种理论的历史文化背景，仅仅把它们进行内容上的比较，可能会有许多惊人的发现，但这种比较的危险性也恰在于此，相似背后可能存在着巨大的差异，差异背后也可能有着相同的立足点。

二、叶维廉的综合与实践

1970年以来，叶维廉开始探讨中国传统美学（尤其是道家美学）在诗中的呈现及其与西洋现代诗之间的融汇。《无言独化：道家美学论要》（收于1980年出版的《饮之太和》）和《言无言：道家知识论》两文是这一论题的力作。叶维廉以一个文化边缘人的身份对自己本土的文化传统进行了新的评估。作为中国美学的根系，道家美学在他看来并非是已经枯死的僵尸，而是一脉源远流长的活水。它滋润着中国诗学的美感经验，并使得这种美感经验在历史的长河中得以彰显。

之所以推出道家作为与西方哲学对话的主角，是因为在他看来，道家美学作为中国诗学美感经验的主流，它的路向与西方哲学的传统是迥异的。两个文化性格如此迥异的理论如何能够实现交流？其价值又何在？叶维廉虽然没有明确地回答这个问题，但从他的表述中我们可以看出，他是以道家美学与现象学之间的汇通为理论架构的。西方的现象学特别是海德格尔的存在主义现象学是他反思中国美学的参照；而中国的道家美学思想是对西方哲学的一个有力反拨。海德格尔的现象学与道家美学之间之所以能够实现这种沟通，是因为现象学从本质上是反形而上学的；而中国的道家主张“道无所不在”。在对待理念与现象之间的关系这一问题上，现象学与道家美学具有方向的一致性。

叶维廉认为，庄子的现象哲理是对西方哲学传统的一个最为有力的反拨。[①] 之所以以“现象哲理”来概括道家哲学的意义，是因为叶维廉是从“观物方式”入手分析道家美学的。胡塞尔关于意识活动的意向性思想启发了他从物我关系入手考察中西美学之差异。在叶维廉看来，现象与本体的差异是西方传统哲学的基本精神，但在庄子哲学那里，却不存在这种差异。正是基于“以物观物”的观物和表达程序，道家美学才使得自然的本来面目得以呈现。基于对道家和自然认识的描述，叶维廉认为，“道家的‘心斋’、‘坐忘’的意识，不如西方企求跃入形而上学的本体世界；对道家而言，宇宙现象本身‘便是’本体世界”[②]。

叶维廉观念中的“现象”是依托于现代汉语语境的。他所谓的“现象”不同于胡塞尔“现象学”所谓“现象”。在叶维廉看来，现象是与自然相对的，自然因为人类对之看法的不同而呈现不同的面貌。道家排除了

---

① 叶维廉“庄子的现象哲理”这一提法，出自《中国古典诗中山水美感意识的演变》一文，“山水在古代诗歌里，由衬托地位腾升为主位的美感观照对象，其间最核心的原动力是道家哲学的中兴。而其中郭注的庄子，影响最大”，“郭象注的南华真经不仅使庄子的现象哲理成为中世纪的思维的经纬，而且经过其通透的诠释，给创作者提供了新的起点”。

② 叶维廉：《无言独化：道家美学论要》，参见《叶维廉文集》（第贰卷），第137页。

知性、理性等人为因素的干扰，使得自然的面貌得以真实地呈现；如果有着知识、名制的负担，则不能亲近自然的本真。叶维廉强调“直观”对于道家美学的意义。在他看来，道家对于知性、理性等人为因素的排除，是因为其对直观的重视。“山水自然之值得浏览，可以直观，是因为‘目击而道存’（‘寓目理自陈’），是因为‘万殊莫不均’，因为山水自然即天理，即完整。”① 而最完整的天机即自然的混沌，即“概念、语言、意识发生前”的无言世界的历验，在这个世界里，质原貌朴的万物万象可以自由兴发地流向我们，“庄子强调‘未始有物’，老子强调‘复归于婴’，是因为‘古之人’在浑然不分里对立分极的意识未成立之前，儿童在天真未凿的情况下，都可以直接地感应宇宙现象中的具体事物，不假思索，不借抽象概念化的程序，而有自然自发的相应和”②。

中国古代的文艺理论不乏对于情景关系的精辟见解，但自觉从物我关系这一角度对艺术家和自然的关系以及艺术作品由此体现出来的特点进行考察的却始自近代的王国维。王国维曾尝试对中国诗的观物方式进行考察。他在区分了“有我之境”与“无我之境”的基础上提出“以我观物”和“以物观物”之不同：

> 有我之境，以我观物，故物皆著我之色彩。无我之境，以物观物，故不知何者为我，何者为物。（《人间词话》第三则）

王国维以“以我之境”和“无我之境”区分了诗词作品中作者与自然的关系，“有我之境”指的是作者在所描写的景物上凝结自己浓郁的悲欢哀乐之情，而“无我之境”指的是宁静自然景象使作者陶然忘机，与之浑化。此处，王国维对诗词作品中物我关系的考察来源于他对中国道家美学“以物观物”传统及叔本华美学的接受。在《叔本华之哲学及其教育学说》中，王氏以叔本华哲学“忘利害关系”、“全离意志关系”的意义阐释“无我之境”，认为“无我之境”所体现的正是“优美”的境界。其实，“以物观物”也暗合了道家美学素处以默、虚以待物的思想传统。

---

① 叶维廉：《中国诗学》，第92页。

② 叶维廉：《叶维廉文集》（第贰卷），第130页。

叶维廉得力于现象学的概念去分析和阐释中国固有的美感意识和美学观念。他受现象学“意向性活动”的启发，从“观物方式”入手探讨中西山水美感意识的差异，并进而探讨中西美学的一些基本问题。在研究中，叶维廉发现很多中西山水诗的比较研究结果都趋于表面化而不见落实，于是他从中西不同文化根源的模子出发，对其由观物应物表现的程序上的不同进行了探索，从而将陶潜、谢灵运等中国山水诗人的创作与英国华兹华斯的山水诗区别开来。他受胡塞尔对于物我关系思考的启发，认为中国诗人对自然“即物即真”的感悟，正是排除了 Noetic（知性、理性）的结果。在他看来，“知性”、“理性”对中国诗人的心智活动起不了作用，“王维的诗，景物自然兴发与演出，作者不以主观的情绪或知性的逻辑介入去扰乱眼前景物内在生命的生长与变化的姿态；景物直观读者目前，但华氏的诗中，景物的具体性渐因作者介入的调停和辩解而丧失其直接性”①。可以说，正是基于对物我关系的思考，叶维廉才得以区分出中西山水诗的显著差异。

叶维廉进一步把这种观物方式的差异归结为中西文化模子的差异，强调不同文化间的文本进行相互对照比较的必要。这也是他不同于先前比较诗学研究学者的一个最大特点，如他所说：“对于东西文学批评及东西文学本身同时有深湛的了解的学者如钱钟书和陈世骧，他们的研究中也确实可以给我们很多精奥的启示，但在纯学理上方法上或我称之谓‘模子应用的自觉’方面，当时还没有正面的提供。”②

对“观物方式”及其“文化模子”的考察是叶维廉解决中国美学、中国文学问题的基本出发点。以现象学为契入点，深入到中国文化寻找可以阐释中西方美学的共同命题——“观物方式”，这是叶维廉在比较诗学研究过程中的理论贡献，也是他较之于刘若愚、徐复观的显著不同之处。以对观物方式这一命题的思考为基础，他对中西比较诗学、美学领域最为基础性的问题进行了思考。他对道家美学及中国山水诗意义的重新发现在当代的中国诗学研究中具有开拓性的意义。

---

① 叶维廉：《中国诗学》，第 89 页。

② 叶维廉：《中国古典文学比较研究·前言》，（台北）黎明文化事业股份有限公司 1978 年版，第 3 页。

叶维廉注重寻找“跨越中西文化的共同文学规律”，他强调中西“文化模子”之不同，从而克服了研究中盲目比附的缺陷，对把比较引向语言、文化、历史的纵深具有开创性的意义。他在理论研究法和文本阐释学方面给我们的启示是：从“文化模子”的多样性出发，我们应该尊重不同文化的独特性，从而趋向更加理性、更加具有可比性的对话。

从刘若愚、徐复观和叶维廉的理论实践中我们可以发现，寻找现象学与中国文艺理论的可供沟通之处，一直是一个艰难的跋涉过程。一个理论从表面上看可能符合研究者的主观意图，但是如何冷静地运用它，排除文化民族主义情绪或西方中心主义的影响，避免简单地以此比彼，实在是中西比较研究中一个值得注意的问题。就拿现象学来说，中国学者如何在其有效的范围内运用它是一个首要解决的问题。任何一种理论都有其产生的文化背景和适用范围，所以拿现象学和庄子作比较，流于此优彼劣的结论，往往会陷入狭隘的民族主义的陷阱之中。就叶维廉的研究而言，他所注重的是现象学与中国美学的共通之处，而非仅仅浮泛地罗列其共同之处，这与他对中西不同“文化模子”的注意是直接相关的。

三、阐释的现代性与语言沟通中的障碍

虽然在20世纪上半期，欧洲“任何哲学现在都企图顺应现象学方法，并且用这种方法表达自己”①。但现象学并非是一个能对一切文化进行操戈的理论武器。现象学在徐复观、刘若愚和叶维廉这里的待遇至少说明，理论之间虽然有着可供沟通的共同词汇，但这种词汇真正能否概括不同文本的原始意蕴，却是一个首要问题。道与存在，庄子的主客合一与现象学的主客合一，庄子“心斋”、“坐忘”与胡塞尔的所谓“还原”、“加括弧”是否有着如刘若愚和徐复观所预期的“类似点”，这已经不是一个简单的相互比附的问题，它与阐释的现代性及其语言沟通中的障碍有着直接的关系。

首先，从语言形态上看，《庄子》通过寓言展示的是一个形象化的世

① ［美］赫伯特·施皮格伯格著，王炳文、张金言译：《现象学运动·序言》，商务印书馆1995年版，第1页。

界，人与物间的相互关系构成了一个寓言最基本的价值取向。这是它与西方哲学文本显著的不同之处。《庄子》并不是以高度抽象化的哲学语汇进行论述的文本，正因为如此，对它的阐释就有了相应的自由度。20 世纪 80 年代以来，以现象学甚至后现代主义理论对之进行种种阐释就是这种自由度的施展。

当然，思想的沟通不依赖于文本形态统一与否，但不同的文本形态如寓言化的文本和哲学文本往往造成沟通上的障碍。这不仅因为一者为形象世界，一者为逻辑体系，更因为形象化文本意义的不确定性。在这种沟通的障碍背后，却又往往可以找到可供沟通的共同命题。可以说，庄子的寓言世界是一个意义敞开的世界，它提供了可供阐释的多种可能性。正因为这种不确定性，西方的各种理论似乎都能在这里找到言说权力和言说空间。

其次，中西美学的现代阐释不仅涉及西方哲学与“文学”（现代意义所谓的纯文学）的关系，还涉及西方哲学与中国传统“学术”的关系。就文学和哲学的关系而言，长期以来，哲学对文学的优势是以它的逻辑和理性为利刃的。虽然“凝缩为关键词和规范的叙述能使价值和许诺得到强化”[①]，但“批评一味信赖形式范畴致使我们像形而上学哲学家惯于对待整个经验那样来对待文学经验，即把它置于概念的控制之下，继而想象出某种上帝般的超然和权力”[②]。哲学对文学权力的剥夺是以哲学高于文学、哲学是一切知识的基本原理这样的预设为前提的。以哲学解读文学在一定程度上会造成文学意义的歪曲和流失。就哲学与学术的关系而言，近代意义上的哲学是西学东渐之后的产物，因此用近代哲学的概念和范畴阐释像《庄子》这样在传统上属于学术的思想，我们不得不思考的是西方哲学的概念和范畴与中国学术的概念和范畴能实现多大程度的沟通？中西方是否存在一对一的等值的命题和范畴？

在宽泛的意义上，我们可以将《庄子》视为文学文本。《庄子》丰富的想象力、形象化的语言和寓言的形式是符合“文学”的近代含义的。而

---

① ［美］马克·爱德蒙森著，王柏华、马晓冬译：《文学对抗哲学》，中央编译出版社 2000 年版，第 15 页。

② ［美］马克·爱德蒙森著，王柏华、马晓冬译：《文学对抗哲学》，第 10 页。

按“文学”的古代含义,《庄子》则属于“学术”。[①] 因此,对《庄子》的阐释面临两个分支,要么将其中的抽象性概念与现代西方哲学的范畴等同,要么用西方哲学的命题对《庄子》中的寓言故事进行解读。这两种倾向的危险性在于:西方哲学命题和范畴能否应用于像《庄子》这样作为现代意义的“文学”和作为传统意义的“学术”的文本?

现代阐释是以现代汉语为思维工具的,而现代汉语词汇和古代汉语词汇同字异义的现象阻碍了这种阐释。汉语词汇意义的演变并非单一文化圈的产物,19 世纪、20 世纪以来传教士的翻译著作的影响,日语“汉语”借词的影响,都无形中加剧了古代汉语与印欧语系的交流,词汇在引进与翻译过程中往往剥落了原意或添加新意,这往往造成理解和交流上的障碍。文化领域中大量的日语来源的汉语外来词,其中有很多是日本借用古代汉语的词去意译印欧语系各种语言的词汇,因而其词义与古代汉语原有的词义不尽相同,甚或完全不同。因此,我们应该反思的是:词汇能否成为学术的生长点?“一个‘哲学问题’是不知不觉采用了那些被包含在用以陈述该问题的词汇中的假定的产物;在认真地看待问题之前,应当对那些假定进行质疑。”[②] 罗蒂一方面反思了哲学是否是世界的第一原理这样一个问题;另一方面,对于哲学词汇能否准确再现现实提出了疑问。就语言学层面而言,词汇所体现出来的意义并非一对一的,它往往是在表达中确立其与文本的关系并产生其特定意义的。这种复杂性造成了交流中的障碍。

因此,完全排除文化背景和语言交流的影响,进行词汇的单纯类比,往往会造成文化交流上的更大障碍。这也正是阐释的现代性带来的负面影响。在对《庄子》的阐释过程中,主体、客体这样的现代汉语词汇成为最

---

① 按意大利学者马西尼的考证,“早在 19 世纪此词已以‘literature’之意来使用了,所以不应该把它看成是日语借词”,西方来华人士最早以现代意义的“literature”使用过“文学”这一概念。([意]马西尼著,黄河清译:《现代汉语词汇的形成——十九世纪汉语外来词研究》,汉语大词典出版社 1997 年版,第 250 页。)按郭绍虞先生的考证,两汉之前,“文学”是文章、学术的统称。

② [美]理查德·罗蒂著,李幼蒸译:《哲学和自然之镜》,商务印书馆 2003 年版,第 13 页。

为锋利的解剖刀[①]，我们是否可以预先进行如刘若愚所言“主体”相当于“心”，“客体”相当于“物”这样的设定，如果答案是否定的话，那么，“心”“物”一体即现象学所谓主客不分这样的观点将会受到置疑。我们不能盲目趋向于现象学而忽视对中国美学传统的认识，现象学与《庄子》产生于不同的文化背景，其可供沟通的思想也是极其有限的。

审美经验方面，现象学与中国美学传统有着显著的差异，杜夫海纳认为，相对于自然，“艺术充分发挥趣味并引起最纯粹的审美知觉”[②]，“存在于自然对象之中，就像存在于世界上；我们被拉向自然对象，然而又受自然对象的包围和牵连。因此，审美意向性不那样纯，它更指向自然，它针对的对象属于自然”[③]。显然，这与庄子对自然的亲近形成了鲜明的对比，在庄子看来，天地自然是最为纯粹的审美对象。中国美学是自然优先而非艺术优先的，“人与自然的关系为古人审美经验中最基本的关系”[④]。庄子对自然的重视，从根本上规定了中国古代的审美经验。而自然直接维系着“道”，所谓“道法自然”，“道”所具有的审美倾向性是指向自然的。

审美意识方面，现象学的悬搁、中止判断是一种更为抽象和理性的方式。现象学能实现多大程度的还原，是一个值得质疑的地方。正如赵汀阳在评价现象学时所言，“因为假装知识意识没有负担，所以显得‘纯粹’，同时也显得‘基本’。现象学恰恰应该把好像隐藏着的生存情况显现出来，而不是像胡塞尔那样以为知识意识是纯粹的并且基本的”[⑤]。庄子的“心斋”、“坐忘”更注重个人的生命体验，现象学对生存状态的遮蔽与庄子形成了鲜明的对比。

思想有可供沟通的共同话语，并不意味着它们处于同一对话平台。就

---

① 主体、客体这样的概念并非汉语内部的产物。现代汉语的主体和客体都是源自日本的外来词，主体（源自日语 shutai）：哲学上指有意识和意志的人；客体（源自日语 kyakutai）指外界的事物，是主体的认识对象和活动对象。现象，在现代汉语中指事物在发展变化中所表现的外部形式。古汉语《宝行经》中“观世间现象三十有九，文殊现象七十一”，谓佛、菩萨等现身于人间。

② ［法］米盖尔·杜夫海纳著，孙非译：《美学与哲学》，（台北）五洲出版社1987年版，第40页。

③ ［法］米盖尔·杜夫海纳著，孙非译：《美学与哲学》，第44页。

④ 张节末：《中国美学史研究法发微》，《浙江大学学报》2001年第4期，第50页。

⑤ 赵汀阳：《不纯粹的现象学》，《哲学研究》1999年第6期，第54页。

上述以现象学对《庄子》的阐释而言，诸位学者都提到了现象学与中国艺术理论所具有的可供沟通之处，但它们却绝非仅仅是相互佐证的关系。现象学和《庄子》产生于不同的文化背景，它们的思想也并非能够纯属巧合地完全相似。对于中西方读者而言，如果不从原典入手而忽视它们之间的差异，或许所见只能如盲人摸象般有所局限。因此在进行比较研究时，如果脱离具体文本的文化背景，仅仅罗列其相同或相异之处，其危险性是不言而喻的。我们在关注西方诗学与中国诗学的一些共同概念和范畴时，应该重视这些概念和范畴各自所具有的丰富意蕴，应该关注不同理论在思维倾向上的共通性及其互相启发之处。

从物我关系的角度看，现象学与道家美学有着可沟通之处。西方哲学史上自古希腊以来，对主客二分的强调一直是哲学上的一个中心问题。以二分法为基础问题，对思维与存在、人与自然对立性的强调成为哲学思维的显著特点。现象学的出现无疑对这种二分法进行了强有力的冲击，梅洛·庞蒂曾将现象学看成是克服主观现象与客观现象划分的谨慎尝试。现象学集中注意观察现象显现的方式和揭示现象在我们意识中的构成，它将存在的信念悬搁在一边，在接受现象时的虚心的态度体现了它的周密性和以科学概念对现象作简化的反抗。从这种意义上说，现象学是对主客二分的克服。庄子齐天人、齐物我、齐生死的思想同现象学有着可参照之处。但《庄子》更多的是出于对社会和人生的思考，其旨在“通天地之统，序万物之性，达死生之变，而明内圣外王之道，上知造物无物，下知有物之自造也”①。庄子为现象学提供了另一个参照，即将对待物我关系的态度与人生状态、终极关怀的思考直接联系起来。

再者，现象学对审美知觉的重视和对意向性的论述，直接启发了对中国美学“审美经验”的重视。从意识主体与现象客体之间的关系入手，即从观物方式入手，考察中国美学问题，这是现象学给予我们的最大启发之处。对审美关系的关注，克服了研究中二元对立的思维习惯，从而避免了仅仅以唯心主义或唯物主义的标签给中国美学的一些问题定性。如叶嘉莹先生注意到“西方现象学之注意意识主体与现象客体之间的关系，与中国诗论之注重物我交感之关系，其所以有相似之处，也就正因为人类意识与

① 郭象：《〈庄子〉序》，郭庆藩：《庄子集释》，中华书局 1961 年版，第 3 页。

宇宙现象接触时，其所引起的反应活动，原是一种人类之共相的缘故”①。叶维廉对于现象学与中国艺术理论的沟通所进行的探索，就是以观物方式为契入点的；他对中西观物方式之差异的思考直接深入到中西美感经验生成的基础之上，从而对中西美学的个性有了更为深刻的认识。

现象学对于中国学界更深层意义上的启发之处，在于它为我们重新审视中西美学的沟通提供了一种反省性的可能。现象学大师胡塞尔所谓“面向事实本身”，意味着不偏执于概念上的探索，不为种种先见干扰。在我们的研究中，对现象学与中国文艺理论的沟通保持一种清醒的态度，不盲从、不轻断，才是现实和可取的。

第四节　刘若愚、叶维廉之于当代文论研究的意义

20世纪50至70年代，由于社会主义与资本主义两大阵营意识形态与文化范式的根本对立，以及史无前例的文化大革命的冲击与破坏，和其他学科一样，中国大陆的比较文学学科不仅没有发展，反而遭到扼制，比较诗学几近一片空白。而这一时期的海外华人与港台学者虽然同中国大陆几乎没有学术联系，但他们依然于此期间在西方的学术氛围下继续进行比较诗学的研究，这在很大程度上弥补了中国大陆中西比较诗学研究的不足和研究的空白时间段。他们的研究视野能够及时跟上西方文学理论发展的步伐，也是当时甚至80年代以后大陆学者所无法相比的。

多元世界容纳多元方法，殊途同归是全球化的特点和趋势。海外学者研究中国文论的方法是各自不同的：宇文所安（Stephen Owen）的《中国文论：英译与评论》选择了通过文本一段中文、一段英译地来讲述文学思想；魏世德（John Timothy Wixted）的《论诗诗：元好问的文学批评》选择了以某种著作为中心，详细论述其背景，并一直追溯到文学讨论的源头；余宝琳（Paulin Yu）的《中国传统的意象阅读》选择了通过一个核心问题，进行深入而广泛的探讨。而诸种方法中最流行方法则非刘若愚《中

① 叶嘉莹：《叶嘉莹论词》，上海古籍出版社1999年版，第88页。

国文学理论》中的方法莫属。即按照西方理论，将中国文论分成几大类，再选择原始材料予以印证。

因此，1975年海外第一部研究中西比较诗学的著作——刘若愚先生的《中国文学理论》对海外比较诗学的影响是非常深远的。该书作为一部以英语完成的中国文学理论专著，以全新视角立意，完全摆脱了传统中国文学理论的俗套，给中国文学理论研究提供了重要的思考方法和思想资源，而且作为一部以英语完成的中国文学理论专著，在打破中西文化研究的壁垒方面也作出了开拓性的贡献。

追根溯源，刘若愚的比较诗学体系发轫于1962年他发表的英文著作《中国诗学》。全书共分为三篇："作为诗之表现媒介的中文"、"中国的传统诗观"、"走向一个综合的理论"。这部早期著作自有其不成熟之处，然而由此开始，刘若愚便展开了他建构中西比较诗学循序渐进的努力。

首先，始终关注语种之间的差异。刘氏始终秉持着建立普遍适用的世界文学理论与方法的理想，不回避差异，而是分析差异，为最后的中西诗学理论的综合做积极准备。对不同语种之间差异问题的思考，形成他后来的两部著作：《语际批评家：阐释中国诗歌》和《语言·悖论·诗学：一种中国观》。其次，尝试将中国文论系统化。对这一方面深入思考的结晶就是上文详述的《中国文学理论》。最后，在综合中西诗观的基础上建构自己的诗学观念和诗评方法。在这一过程中他始终坚持理论联系实际，形成了另外三部著作：《李商隐的诗》、《北宋六大词家》和《中国文学艺术精华》。此外，还有一部向世界展示中国古代多元文化之侠客文化的《中国之侠》。

就刘若愚的比较视野来说，他在中西方文论之间构成的富有意义的对话当然体现了他所说的难能可贵的"世界文论"的普遍诉求，或者说这也是经由理论推演而使中国文论进入西方理论视野的有效尝试。他所作出的艰苦努力和取得的丰硕成果，理应受到后来学者的理解和尊重。在詹杭伦的《刘若愚——融合中西诗学之路》这本综述刘若愚的专著中，詹杭伦曾引用夏志清在致刘若愚悼文中所给的表述：

刘若愚不止是用英语讲述中国诗学的"语际批评家"（interlingual critic），他更想成为把中国传统诗学与20世纪欧美文学理论综合起来而自成一家之言的“语际理论家”（interlingual theorist）。“语际批评家”与“语际理论家”这两个称号无疑为英年早逝的刘若愚教授打造了一顶沉甸甸的学术桂冠。①

杨乃乔在《全球化时代的语际批评家和语际理论家——谁来评判刘若愚及其比较文学研究读本》的论文中谈到了刘若愚教授复杂的学术角色，他也认为部分学者评价刘若愚“以西释中”的说法缺乏全球化时代文学理论研究的国际性眼光。“与其说是从一种狭隘的本土视阈给出的闭守性与维护性评价，不如说是从文学理论研究的民族主义者跌落到后现代的本土主义的保守主义者。”② 我们必须客观地承认文化间的差异是不可能完全消除的，这也正是世界多样性的一个重要表现。至于最后谁来评判及怎样评判刘若愚教授及其比较文学研究的诸种读本确实是当下国内汉语学界应该思考的问题。古今中外多少例子已经证明，“误读”（misreading 或 misunderstanding）无处不在、无时不发生。误读在很多方面都是不可避免的：无论是刘若愚之于中国文学理论，还是我们之于刘若愚。我们不妨乐观一点，既然无法避免，那就不要回避。误读的效果也可以是正面而积极的，在一定程度上可以加速主体文学与客体文学、本土文化与外来文化的融合。兼容并包的过程，也是世界文论大花园百花齐放的盛大展览，这应该正是我们所希望看到的。显然，刘若愚的努力证明了他一直在不遗余力地向此目标迈进。

刘若愚关注得更多的是比较之“同”，然而就理论的发展来说，也许比较之“异”更应该获得充分的讨论并展现出相应的价值和意义，也只有这个“异”的前提，才会为不同的文论系统之间提供互为增益的机遇，而最终拓展对于文学的理解。对于先贤筚路蓝缕的开拓，善于学习并敢于超越，这才是后继学者应有的学术胸怀和抱负。

同刘若愚一样，叶维廉也以西学视野观照中国诗学，尝试实现古典与现代、东方与西方的汇通。站在中国本土文化立场，叶维廉对传统进行了

① 詹杭伦：《刘若愚——融合中西诗学之路》，第 1 页。

② 杨乃乔：《全球化时代的语际批评家和语际理论家——谁来评判刘若愚及其比较文学研究读本》，《徐州师范大学学报》2006 年第 2 期。

温情的观照，并热切希望实现本土文化的延续。

他在继承中国传统文化的同时，运用西方理论对中国诗学、美学理论进行了富有创造性的现代阐释。叶维廉对道家文本的现代阐释，肯定了道家美学对知识、权力和语言的否定，为道家美学与现象学之间的沟通提供了有益尝试，为新时期的美学研究开启了一扇通透的视窗。从知识论、语言学、阐释学的角度联结传统和现代，道家美学的新意正是在这一现代视阈中得以生成。

叶维廉对传统的肯定基于两个反思，一是对五四新文化运动的清理。虽然当时的仁人志士所倡导的启蒙思潮确有历史变革的进步意义，但却造成了历史的中断，“也正是这些外来的信念，在当时甚至现在，仿佛都已染上了神话的色彩，极大地触扰了中国本源的感受性，造成一种延续不断的异化感与隔离感”①。二是对西方现代化进程的批判，“西方理性控制、支配进而异化了自然界，将其变成了一件物体来对待。这一个过程，不只使人与大自然失调，而且使得人自己变成了一件物体”②。而这两个问题的根源正在于现代理性对人性的缩减，这是中西文化共同面临的危机。

在《创世纪》1999 年秋季号中，叶维廉说在现代更加需要道家思想，因为它是真正意义上使人解放的哲学，他自己正致力于把道家精神投向现代艺术。如果承认中西方各自的传统，那么，在何种程度上，中西方文化能够实现并行不悖的发展？“在我们看来，庄子的‘无待’，常常被视为绝对自由的最高典范，却必须与他强调的‘齐物’思想连在一起看；它从根本上说是大异于西方垄断的、自我中心的、个人主义的取向的。”③ 道家美学为我们提供了一个重新审视历史的视角，这是它所蕴涵的现代意义。在全球化的历史时期，历史赋予了传统以文化建设的意义。问题在于现代化的趋势是不可阻挡的，我们不能紧拥传统而故步自封。

以“现象哲理”概括庄子的观物方式，以“直觉”和“经验”阐释庄子的观物方式，叶维廉对现象学的胡塞尔和海德格尔以及现象学和实用主义之间的理论冲突进行了调和。首先，以胡塞尔作为“第一哲学”的现

---

① 叶维廉:《中国诗学》，第 203 页。
② 叶维廉:《中国诗学》，第 203 页。
③ 叶维廉:《中国诗学》，第 202 页。

象学阐释道家美学，却与胡塞尔背道而驰走向了海德格尔，因为胡塞尔的纯粹意识并非直觉意义上的非理性的体验。而以海德格尔为代表的存在论现象学阐释道家美学，则是基于现象的最根本含义——真正显现自身。其次，叶维廉以“直觉”和“经验”阐释道家美学，却并没有循康德一派，他所秉承的是以杜威、詹姆斯为代表的美国实用主义。以实用主义阐释庄子，他重现了道家美学的经验内涵，却在一定程度上掩盖了道家与实用主义的差异以及美国实用主义和欧洲大陆“第一哲学”现象学的交锋。胡塞尔从数学和纯粹逻辑出发，企图追寻确定性的知识和意识对现实的准确再现；而在实用主义者那里，真理和体系这样的东西只是一个精致的假定而已，重要的是经验所明示的事实。这是叶维廉对道家美学进行现代阐释的知识谱系。

这显示出传统的现代阐释中的一个悖论。叶维廉对道家美学的现代阐释是超越性的，由于阐释视野是跨文化和跨时空的，道家美学的现代意义得以生成；但意义生成的前提是以现代知识的增长为前提的。叶维廉批判了现代理性对人性的缩减，但又无法回避运用现代知识对中国传统进行阐释。叶维廉并没有重新开始，他的命脉必然依赖于传统，并以自己的方式回应传统。但他并没有因此走向封闭和保守，如他所言，我们必须同时顾及不同“模子”的历史，始可以找出适当的重点加以比较和研究。[①] 不同文化模子的比照和互识，是阐释的基础，它使得传统的现代意义的生成成为可能。

---

① 叶维廉：《叶维廉文集》（第壹卷），第40页。

第二章

港台及海外新儒学语境中的中国艺术精神

现代新儒学思想博大精深，研究领域涉及历史、哲学、艺术、道德、宗教等，20 世纪 80 年代以后逐渐成为“显学”。但国内外学界对现代新儒学的研究重心主要集中在其哲学、文化思想层面，相关成果很多，而对其文艺思想的研究相对来说可谓涉足者稀。虽然进入新世纪以后对于这个层面的关注和研究有增多的趋势，但要么是片言散论，缺乏整体观照，要么是所有问题皆纳入囊中，缺乏问题意识。笔者在对台港及海外新儒学思想进行考察的时候发现，他们中有三位学者前后相继地探讨过同一个重要话题：中国艺术精神。这三位学者便是已经逝去的唐君毅先生、徐复观先生，还有正延续着新儒学薪火的美国华裔学者杜维明先生。“中国艺术精神”不管是在现代新儒学的思想体系中，还是在 20 世纪中国文论的建构史上，都是一个非常重要的命题。它标志着时代文化的动向，彰显着中国文化在困境中的挣扎和出路，也体现着现代新儒学独特的美学视角和方法，其现实意义和学术价值都不容小视。

第一节　道德理性与中国艺术精神

说到“中国艺术精神”，我们马上会想到徐复观先生的那本影响甚广的《中国艺术精神》。很多学者认为徐复观是提出这个问题的第一人，然而事实并非如此。明确标举“中国艺术精神”的第一人是与徐复观同被称为台港新儒家的另一位学者——唐君毅。唐君毅先生在《中国文化之精神价值》一书中首次提出中国艺术精神这个命题。该书虽初版于 1951 年，但实“动念于十年前”[①]。唐君毅在自序中叙述了写作缘起：

原余于十七年前，即曾作一长文，名中国文化之根本精神论，发表于中央大学文艺丛刊。当时曾提出“天人合一”与“分全不二”，为解释中国文化之根本观念。继后三四年中，曾陆续对中国之哲学、文学、艺术、

---

① 唐君毅：《中国文化之精神价值·自序》，广西师范大学出版社 2005 年版，第 1 页。

宗教、道德皆有所论。后辑成中西哲学思想之比较论集，予正中书局出版。在此书印刷之际，正个人思想有一进境之时，及该书印出，即深致不满，并曾函正中书局，勿再版。然书局仍续有再版印行，遂欲另写一书，以赎衍尤。①

根据这段话，我们可以推算，他对中国艺术精神这个问题的思考大约是在1937至1938年，而后可能又作了一些修改补充。也就是说，他提出这个命题比徐复观至少早了十几年，甚至可能是二十几年的时间，并且在这个问题上他肯定影响了徐复观（该问题留待第二节探讨）。

唐君毅被牟宗三先生誉为“文化意识宇宙中的巨人”②。他在挖掘中国文化之精神价值的过程中，归纳提炼出了中国艺术精神。但唐君毅只是提出并简单阐释了问题，未如徐复观那样对中国艺术精神进行了系统的建构，所以不为人知。唐氏拈出三个核心范畴（游、生、化）作为探讨中国艺术精神的切入点，阐释的过程中常有灵光闪现，颇多精彩见解；切入问题之后他又试图在儒道之分中凸显儒家，并欲将所有理论全部统摄进自己建构的以道德理性为本体的哲学体系。这种努力的最终结果却是使他的体系充满悖论，也让“中国艺术精神”这个问题走向了重重矛盾。

一、中国艺术精神的核心范畴

《中国文化之精神价值》共十七章，第十章题名“中国艺术精神”，第十一章题名“中国文学精神”。这种编排不禁令人产生疑问：难道中国艺术精神与中国文学精神有重大差异？著者何以作此种区分？要解释这个问题恐怕还得联系唐氏其他著作中对中国文学艺术的探讨。综观他所有关于文艺的叙述和理论，笔者发现，唐氏的确总结出了包括建筑、书画、音乐、雕刻、文学等在内的中国艺术的一个共同特点——虚实相涵，进而拈出一关键范畴——游，但相较于其他艺术类型，唐先生显然对文学更为熟

① 唐君毅：《中国文化之精神价值·自序》，第1页。

② 牟宗三：《哀悼唐君毅先生》，参见牟宗三、徐訏等著：《唐君毅怀念集》，（台北）牧童出版社1978年版，第14页。

悉，在探讨中国文学的时候，他又发现了除虚实相生以外的其他一些重要特点和精神，于是乎就做了这种编排。此外，恐怕唐先生还有一种思考，那就是文学在中国各类艺术中的地位相对较高，尤其对于儒者而言。出于文学正统的考虑，当然就有可能想把文学特别凸显出来。在这部著作以后，唐君毅仍然没有停止对中国文学精神的挖掘，在之后的《中华人文与当今世界》一书中，他又从儒道相分出发，归纳出了影响中国文学的另外两个重要美学范畴：生与化。

（一）虚实相涵之可“游”

唐君毅是这样描述“中国艺术精神”的：

> 中国文学艺术之精神，其异于西洋文学艺术之精神者，即在中国文学艺术之可供人之游。凡可游者之伟大与高卓，皆可亲近之伟大与高卓、似平凡卑近之伟大与高卓，亦即“可使人之精神，涵育于其中，皆自然生长而向上”之伟大与高卓。凡可游者，皆必待人精神真入乎其内，而藏焉、息焉、修焉、游焉，乃真知其美之所在。①

唐君毅以一“游”字来区别中国艺术精神与西方之差异，确实有一定道理。“游”本来就是中国古典美学里的一个重要范畴，唐氏拈出此字也不足为奇，只是这“游”字含义丰富而难以言传，想将其解释清楚并使之囊括“中国艺术精神”，也并非易事。

可唐君毅确实用一“游”字囊括了中国艺术（包括建筑、书画、音乐、雕刻、文学等）的本质和特色，并且以此与西方艺术作了区别。下面我们以他对建筑、书画和文学的分析为例。

建筑方面，他以教堂和金字塔作为西方的典型建筑，认为它们都只可仰望、远观，使人敬畏却难以让人的精神涵育其中；而中国的塔却可于人拾级而登，远望四方，中国的宫殿，高大宽阔，四通八达，皆可让人神游其中。中国古之人家多重门深院，可堪人之游息；西式洋房则恒重高大，缺平顺深曲。洋房有卧室、客厅、书房，却无堂屋。中国住家之堂屋正如中国古代之明堂，天地军亲师之神位在焉，婚丧之礼在焉，老人之教子孙

---

① 唐君毅：《中国文化之精神价值》，（台北）正中书局出版1981年版，第302页。

在焉……堂屋之中，人类政治、社会、教育、文化之精神所流行，人之责任感、向上心所藏修息游之地。① 此乃融精神于生活，纳高远于卑近，藏无限于有限也。

中国古代书画同源。书法为中国特色艺术，毛笔之毫可任意铺展，回环运转，作书者可顺其意之所至而游心于笔墨中，轻之重之，左之右之，上之下之，横斜曲直，阴阳虚实之变化遂无穷。因虚处以涵实，故能有沉着苍劲之美，亦所以可成人之精神所藏修息游之所。中国画重线条，所以有书法美。西洋画总爱图满颜料，其质实而可远观；中国画却必要留出虚白，有虚白才能有疏朗空灵之美。此虚白，为意之行、神之运之往来处，即山川人物灵气之往来处。又西洋画重光色明暗，讲究科学比例，说明其观景有一定角度；而中国画家游心于物，随时易景，并无一定观。故中国山水画重远水近流，萦回不尽，遥峰近岭，掩映回环，烟云绵邈，缥缈空灵之景，亦皆所以表现虚实相涵，可悠游往来之艺术精神也。②

中国文学重诗歌散文，西方文学重小说戏剧。小说戏剧好布局谋篇之大开大合，使人精神振幅扩大而生激荡，并且精神一旦被提起便如同被驱迫着，不至结局终难放下而休息。然中国的诗歌散文皆不以表现生命力见长，而重在表现理趣、情致、神韵等。诗文之价值在于使人随时停下玩味吟咏，因而随处可让人藏、修、息、游，精神得一安顿之所。③ 中国词类较多助词，如矣、也、焉等，乃用来助人涵咏吟味。此类字并无意义，纯表语气，却能使文章读来颇有韵致，正如中国画中之虚白。中国字大多都可虚实两用而无须有语尾变化，至多仅变音而已。④ 字可虚实两用，实者虚、虚者实，虚实相涵，则实物当下活起来，美之自生。

不得不承认，唐君毅的分析颇得中国艺术三昧。但是，他却接着强调，他所论之“游”，乃孔子“游于艺”之“游”。⑤ 也就是说，中国艺术精神的这一特征源自儒家传统。这不免让人费解，何以得出此一结论？他未道出缘由。那么事实是否如此呢？笔者认为要澄清这个问题首先必须对

① 唐君毅：《中国文化之精神价值》，第302～305页。
② 唐君毅：《中国文化之精神价值》，第306～308页。
③ 唐君毅：《中国文化之精神价值》，第318～319页。
④ 唐君毅：《中国文化之精神价值》，第321页。
⑤ 唐君毅：《中国文化之精神价值》，第302页。

“游”的范畴作一分析。

“游于艺”出自《论语·述而》“志于道，据于德，依于仁，游于艺”一句。此处“艺”指六艺。杨树达、杨伯峻均引《礼记·学记》中说法作为“游于艺”的注释：“不兴其艺，不能乐学。故君子之于学也，藏焉，修焉，息焉，游焉。夫然，故安其学而亲其师，乐其友而信其道，是以虽离师辅而不反也。”[①] 他们认为两处的“游”字为同义。由此推测，唐君毅也可能是受了这种注释的影响才将“藏、修、息、游”作为“游”范畴的扩展说明，进而阐释了中国艺术精神。那么“游”到底为何义？“藏、修、息、游”又是何所指呢？笔者认为，“游于艺”不能与孔子修身明道的工夫相分。六艺中含艺术的成分，因此“游”又必定与艺术有关。在孔子那里，艺术与道德似乎从未截然两分，更多的时候，两者是一而二、二而一的关系，或者说道德的艺术化与艺术的道德化已经相渗相糅、精神互化了，两者皆为孔子修身之道。孔子将“游”用在“艺”之前，现在看来很难说有多少艺术思考的成分在里面，应该有但并非全部。既然六艺中也有非艺术，自然这“游”并非艺术状态的独有形容。笔者认为，“游”应该一方面有熟练掌握、自由运用的意思，另一方面指熟习六艺后的身心自适，精神入悠游之境、达明道之功的状态。后人谈及艺术时颇爱用“游于艺”一语，其实乃后人把孔子言论作了完全艺术化的理解和活用。

那么，“藏、修、息、游”又是何指呢？此四字本出于《礼记·学记》，根据孙希旦的《礼记集解》，“藏”意为入学受业；“修”意为修正业；“息”意为退而私居；“游”意为游心于居学也。所谓“藏焉必有所修，息焉必有所游，无在而非义理指养。其求之也博，其入之也深；理浃于心，而有左右逢源之乐；身习于事，而无艰难烦苦之迹”[②]。可见，“藏、修、息、游”原本是用来讲学习的，每字的意义皆不同。那么唐君毅将这四字用来形容中国艺术精神就只是借字，并未借意。而他又常用一“游”字概括“藏、修、息、游”四字，亦说明他已赋予这些词以新的意涵。

唐君毅论述中国艺术时所说的“藏、修、息、游”，主要是指艺术创

---

① 杨树达：《论语疏证》，科学出版社 1955 年版，第 111 页；杨伯峻：《论语译注》，中华书局 2002 年版，第 67 页。

② 孙希旦：《礼记集解》，中华书局 1998 年版，第 964 页。

作者和欣赏者通过这种独特的艺术而使精神和心灵可以像身体畅游于自然山水中一样，观观走走，赏赏看看，回环游视，悠游往来，会心玩味，与天地共和谐。人之身心与艺术“物我合一”，无隔无碍，并在此状态中获得趣、获得静、得以休、得以安。这些意涵显然已经超出了孔子“游于艺”之“游”的内涵和外延。

我们知道，“游”得以成为中国文论和美学的重要范畴，不仅源自孔子“游于艺”的思想，也可追溯至庄子的“逍遥游”。“逍遥游”所包含的“无待”思想乃后世艺术家所追求的艺术至高境界的源头。后世文人似乎更爱用庄子的“逍遥游”来表达自己在艺术活动中所获得的精神忘我超脱之境。

有了孔子的“游于艺”和庄子的“逍遥游”，后世文人逐渐对“游”有了更频繁的使用，也使得这个范畴的美学色彩越来越浓厚。总的来说，“游”范畴有一个从实到虚的发展过程，那就是由自然之游到虚幻之游，由身体之游到精神之游的过程。“游”似乎上天下地无所不能，它超越了时空和身体的限制。不论是自然山水抑或是太虚幻境，古人无所不能游，即便无法身临其境，精神亦可代而游之。“游”与“由”同音，象征精神自由；“游”又从水，畅游水中、与水一体象征物我合一，坐忘自适。“游”的虚化亦成了“游”的审美化。唐君毅主要是从艺术主体精神的层面上来说“游”谈艺的。艺术皆可观、可赏、可玩味，但唯独中国艺术可游，亦即可待精神入其内。心灵涵育其中则自可藏忧伤，息疲惫，修俗扰，游无穷，拥抱美进而忘却美。这种可亲近的美绝非可望而不可即，这种感觉婉转幽深而非波涛汹涌，这种如临其境的艺术不会让你仰望而自叹渺小，因为不经意间，它已与你融为一体。

那么，为什么中国艺术皆可“游”呢？唐君毅的解释是，它们都有虚实相涵的特点：“凡虚实相涵者皆可游，而凡可游者必有实有虚。一往质实或一往表现无尽力量者，皆不可游者。……故吾人谓中国艺术之精神在可游，亦可改谓中国艺术之精神在虚实相涵。虚实相涵而可游，可游之美，乃回环往复悠扬之美。”[1] 也就是说，西方艺术因为“一往质实或一往表现无尽力量”而无法让人的心灵在此安顿、悠游，中国艺术之虚实相涵

① 唐君毅：《中国文化之精神价值》，第302、306、307页。

处即精神可悠游往来处。更进一步说，中西艺术精神之根本差异，即在主体之心灵，一种精神状态。所以这个“游”字，是没有对应的英文可以翻译的。西方艺术缺乏这种主体精神。

笔者认为，这是唐君毅在中西比较中的重大“发现”。他为后来的学者提供了一种中西比较的路向，徐复观和杜维明都是顺着这个理路将问题继续深入的。这种阐释的路向不仅给后来的研究者带来了启发，也产生了旷日持久的争议。除此之外，唐君毅在这个问题上还犯了一个明显的逻辑错误，那就是一相情愿地将“游”引向了儒家孔子。事实上，将“游”引向儒家，就等于将“虚实相涵”也引向了儒家。但笔者认为，中国艺术虚实相涵的特点主要是受了道家思想的影响。《老子》第十一章曰：“三十辐，共一毂，当其无，有车之用。埏埴以为器，当其无，有器之用。凿户牖以为室，当其无，有室之用。故有之以为利，无之以为用。”[①] 庄子继承了老子以无为用的思想，如《庄子·天道》：“休则虚，虚则实，实则备矣。”[②] 而唐君毅在另外一部著作《中华人文与当今世界》中也再次提到了中国艺术虚实相涵的特点，并且用了一系列“中国……中之虚无之用”的标题，标题本身就告诉我们这种特点实来自老庄哲学的影响。唐君毅不是自相矛盾吗？这种矛盾普遍地存在于唐氏著作中，他还曾指出，儒道两家思想同是最含艺术性的哲学学说，但两者区别显著：“孔子之艺术精神是表现的充实的，纯粹之艺术精神是观照的空灵的。统于道德之艺术精神，必重表现其内心之德性或性情，而以充实为极致，而庄子之艺术精神重观照，必以空灵为极致，所以是纯粹之艺术精神。前者较后者为尤高。”[③] “充实”真的高于“空灵”吗？这个结论显然缺乏说服力。

以唐君毅的学力似乎不该犯这种逻辑错误，恐怕这都是他维护儒学的言不由衷之语。当他作为一个没有身份的欣赏者一头扎进中国艺术的时候，他发现了艺术的真谛，可是回到新儒家的身份以后，他又不由自主地把中国艺术的精神价值归为儒学的影响。站在儒家的立场来谈艺术，偏偏撇不开一个“如影随形”的老庄。对于先生的错误，笔者只能是作同情地

---

① 陈鼓应：《老子今注今译》，商务印书馆 2004 年版，第 115 页。

② 陈鼓应：《庄子今注今译》，中华书局 2001 年版，第 337 页。

③ 唐君毅：《人文精神之重建》，参见《唐君毅全集》（卷五），（台北）学生书局 1991 年版，第 108 页。

理解、理性地批判了。

（二）生“生”与大“化”

上文谈到唐君毅将中国艺术精神和中国文学精神分章而论，为说明问题，笔者认为有必要在此将两章的目录引入：

第十章　中国艺术精神

（一）中国艺术精神下之自然观

（二）泛论中国文艺精神与西方之不同

（三）建 筑

（四）书 画

（五）音 乐

（六）雕 刻

（七）中国各艺术精神之相通

第十一章　中国文学精神

（一）中国文学精神重视诗歌散文及中国文字文法之特性

（二）中国自然文学中所表现之自然观——生德、仙境化境——虚实一如、无我之实境——忘我忘神之解脱感

（三）中国文学不长于英雄之歌颂、社会之写实，而尚豪侠以代英雄

（四）中国小说戏剧，不重烘托一主角之性格与理想，而重绘出整幅之人间

（五）中国人间文学中之爱情文学重回环婉转之情与婚后之爱

（六）中国人间文学范围，包含人与人之各种关系，及人与历史文化之关系

（七）中国文学之表情，重两面关系中一往一复之情，并重超越境之内在化

（八）中国无西方式悲剧之理由

（九）中国之悲剧意识

（十）中国悲剧意识之虚与实、悲与壮

从目录可以看出，唐君毅在谈文学以外的其他艺术时，逻辑很清晰。其方式是先提出差异，再把差异落实到具体艺术类型上，然后总结出中国

艺术共通的精神。但对于文学精神的阐述则比较杂乱，除与其他艺术共通的精神之外，还提出了另外的一些特点。也许之后唐君毅自己也意识到关于中国文学精神的问题没有讲清楚，所以才又撰文作了整理和补充，进而提出了两个中国文学精神的核心范畴：生与化。

这两个范畴不是唐君毅从具体的文学中归纳出来的。探讨这个问题，唐君毅选择了一条不同的研究路向，即一种自上而下的方法：从儒道哲学中分别找出关键概念，然后再论述两种思想精神造就了不同内容的文学。他说：

> 中国哲学中之一大道理，我们可说即是生化之道理。中国哲学以儒道二家为主流，佛家可与道家合为一类。儒道二家都讲生化，但我们可以说儒家所长者，偏在讲生，道家所长者，偏在讲化。生是相继相续，此是生命之韵律之来复；化是转易变化，此是生命中之韵律之转变，合以成生命之节奏……儒家思想善于讲如何使宇宙人生之庄严的一面，能生生相续下去；道家思想善于讲如何从宇宙人生之平凡庸俗的一面，超拔转化出来……大约受儒家影响之中国文学，多善于表现“生”之情，而以性情胜、气象胜，受道家影响者之中国文学，多善于表现“化”之意，而以神韵胜、胸襟胜。①

笔者认为这两个概念抽得准、拈得好。儒家的确是更强调生生相续，道家更关注超拔转化。但简单地将佛家与道家合为一类则有失草率，有待商榷，不过佛道之异同不是本文的研究对象，在此姑且不论。

1. 道家美学与“化”

笔者在接触唐君毅先生的著作之前，曾经做过庄子研究。那时笔者就发现《庄子》一书中有一重要范畴——“化”，这个范畴并没有像“道”、“游”、“自然”等其他范畴一样受到足够的重视。学者们都知道“物化”乃庄子哲学、美学的关键范畴，却不曾注意“物化”其实只是“化”的一种意义。“化”乃庄子思想中一个更根本的范畴，它衍生出各种丰富的意

① 唐君毅：《中华人文与当今世界》（上册），参见《唐君毅全集》（卷七），（台北）学生书局1991年版，第305、306页。

义，这些意义不仅影响了中国人的生存观念，也造就了后世中国文论的美学趣向。唐君毅能将这个范畴提炼出来并以之与儒家思想相别异，考察其在文学中的精神体现，正说明此精神与中国文论、美学有着密切关系。

唐君毅认为表现"化"之意的道家型文学可以分为四种：[①]

（1）超尘俗以自化于自然。例如陶渊明所作的很多田园诗即体现了这种精神："久在樊笼里，复得返自然"（《归田园居》）、"采菊东篱下，悠然见南山"（《饮酒》）……都表达诗人由尘俗中超拔，化除种种尘想，以返于自然，与自然化一的心情和状态。

（2）化自然物之质实以归于虚灵。此类文学，重在将一一质实之自然物，化于空灵的意境中。如王维之"空山不见人，但闻人语响。返景如深林，复照青苔上"，苏轼词"时见幽人独往来，缥缈孤鸿影"，在这些诗词中，人皆化为一声、一影、一似有还无的东西，由是而见一空灵意境。

（3）取美化之自然物与人物以入文学。道家型文学不仅善于化实为虚，而且亦最长于取本来善化之人、物入文学。如云、月、水、烟霞、花草、鸿鹤……都是自然界中经常变化往来的东西；又如高人逸士、侠客神仙，居无定处，行无定踪，乃善化的人物，这些亦是道家型文学的题材。

（4）将人间惊天动地之历史化入寂天寞地。此类文学如苏东坡词《念奴娇》由"大江东去，浪淘尽，千古风流人物"开始，然后说周郎事，最后以"人生如梦，一樽还酹江月"收尾，便是将惊天动地之三国事纳入寂天寞地中加以超化。又如七十回本的《水浒》，把无数惊天动地之好汉，一梦中加以收束。此类思想源于庄子之"参万岁而一成纯"（《庄子·齐物论》）的观念，这一观念即含历史中一切复杂喧嚣之事物皆可化归纯一而归于虚无寂寞的意思。

这四种文学能否归为道家型，笔者尚存质疑。笔者认为这类文学中也有佛禅的影响，并且还存在着一个问题："化"范畴是如何在道家哲学中特别凸显出来的？把"化"作为道家的重要思想能否成立？这些都需要追根溯源的研究。但唐君毅没有做这些工作，因此笔者希望接着唐君毅先生把这个问题讲清楚。

---

① 唐君毅：《中华人文与当今世界》（上册），参见《唐君毅全集》（卷七），第306~308页。

“化”是个含义较为丰富的字，也是个颇具中国特色的字。确切地说，英文中并无与之相对应的单词。“change”，“turn”，“alter”等都只表“化”之一义——变化，显得过于单薄浅显了。

按《说文解字》：化，教行也。从匕从人，匕亦声。《段注》释为“教行于上则化成于下。……上匕之而下从匕谓之化”①。那么，“匕”又为何意？《说文解字》：匕，变也，从到人。凡匕之属皆从匕，呼跨切。《段注》释义：“变者，更也。凡变匕当作匕，教化当作化。今变匕字尽作化，化行而匕废矣。”② 徐灏认为二字当为古今字，应该说是有道理的。匕，从倒人，以示变化，此为本义。而“化”之甲骨文，从二人，像二人相倒背之形，一正一反，亦可表示变化的含义。按《段注》“上匕之而下从匕谓之化”，说明“教行”之义也是从“变化”义引申来的，《段注》又曰：“化篆不入人部而入匕部者，不主谓匕于人者，主谓匕人者也。今以化为变匕字矣。”③ 从化入匕部来看，也说明变化乃“化”之本义。那么，许慎为何把“化”解释为“教行”而不是“变化”呢？笔者推测，可能是因为“教行”与人有关，专指人的变化，所以人们逐渐开始用带人旁的“化”来特指教行、教化。久而久之，反而掩盖了“化”的本义。因此才会在《说文解字》中出现“匕”与“化”的不同解释。再后来，很可能是由于“匕”字的字形太过简单，很容易与其他形似的汉字混淆，人们干脆就以“化”取代了“匕”，最终“化行而匕废矣”。而“化”字除了本义外，则逐渐引申出了教化、感化、化生、化育、物化、化合、浑化、消融等多种含义。

中国古人认为，变化乃宇宙自然的本性。对中国文化影响甚深的《易经》就被称为是变易之学。但《易经》中并未出现“变”、“化”二字，而《易传》中则出现了27个“化”字，但含义只有三种。一指变化，如《易传·系辞上》：“天地变化，圣人效之。”二指教化、感化，或者通过教化、感化而达到一种和谐状态，如《易传·彖传上》：“下观而化。”《易传·彖传下》：“圣人久于其道，而天下化成。”三指交感化育，生长孕育。

① 徐中舒编：《说文解字段注》，成都古籍书店1981年版，第407、408页。

② 徐中舒编：《说文解字段注》，第407页。

③ 徐中舒编：《说文解字段注》，第408页。

如《易传·系辞下》:“男女构精，万物化生。”在《易传》里，“化”更多的还是以其本义“变化”的含义出现。

在《论语》中，“化”字未曾出现。《孟子》里共出现五次，有三种含义，一处指死者，如《孟子·公孙丑章句下》:“且比化者，无使土亲肤，于人心独无恔乎?”另有三处指教化、感化，如《离娄章句上》:“瞽瞍厎豫，而天下化。”第三种含义较为复杂，出现于《尽心章句下》的名句:“大而化之之谓圣。”朱熹《孟子集注》释:“大而能化，使其大者泯然无复可见之迹，则不思不勉，从容中道，而非人力之所能为矣。张子曰:‘大可为也，化不可为也，在熟之而已矣。’”① 根据朱子的注释，这个“化”字大约指浑化无迹。

在《道德经》里，“化”共出现三次，分别在第37章和第57章，有两处以“自化”一词的形式出现，三处含义均为自生自长，即自然而然地生长。与老子相比，庄子就显得对此字情有独钟了。据笔者统计，《庄子》一书“化”字共出现90余次。总的来说主要有以下六种含义:

(1) 物化，即物我互化、浑化为一。如《庄子·齐物论》:“昔者庄周梦为胡蝶，栩栩然胡蝶也。自喻适志与!不知周也。俄然觉，则蘧蘧然周也。不知周之梦为胡蝶与?胡蝶之梦为周与?周与胡蝶则必有分矣。此之谓物化。”又如《达生》:“工倕旋而盖规矩，指与物化而不以心稽。”

(2) 虚化，幻化，转化。如《庄子·大宗师》:“浸假而化予之左臂以为鸡。”又如《知北游》:“臭腐复化为神奇，神奇复化为臭腐。”

(3) 变化，生长。《庄子》中之“化”以此意为最多见，有时也以“自化”一词形式出现。如《庄子·大宗师》:“同则无好也，化则无常也。”又如《在宥》:“而物自化。”再如《天地》:“天地虽大，其化均也;万物虽多，其治一也。”

(4) 消融，超化，化归纯一。如《庄子·大宗师》:“不如两忘而化其道。”这种意思在《庄子》中多处出现，但有时并不局限于“化”字，如《庄子·齐物论》:“参万岁而一成纯。”

(5) 化生。如《庄子·刻意》:“化育万物。”由化而生，原于大道;大道而行，自本自根。人皆知生中含化，却少谓化里孕生，化随生续，生

---

① 朱熹撰:《孟子集注》，齐鲁书社2006年版，第216页。

自化转，生化有道，化生无穷。

（6）造化，万化。指自然界的创造者，也指自然。如《庄子·大宗师》中有“夫造化者必以为不祥之人”。还有：“今一以天地为大炉，以造化为大冶”，亦有“万化而未始有极”。

综上分析，至少有两点值得注意：第一点，“化”字从本义向引申义的发展、成熟过程，应该是在春秋战国时期完成的，特别是到了庄、孟时代，“化”字的内涵越来越丰富、复杂，差不多出现了10种含义，甚至更多。在此过程中，《庄子》显然起到了最关键的作用。第二点，在先秦时代，儒、道两家已经以其不同的思想倾向性各自选取了不同的“化”意。在孔孟这里，“化”主要还是指教化、感化。在儒家思想影响下，教化逐渐发展成为中国文论的重要范畴，而以教化为“网上纽结”的一个儒家文艺理论体系也随之建立、成熟。与儒家相比，《庄子》中的“化”意有着明显的亲自然性和无为的特点，这与道家重视自然和变化的思想相一致。由此看来，唐君毅先生提出的道家所长偏在讲化，即超拔转化的观点，是经得起验证的。

综观《庄子》之“化”，那六种含义乃相对而言，有的在意义上实有交叉。因而《庄子》书中常常是一个“化”字兼含几义，很难作截然区分。如“庄周梦蝶”中的“物化”，其实还含有“变化”和“超化”之义。再如《庄子·逍遥游》所述鲲化为鹏，其“化”即兼“变化”、“转化”、“化生”三义。但不论“化”义何变，总不离两个基本义：“变”与“合”（第六义除外）。第二、三义主要强调“变”，第一、四义主要强调“合”。当然，“合”也是一种变，强调了变的方式和结果。庄子喜欢言“变”，认为万物皆有变，只有变化乃永远不变。那么变化从何而来，有何归宿？当然是循“道”而来，自生自化，千变万化，终归纯一。化中有多，化中有一。所以庄子要齐万物，等生死，入于混沌，这便是“合”。万物始于“道”，经过“变”，终归于“合”，趋于“一”。这是庄子大“化”哲学的深刻内涵，是他对宇宙万物的理解。因而，言庄子重“变”实不如言其重“化”来得更贴切。

庄子之道乃“大而化之”之道，庄子之美乃“大而化之”之美。体会“化”之六义，它体现的是一种广阔的胸襟——它是消解，是容纳，还潜藏着新的生命元素；它又是一种境界，出神入化，往来无形，意会胜于言传，与审美结缘。这个范畴所包含的思想对中国后世文学产生了极其深远的影响，形成了文学上的一些特色，正是唐君毅先生所言之道家型文学。但“化”的精神对后世的影响还远不止如此。它作为母范畴，还衍生出诸多子范畴，包括儒家的“教化”，道家的“物化”、“独化”等，以后更衍生出“化工”、“化境”两个彰显古人独特审美趣味的文论范畴。

被称为“后新儒家”代表人物的台湾学者赖贤宗先生认为：

《庄子》一书劝人忘我，进而达到化境：庄子以“化”为美的最高境界，“化”不是单纯的天和人之间的同一性，在“天与人不相胜”的思想架构下，化是精神自由的差异化活动、精神自由的无限开展，这亦即此前所说的“浑”，“透过忘我而达到化”就是“反虚入浑”，也就是说，依于自我虚无化的体验而回返于雄浑的本体，所呈现的是一种“天地有大美而不言”（《庄子·知北游》）的“大美”。道家的这种“透过忘我而达到化”的思想，后经魏晋玄学的发掘，隋唐佛学的发扬，直接促成了作为华夏美学的核心所在的境界美学的产生。①

这段话包含了两个重要信息，首先一个是，“化境”脱胎于庄子“化”的思想；更重要的一个是，庄子之“化”还促成了境界美学的产生。这说明了“化”在庄子美学中的重要性，进而也说明它在中国传统美学中的重要性。“化境”常被用来指“境界”的一种较高的状态。它可以与“意境”的含义相似，体现的是情景交融、主客合一、意与境浑，而化境之“化”即是形容“融”、“合”、“浑”皆“化”得极好、极自然。有学者指出：“几乎所有的理学家都用‘化’来概括‘天人合一’过程的性质及所达到的境界。邵雍言：‘雨化物之走，风化物之飞，露化物之草，雷化物之木。……性应雨而化者，走之性也；应风而化者，飞之性也；应露而化者，草之性也；应雷而化者，木之性也……’程颐说：‘赞天地之化育’。朱熹、张载讲‘气化’……他们有一个基本观点：人是天地‘化’出来的，本为一体。”② 这里所说的“天人合一”，即是一种化境，因为“化”

① 赖贤宗：《意境美学与诠释学》，（台北）国立历史博物馆2003年版，第152页。
② 陈望衡：《“天人合一”的美学意义》，《武汉大学学报》1998年第3期。

就是“融”，是“合”，是“浑”，而不是“分”。

化境又超出了意境所指的范围，用来形容创作主体的创作技巧所达到的高度。金圣叹在《水浒传·序一》中说文章有三种境界：

心之所至，手亦至焉者，文章之圣境也；心之所不至，手亦至焉者，文章之神境也；心之所不至，手亦不至焉者，文章之化境也。夫文章至于心手皆不至，则是纸上无字无句，无局无思也。①

即是说，做文章不要刻意为文。遣词造句，谋篇布局皆自然流露，化于无形才能出上品。可见，化境不仅是创作过程中物我冥合的状态，也不只是作品情景交融、意境相谐的表现，它还是作家成竹在胸、心手合一、不着痕迹的神化境界。化与化境体现了审美的无限。

真正对“化境”一词作过相对明确解释的是清代的贺贻孙。他在《诗筏》中说：“清空一气，搅之不碎，挥之不开，此化境也。”② 又说：

诗家化境，如风雨驰骤，鬼神出没，满眼空幻，满耳飘忽，突然而来，倏然而去，不得以字句诠，不可以迹象求。③

贺贻孙对化境的描述正是上文所述两种意旨：一方面强调意境之浑然一体，虚活灵妙，似空似幻；另一方面又标榜得象忘言，得意忘象，不着一字，尽得风流，力求作品所出，浑然天成，了无滞碍。然若要做到后者，又必须先“炼句炼字”，方能工巧之至而入自然，臻至“无法之法”。所以他说：“炼句炼字，诗家小乘，然出自名手，皆臻化境。”④ 对于这一点，王渔洋也说过：“舍筏登岸，禅家以为悟境，诗家以为化境，诗禅一

---

① 金圣叹评点，文子生校点：《第五才子书施耐庵水浒传》（上），中州古籍出版社1985年版，第6页。

② 贺贻孙：《诗筏》，参见郭绍虞编选：《清诗话续编》（上），上海古籍出版社1999年版，第137页。

③ 贺贻孙：《诗筏》，参见郭绍虞编选：《清诗话续编》（上），第165页。

④ 贺贻孙：《诗筏》，参见郭绍虞编选：《清诗话续编》（上），第141页。

致，等无差别。”[①] 可见，他们对于作品要超越语言媒介的有限而臻于无限的看法是一致的。

虽然至清代才出现对“化境”本身的描绘性解释，但事实上这一范畴早在明代就开始被文人们使用了。比如，明代王世贞在《艺苑卮言》里说：“五七言律至仲默而畅，至献吉而大，至于鳞而高。绝句俱有大力，要之有化境在。”[②] 他亦在《弇州四部稿》中四次用到“化境”一词。另外，据笔者在文渊阁四库全书电子版中的搜索，明人胡震亨在《唐音癸籤》卷六论诗时也用了“化境”，此外，朱谋垔在《画史会要》卷四评画时、张丑在《清河书画舫》中论书时、董其昌在《画禅室随笔》卷一论书时，都用到“化境”一词。其他如李攀龙的《沧溟集》，吴桂森所撰《周易像象述》等都有“化境”一词出现。至清代，王夫之在《姜斋诗话》[③]中，翁方纲在《石洲诗话》[④] 中都曾用化境来评诗。可见，此一美学范畴在明清时期已被广泛使用，特别是清代的文人，已把作品有无化境作为评论诗词文赋书画等的重要标准，“化境”显然已经进入综合性艺术理论体系。但为什么这个范畴是在明清时期出现并广为人用呢？实际上这与意境说在明清时期的发展、成熟有着密切关系。不论是化境、意境或境界，在明清以前都有一个孕育形成的过程。明代社会已经出现资本主义萌芽，在这一转折时期，各种思想异常活跃，文学流派迭起，客观上促进了文学艺术各门类理论的发展，并且文艺理论的各种概念、学说等的全面阐释都呈现出前所未有的迅速发展趋势。在此背景下，包括化境、意境在内的各种境界说（如妙境、圣境、神境等）都彻底成熟起来。

明清文人用“化境”评诗词文，更多的是强调一种浑然天成的境界。而这种境界需要的是“化工”，而非“人工”。明代的李贽在《杂说》一文中就说过：

---

① 王士祯：《香祖笔记》，上海古籍出版社 1982 年版，第 146 页。

② 王世贞：《艺苑卮言》（卷六），参见丁福保辑：《历代诗话续编》（中册），中华书局 1983 年版，第 1049 页。

③ 王夫之：《姜斋诗话》，参见王夫之等撰：《清诗话》，上海古籍出版社 1999 年版，第 13 页。

④ 翁方纲：《石洲诗话》（卷五），参见郭绍虞编选：《清诗话续编》（下），第 1465 页。

《拜月》、《西厢》，化工也；《琵琶》，画工也。夫所谓画工者，以其能夺天地之化工，而孰知天地之无工乎？今夫天之所生，地之所长，百卉具在，人见而爱之矣，至觅其工，了不可得，岂其智固不能得之欤！要知造化无工，虽有神圣，亦不能识知化工之所在，而其谁能得之？由此观之，画工虽巧，已落第二义矣。[①]

需知化工无工，天下之至文，皆非有意为文，只有如风行水上，自然成文，才能入"第一义"，才能入化境。清人沈德潜在《说诗晬语》中也认为能够表现真性情才是"真化工笔也"，正所谓"天机自到，人工不能勉强"[②]。

化境不仅是中国古典美学的重要范畴，也是一直存活于现代的美学范畴之一。美学大师朱光潜先生就把"化境"作为作文的最高境界。"化境"甚至已扩展到了翻译领域。钱钟书先生曾提出："文学翻译的最高理想可以说是'化'。把作品从一国文字转变成另一国文字，既不能因语文习惯的差异而露出生硬牵强的痕迹，又能完全保存原作的风味，那就算得入于'化境'。"[③]

由"化"至"化境"，从根本上说其实是庄子"化"的思想逐步实现了转型。这为我们建构现代文论体系提供了一个很好的个案。

2. 儒家美学与"生"

相对于道家的长于讲化，儒家真的长于讲"生"吗？唐君毅将表现"生"之儒家型文学也分为四类[④]：

（1）赞美人之自然生命之延续之文学。此类文学即表现人对自然生命之"生"的本身加以赞美赞叹的诗文。诗经中大雅、颂等诗中赞美祖先之长寿、子孙之众多等即是此类，亦为后来一切庆贺颂美之文学的本源。

---

① 李贽：《杂说》，参见张凡编注：《李贽散文选注》，北京师范学院出版社1991年版，第125页。

② 沈德潜：《说诗晬语》，参见郭绍虞主编：《原诗·一瓢诗话·说诗晬语》，人民文学出版社1979年版，第200、209页。

③ 钱钟书：《钱钟书散文》，浙江文艺出版社1997年版，第269页。

④ 唐君毅：《中华人文与当今世界》（上册），参见《唐君毅全集》（卷七），第309~311页。

（2）体验人与自然之生意相通之文学。这是指从人自己之生命与自然界之生命之相感，而生意相通、有所寄意的文学。如陶渊明诗《读山海经》其一“众鸟欣有托，吾亦爱吾庐”。此乃我与自然相通相融而如环抱之相，得见一儒者心情。中国一切表示天地之化机、生机之诗，皆为此类。

（3）从人现在之生命与往古或过去之生命相通所成之文学。这种文学与道家型文学不同，道家型文学认为从过去到现在，过去就消失了，它消融泯化于现在。而儒家则认为，过去虽然消逝了，然我现在之怀念，便使过去者，若复活于现在，亦永生于现在。如陶渊明的《咏荆轲》。中国一切咏史、怀古、思旧、伤逝，以及哀祭碑铭之文学，皆属此类。此即由儒家所谓尚友千古、不忘故旧、事死如事生、事亡如事存之意发展而来。

（4）个人之生与他人之生相感相生之文学。此“生”主要指人在夫妇、父子、兄弟、朋友、君臣等伦理关系中之相通相感之生。而中国文学又极善于把各种伦理之情彼此贯通起来加以表现。比如苏武《留别妻》之“结发为夫妻，恩爱两不疑”，古人即以此喻朋友之情。情可相生，则情更浓，将各种情错综加以表现，此情即成至情而见至性。见性情之文学乃最高之文学。

笔者认为，这四类文学能否全部归为儒家影响是值得质疑的。最起码第二、三两类就很难作纯粹的归属。但唐君毅有一点是正确的，那就是儒家善于讲如何使宇宙人生之庄严的一面生生相续下去。可这种生生相续的思想一旦渗透到文学当中，很容易与其他的思想融合，因此其具体的表现很难一一挖掘出来，作截然区分。“生”作为中国哲学的一个重要范畴，不仅指生生不息，还有很多丰富的含义。中国古代不论儒、道、佛都讲“生”，并且对中国文艺产生了非常深远的影响。对于这个问题，唐君毅先生的老师方东美先生倒是作了更为详细的阐释，此不赘述。因此，抛开唐君毅的偏颇之处不说，我们至少可以肯定的是，“生”和“化”确实是中国文学中的两种重要思想，因而可以成为中国文学精神的核心范畴。

可是，对于中国文学艺术精神而言，“生”、“化”范畴与“游”范畴似乎并不是一个层面上的概念。唐君毅的相关阐述和归纳总体感觉是既有一定道理，同时又有点逻辑混乱。为何会出现这种情况呢？首先，唐先生本没必要将中国艺术精神和中国文学精神分章而论，两者分论就意味着他想在文学那里突出更多的东西；其次，唐氏在拈取核心范畴的时候是站在两个不同的出发点上，“游”是从艺术精神主体出发总结出来的，而“生”与“化”则是从儒、道哲学出发，从文学内容表现的角度提出来的，所以不是一个层面的概念；最后，唐氏在谈艺术的时候，总是下意识地想作一种儒、道的区分，区分的目的当然是想凸显儒家。如前所述，他不仅强调“游”来自“游于艺”，更强调儒家表现“生”之性情文学乃最高之文学。

唐君毅到底想在中国文学精神里突出什么东西，表现性情之文学为什么是最高之文学，要回答这两个问题就必须结合唐氏其他关于文学艺术的论述以及他所建构的哲学体系，才能探个究竟。

二、道德理性与中国艺术精神

综观唐君毅对艺术的研究和探讨，有个颇有意思的现象，那就是他像钟嵘将诗分品一样，将各类艺术也作了层位高低的区分：

> 内容有意义而重在表述其意义之文学，其纯美的价值较低，此即散文、小说、戏剧。
>
> 内容无意义，而重在表现一纯形式之美之艺术，其纯美的价值较高，此即建筑、雕刻、图画、书法、舞蹈、音乐。
>
> 内容有意义而意义融于其形式中者最高，此即为诗歌颂赞箴铭等。①

唐君毅衡量各种艺术价值之高低有两个标准：一为意义，一为美。这也就是内容与形式。即是说，在内容上要“言之有物”，在形式上要追求美。这就如同刘勰在《文心雕龙》中将情辞、文质并举一样，显然是继承了传统儒家“文质并用”的文艺观。问题是，世间何来“内容无意义”之艺术？唐君毅所说的“意义”到底何所指？

唐氏认为，诗歌颂赞哀祭箴铭之文不仅具有音乐性，可谱之于音乐，且含藏具体意义，所以为艺术中之最高。他又指出，自整个中国文学而

---

① 唐君毅：《文化意识与道德理性》，参见《唐君毅全集》（卷二十），（台北）学生书局1991年版，第444页。

言，“言志之诗文，实居首位”①，诗又高于词。因为“诗人的作品是性情的流露，词人的作品是才气的表现”②，前者发于自然，后者出于有意。原来，唐君毅并不是想把诗词区别开来，而是想将上文所讲的表现性情之文学凸显出来。如此说来，中国古代很多诗并不能称为诗，而只能算作词，很多诗人亦不是真正之诗人，而只能算词人而已。唐君毅举例说杜甫与李白的区别即是“诗人与词人的不同”，因为杜甫所注意的，是人类向上的善的方面，而李白所注意的乃人类虚伪鄙俗的恶的方面。“他们虽同是抱着现实社会不足的悲观，一面却有悲天悯人的圣人之怀，一面就未免有些玩世不恭的态度了。”③

说到这里，问题逐渐明晰了。所谓“言志”，所谓“性情的流露”，所谓“悲天悯人的圣人之怀”，体现在诗歌中，就是“言之有物”，就是唐君毅所强调的“意义”。词不如诗，乃因其工于形式却无发乎自然之情志。正所谓有情志则自成高格，自有名句。进一步言，情志较容易体现在语言艺术——文学中，较难直接体现于建筑、雕刻、舞蹈、音乐、绘画等其他艺术中。因而前者“内容有意义”，后者则“内容无意义”。虽然文学“内容有意义”，但又不是所有类型的文学都具有美的形式。唐君毅认为，散文、小说、戏剧就不太讲究形式美，而诗歌颂赞哀祭箴铭之文则兼有内容和形式之美。这又如何理解呢？他所说的“形式”具体是指什么呢？答案不难找到。刘勰的《文心雕龙》有《明诗》篇、《颂赞》篇、《铭箴》篇和《哀吊》篇，分别论述了这几种文体的特点：诗歌主抒情言志，颂赞主歌功颂德，铭箴主警戒规劝，哀吊主哀挽悼念。刘勰将这些文体归为“有韵之文”，排序时特意将其放在“无韵之笔”的前面。也即是说，这些文体的共同特点是“有韵”，唐君毅所说的形式美其实就是指韵律美。散文、小说、戏剧属“无韵之文”，因而也就缺乏韵律之美。

在“意义（情志）”与“美（韵律）”两个标准下，诗歌当仁不让成为最高之艺术。诗歌有情志，一唱三叹之音又给人以美的享受，最大限度

---

① 唐君毅：《中国文化之精神价值》，第 342 页。

② 唐君毅：《中华人文与当今世界补编》（上册），参见《唐君毅全集》（卷九），（台北）学生书局 1991 年版，第 24 页。

③ 唐君毅：《中华人文与当今世界补编》（上册），参见《唐君毅全集》（卷九），第 27 页。

地处理好了情与辞、文与质的关系，当然应属内容与形式兼美之艺术。于是唐君毅顺理成章地得出并再次印证了一个早已存在的传统结论：诗歌乃中国艺术之正统。那么，诗歌的情志来自哪里呢？唐君毅断定，来自道德理性。

唐君毅是一个热衷于建构哲学体系的学者。他的哲学体系以道德理性为本体，以“三向九境”为架构，试图将包括中国儒学、印度佛学、古希腊和德国古典哲学以及西方存在主义哲学在内的人类优秀文化皆纳入他的理论框架中，建构一个和谐的人生理想境界。

唐氏将人类所有文化活动都统归于道德自我，认为一切文化活动皆不自觉或超自觉地表现道德价值。所谓道德自我，即道德理性，是一种“形上自我”：

> 吾人所谓理性，即能显理顺理之性，亦可说理即性。理性即中国儒家所谓性理，即吾人之道德自我、精神自我或超越自我之所以为道德自我、精神自我或超越自我之本质或自体。此性此理，指示吾人之活动之道路，吾人顺此性此理以活动，吾人即有得于心而有一内在之慊足，并觉实现一成就我之人格之道德价值，故谓之为道德的。……此理此性为形上的、超越的、精神的。①

这种道德理性既“表现于人之日常之情感意志行为中，亦表现于吾人自觉是求一非实践性理想，如求一真理或美之活动中。唯如是，吾人乃得说道德理性之为一切求一文化理想之实现的文化活动之必然的基础，而为支持人类之人文世界之永久存在者”②。

如此，唐君毅的哲学基点可概括为以道德理性为体，以文化意识为用。在这一系统中，道德理性贯穿生命存在的一切精神活动中，所有文化活动皆依靠人的理性而生长，从人的心灵出发最终归于人的自我。每种文化活动皆表现出一种道德价值，艺术当然也不例外。因此，在唐君毅的哲学体系里，艺术与道德的关系不再是世俗主义儒家观念里的那种功利的关

---

① 唐君毅：《文化意识与道德理性》，（台北）学生书局1986年版，第19页。

② 唐君毅：《文化意识与道德理性》，第21页。

系。也就是说，他提出了一个“艺术的本质是什么，而不是艺术的功能是什么”的问题。那么，艺术的本质是什么？艺术精神的主体如何呈现？这些根本性的问题都要溯源至其哲学本体——道德理性，求美之活动当然也要依于这一本体。他说：“求美本身亦依于一道德心灵而可能，故亦表现道德价值。而求美之活动亦复待人之道德意识为之基础，其他之文化活动之为之扶持，乃能继续表现道德价值，而使求美之活动之继续成可能。”① 那么求美的意识何以会依于一道德心灵呢？因为事物之美在天地，不容我私有而独欣赏、独表现。由是求美之活动可以使人自制其私欲，而培养其道德之价值。所以说，求美之心依于一大公无私之道德心灵。② 但唐君毅同时强调，文学艺术之直接目的在求美，不能将其化为求善的手段。也就是说，我们必须承认文学艺术的相对独立性、无功利性。他还说，“一切文学皆原于人之自觉的依其情志之所向，而构想一故事或境界以成”，所以重情志及其道德意义并不妨碍文学之纯美，“因文学既必依情志，而有其故事与境界，则文学所述之故事与境界之美，必不能离人之情志。人之情志，原不能无一道德意义与善的意义”③。如此，艺术与道德就不再是二分的关系，而是一而二、二而一的关系。艺术统于道德理性之下。

唐君毅晚年所著的《生命存在与心灵境界》一书，通过兼收并蓄东西文化的不同思想理论将人生分为九境，企图以此囊括人类一切文化。此九境分别是：万物散殊境、依类成化境、功能序运境、感觉互摄境、观照凌虚境、道德实践境、归向一神境、我法二空境、天德流行境（儒教境）。④ 九境按世间到出世间之逻辑顺序排列，揭示生命心灵之精神境界的多层升进，并且每境都可涵摄前境的内容。在这庞大的文化哲学构架中，求真、求美、求善依次向上排列，文学艺术属于九境中的第五境，即观照凌虚境。它涵盖了前面的求真之人生境界，其上第六境为道德实践境，第九境为儒教境，又涵盖了前面的求真和求美之人生境界。这种排列显然也是为

① 唐君毅：《文化意识与道德理性》，参见《唐君毅全集》（卷二十），第392页。

② 唐君毅：《文化意识与道德理性》，参见《唐君毅全集》（卷二十），第395页。

③ 唐君毅：《中华人文与当今世界》（上册），参见《唐君毅全集》（卷七），第291、293页。

④ 唐君毅：《生命存在与心灵境界》（上册），参见《唐君毅全集》（卷二十三），（台北）学生书局1991年版，第47～52页。

其哲学的道德理性本体而服务的。

至此我们可以得出结论，中国艺术精神即“游”，是在道德理性本体之下的一种主体精神状态。中国艺术精神，意即中国艺术主体之精神。在这种前提下，不是从艺术精神主体的角度归纳出的范畴“生”与“化”，当然就显得与“游”隔了一层。笔者认为，虽然唐君毅的儒家本位立场使得他对待儒、道的态度存在明显的偏执，更令其哲学体系充满矛盾，但他对中国艺术精神的阐释还是有着某种深刻性的。在他并不系统的阐述里，中国艺术精神之主体初步显现了。这是唐君毅先生对于中国艺术精神——这个 20 世纪重要美学话题的最大贡献。

第二节　人格修养与中国艺术精神主体之呈现

徐复观先生的《中国艺术精神》一书自 1966 年由台湾学生书局首次出版，即引起学界关注。1987 年又由大陆的春风文艺出版社出版，不管是在台湾还是大陆，该著都被一版再版，可见其影响之广。徐复观虽然不是第一个提出中国艺术精神问题的人，但他却是第一个对中国艺术精神进行系统建构的人。正是他的这本著作，才使得中国艺术精神成为 20 世纪中国文论史上的一个重要问题。他对庄子的“再发现”，更推动了大陆庄子美学研究的热潮。

一、《中国艺术精神》的写作缘起与美学方法

徐复观在《中国艺术精神》的自叙中谈写作缘起的时候并没有提及唐君毅。那么唐君毅对中国艺术精神的阐释有没有影响到徐复观呢？笔者认为是有极大可能的。徐复观是在中华人民共和国成立后才开始做学问的，1949 年，他在香港创办了杂志《民主评论》，唐君毅在这本杂志上发了不少论文，他们一直有着学术上的往来。而唐君毅的《中国文化之精神价值》是 1951 年首次出版的，徐复观不太可能不关注到这本著作，因此他很可能受了唐君毅的启发。当然，促成他写作的还有其他主客观方面的

原因。

徐复观先生在《中国艺术精神》初版的《自叙》中一开始便提到，他在写完《中国人性论史·先秦篇》（完稿于1962年底）后便要着手写这部有关中国艺术的书。又说从1963年的夏季起，他利用授课以外的片断时间，断断续续地写成了这里印行的三十多万字。而这篇《自叙》是写于1965年8月18日。① 可见该著从着手准备到最后完稿历时约三年。

为什么要写这部书？徐先生透露了自己的动机，他“是要通过有组织的现代语言，把这一方面的本来面目，显发了出来，使其堂堂正正地汇合于整个文化大流之中，以与世人相见”②。他立志要“为三千年中的圣贤、文学家、艺术家申冤雪耻”③。用现代语言显发古典，其实就是当下学界自20世纪90年代以来所一直热衷和探索的古典文论、美学现代转型的问题。如果我们进一步追问，徐先生为何要显发“这一方面的本来面目”呢？不难发现，徐著的问世，实有外在的现实因素。徐氏说：

> 我在探索的过程中，纠正了许多古人，尤其是现代人们，在文献上、观念上的误解。尤其是现在的中国知识分子，偶而着手到自己的文化时，常不敢堂堂正正地面对自己所处理的对象，深入进自己所处理的对象；而总是想先在西方文化的屋檐下，找一容身之地。但对西方文化的动态，又常陷于过分的消息不灵。④

然后他举例说一些人随便将中国绘画比附成西方的某一画派，其实是不恰当的。诚然“任何人不必干涉他人的艺术活动与见解；但说到‘中国传统’的时候，便要受到中国画史事实的限制。今日有些人太不受这种历史事实的限制了……”⑤ 可见，徐复观是要为中国艺术，尤其要为中国的绘画正名，还它们本来面目，进而向某些人证明，中国绘画并不劣于西方绘画，中国艺术也不差于西方现代艺术。

---

① 徐复观：《中国艺术精神·自叙》，第6页。
② 徐复观：《中国艺术精神·自叙》，第1、2页。
③ 徐复观：《中国艺术精神·自叙》，第6页。
④ 徐复观：《中国艺术精神·自叙》，第3页。
⑤ 徐复观：《中国艺术精神·自叙》，第3页。

或许有人要问，以庄学、玄学为基底的艺术精神与高度工业化的社会处于完全对立的地位，那么中国画的生命会不会随中国工业化的发展而消亡呢？对于这个疑问，徐复观的解释是：

艺术是反映时代、社会的。但艺术的反映，常采取两种不同的方向。一种是顺承性的反映；一种是反省性的反映。顺承性的反映，对于它所反映的现实，会发生推动、助成的作用。因而它的意义，常决定于被反映的现实的意义……如由达达主义所开始的现代艺术，它是顺承两次世界大战及西班牙内战的残酷、混乱、孤危、绝望的精神状态而来的。看了这一连串的作品——达达主义、超现实主义、抽象主义、破布主义、光学艺术等等作品，更增加观者精神上残酷、混乱、孤危、绝望的感觉。此类艺术之不为一般人所接受，是说明一般人还有一股理性的力量与要求，来支持自己的现实生存和对将来的希望。

中国的山水画，则是在长期专制政治的压迫，及一般士大夫的利欲熏心的现实之下，想超越社会，向自然中去，以获得精神的自由，保持精神的纯洁，恢复生命的疲困而成立的，这是反省性的反映。①

徐复观认为："顺承性的反映，对现实犹如火上加油。反省性的反映，则犹如在炎暑中喝下一杯清凉的饮料。"② 在现代社会，人们更加需要清凉解暑的艺术，只有这种艺术才可能治疗现代人精神困顿之病。

徐复观经常批评有些人盲目模仿西方现代艺术。台湾当时所谓的现代艺术其实就是西方艺术的"拿来"。他先后写过多篇论文直接间接地批判现代艺术。这些文章多集中发表在《中国艺术精神》出版之前，如：

1.《传统文学思想中诗的个性与社会性问题》，《文星》第2卷第3期，1958年7月1日。

2.《释诗的比兴——重新奠定中国诗的欣赏基础》，《民主评论》第9卷第15期，1958年8月1日。

---

① 徐复观：《中国艺术精神·自叙》，第5页。
② 徐复观：《中国艺术精神·自叙》，第5页。

3.《诗词的创造过程及其表现效果——有关诗词的隔与不隔及其他》，《民主评论》第10卷第12期，1959年6月15日。

4.《文心雕龙的文体论》，《东海学报》第1卷第1期，1959年。

5.《毁灭的象征——对现代艺术的一瞥》，《华侨日报》，1960年5月24日至5月25日。

6.《危机世纪的虚无主义》，《华侨日报》，1961年6月9日。

7.《中国虚无主义》，《华侨日报》，1961年6月19日至6月20日。

8.《非人的艺术与文学》，《华侨日报》，1961年7月17日。

9.《达达主义的时代信号》，《华侨日报》，1961年8月3日。

10.《现代艺术的归趋》，《华侨日报》，1961年8月14日。

11.《现代艺术的归趋——答刘国松先生》，《联合报》，1961年9月2日至9月3日。

12.《从艺术的变，看人生的态度》，《华侨日报》，1961年9月3日。

13.《艺术与政治》，《华侨日报》，1961年9月8日。

14.《爱与美》，《华侨日报》，1961年10月1日。

15.《现代艺术对自然的叛逆》，《华侨日报》，1961年11月5日。

16.《答虞君质教授》，《民主评论》第13卷第2期，1962年1月16日。

17.《问文体观念的复活——再答虞君质教授》，《民主评论》第13卷第4期，1962年2月16日。

18.《艺术的胎动，世界的胎动》，《华侨日报》，1964年3月14日至3月15日。

19.《回答我的一位学生的信并附记》，《学艺周刊》第13期，1964年12月28日。

20.《现代艺术的永恒性问题》，《民主评论》第16卷第1期，1965年1月1日。

以上论文有的是片断式地批评，有的是整篇地批评现代艺术。其中发表于《华侨日报》的《现代艺术的归趋》一文还在当时的台湾引发了一场激烈的“现代画论战”。在徐复观的观念里，中国艺术精神与现代艺术精神是互相对立、相互拒斥的。不难想见，“现代画论战”以及徐氏围绕现代画议题所作的反思，很有可能是他创作《中国艺术精神》的主要原因。所以他在这部著作的“三版自序”中也提到他在着手写这部书的时候，正是许多人标榜以抽象主义为中心的“现代艺术”的时候。他试图通过重建传统以批判现代，让“中国艺术精神”以真面目示人，进而与西方对视。《中国艺术精神》实际上是他对现代艺术所作的总批判和总反省。之后，他便较少涉及现代艺术的研究了。

就徐先生学术思想的内在理路来看，《中国艺术精神》与之前出版的《中国人性论史·先秦篇》有着深层的内在联系。他的美学思想实由人性论的关怀延伸而来。

徐复观认为，中国文化毕竟走的是人与自然过分亲和的方向，征服自然以为己用的意识不强。于是，以自然为对象的科学知识未能得到顺利发展。因此中国在“前科学”上的成就，只有历史的意义，没有现代的意义。而道德与艺术则不然，徐氏不仅要在人的具体生命的心、性中发掘出道德的根源、人生价值的根源，也要发掘出艺术的根源。因为中国文化在这两方面的成就，不仅有历史的意义，并且也有现代的、将来的意义。两部著作的先后完成就是要把中国文化在这两方面的意义特别显发出来。

徐复观指出，“人性论不仅是作为一种思想，而居于中国哲学思想史中的主干地位，并且也是中华民族精神形成的原理、动力。要通过历史文化以了解中华民族之所以为中华民族，这是一个起点，也是一个终点。文化中其他的现象，尤其是宗教、文学、艺术，乃至一般礼俗、人生态度等，只有与此一问题关联在一起时，才能得到比较深刻而正确的解释”，“而我国的艺术精神，则主要由庄子的人性论所启发出来的”。[①] 所以徐复观称这两部著作实为人性王国中的兄弟之邦，借以让世人知道，“中国文化，在三大支柱（即科学、道德、艺术——引者注）中，实有道德、艺术的两大擎天支柱”[②]。可见，除外在现实的刺激因素之外，《中国艺术精神》的问世实乃徐氏思想信念的理之所至。

正因为徐复观意识中潜藏着这样的写作动机，因而决定了他在研究艺

---

① 徐复观：《中国人性论史·先秦篇·序》，参见李维武编：《徐复观文集》（第三卷），湖北人民出版社2002年版，第2页。

② 徐复观：《中国艺术精神·自叙》，第2页。

术时自成一家的美学方法。徐先生这样说明他研究美学的方法：

> 我把文学、艺术，都当作中国思想史的一部分来处理，也采用治思想史的穷搜力讨的方法。搜讨到根源之地时，却发现了文学、艺术，有不同于一般思想史的各自特性，更须在运用一般治思想史的方法以后，还要以“追体验”来进入形象的世界，进入感情的世界，以与作者的精神相往来，因而把握到文学艺术的本质。[①]

这样看来，徐复观的美学方法主要是治思想史的方法与“追体验”的方法相结合。其治思想史的方法具体又体现在两种方法的运用：整体的方法和阐释法。

（一）整体的方法

“整体性”是徐复观人文研究方法的总特征。比如他的《中国人性论史·先秦篇》就是他所写的“以特定问题为中心”的中国哲学思想史的一部分。他说：

> 没有一部像样的中国哲学思想史，便不可能解答当前文化上的许多迫切问题……要出现一部合乎理想的哲学思想史，决非易事。于是，我想，是否在历史文化的丰富遗产中，先集中力量，作若干有系统的专题研究；由各专题的解决，以导向总问题的解决，会更近于实际？[②]

正因为有了这种整体的考虑，徐复观不仅作了人性论史的研究，也作了艺术史及其他方面的考察。而这些都是他整个思想史研究体系的一部分。

“整体”是一种学术视野，亦可是一种中国式的观物方式，还是一种历史意识。在徐复观的意识里，文化是一个整体，民族精神是一个整体，个人是一个整体，一部作品也是一个整体，创作主体与客体也可以构成一

---

① 徐复观：《中国文学精神·自序三》，上海书店出版社2004年版，第5页。

② 徐复观：《中国人性论史·先秦篇·序》，参见李维武编：《徐复观文集》（第三卷），第1、2页。

个整体。这种整体性是万物存在的方式和状态。思想史中的整体性则是理解的基础。强调整体性并不是要抹杀局部，整体是包含了局部的整体，是体现着部分与部分、部分与整体的复杂关系的整体。

任何思想系统都是由部分与整体所融构成的结构性的意义之网。每个部分都有与整体一致的意义，也有属于自己的意义，可以与其他部分的意义交叉互释。无论是古典哲学还是艺术或是其他，都必须放在中国整个文化的全部发展过程中才能得到适当的定位。徐先生就经常通过古代的人性论去看文学艺术，又通过文学艺术去看古代政治经济结构，将他们汇合于整个文化大流之中，以与世人相见。另外，徐先生强调在治思想史的过程中要深入古人的思想，与古人对话。他把自己和研究对象看成一个整体，与研究对象之间进行互为主体性的对话，与古人的精神相往来。

整体的方法还将历史本身作为方法，而且还是必不可少的方法。卡西尔在其著作《人论》中说过："毫无疑问，没有历史学，我们就会在这个有机体的进展中失去一个必不可少的环节。艺术和历史学是我们探索人类本性的最有力的工具。没有这两个知识来源的话，我们对于人会知道些什么呢？我们就只能依赖于我们个人生活的资料，然而它能给予我们的只是一种主观的见解，并且至多只是人性的破镜之散乱残片而已……历史学与诗歌乃是我们认识自我的一种研究方法，是建筑我们人类世界的一个必不可少的工具。"① 可见，历史学作为方法，有着不可替代性。

徐复观思想史的研究既是目的，也是方法。他说："近年来我所做的这类思想史的工作，所以容易从混乱中脱出，以清理出比较清楚的条理，主要是得力于'动的观点'、'发展的观点'的应用。以动的观点代替静的观点，这是今后治思想史的人所必须努力实践的方法。"② 此处"动的观点"、"发展的观点"正是指一种历史的观点。任何思想都有其历史背景，任何人都在创造历史。了解古人和古人的思想离不开对历史的考察，研究者"由古人之书，以发见其抽象的思想后，更要由此抽象的思想以见到在此思想后面活生生的人；看到此人在纵的方面所得的传承；看到此人在横

---

① ［德］恩斯特·卡西尔著，甘阳译：《人论》，上海译文出版社 2004 年版，第 284、285 页。

② 徐复观：《中国艺术精神·自叙》，第 4 页。

的方面所吸取的时代……”① 古典精神经时间的过滤，往往会充当时代的重要角色。徐复观不仅有着自觉的历史意识，还把历史融入现实，为现实导向。比如他创作的《中国艺术精神》，是对艺术史的考察，亦是对现实的回应。

（二）阐释法

徐复观的方法意识还与西方阐释学的意图有不谋而合之处。他也认为科学方法不是万能的，不能作为所有学问的普遍要求。现代西方的阐释学要求精神科学返回到人类生命与经验中来，徐复观正是以生命和人性为核心来阐释古典。

总的来说，要把握一个思想家的思想，首先要学会如何提炼主题所展开的结构。他说：

> 中国的思想家，系出自内外生活的体验，因而具体性多于抽象性。但生活体验经过了反省与提炼而将其说出时，也常会澄汰其冲突矛盾的成分，而显出一种合于逻辑的结构。这也可以说是“事实真理”与“理论真理”的一致点、接合点。但这种结构，在中国的思想家中，都是以潜伏的状态而存在。因此，把中国思想家的这种潜伏着的结构，如实地显现出来，这便是今日研究思想史者的任务，也是较之研究西方思想史更为困难的任务。②

徐复观认为任何解释都会比原文献上的范围说得更宽、更深，因而常常把原文献可能含有但不曾明白说出来的意义也说了出来。以《中国艺术精神》为例，尽管庄子本人可能无意开出艺术精神的主体，但并不妨碍后人作别有意义的“误解”。徐复观还引用卡西尔的话说明“解释”的必要和价值：“哲学上过去的事实，伟大思想家的学说与体系，不作解释便无意味。”可以说，没有解释的纯叙述事实上是没有可能的。任何人的解释

---

① 徐复观：《治思想史的方法问题》，参见李维武编：《徐复观文集》（第二卷），第16、17页。

② 徐复观：《治思想史的方法问题》，参见李维武编：《徐复观文集》（第二卷），第3页。

不能说完全，也不能说没有错误。①

从某种意义上说，人文学科是一种寻找“意义”的学科，而阐释是意义的实现方式。徐复观将阐释作为一种方法，是以文本的语言文字意义解释为基础，进入到文本历史观念的解释。传统的中国经典阐释学重视文字训释，而现代西方阐释学更重视义理阐发。徐复观则强调训诂与义理相结合，认知与体验相结合。他将阐释的全过程归纳为三个阶段：先由文字实物的具体，以走向思想的抽象，再由思想的抽象以走向人生、时代的具体。②

徐复观不仅将阐释由文字层面推向历史层面，更由此进一步推向精神层面。想必这是他治思想史多年的经验之谈，也是解读中国传统思想的不二法门。

（三）“追体验”的方法

如果说治思想史的方法是带有普遍性的学术方法，那么对徐复观而言，“追体验”则是他得以探索人性、深入艺术独有的工夫和必备的法宝。

他在《中国人性论史·先秦篇》和《中国艺术精神》两部著作中都曾提到这种方法。在前者中，他说：“人格与一般物件不同。一般物件是量的存在，可以用数字计算，并可加以分割。人格是质的存在，不能用数字计算，并不能加以分割。人性论是以人格为中心的探讨。人性论中所出现的抽象名词，不是以推理为根据，而是以先哲们在自己生命、生活中体验所得的为根据。”③ 可见，人性论的探讨，以整全的人格为基础，以先哲出自内外生活的体验为核心，作为研究者要体验到古人之体验，感受到古人之感受，就不能靠逻辑推理，而必须“以其人之道，还治其人之身”，仍然用体验的方法追古人之体验，感古人所感，言古人所言。

人性是徐复观整个学术思想的核心，也是他研究艺术的尺度。因此，在艺术的天地，“体验”与“追体验”皆必不可少。徐复观在《中国艺术

---

① 徐复观：《治思想史的方法问题》，参见李维武编：《徐复观文集》（第二卷），第4页。

② 徐复观：《治思想史的方法问题》，参见李维武编：《徐复观文集》（第二卷），第17页。

③ 徐复观：《中国人性论史·先秦篇·再版序》，参见李维武编：《徐复观文集》（第三卷），第11、12页。

精神》中以超过三分之二的篇幅来探讨古代绘画，但他曾经很遗憾地坦言自己是个一笔也不能画的人。在中国，常可发现在一个伟大的艺术家的身上，美学与艺术创作是合而为一的。而在若干伟大的画论家中，也常是由他人的创作活动与作品，以“追体验”的工夫，体验出艺术家的精神意境。徐复观虽不能画，但却可以“把他们已经说出来的，证以他们的画迹，而加以‘追体认’”①。

为什么要强调“追体验”的方法？“追体验”到底是一种怎样的方法？从徐复观的各种论述来看，所谓“追体验”其实就是“体验”。他认为，“体验”首先是古代哲人和艺术家人格修养的工夫。中国的文化是心的文化，人生价值的根源在心的地方生根。心的作用是由工夫而见，是由工夫所发出的内在经验，它本身是一种存在，不是由推理而得的，必须自我经历，一旦体验，当下即是。体验所成即表现为人性论或艺术的精神境界。这是第一层“体验”。第二层“体验”则是指研究者由人性论或艺术意境，体验其中涵藏的人格和精神，以把握人性的本来面目或艺术的本质。因此，“追体验”所体现的其实是一种“古今同在”的对话，是研究主体与对象之间的互为主体性的交流，是生命主体与生命主体间的精神往来。

除了以上方法之外，最重要的是他透过中西比较以形构问题意识的方法。他认为中国艺术的价值需在与西方文化的较量下始能显现。在《中国艺术精神》一书中，时常见到他以西方为参照反观儒道思想的精言辟语。在中西美学的比较与会通上，徐复观的研究可谓开风气之先。他是最早运用现象学观念与庄子思想进行比较的学者。而且在这一方面徐复观是非常慎重的，他说：

我们与西方的比较研究，是两种不同的剧场、两种不同的演出相互间的比较研究，而不是我们穿上西方舞台的服装、用上他们的道具的比较研究。我们中国哲学思想有无世界的意义，有无现代的价值，是要深入到现代世界实际所遭遇到的各种问题中去加以衡量，而不是要在西方的哲学著作中去加以衡量。

① 徐复观：《中国艺术精神·自叙》，第4页。

但不可否认，西方的哲学著作确实可以培养人的思考力，打个比喻，人的头脑好比是一把刀，西方哲人的著作好比是一块砥石，“我们是要拿在西方的砥石上磨快了的刀来分解我国思想史的材料，顺着材料中的条理来构成系统”，但不要搭上西方某种哲学的架子来安排我们的材料。[①] 以这种思考力来研究艺术精神，即使并没有什么预定的美学系统，想必探索下来也自然会形成中国的美学系统。

理清了作者的创作动机和美学研究方法之后，问题就变得非常明晰了，徐复观当时所思考的问题其实就是一个传统的现代转型的问题，所谓重建传统即是一个现代转型的过程。关键在于，转型的第一步应该怎么走？在徐氏看来，绝对不是盲目从西，也不是通过一味寻求中西之同以获取一种虚假的认同感和自信心，而是应该以现代语言“还传统以本来面目”。的确，我们在如今众多渗透着中西比较意识的现代转型的尝试中经常可以看到，很多学者“发现”了中西的同，而忽视了同背后的异，就是因为第一步没走好。因此徐复观所做的第一步工作——凸显中西表面之同下面隐藏的本质之异，意义重大。那么他是如何开展这种研究的呢？那就是挖掘中国艺术精神。虽然徐先生将儒、道艺术精神分章而论并且有意凸显庄子与中国艺术尤其是绘画的本然联系，但在作者客观的分析中，我们分明能够发现儒、道艺术精神的不期然而然的会归。笔者相信，比之儒、道之异，这种同和通更能体现中国美学的特质。

二、人格修养与儒、道艺术精神之会通

从徐复观对儒、道艺术精神的分别阐述中，我们可以拈出四个关键词：人格修养，工夫，境界，为人生而艺术。两种艺术精神之会通就集中体现在这四个点上。

（一）人格修养

徐复观所强调的人格修养，是指“意识地，以某种思想转化、提升一

① 徐复观：《我的若干段想》，参见李维武编：《徐复观文集》（第二卷），第19、20页。

个人的生命，使抽象的思想，形成具体的人格”①。他认为中国只有儒道两家思想，由对现实生活的体悟反省接近于主宰具体生命的心或性，由心性潜德的显发转化生命中的夹杂，而将其提升、纯化，转而又落实于现实生活之上，以端正它的方向，奠定人生价值的基础。所以只有儒道两家思想，才有人格修养的意义。

人格修养与文艺创作有怎样的关系呢？第一，它并不能直接形成创作的动机；第二，就创作的能力来讲，在人格修养外还另有工夫；第三，文艺创作并非一定有待于人格修养，但人格修养所及于创作的影响，绝不是片断的、缘机而发的，而是全面的、由根而发的影响；第四，当文学艺术修养深厚而趋于成熟时，便进而为人格修养。所以，作品的价值与人格修养有密切关系。徐复观指出：

> 决定作品价值的最基本准绳是作者发现的能力。作者要具备卓异的发现能力，便必须有卓越的精神；要有卓越的精神，便必须有卓越的人格修养。中国较西方，早一千六百年左右，把握到作品与人的不可分的关系，则由提高作品的要求进而提高人自身的要求，因之提出人格修养在文学艺术创造中的重大意义，乃系自然的发展。②

一言以蔽之，人格修养乃中国艺术精神的最高境界得以实现的必要的主体条件。徐复观还引用美学家费夏（F. T. Vischer，1807—1887）的话进一步印证他的观点：“观念愈高，含的美愈多。观念的最高形式是人格。所以最高的艺术，是以最高的人格为对象的东西。”③ 这对于儒家和道家都是适用的。

儒道两家所成就的人格修养，不止于文学艺术的根基，但也可以成为文学艺术的根基，一旦发而为艺术精神的主体因素，便对中国艺术产生决定性的影响，进而主导着中国艺术发展的总体方向。在中国，作为一个伟

① 徐复观：《儒道两家思想在文学中的人格修养问题》，参见李维武编：《徐复观文集》（第二卷），第362页。

② 徐复观：《儒道两家思想在文学中的人格修养问题》，参见李维武编：《徐复观文集》（第二卷），第363页。

③ 徐复观：《中国艺术精神》，第34页。

大的艺术家，必以人格的修养、精神的解放，为技巧的根本，为境界的根本，正所谓“外师造化，中得心源”，即使现代艺术也是如此。徐复观在《摸索中的现代艺术》一文中谈到，任何人都可以加入到现代艺术的摸索的行列中，但基本的条件“当然最后要关系到人格修养上的问题”①。

虽然儒、道都讲人格修养，但其内容却各有侧重。儒家的人格重道德（仁），道家的人格重自由超脱。所以儒家艺术精神因仁美的和谐统一而得以充实，道家艺术精神则以其纯而又粹的品格深得艺术之本质。

综观中国古典美学，自孔子始，审美一直与修养有着根本的联系。中国美学讲境界，艺术以境界为最上。正如王国维所说：“（词）有境界则自成高格。”②（不唯词如此，中国其他艺术皆如此）而修养的归宿即是境界。由修养直达境界，此一境界，既是人生境界，亦是审美境界。因为人在这种状态下身心皆得到解放。这个过程是一种内在的精神体验，它超越了感观，最终也超越了人世的善与美，由有限至无限，所以是“无声之乐”，甚至“无万物之美而可以养乐”（荀子《正名》）。

（二）工夫

修养是自我完善、自我提升、自我超越的过程，工夫则是这一过程得以进行的方法和手段。“工夫”不论在徐复观的人性论研究里还是在他的美学思想里，都是个十分重要的范畴。他是这样解释“工夫”的：

“工夫”，当然也可以概括在广义的“方法”一词之内。但这种概括的说法，对“工夫”一词的特性不显，亦即对中国文化的特性不显。所以这里应作一补充的解释。简单地说：对自身以外的客观事物的对象，为了达到某种目的而加以处理、操运的，这是一般所说的方法。以自身为对象，尤其是以自身内在的精神为对象，为了达到某种目的，在人性论，则是为了达到潜伏着的生命根源、道德根源的呈现——而加内在的精神以处理、操运的，这才可谓之工夫。人性论的工夫，可以说是人首先对自己生理作用加以批评、澄汰、摆脱，因而向生命的内层迫进，以发现、把握、扩充

① 徐复观：《摸索中的现代艺术》，参见《徐复观文录》（三），（台北）环宇出版社1971年版，第110页。

② 王国维：《人间词话》，上海古籍出版社2002年版，第28页。

自己的生命根源、道德根源的，不用手去做的工作。[1]

徐复观的美学思想实由他的人性论延伸而来，所以人性论的工夫在审美体验里仍然适用。

徐复观所说的"工夫"是针对其心的文化之"心"而言的，是心的文化中之重要一部分。根据徐复观的定义，"心"是人的生理构造中的一部分，是"形而中者"，因而是"身"的一部分。在现代新儒家成员中，熊十力、牟宗三、唐君毅都十分重视心的形而上的意义，以哲学的立场建立儒学的形上学。与他们不同，徐复观把"心"向人本身落实，向现实里落实。他认为由上向下落，由外向内收，是中国思想发展的一般性格。换言之，"中国思想的发展，是彻底以人为中心，总是要把一切东西消纳到人的身上，再从人的身上，向外向上展开"[2]。本心是人身神明发窍的所在，心是具体的、身体性的，必须通过工夫而使其作用得以显现。所以工夫是修身与养性的结合。因此徐复观指出："人的修养的根本问题，乃在生命里有情与理的对立。"[3] 工夫即是要得自情欲与道德之中。它是使人身心和谐、精神平衡的生命实践。

孔、孟、老、庄都有一套修养的工夫，例如：孔子的"克己"及一切"为仁之方"乃至他所倡扬的乐的艺术，孟子的"存心"、"养性"、"集义"、"养气"，老子的"致虚极，守静笃"，庄子的"堕肢体，黜聪明"、"外物"、"坐忘"……他们通过这种身心的修养工夫，使心从其他生理活动中摆脱出来，以心的本来面目活动，这时心才能发出道德、艺术的活动。虽然他们各自工夫的内容并不相同，但其进路都是由生理作用的消解，而主体始得以呈现。而在主体呈现时，是个人人格的完成，同时也是主体与万物的融合，审美境界亦得以呈现。孔孟与老庄在把群体涵融于个体之内，因而成己即要求成物这一点上并无二致。

可以这样说，要想真正了解中国艺术精神，必须从修养工夫透进，方

---

① 徐复观：《中国人性论史·先秦篇》，参见李维武编：《徐复观文集》（第三卷），第410页。

② 徐复观：《中国人性论史·先秦篇》，参见李维武编：《徐复观文集》（第三卷），第326页。

③ 徐复观：《谈礼乐》，参见李维武编：《徐复观文集》（第二卷），第99页。

能得其三昧。

（三）境界

徐复观认为，艺术精神的境界有高与低、偏与全之分。其最高境界呈现的是全，是圆满俱足。儒家艺术精神与道家艺术精神的最高境界不论在形式上还是内容上都是十分相似的。

儒道两家艺术精神的最高境界在美的表现形式上都归于简易、平淡、素朴。儒家真正的艺术精神是以音乐为中心的孔门艺术精神，它以简易为音乐美的最高境界。《乐记》有云："乐由中出，故静。礼自外作，故文。大乐必易，大礼必简。""乐由中出"即"乐由性出"，性自本自根的自然而感，其感的性格依然是静的。所以此时由乐所表现的，只是"性之德"。性德是静，故乐也是静。顺着此种根源之地去言乐，则大乐必简必易。简易由静而来，简易之至，以至于"无声之乐"。这可以说是在对于被限定的艺术形式的否定中，肯定了最高而完整的艺术精神。

庄子的艺术精神里容不下世俗浮薄之"小美"，而只有"大美"、"至美"。《庄子·天下篇》曰："判天地之美，析万物之理，察古人之全。……后世之学者，不幸不见天地之纯，古人之大体，道术为天下裂。"徐复观认为，此处的"美"与"理"、"全"、"纯"，都是对道术本身的陈述。道是美的，天地是美的，德也是美的，则由道、由天地而来的人性当然也是美的。由此，体道的人生，也应即是艺术化的人生。与最高艺术合体了的人生，当然也是淳朴淡泊的人生。因此庄子说："素朴而天下莫能与之争美"（《庄子·天道》），"澹然无极而众美从之"（《庄子·刻意》）。落实在绘画上，逸格或平淡天真之美，始终成为中国绘画中最高的向往，其渊源正在于此。

儒家与道家艺术精神最高境界的更根本的相似体现在其具体内容上。如前所述，孔门艺术精神的最高境界是乐与仁、艺术与道德的自然而然的融合统一。这是一种体现着无限性的艺术境界。而庄子艺术精神的最高境界即是"最高的艺术精神与最高的道德精神，自然地相互涵摄"①，道德在庄子那里与在孔子那里的意义同中有异。同表现在：庄子的虚静之心，对人与物作新发现后，当下皆作平等的承认，平等的满足，这是艺术性的。

---

① 徐复观：《中国艺术精神》，第55页。

但由平等观点而来之对人物的平等看待，及在此平等看待中自己与人物皆得到自由，皆得到生的满足，则实又可回归于儒家之所谓仁义。异表现在：孔子的仁是一般意义上的道德，而庄子的所谓“大仁”则是超脱世俗，与万物相通。但两者都体现了人格的美与善。所以徐复观说：“在道德与艺术的忘我中，在道德与艺术的共感中，庄子之对孔、颜，或感到较之对老子更为亲切。”① 在这里，徐复观看到了儒家与道家在艺术上的最重要的会通点。

海外新儒家杜维明先生也曾揭示了这种会通。他在研究王阳明思想的过程中发掘出儒家学说的一个“新维度”：“忘我的艺术是道家的一个重要题目，它最合乎曾点精神。所以说，通过道家的修养，阳明给儒家学说增添了一个新维度。他向道家学到的东西与孔子本人赞同的东西之间有一个契合点，这就是曾点精神。”② 徐复观认为，曾点所呈现出的其实是“大乐与天地同和”的艺术境界，孔子正是感动于这种艺术境界才发出感叹。也就是说，他与杜维明一样都承认，不论是孔子还是庄子，实则对艺术的本质有着相同的体认。在孔子那里，艺术虽然依附于道德，但又超越于道德。因为艺术首先要具有审美价值，才可能实现社会的影响。艺术之为艺术的本质，在庄子那里和曾点精神里都可得显。而徐复观进一步认为，曾点所呈现的艺术境界与道德境界，可以相融合。所以尽管艺术与道德在本质上有其同中之异，但在最高境界上却是相同的。

其实不只是徐复观，李泽厚先生也认为审美的最高境界乃道德与审美的完美统一。他将审美分为“悦耳悦目”、“悦心悦意”、“悦志悦神”三个方面，认为这三个方面是人的审美能力的形态展现：“悦耳悦目”一般是在生理基础上但又超出生理的感观愉悦，它主要培养人的感知；“悦心悦意”一般是在理解、想象诸功能配置下培育人的情感心意；“悦志悦神”却是在道德的基础上达到某种超道德的人生感性境界，这种审美形态相当于徐复观的艺术精神的最高境界。具体说，所谓“悦志”，是对某种合目的性的道德理念的追求和满足，是对人的意志、毅力、志气的陶冶和培

---

① 徐复观：《中国艺术精神》，第55页。

② 杜维明：《宋明儒学思想之旅——青年王阳明》，参见郭齐勇、郑文龙编：《杜维明文集》（第三卷），武汉出版社2002年版，第90页。

育；所谓“悦神”则是投向本体存在的某种融合，是超道德而与无限相同一的精神感受。所谓“超道德”并非否定道德，而是一种不受规律强制、束缚却又符合规律的自由感受。而且他也认为要达到“悦志悦神”的境界，审美主体必须有一定的修养。他说：“暴风骤雨，狂涛巨浪，险峰峻岭，无垠沙漠……在具有一定文化教养的人们那里，都可以唤起悦志悦神的审美愉快。”“悦志悦神”是整个生命和存在的全部投入。在西方，它经常与上帝的依归感相联系，从而走向宗教。在中国，则呈现为与大自然相融会的“天人合一”的精神境界。①

虽然李泽厚的这种分类多少受了康德思想的影响，但他确确实实触及了中国艺术之根源的东西，因而与徐复观的观点不谋而合。

（四）为人生而艺术

为人生而艺术是与为艺术而艺术相对而言的，在中国文艺史上似很难找到为艺术而艺术的典型。中国文人从来都不爱离开人生谈艺术，不管是“诗言志”，还是“诗缘情”，抑或是“童心”说、“性灵”论……都是立足于人生的感悟和体验；不论是积极入世，还是消极避世，抑或处于出世入世之间，中国文人都爱在艺术中寻找心灵的安顿、诗意的栖居。

在我国传统思想中，虽然老、庄较之儒家是富于思辨的、形上学的性格，但其出发点和归宿点依然是落实于现实人生之上。这是因为两家都富于忧患意识。此忧患意识是从当事者对吉凶成败的深思熟虑而来的远见，乃人类精神开始直接对事物发生责任感的表现，也即是精神上开始有了人的自觉的表现。②

无论孔孟还是老庄，都面临相似的忧患时局。只不过儒家是救济于忧患，道家则是解脱于忧患。孔子要救济，便有意识地把音乐作为提升人自身的人生修养之资；而庄子要解脱，便无心于艺术，一心只在体道，不以美为目的，而只以精神的自由解放为目的。孔子与庄子开辟出的是两种人生，故在为人生而艺术上实表现为两种形态：儒家所开出的艺术精神，常需要在仁义道德根源之地有某种意味的转换，没有此种转换，便可以忽视

---

① 李泽厚：《美学四讲》，（北京）三联书店 1989 年版，第 165 ~ 167 页。

② 徐复观：《中国人性论史 · 先秦篇》，参见李维武编：《徐复观文集》（第三卷），第 32 页。

艺术，不成就艺术；而由庄子所开出的艺术精神，则是纯粹的、直上直下的，因此对儒家而言，庄子所成就的是纯艺术精神。尽管是两种人生，但在为人生而艺术这一点上，两家是一致的。因此，可以说，为人生而艺术，才是中国艺术的正统。

正因为是为人生而艺术，所以才需要人格修养的工夫，才有艺术境界与道德境界乃至人生境界在最高点上的会归。这样，对于艺术主体而言，人格修养就变得至关重要。徐复观在《中国艺术精神》里提出了一个非常重要的词：主体。他对儒、道艺术精神的阐释必须从这个角度进行理解，才能顺理成章，进而才能看出奥妙。虽然他在儒家艺术精神那里没有特别强调"主体"一词，在庄子思想中则发现了艺术精神主体的呈现，但从具体论述来看，徐氏对儒、道艺术精神的探讨都是从主体精神的意义上来谈的。我们可以得出这样的结论：徐复观所谓的中国艺术精神，其实质就是中国艺术主体之精神。他与唐君毅的立场和出发点是一样的。只不过唐氏乃"无意识"之举，徐氏为有意识之言，后者让中国艺术精神之主体彻底呈现而已。

中国艺术精神之主体异于西方艺术精神之主体者，即在人格修养方面。当然此人格修养并非我们现在所言普通意义上的人格修养，而是中国古典文化语境，或者更具体地说是儒道文化语境下的人格修养。那么，徐氏的人格修养与唐君毅的道德理性是不是一回事呢？笔者认为，就中国艺术精神主体而言，它们非常相似，但道德理性是形而上的哲学本体，而人格修养则是形而下的体验现世生活之本心。徐复观也曾说过，将庄子的道作形而下的理解，就是一种体道的工夫，就是艺术精神。

徐复观对人格修养的定位其实源于他的"中国文化乃心的文化"的定位。中国传统文化所重视的是人的价值问题，即人应该如何行为才有价值、才有意义。此为中国文化的中心。而指出人生价值的根源来自人生命的本身——就是人的"心"，这是中国文化最大的贡献。"中国文化最基本的特性，可以说是'心的文化'。"[①] 儒家的仁义之心和道家的虚静之心只不过是心的两面，皆为人生所固有，所以二者不仅在根源处可以相连，在最高境界处也可以相通。每个人在现实生活中经常作不自觉的转换。

---

① 徐复观：《心的文化》，参见李维武编：《徐复观文集》（第一卷），第31页。

心的文化有这样几个特点：第一，它不是形而上学；第二，它不是唯心论的“心”；第三，它不是主观性的文化，心是“主体”，心之为价值根源，须在克服主观性之后方能成立。有学者认为徐复观所提出的“中国心”即是牟宗三所说的“智的直觉”：“作为一种中国工夫，智的直觉不仅是生命创造的人性根源，也是通向万物存在本体的呈现原则，它是人之自由意志或道德良知的真我呈现，亦可以是主体寂虚心斋的审美判断所成就的艺术精神。”① 应该说两者确有相似，但并不能完全画等号，因为徐氏一再强调“中国心”并非形而上学，只能算“形而中者”，牟氏的“智的直觉”则属于他所建构的道德形上学。所以二者不宜等同。

徐复观就是以心的文化为前提、背景和基础来阐释中国艺术精神的，中国艺术精神之主体即是由人格修养的工夫所呈现的本心。儒家艺术精神与道家艺术精神的会通首先和根本地体现在这种根源处的统一。因为在心的地方同根，尽管是不同的进路，它们在诸多方面也可以会通。

第三节　修身与“中国艺术精神”话题的转换

海外新儒家杜维明先生提出了一个值得当下美学界关注的现象，那就是三代新儒家学者已经自然而且必然地完成了一种转向：这种转向最早体现在熊十力先生提出的发人深省的自然活力论，还有梁漱溟强调以调和折中的态度对待自然。再来即是，中国台湾、中国香港、中国大陆的三位新儒学思想家钱穆、唐君毅和冯友兰不约而同地得出结论：儒家传统为全人类作出的最有意义的贡献是“天人合一”的观念。② 杜维明将这一转向称为“生态的转向”。几位大儒的结论似乎并非全新的发现，但从他们对此观念所作的阐释来看，这种发现也不是在复述传统的智慧。事实上，他们不仅是在回归那个他们钟爱的传统，也是从当下的需要出发来重新理解这

---

① 张毅：《儒家文艺美学：从原始儒家到现代新儒家》，南开大学出版社 2004 年版，第 414 页。

② 杜维明：《新儒家人文主义的生态转向：对中国和世界的启发》，《中国哲学史》2002 年第 2 期。

个传统。杜维明借着他所发现的这一转向重提旧话，接着徐复观往下讲，却悄悄转换了“中国艺术精神”的话题，至此，台港及海外新儒学的“中国艺术精神”阐释被画上了句号。

一、话题的转换：孟子修身观念的美学启示

杜维明先生在《孟子思想中的人的观念：中国美学探讨》[①] 一文中集中考察孟子的修身观念是如何同中国艺术理论相关联的。他开篇即说道：“徐复观先生在他的《中国艺术精神》一书中指出，儒家和道家都确信自我修养是艺术创造活动的基础，这与艺术的根本目的是帮助人们去完善道德和精神的品格的陈旧观点恰恰相反。它提出了一条解答艺术本身是什么，而不是解答艺术的功能应当是什么的思路。在这个意义上，艺术不仅成了需要把握的技巧，而且成了深化的主体性的展现。”[②] 杜维明总结了徐复观阐述中国艺术精神的出发点和理路，进而顺着这一理路继续说下去。

为何专门去探讨孟子的修身观念？杜维明的真正目的并不在于探究与道家美学所不同的，或是作为道家美学之补充的儒家美学存在的可能性，而是想尽量开发这两种传统学说所共有的象征符号资源。他明确指出，“把徐先生的分析推进一步，我认为，把修身作为一种思维模式，比起人们试图系统地将传统分梳为道家和儒家来说，也许出现得更早些”[③]，“儒家强调的人文主义，也许初看起来与道家的自然主义相冲突。但是，按照他们对自我修养的共同关注，我们不能说儒家坚持社会参与和文化传承与道家追求个人自由不相容。道家批评儒家的礼仪，儒家批评道家的避世，都体现一种对话式的交互作用，它反映出两家之间存在着更深沉的一

---

① 该文选自杜维明《儒家思想——以创造转化为自我认同》，此书中译本最早由台湾东大图书股份有限公司于1997年出版。

② 杜维明：《儒家思想——以创造转化为自我认同》，参见郭齐勇、郑文龙编：《杜维明文集》（第三卷），武汉出版社2002年版，第280页。

③ 杜维明：《儒家思想——以创造转化为自我认同》，参见郭齐勇、郑文龙编：《杜维明文集》（第三卷），第296页。

致"[①]。可见，杜维明并不是要论证孟子同中国美学有着什么特殊的关系，而是要借孟子思想生发出中国美学整体的特性，进而在一定程度上修正和补充徐复观的阐释。

杜维明所用的"修身"这个概念，并不是仅仅对于人的形体而言。修身的内容实则比形体的转化要丰富得多。"身"只是一个含义有限的形象说法，非英文"body"可以代替，它其实象征了整个自我，乃儒家文化中极其丰富和庄严的符号。所谓修身，即修己，包含了自我转化、自我提升、自我超越的全过程。比之徐复观所说的"人格修养"，"修身"有着更为广阔的含义。"人格修养"容易被人们作为纯粹的道德操练来理解。事实上自孔孟以降，后世的一些儒者确有此倾向。人们一直用一种不太恰当的"手段"与"目的"的用语来描述艺术与人格（修养）之间的关系，而这种表述却模糊了二者的共生关系。但是，如果我们将人格修养扩展为杜维明所说的"修身"来理解，那么它与中国艺术的特殊关联就会变得更加明朗，甚至可以说，"修身"就是中国艺术精神的根本。艺术也由此可以理解为"深化的主体性的展现"，这是传统中国所特有的一种"大艺术观"。

孟子的修身观念包含两个方面的深意，一方面："大体"与"小体"的和谐发展。在孟子看来，心为"大体"，身体只是"小体"。修身就是要使"大体"，而不只是"小体"得到发展。一个向学生传授六艺的儒师，必定要认识到六艺既是需要操习的动作，又是应从精神层面上去掌握的科目。因此他主要关心的是一个学生作为一个完整的人在转化过程中的身心的全面发展。另一方面，在人的身、心的结构中，存在着将自我发展为与天地合一的真正潜能。修身更重要的是为了体验人与自然之间生命的内在共鸣。"大体"可以"上下与天地同流"，但它归根结底只不过是本真的人性。修身就是要将本真的人性显发出来，而美的实现则需要这种修身的工夫。所以，儒家的修身方法不仅具有社会学的意义，也具有美学的意义。古人通过修身所实现的人生境界，自然同时也是审美境界。

表面上看，杜维明强调修身仿佛仍然是对徐复观"中国艺术精神主体

---

① 杜维明：《儒家思想——以创造转化为自我认同》，参见郭齐勇、郑文龙编：《杜维明文集》（第三卷），第198页。

之呈现”的旧话重提，但事实并非如此。杜维明虽然选择了与徐复观相同的阐释路向，但已悄悄转换了话题，而孟子修身观念中的美学因素实为话题的转换提供了可能性。

在孟子那里，与修身一样，美也是一个动态的过程。由于将修身作为理解美的观念的基础，因而“美”很难成为一个完全客观化的静态范畴，它与善、真一样，都是人在不断成长过程中出现的品质，它们作为一种激励人心的鹄的而存在。“充实之谓美。”“当美塑造着我们的充实感时，不是作为一种固定的原则，而是作为正在体验生命的自我，和所感知的实体对象之间的一种动态的相互影响而起作用的。我们在事物当中看到了美。在描述美的过程中，我们的注意力从外在的物质形体转向内在的生命力，最后达到无所不包的精神境界。”[①] 修身包含着主体的自我转化，而这种自我转化无论在美的创造或欣赏中，都是美的真正基础。在主体的自我转化这一环节上，杜维明拈出两个重要概念：“相遇”和“听的艺术”。

（一）相遇

> 我们欣赏的对象可能是一棵树、一条河流、一座大山或一块石头，但是，我们感受到它们的美，使我们觉得它们并不是毫无生气的对象，而是一种和我们活生生的相遇。确切地说，是一种“神会”。[②]

杜维明用“相遇”来指称审美主体与审美客体之间的关系，来形象地表征古典美学里物我的神会，正是为了说明，中国传统美学里并没有主客二分，古人不会把自己的人格强加于外在世界，《孟子》关于人的思想并不是一种人类中心论，就其终极意义而言，它旨在表明人的自我转化首先体现为一种态度的转变，而人的自我实现则取决于人与自然的互动。正像徐复观先生所说的：欲“成已”必须“成物”，而不是“宰物”、“役物”。

20世纪著名的犹太宗教哲学家马丁·布伯（Martin Buber）认为，人生与世界具有二重性：一是“为我们所用的世界”，一是“我们与之相遇

---

① 杜维明：《儒家思想——以创造转化为自我认同》，参见郭齐勇、郑文龙编：《杜维明文集》（第三卷），第297页。

② 杜维明：《儒家思想——以创造转化为自我认同》，参见郭齐勇、郑文龙编：《杜维明文集》（第三卷），第297页。

的世界”，可以用“我—它”公式称谓前者，用“我—你”公式称谓后者。布伯所谓“我—它”的范畴实指一种把世界万物（包括人在内）当作使用对象，当作与我相对立的客体的态度，所谓“我—你”实指一种把他人他物看作具有与自己同样独立自由的主体性的态度，此时，在者于我不复为与我相分离的对象。[①] 人置身于二重世界中，即人为了生存不得不筑居于“它”之世界，但人也栖身于“你”之世界。人对“你”的炽热渴念又使人意欲反抗“它”、超越“它”，正是这种反抗造就了人的精神、道德与艺术。布伯说：“人无‘它’不可生存，但仅靠‘它’则生存者不复为人。”[②] 布伯的学说直接针对西方思想史上两种居于支配地位的价值观。虽然他的目的在于阐释宗教哲学的核心概念——“超越”的本真含义，以及澄清基督教文化的根本精神——爱心，但他对人生态度的两种概括在某种意义上说是具有普遍性的。

如果我们把人与世界的关系概括为三种主要形态：认知的、实践的和审美的，那么大家就会发现，前两者所体现的其实就是布伯所称的“我—它”关系，而审美所呈现的则应该是“我—你”关系。我与你相遇，“你”便是世界，便是生命，无须有待于他物，我当以我的整个存在，全部生命和本真人性来接近“你”。最终“我”与“你”都升华了自己，超越了自己。这便是“神会”，亦是孟子修身观念的真谛所在。因此，“我”与“你”的相遇，是审美的相遇，亦是一种突出的生态精神的呈现。当代生态美学特别推崇这种“我—你”的相遇关系，它批评现代人类的实用主义和功利性，痛斥他们将“我—他”关系加以绝对化和极端化，着眼于“我—你”关系的和谐建构和扩展，因为只有后者才体现人与自然的亲和无间，人与社会的和谐融洽。正如杜维明先生在《存有的连续性：中国人的自然观》一文中所指出的：人心“对自然的审美欣赏，既不是主体对客体的占有，也不是主体强加于客体，而是通过转化与参与，把自我融入扩展着的实有”[③]。“我”在展开审美体验时，渐渐忘记了“我”的存在，完

---

① ［德］马丁·布伯著，陈维纲译：《我与你》，（北京）三联书店 1986 年版，第 17～21 页。

② ［德］马丁·布伯著，陈维纲译：《我与你》，第 51 页。

③ 杜维明：《儒家思想——以创造转化为自我认同》，参见郭齐勇、郑文龙编：《杜维明文集》（第三卷），第 235 页。

学界，引起最多关注和争论的就是这个范畴。它作为美学的一种新理论或者方法，更多地凸现出传统与现代衔接和转化的可能性。因此，强调修身体现生态美学精神，其实就是对修身作一种新的现代理解和转换。生态美学研究人与自然、人与社会以及人自身处于生态平衡的审美状态，提倡绿色的人生、审美的人生。而孟子的修身观念则明确表示，人首先要实现自身的和谐，才能与天地合流。生态美学强调整体性，而孟子在关注整体性的同时，还看到了“整体”中的“根本”，那就是人自身的生态和谐。事实上，人与自然、人与社会的生态平衡确实依赖于人本身对待外物的态度和方式，此一态度和方式则根源于人的认识和精神境界。人必须从自身做起，修身是一种重要途径，它不仅导向生态平衡，也直指审美的和谐人生。它作为自我转化、自我提升、自我超越的全过程，不仅是孟子所倡导的，也是道家所追求的。《大学》有云：自天子以至于庶人，壹是皆以修身为本。如果我们用现代话语来解读中国传统之“修身”理念，其实它就是“精神生态”。由此，它将给予中国当代的生态美学研究以重要的启示。

至此，杜维明先生宣布，现代新儒学美学开始了全新的生态转向，这一转向，即意味着台港及海外新儒学语境中“中国艺术精神”话题的终结。

二、从分离到融合：话题转换的背后

杜维明使“中国艺术精神”这个话题转换为一种生态美学的探讨，在话题转换的背后，他还做了很多重要的工作为前代新儒家学者纠偏。

现代新儒学之第二代台港新儒学的美学研究有着诸多共性。首先，强调中西之异。与20世纪后期在中国学界兴起的比较诗学努力寻找中西美学的共同据点不同，不论是唐君毅、徐复观，还是方东美，他们的美学思想都重在别异。“中国艺术精神”这个话题本身就显示了它是以西方为参照系和对立面的。标举中国艺术精神即是要在中西之异中凸显中国传统。唐君毅提出“中国艺术精神”是为探寻中国文化之精神价值，以反对学界全盘西化之倾向。徐复观系统建构“中国艺术精神”也是想告诉世人：在人类文化的三大支柱（道德、艺术、科学）中，中国文化实有两大支柱，其中之一就是艺术。中国艺术作为对现实的反省性反映，可以帮助人类寻回失落遗忘已久的心灵。现代社会科学的高度发展，物质的高度繁荣，并没有同时带来精神的充实健康，相反，战争、污染、疾病……到处泛滥，孤独、忧郁、绝望……充斥心灵。而西方艺术作为对现实的顺承性反映，不但无法解决这些问题，相反还如同火上浇油。他非常自信地告诉世人："假如现代人能欣赏到中国的山水画，对于由过度紧张而来的精神病患，或者会发生更大的意义。"① 任何比较都分为两个方面：一为求同，一为别异。比较的最终目的还是为了实现某种程度的融合与会通。台港新儒学虽然特别强调别异，但这种对话方式在客观上必然导向中西的融合、会通，中国传统文论即是在此中西融通过程中开始了现代转型。

其次，在阐释中国艺术精神的时候，唐君毅和徐复观都试图作儒、道的区分。这种区分使问题走向重重矛盾。如前所述，唐君毅在探讨文学精神的时候区分了所谓儒家型文学与道家型文学，结果却是让这种文学分类看起来似是而非。另外，将"游"的精神统属于孔子之"游于艺"，意图则更加明显。唐君毅区分儒、道，最终是为了凸显儒家。与唐君毅不同，徐复观似乎是站在一个相对中立的立场来论述儒、道之异。可是他在探讨中国艺术精神的时候，却出现了一个似乎有点让新儒家们尴尬的结果：那就是孔门艺术精神最终没落了，成了千古一遇、昙花一现的标的，后人只可仰望而兴叹其光辉了。由庄子之道显发的中国艺术精神存活下来，却又只纯粹地落实到了山水画上面。这种结果似乎与"中国艺术精神"的名称极不相符。因而徐氏的阐述在学界一直充满争议。台港新儒家的另一位学者方东美在探讨美学问题的时候，也是有这种儒、道相分的趋向。可见这是台港新儒学的共同问题。

最后，他们都选择了从人性哲学到艺术精神的理路，自上而下的理路。正因为选择了这样的理路，才有了中国艺术精神主体之呈现。不论是唐君毅的"游"，还是徐复观的儒、道艺术精神，都是对中国艺术精神主体心性的挖掘；不论是道德理性，还是人格修养，都是对中国艺术精神主体的精神预设。也正因为选择了这一理路，他们才会自觉不自觉地去作儒、道的区分，因为儒家的仁义之心和道家的虚静之心毕竟是心的两面，产生了道德与艺术两大文化支柱。与台港新儒学的方法不同，中国大陆出

---

① 徐复观：《中国艺术精神·自叙》，第5页。

现一位与他们差不多同时期的美学家宗白华先生，他用另外一种自下而上的理路去探讨艺术，同样也发现了有别于西方的中国艺术精神。他从艺术本身出发，不专门讲人性、分儒道，而用一种无所偏向的、无功利的眼光来欣赏艺术，徜徉于中西艺术的海洋。这种无目的的散步式的美学，反而避免了台港新儒家无法避免的矛盾，值得人们反思。

台港新儒学的中国艺术精神阐释为何会出现这些共性？因为他们的文化身份和立场。他们属于现代新儒学学派，该学派以接续孔孟道统，复兴儒学为己任，以服膺宋明理学特别是儒家心性之学为主要特征，以儒家思想为本位吸收、融合西方哲学，并以弘扬中华民族文化及其生命精神为宗旨，谋求中国社会和哲学文化的现代化。而第二代台港新儒家们处在台港一隅，更直接和深切地感受到西方文化的巨大冲击和国学在20世纪的衰落，尤其是儒学的“花果飘零”，他们急于向西方宣告中华文化的无可取代性，向世界展示民族文化的精髓。1958年，徐复观与唐君毅、牟宗三、张君劢联名发表了《为中国文化敬告世界人士宣言》，肯定中国文化之活的生命之存在。所以，他标举“中国艺术精神”，就是要向现代艺术，向西方文化优越论宣战，还中国文化以真面目，让中国传统文化重新发出璀璨光芒，挺立于世界文化之林。这种观念来自强烈的忧患意识和浓厚的本土意识。

台港新儒学凸显的中西、儒道之分，在第三代海外新儒学这里发生了改变。杜维明的美学探讨告诉我们：从修身、修养来理解中国古典美学，更容易触到中国艺术的本质，此处儒、道艺术精神之分则不显；再者，正如道家学说里存在着丰富的生态思想一样，先秦儒学，尤其是孟子关于人的思想同样开启了一种现代意义上的生态精神。修身这一观念本身所包含的人自身、人与自然以及人与社会的和谐发展，正是生态美学所追求的理想的生存状态。而在当下，对文化的生态关注，是全世界的共同趋向。

杜维明作为海外华裔学者，1981年以来一直从教于美国哈佛大学，经常往来于中美之间，可谓真正的中西文化对话交流的使者。这种文化身份促使他在思考美学问题的时候，不再着眼于中西、儒道的分离，而是融合。整合儒、道，以凸显完整的中国文化；会通中西，以构建融汇古今的新的中国文化。这是杜维明在话题转换背后的贡献。

第三章

“中国抒情传统”的海外建构

所谓“中国抒情传统”，从学术史研究的角度，专指20世纪后半叶以来，缘起于海外华人学者，后延伸至港台的一个从整体文学层面考察中国古典文学传统的研究取向。在陈世骧《中国的抒情传统》一文的基础上，高友工、林顺夫、孙康宜、蔡英俊、吕正惠、张淑香、王文生、萧驰等学者不断开拓，建立起一套包括文学史、文学理论（本体及范畴）及其哲学基础在内的研究体系，于“传统的现代转换”中，构成了一个独具洞见的“学术谱系”。

作为西方文学观念的舶来品，从古希腊语七弦琴（Lyre）一词演变而来的“抒情”（Lyric），既是一个强调艺术形式特征的文类概念，又是一个关乎文学经验本质的范畴。自亚里士多德以来，人们一直相信诗歌的本质在于模仿，而各种文类也以模仿方式的不同得以划分，它们“只有三点差别，即摹仿所用的媒介不同，所取的对象不同，所采用的方式不同”①，因而“抒情诗”不过是文学作品组织形式的命名，是短小又富于音乐性的韵文作品的名称。然而自1800年华兹华斯（William Wordsworth）在《抒情歌谣集序》的导言中指出“诗是强烈情感的自然流露”以后，浪漫主义批评家们就把诗歌定义为“情感的表现和倾吐”，而“抒情诗”的创作机制——表现，更被视为有别于“模仿”的另一种文学本质。同时借助德国古典主义哲学对主观精神的推崇，诸如“情感”、“想象”等关乎内在经验的语汇被引入抒情结构的领地，使之从一种特殊的文类形式转向了“超文类”的经验意义，也即从“抒情诗”走向了“抒情性”。正如俄罗斯文论家瓦·叶·哈利译夫在《文学学导论》中所言：

> 在19世纪（最初是在浪漫主义美学中），对叙事、抒情、戏剧的另一种理解得以确立：不是作为语言艺术的形式，而是作为由哲学范畴所确定下来的某些凭智慧可以领悟的本质：文学类别开始被视为艺术内容的类型。……在20世纪，文学类别一而再再而三地被置于同语言学现象（语法上的第一、第二、第三人称）以及时间范畴（过去、现在、将来）的彼

---

① ［古希腊］亚里士多德著，罗念生译：《诗学》，参见《诗学·诗艺》，人民文学出版社1982年版，第3~9页。

此关联之中。①

因而抒情研究除了要探讨“简短的韵律结构”和“音乐性”一类的形式结构外，更要牵涉“抒情角色”、“抒情时间”、“情感类型”等经验意义的解读。

在中国文学传统中，“抒情”最早见于屈原《九章·惜诵》“惜诵以致愍兮，发愤以抒情”，其中“抒”本义为“泄”，“抒情”则意指情感之宣泄，多有苦闷不遇之感。也许是有违儒家诗教温柔敦厚的传统，“抒情”一词在西方近代文学观念传入中国之前并没有得到太多阐发，更难与文类产生联系。取而代之，“文学与情感”的讨论则在诸如“言志”、“缘情”、“性灵”等重要观念的言说中得以安顿，进而发展出一个至少叠加了汉代以来儒家诗论、魏晋以来“物色缘情”诗观、唐宋律诗美学理想以及明清“至情”信念的文论传统，加之中国诗在形式特征方面与西方抒情文类的诸多契合，用指称“Lyric”的“抒情”概念重新解释中国诗歌传统则具备了从外在形态到内在经验的多种可能。

考察西方观念与中国传统在“抒情”经验上的疏离与遇合，引发了“中国抒情传统”研究的种种发明与误读。然而这一研究的目的，不仅在于从一个新的层面重新体认和阐释传统，更在于借助“抒情”文类所反映的感知世界和统整经验的方式，探求中国文化的特殊理念与价值。

第一节　开拓：陈世骧与“中国抒情传统”的发现

1958年，韦勒克在教堂山大会上以题为“比较文学的危机”之演讲，引领国际比较文学从重视“影响研究”、依靠材料考证、强调事实联系的“法国学派”时代，进入了重视“平行研究”、看重文学作品自身独立性和文学性、强调跨文化和跨学科研究视野的“美国学派”时代。这一研究转

① ［俄］瓦·叶·哈利译夫著，周启超等译：《文学学导论》，北京大学出版社2007年版，第361页。

向，对以比较为基本思维方式的海外“中国古典文学”研究亦产生了重要影响。20世纪60年代，著名留美学者陈世骧显然已成为这一新主张的实践者，在其美国亚洲学会年会演讲稿《中国的抒情传统》一文中，他开宗明义地指出，“比较文学的要务，并不止于文学相等因式的寻找；它还要建立文学新的解释和新的评价”①，随即提出了以标榜文化独特性为宗旨的“中国抒情传统”论断。自此，作为一个特殊的学术谱系，“中国抒情传统”研究开始了它漫长的旅程。

一、文类研究：“抒情传统”的理论起点

中国文学批评，自《毛诗序》起，就有了文学分类的自觉，根据《周礼》“大师……教六诗：曰风、曰赋、曰比、曰兴、曰雅、曰颂”而提出的“六艺”中，风、雅、颂即指诗的种类。至魏晋南北朝，文学审美的独立价值首次得到文人们的广泛认同，文学批评中的文类问题也发展为中国独有的一套文体学。曹丕在《典论·论文》中指出：“夫文本同而末异，盖奏议宜雅，书论宜理，铭诔尚实，诗赋欲丽。”② 陆机《文赋》则更把“文章”细分为十大类，逐一对应其美学特征：“诗缘情而绮靡。赋体物而浏亮。碑披文以相质。诔缠绵而悽怆。铭博约而温润。箴顿挫而清壮。颂优游以彬蔚。论精微而朗畅。奏平彻以闲雅，说炜晔而谲诳。”③ 同时，以“诗文为正统”的古典文学体系，又按刘勰“音韵之别”划定的“文笔之分”建立了独特的文类分野：“今之常言，有文有笔，以为无韵者笔也，有韵者文也。”④ 至于戏曲、小说等俗文学，虽然至明清以来有了惊人的发展，但始终未能进入“雅”文学的范畴，也因此在文类上没有取得和诗文同等的地位。

---

① 陈世骧：《中国的抒情传统》，参见《陈世骧文存》，辽宁教育出版社1998年版，第1页。

② 曹丕：《典论·论文》，参见郭绍虞、王文生编：《中国历代文论选》（第一册），上海古籍出版社2001年版，第158页。

③ 陆机：《文赋》，参见《中国历代文论选》（第一册），第171页。

④ 刘勰：《文心雕龙·总术》，参见周振甫编：《文心雕龙今译》，中华书局1986年版，第385页。

而在西方传统中，自柏拉图（Plato）和亚里士多德（Aristotle）起，人们就一直倾向于把整个文学领域分为三大类，这种分类至今仍然通用。它们是戏剧文学、叙事文学和抒情文学。亚里士多德把文学建立在摹仿论的基础上，认为“只有三点差别，即摹仿所用的媒介不同，所取的对象不同，所采用的方式不同”，于是就有了以上三类文学：“假如用同样媒介摹仿同样对象，既可以像荷马（Homer）那样，时而用叙述手法，时而叫人物出场，或化身为人物，也可以始终不变，用自己的口吻来叙述，还可以使摹仿者用动作来摹仿。”① 这就是古希腊的史诗、抒情诗和悲喜剧。发展至黑格尔（Hegel），则以文学创作的主客关系论述诗（文学）的分类，指出叙事诗是客观性文学，抒情诗是主观性文学，二者都有其片面性，唯独戏剧是扬弃了主观与客观的综合艺术，具有优越的地位。在此后的漫长历史中，三大文类的地位几经变迁，形式也多有变化，但这一经典的划分方法和评价体系却最终保留下来，成为西方文学传统的重要组成部分。

东西两大文学传统对于文类的不同解说和偏好，在20世纪50年代国际比较文学“平行研究”转向后，终于得以在文化独特性的层面上相互对话。1991年厄尔·迈纳（Earl Miner）《比较诗学》的登场标志着文类理论在比较诗学研究中取得重要进展，该书最大的特色即在于建立在“普遍性诗学体系”上的关于“基础诗学”的大胆假设。由于把人类的全部文学活动看作一个整体，因而能从具有普遍意义的文类三分法——戏剧、抒情诗、叙事文切入，对不同的文学传统进行考察，从而发现了建立在文类基础上的“原创诗学”：西方诗学是建立在戏剧文类上的“摹仿—情感”诗学；而世界上众多的其他诗学体系（包括以中国为代表的东方诗学）基本都是建立在抒情诗文类上的“情感—表现”诗学；还没有建立在叙事文学基础上的诗学。

然而追溯历史，美国华裔汉学家陈世骧早在20世纪60年代提出的“中国抒情传统”论题中，就已从中西文类的比较中得出了类似厄尔·迈纳的理论设想。

---

① ［古希腊］亚里士多德著，罗念生译：《诗学》，参见《诗学·诗艺》，第3~9页。

（一）文类研究与比较视野[①]

在《中国的抒情传统》一文中，陈世骧首次把西方文类中的抒情诗这一概念引入对中国文学大传统的考察中。他的“新的解释和评价”具体到文学传统的跨文化比较研究时，就开启了以西方文类三分法为基础的中西文学传统的二元对立比较，即西方的戏剧传统对应东方的抒情传统。对此，陈世骧分别从“文学创作”和“批评理论”两方面展开论证。

在“文学创作”的层面，他认为《诗经》、《楚辞》、汉赋、乐府是“抒情传统”得以在中国文学中确立主导地位的四大因素。对于《诗经》，陈世骧特别强调了它的音乐性同西方“抒情诗”的契合：“《诗经》是一种唱文（诗者，字的音乐也）。因为是唱文，《诗经》的要髓整个说来便是音乐。因为它弥漫着个人弦音，含有人类日常的挂虑和切身的某种哀求，它和抒情诗的要义各方面都很吻合”；而《楚辞》则被视为“楚的悼亡诗”，由各式各样的抒情体组成（祭歌、颂词、悲诗、悼亡诗），其中的代表《离骚》则突出地表现为“文学家切身地反映自我影像”。作为“中国抒情传统”的两大源头，《诗经》与《楚辞》结合了抒情诗体的两大要素：“以字的音乐做组织”和“内心自白做意旨”，此后则“时而以形式见长，时而以内容显现”。汉代的乐府进一步发展了抒情诗的音乐性，并实现了汉代“举国上下制度化诗合于乐、合于歌的传统”；汉赋由于散韵结合而产生的“引人入胜的词句和音响”形式，充分拓展了“描写”在中国抒情传统中的地位，使得这一以辞藻堆砌而著称的文体在“振奋和怡悦的语言音乐里，如此将自己的话语强劲地打入他人的心坎”。此后中国文学的主流则在这四大类型开拓的道路中，彻底地张扬着抒情的声音。陈世骧还特别强调了中国后起的叙事和戏曲文学中抒情文体的“声势逼人、各路渗透”。就此，其结论是：“就整体而论，我们说中国文学的道统是一种抒情的道统并不算过分。”

在“批评理论”的层面，陈世骧则指出，以史诗和戏剧为主要批评对象的希腊人，一方面至亚里士多德的《诗学》问世之时，仍旧未给抒情诗

---

① 本小节“陈世骧：文类研究与比较视野”中出现的引文，若未特别注明，皆选自陈世骧：《中国的抒情传统》，参见《陈世骧文存》，辽宁教育出版社 1998 年版。

体命名[①]；另一方面，他们对文学创作的探讨则始终不离“故事的布局、结构、剧情和角色的塑造”，在对冲突、张力等戏剧文学特质的热爱中，形成了“客观分析布局、情节和角色的癖好”。而中国古典文学批评则对抒情诗投入了全部的热情，他们的爱好是“诗的音质，情感的流露，以及私下或公共场合中的自我倾吐”，因此，自孔子起，文学批评谈论诗之兴观群怨，就是关于“倾吐心中的渴望、意念、抱负”的诗的意旨论，其着重于“情的流露”，而这也成为“诗的品质的说明”；同时，中国批评家对“诗法”的关注，也不在张力和冲突，而是“意象和音响”的和谐。

最后，陈世骧从文类之不同归结出东西两大文学“相抵触的、迥异的传统形式和价值判断”，完成了他寻找伟大传统之间差异性的比较要务：

> 说明文、分析文和长篇解说是西欧人的特长，而直觉感应力，以凝聚的精华从内在经验中明快地点出博大精深的联想却是东方人的拿手好戏。总括地说，滔滔的雄辩对简明的点悟语，法庭上所用的分析对经验感应的回响是东西正派批评不同的分野。[②]

值得一提的是，陈世骧在该文结尾提出了文类升降的问题。他指出抒情诗在西方传统中自文艺复兴以来就一直处于上升地位，这一劣势文类在浪漫主义时期却获得了至高无上的声誉，“本世纪英国诗评家德林克瓦特（John Drinkwater）曾很有资格地说‘抒情诗是纯诗质活力的产物’，因此，‘抒情诗’（Lyric）和‘诗’（Poetry）是同义词”，如果用极端一点的看法来解说，此一时期的西方文学观念正印证了中国“抒情诗的传统”。针对西方文类变化的这一有趣现象，我们依据陈世骧的思路回溯中国文学，则可发现，自20世纪初以来，“戏剧”和“小说”在文类竞争中的优势地位日渐显露，梁启超“三界革命”声势最浩大者正是“小说界革命”，他所谓“小说文学之最上乘”的宣言，不也像西方重新发现了Lyric那样，在古老的东方重新发现了叙事和戏剧文学的传统吗？

---

① 《中国的抒情传统》一文指出，亚里士多德在《诗学》第一章第六、七节里曾指出用抑扬格、挽歌体或其相等音步写成的抒情诗“直到目前还没有名字”。

② 陈世骧：《中国的抒情传统》，参见《陈世骧文存》，第5页。

（二）对“次文类”① 的考察

沿着“文类研究”的方向，“中国抒情传统”并不满足于“三大文类”之上的宏观概括，而进一步展开了对“次文类”变迁的考察。如果把这方面的全部成就拼接起来，就会是一部类似于梁启超在《中国美文及其历史》中尝试勾勒的“中国诗歌史”，而贯注其中的线索则是“抒情传统”如何在这些具体的形式中产生、兴盛、变异、式微的过程。这正如萧驰所言，“抒情传统”研究的要务之一即是对“次文类”更替沿革的历史言说和解释。

> 不断被重新塑造之持续过程，不断被延展为新的文类和文类间不断拮抗、交融的过程：由古体而律化，由诗而词、曲，由词曲而延伸为戏曲、小说中之“抒情境界”、“原型场景”以及结构法则中的整一观点。②

陈世骧之后，高友工于《中国文化史中的抒情传统》一文中明确把“抒情传统”视为“中国自有史以来以抒情诗为主所形成的一个传统”，并详细考察了律诗、词体、戏曲等“抒情美典”在抒情诗这一文类大传统中各自生发出的抒情特质。林顺夫和孙康宜等学者则在70年代北美风行一时的“文类研究”（genre study）影响下，具体地辨析了诗体和词体的文类风格。林顺夫的《中国抒情传统的转变——姜夔与南宋词》以共时性的方法展现了南宋咏物词的独特形式及情感意义；而孙康宜先生的两本著作——《抒情与描写——六朝诗歌概论》、《词与文类研究》——则以历时性的方法分别探究了五言诗和词的文体演变过程及意义嬗变。台湾学者吕正惠基于中国“诗文”共为正统文学正宗的现象，把视野由三分而扩展为四分，对散文也加以“抒情式”的观察。在《形式与意义》一文中，他指出以“骈文”和“散文”为分野的中国散文，可分为四大类型——骈文（以六朝为主）、先秦两汉之“文”、古文（以唐宋为主）、小品文（以明清之际

---

① 本文的“次文类”，指在三大文类划分标准下，每一基础文类随时代和地域之不同而发展出的不同形式，如中国抒情诗类即可划分为四言诗（《诗经》）、楚辞、乐府、五言诗、律诗、词、曲、戏剧等不同的“次文类”。

② 萧驰：《中国抒情传统》，（台北）允晨文化实业股份有限公司1999年版，第13页。

为主)，虽然这一文体沿革内在地反映出“美文”与“实用文”的对立，但它们却共同体现着中国散文对“文字感性”的重视。

古文家和骈文作家一样重视文字，不过两者的重点不同罢了。骈文作家讲究的是对仗、声律之美，是全文四平八稳的平衡之美；古文家所讲究的，用韩愈的话来说，是“言之长短与声之高下者皆宜”，是全篇“文气”流动之自然合宜。①

散文家们对“文字感性”的重视与“感情本体主义”相互交织，“把经验凝定在某一范围内，加以深化和本体化”②，共同构成了中国抒情传统的两大特色。

对抒情文学“次文类”的考察，逐渐形成了“中国抒情传统”研究的文学史意识，他们通过具体分析“形式与意义”的关系，构筑出中国文学发展的新的解释。

二、陈世骧：考据视野与抒情源头

陈世骧（Shih-hsiang Chen）(1912—1971)，字子龙，号石湘。祖籍河北滦县。幼承家学，后入北京大学主修英国文学，1932 年获文学学士。1936 年起任北京大学和湖南大学讲师。1941 年赴美深造，在纽约哥伦比亚大学专攻中西文学理论。1947 年起长期执教加州大学伯克莱分校东方语言文学系，先后任助理教授、副教授和教授，主讲中国古典文学和中西比较文学，并协助筹建该校比较文学系。在此期间，他结交了杨联升、吴鲁芹、夏济安、夏志清兄弟等留美学者，延揽张爱玲入加州大学研究，同时作育英才无数，聂华苓、郑愁予、痖弦、商禽、杨牧等一大批台湾作家、学者都直接或间接受到他的指点和提掖，为开创五六十年代美国华人学者

---

① 吕正惠：《形式与意义》，参见刘岱、蔡英俊编：《中国文化新论：文学篇（一）抒情的境界》，(台北) 联经出版事业公司 1982 年版，第 47 页。

② 吕正惠：《形式与意义》，参见《中国文化新论：文学篇（一）抒情的境界》，第 57 页。

人文社会科学研究的新局面作出了颇多贡献。1971 年 5 月 23 日因心脏病猝发逝于加州伯克莱。①

陈世骧与朱光潜、钱钟书等人同属中国 20 世纪二三十年代培养出的博古通今型学者。他们的共同特点在于出身国内知名大学外文系，有出国深造的经验，且国学涵养甚深，大多在中年后转向传统文化研究，具有强烈的比较意识，同时对考据学和西洋科学研究方法甚为倾心。

自汉代起中国就发展出一套关于文字训诂的方法，辨析字义、考订读音，专著如《说文解字》、《尔雅》、《方言》、《释名》、《广雅》等，硕果累累，可以说，“训诂本身，也是中国学人在进行思考与研究时最基本的方法，一度还有人夸张地说过：‘训诂明而义理明’”②。以清代乾嘉学派为代表的传统“国学”研究，一向重视对文字的考据和辨析，是清代文人摒弃明末之浮躁学风，重新师承汉代经学考据训诂方法的结果，其往往成为学者较量学识的重要舞台，也从一个侧面印证了中国文字在传统文化中的独立性和独特性。龚鹏程从文化内部的自我传承与演进的角度对五四新文化运动之学术特点的分析，为陈世骧等人治学风格的形成提供了恰当的解释：

> 五四新文学运动，乃是一个新文化运动，它既从晚明文学中得到滋养，又从王阳明到黄宗羲、颜元、阎若璩、胡渭的学术发展中，发现了“反玄学的革命”之路，攻击宋明理学、批判吃人的礼教。于是，在学问上注重比较实际的考证之学，形成了胡适、顾颉刚及后来中央研究院所代表的史料考据学风。③

陈世骧的“抒情传统”研究最见功力之处，正是他立足中西两大语言体系，考证古典诗学概念的尝试。整个研究既显示了深厚的文字训诂与考据学功底，又能巧妙对比西方语言学的词根变化形式，对照两种语言传

---

① 陈子善：《陈世骧文存》的《本书说明》，参见《陈世骧文存》，辽宁教育出版社 1998 年版。

② 龚鹏程：《文字意义的探索》，参见《汉代思潮》，商务印书馆 2005 年版，第 97 页。

③ 龚鹏程：《晚明思潮·自序》，商务印书馆 2005 年版，第 2 页。

统，探求诗学概念反映出的人类心灵的“原型结构”。他特别重视对中国诗歌源头阶段的考察，由于英年早逝，仅涉及了《诗经》与楚辞[①]两大类型。其中，用他自己的话来说，研究《诗经》，“目的在追索诗三百之所形成的过程，进而考察其艺术成就和它对后世传统的文学批评标准的贡献”[②]。他为自己设计了两条蹊径：其一为“诗”在语源学上的真意；其二为历来论诗传统里一个人云亦云的术语，即意义隐晦的“兴”字。[③] 并以《中国诗字之原始观念试论》和《原兴：兼论中国文学特质》两篇文章，分别探讨了“诗”与“兴”两个古典诗学概念在文字学意义上的“抒情特质”，为中国抒情文学的发生寻找源头依据。

（一）“诗”的原始意象[④]

陈世骧对“诗”的概念探究，集中体现于《中国诗字之原始观念试论》一文。首先，他从语用学的角度考察了“诗”字最早的使用情况。他认为是《诗经》发明且展现了“诗”这个字的意义，三百篇中共有三处，分别是《大雅》中的《卷阿》和《崧高》，《小雅》中的《卷伯》。《卷阿》的独特之处在于首次把“歌”和“诗”对立辨析，认为“诗”配乐才是“歌”；《崧高》被视为最早的赠答诗，体现出诗以表情的特点；《卷伯》则突出了作者的切身感受，通过“作为此诗”的表述，强调了“诗”之语言制作的特点。他认为新名词的产生代表了新观念的明晰和形成，而“诗”字的产生所明晰的正是其与音乐抒情性相对的语言抒情性，这一特点通过“言”的偏旁表现出来。

其次，陈世骧通过对《说文解字》的辨析，从字源学角度考证“诗”之原始意象。他认为，“诗”与“志”皆从“㞢”声，其形如一足着地，含义相反相成：一是“止”，停也；一是“之”，去也。他对照英文中“leave”一词，亦兼有“留”和“去”二相反义的现象；又举出“life”一词，一面指存留于今世，一面指渐渐离开今世，在英语文学中常不谓其

---

① 陈世骧关于楚辞的论文《论时：屈赋发微》，参见叶维廉编，古添洪译：《中国古典文学比较研究》，（台北）黎明文化事业股份有限公司 1977 年版，第 48～108 页。

② 陈世骧：《原兴：兼论中国文学的特质》，参见《陈世骧文存》，第 142 页。

③ 陈世骧：《原兴：兼论中国文学的特质》，参见《陈世骧文存》，第 148 页。

④ 本小节“‘诗’的原始意象”中出现的引文，若未特别注明，皆选自陈世骧：《中国诗字之原始观念试论》，参见《陈世骧文存》，辽宁教育出版社 1998 年版。

"存留"而多言其"奔逝"的使用惯例。进而从比较文字学的角度，说明一字之具有相反二义乃为人类文字原初创造的共同倾向。因而，所谓"诗者，志之所之也，在心为志，发言为诗"（《诗大序》），正体现了"㞢"对"诗"的影响："之"即"离"，体现向外的趋势；"在"即"止"，体现停留于内的趋势，"志"与"诗"相通，一个停止于内，另外一个则借助语言表现在外，而旨趣大异也。因此，可以说诗"既是蕴止于内心的深情至义，又是宣发于外的好语言了"①。

最后，从人类学角度观察，诗、乐、舞合一的现象乃人类原始艺术之综合性的表现，因而诗歌内在地包含了音乐与舞蹈的生命律动的节奏，于"言之不足"时，转而"歌咏之"，而终于"手舞足蹈"：

> 诗者，志之所之也。在心为志，发言为诗。情动于中而形于言；言之不足，故嗟叹之；嗟叹之不足，故歌咏之；歌咏之不足，不知手之舞之，足之蹈之也。②

由此，朱自清眼中的中国诗学开山纲领《诗大序》已另有一番新意："蕴止于心，发之于言，还带有与舞蹈歌咏同源同气的节奏的艺术"③，这一中国"诗"字的原始意象为中国诗学长久以来一直以抒情言志和韵律结构为其基本特点的传统奠定了基础。

（二）"兴"与"抒情传统"的灵魂④

陈世骧认为中西传统在诗的命名上一直存在着显著区别：英文"poetry"一词，泛指"制作"，着重"技艺"，因此诗的本质更多由创作的结构、设计、规则来体现；而中文的"诗"字，则"专重诗的艺术的要素本质的表现"，是一种内在精神的统一。中国的文学观念显现在作为一个统

---

① 陈世骧：《中国诗字之原始观念试论》，参见《陈世骧文存》，第21页。

② 《毛诗序》，参见郭绍虞、王文生编：《中国历代文论选》（第一册），第63页。

③ 张节末：《中国美学史研究的新途径之一——海外华人学者对中国美学抒情传统的研寻》，《江西社会科学》2006年第1期。

④ 本小节"'兴'与'抒情传统'的灵魂"中出现的引文，若未特别注明，皆选自陈世骧：《原兴：兼论中国文学特质》，参见《陈世骧文存》，辽宁教育出版社1998年版。

一类型的“诗三百”中，其是“第一个具有规模的中国文学创作的原始型态”。对此，陈世骧以四十页篇幅的《原兴：兼论中国文学的特质》① 给出了自己的解释：缘起于“诗三百”的中国“抒情性”文类，其灵魂正在于“兴”的始终贯穿。

首先，他从字源学的角度还原了“兴”字产生的原初图景。他同意高本汉教授的意见，认为“兴”比“诗”更属于“原始的意会字”。综合罗振玉和郭沫若的观点，此字的甲骨文代表“四手托一物之象”，所托之物为环转的槃，因此，“兴”乃是初民合群举物旋游时所发出的声音，带着神采飞逸的气氛，共同举起一件物体而旋转。而诗乐舞同源时代中产生的《诗经》作品，之所以能超越各自的具体内容而最终统纳于“诗”这一文类，正是因为共同缘于“兴”的引导，而“具有相等的社会功用和相似的诗质内蕴”。

其次，“兴”的原始意蕴通过贯穿于整个“诗三百”中的“诗法”而得以保留并影响着后世的诗歌创作，其主要通过节奏的控制、音韵的营造以及文义的表现来实现。节奏方面，陈世骧认为历代学者把“兴”视为“内容分类”（《诗大序》）、“言外之意”（钟嵘、孔颖达）或“作诗发端的技巧”（朱熹）之种种解释，致使由“兴”所规定的《诗经》“复沓、叠覆乃至反复回增”的原始节奏的结构逐渐隐没，终于引发了刘勰所谓“兴意销亡”的感叹。因为，“兴”正是通过规定诗的结构来体现“带着自然流露的情绪和呐喊的舞蹈”之节奏，进而内在地延续着诗作为综合性艺术的原始形态：

> “兴”的因素每一出现，辄负起它巩固诗型的任务，时而奠定韵律的基础，时而决定节奏的风味，甚至于全诗气氛的完成。“兴”以回复和提示的方法达成这个任务，尤其更以“反复回增法”来表现它特殊的功能。②

音韵方面，起兴之句往往确立全诗的韵式，使傍韵、协音、脚韵等要

---

① 此文英文原题为“The Shih-Ching: Its Generic Significance in Chinese Literary History and Poetics”，文章讨论的焦点“《诗经》的普遍意义（Its Generic Significance）”，经陈世骧高足杨牧的意译表述为“原兴”。

② 陈世骧：《原兴：兼论中国文学特质》，参见《陈世骧文存》，第152页。

此，从美学角度切入说明，正是自现代以来文学获得自身合法性和根本解释的重要途径之一，更为现代学者重新阐释传统提供了新的角度和方法。

从西方文学批评的历史来看，我们今天所常用的“文学”观念，是一个以美学规定性为基础的现代概念，而西方现代意义上的“文学理论”亦是接受了以“审美”为学理基础的“纯化”洗礼，而最终确立的以“语言艺术”为论述范围的现代学科。

美学在18世纪后半期的出现为文学和文学研究提供了具有现代色彩的学科框架和话语方式，正是在传统诗学不断美学化的过程中，诞生了现代意义上的文学观念和文学理论的观念，从而使得西方文学理论通过审美现代性的获得实现了现代性的转化。①

20世纪以来，现代美学的创构始终离不开两大主题，一为“审美心理”，一为“艺术形式”。始自鲍姆嘉通（Alexander Gottlieb Baumgarten）对“感性认识之完善”的立论，美学自命名之初就从追问本质的形而上学转向了对于主体心理结构的探究，自此“美感经验”（审美经验）成为现代美学研究的一条主线，其鼎盛之时当属20世纪前15年的审美心理学时代，此间以心理学为基础的一系列研究，使得“感觉”、“情绪”、“想象”、“记忆”、“直觉”等概念进入了现代美学体系，并构成了一个动态的审美欣赏的过程理论。受此影响朱光潜先生写就了中国第一部现代美学著作《文艺心理学》，全面梳理了这一流派的基本观点及得失，并以此构筑了自己的美学体系。

现代美学的另一重要成果则是对“艺术形式”的开拓，自1913年英国美学家贝尔（Clive Bell）在其《艺术》一书中提出“有意味的形式”这一个概念以来，“形式如何从自身成为审美对象”就成为俄国形式主义、英国形式主义、英美新批评等众多流派不约而同的目标，在这场声势浩大的运动中，“形式”作为艺术美学新的本体和“自律性”的说明，获得了自身的意义。表现在文学中，则是对于语言和文本的空前崇拜，以及以语言学为学理基础的“文学性”本体论的确立。这一影响也体现在朱光潜先

① 陈跃红：《比较诗学导论》，北京大学出版社2005年版，第83页。

生的另一本著作《诗论》中，此书第八至第十二章，专门讨论中国传统诗歌之独特形式及其形成的原因，并注意到中国抒情诗体系中最具民族特色的“律诗”形态，以中西比较的立场发出了古典诗歌通向现代形式美学的先声。

经过这两个理论创构阶段，现代美学原理即可概括为“美即美感”和“形式即本体”①。由此考查 20 世纪 50、60 年代如苏珊·朗格（Susanne Langer）的《情感与形式》、杜夫海纳（Mikel Dufrenne）的《审美经验现象学》、阿恩海姆（Rudolf Arnheim）的《艺术与视知觉》等现代美学的体系性著作，则可发现“经验”和“形式”正是现代美学理论的两个基本支撑点，而这也是进入高友工“抒情美学”基本原理的最佳门径：

1. 美感经验

“美感经验”是高友工抒情美学研究的基本对象。相较于陈世骧自文学客体——文类——解释抒情诗的策略，高友工则开创了从主体立场——“美感经验”——解释“抒情”活动的美学路径。

美学与艺术哲学的区别是其确定美学研究对象的依据。在多篇文章中，高友工一再指出“美学关注个体的创造性体验，而艺术理论则关心和研究艺术的本质”②。美学的出发点是作家，因而侧重于以“美感经验”为基础的“创作心理”和“创作标准”等“创作过程”；而艺术哲学的对象则是“艺术品”本身，故将其视为一个独立自足的个体进行关照。“抒情美学”这一命名的目的正在于突出此理论对艺术创造过程中“为什么创造”和“怎么创造”的关注，从而把艺术创作的精神状态——美感经验——作为研究的中心。作为高友工“抒情美学”在心理学范畴上的基本解释，“经验”在时间上表现为“现在”与“过去”的并存，在对象上则是“自我”与“客体”的共显。他特别强调文学创作中的“主体经验”和文学欣赏中的“主体再经验”之间的关系，认为通过“经验的再经验”过程，创作经验在欣赏经验中得以保存。因此“创造的目的不是在艺术，而是在其经验本身”，而“创作经验”的重要性也在于它是无限多“再经

---

① 张法：《二十世纪西方美学理论》，四川人民出版社 2007 年版。此一说法借自该书第二章和第三章的标题。

② 高友工：《中国抒情美学》，参见乐黛云、陈珏编：《北美中国古典文学研究名家十年文选》，江苏人民出版社 1996 年版，第 2 页。

验”的永恒原形。正如高友工所言：“对许多阐释者来说，理想的审美体验就是重新激活那起初导致艺术对象产生的体验”[①]，抒情艺术的特殊性正在于它必须进入创作经验，而不是仅仅依靠审美活动的解释。高友工的“抒情美学”正是选取了“创作”这一维度，以抒情艺术对“经验”保存的特殊方式为考察对象，展开其对中国美学的重新思考。

在此基础上，他以“内化”和“符号化”为抒情艺术的基本经验形态。内化是审美活动中把外在材料转化为内在心象或心境等精神式样的意识活动；而符号化则是通过艺术媒介把心理意识转化为符号形式的物化活动。内化使零散的外在刺激融为完整统一的“心象”和“心境”，实现了一种“情境”和“物我”的“同一关系”；符号化则通过构筑物化系统而保存“美感经验”（抒情艺术的符号化通常表现为意象的）。因此，内化和符号化发挥了“整合和结构化”的功能，使得抒情艺术表现出“一”与“和”的基本风格，形成既简单又复杂的形式，“简单是因为所有的因素都浓缩成一个整体，复杂是因为内在的结构可以由各种不同的层次和趋向组成”[②]。同时，作为创作者的个体活动，“经验”的“自我”与“现实”性又使得“内化”和“符号化”的实现过程体现了“动”的特征。因此，“和谐与流动”体现着抒情艺术的理想风格：“和谐是将各种不同性质融合为一个统一的形式的描述；而流动则突出了在创作过程中，对不同特性的瞬间的融合与渗透。”[③] 然而，高友工并不满足于把抒情传统视为“专指中国自有史以来以抒情诗为主所形成的一个传统”[④]，而更强调其在广义上并不限于“专指某一诗题、文体，也不限于某一种主题、题素”，而是“涵盖了整个文化史中某一些人的‘意识形态’，包括他们的‘价值’、‘理

---

① 高友工：《中国抒情美学》，参见《北美中国古典文学研究名家十年文选》，第4页。

② 高友工：《中国抒情美学》，参见《北美中国古典文学研究名家十年文选》，第19页。

③ 高友工：《中国抒情美学》，参见《北美中国古典文学研究名家十年文选》，第19页。

④ 高友工：《中国文化史中的抒情传统》，参见《中国美典与文学研究论集》，台湾大学出版社2004年版，第105页。

想’,以及他们具体表现这种‘意识’的方式”①。就此而言，“抒情传统”更需要通过形式以外的种种“外缘解释”获得深层次的说明，以生命价值和文化理想为其最终归宿。在此基础上，“抒情美学”重新审视中国古代艺术理想的境界，认为中国传统艺术追求的正是这样一种建立在感性基础上的结合了形式和生命直觉之反思的“美感经验”，从而为中国古代文学重视经验的传统找到一种现代依据和一个西方知音，使“中国抒情传统”在借用语言学方法论时不至于深陷科学理性之牢笼，而迷失了中国古典艺术精神的实质。

2. 形式与意义

对抒情文学创作架构中的两大要素——形式与内容——的关注，在陈世骧的《中国的抒情传统》一文中已初见端倪，他指出“以字的音乐做组织和内心自白做意旨是抒情诗的两大要素”，而由《诗经》和《楚辞》开启的中国抒情传统结合了这两大要素，“时而以形式见长，时而以内容显现”。高友工的古典文学研究，最早也以自觉运用西方现代语言学研究方法而著称。他敏锐地注意到中国古典诗歌自身严密精准的声律体系为现代语言学批评理论提供的诸多便利条件。在1968—1978的十年间，他与美籍华人语言学家梅祖麟合作完成了三篇从语言学角度讨论唐诗“诗学”的重要论文。② 其方法从最早的新批评之微观细读（close reading）过渡到后来的结构主义理论对深层结构的探究，自始至终皆贯穿了语言学本位的态度。罗曼·雅各布逊的结构主义诗学对高友工产生了重要影响，雅氏赞同索绪尔提出的“选择和组合构成了语言符号排列的两种基本方式”③，但他认为诗性语言与普通语言之不同在于“诗的作用是把对等原则从选择过程带入组合过程”，即是指“对等原则”在普通语言中，仅仅只是选择词语

① 高友工：《文学研究中的美学问题：美感经验的定义与结构》，参见《中国美典与文学研究论集》，第95页。

② 三篇论文分别是：《杜甫的〈秋兴〉——语言学批评的实践》（《哈佛大学亚洲研究学报》1968年第28期）、《唐诗的句法、用字与意象》（《哈佛大学亚洲研究学报》1971年第31期）、《唐诗的语意、隐喻和典故》（《哈佛大学亚洲研究学报》1978年第38期）。三篇文章见中文译本《唐诗的魅力》，上海古籍出版社1989年版。

③ 选择即指一种“纵聚合”关系，体现为一个结构中某一位置上可以相互替换的相似或相异成分的集合，其构成了“对等原则”的基础；组合则是一种“横组合”关系，表现为以线性序列为特征的句段关系，发展出以语法逻辑为特征的“延续原则”。

的某种机制，并不具有组词成句的功能，但在诗歌语言中，“对等原则”通过相似或相反使“不相邻”成分获得联系的功能取代了“延续原则”通过语法连接“相邻”成分的功能，成为构句的首要原则。这一论断使高友工初步注意到“抒情诗”的基本组织原则与结构主义诗学所提出的“对等原则”之间的关系。通过“对等原则”与“延续原则”在抒情诗句式和意义中的考察，高友工以“材料—结构—意义”的渐进解释突破了传统“形式与内容”论的二元对立，把体现美感形式的结构作为沟通感性材料和理想境界的中间环节，真正实现了以微观文本结构之美展现哲学境界之美的批评实践。

抒情美学的三个层次确切地说是其核心概念“美感经验”的分析方法，但其中却深深渗透了高友工多年语言学批评的理念，内在地体现了从新批评到结构主义再到高氏通过引入“传统”这一价值判断而实现对结构主义之超越的尝试。首先，高友工的“经验材料”是直接引起“快感”的材料，组成十分复杂，高氏显然对其采取了解剖式的条分缕析，这一过程十分类似新批评对语言形式的解剖，而他们的效果也十分相似，都是矛盾张力的显现，各种感觉层次的交响类似于语言中“肌质”的效果。其次，“结构美感”又类似于结构主义对新批评单个效果的模式整合，而且直接采用结构主义的“对等原则”和“延续原则”，进一步把结构主义的方法从意义分析扩大到经验分析的领地，它是整个美感经验层次中直接体现形式的部分。可以说，材料与结构都隶属于传统批评中的“形式”成分，其独特处正在于充分利用了现代语言学对“细读”和“系统”的发现，使形式分析不仅限于个别体裁的精密解说，更上升到一种模式及美典的普遍形态。高友工抒情美学中一系列的文本分析，正是利用这一语言学理念的实践。最后，高氏提出的“境界”层次强调的正是抒情艺术特有的价值追求，它必须引入超出作品系统的外部研究因素才能实现，这正好与其提出的“传统”这一概念相对应，是对于结构主义理念的超越，因而也可以说是所谓“意义”的阐释。

（二）回归中国经验：从“抒情美学”到“抒情传统”

自近代以来，西方艺术逐渐与技术和科学相区别，发展为以“追求美”为基本属性的“美的艺术”，因而美学又称为艺术哲学，形成了以艺术分类体系为主要构架的研究范式，试图把艺术门类、审美类型及其历史发展结合起来，推衍各类艺术的共性，建构包罗万象的美学体系。“抒情美学”的共时性原理，同样可视为这种现代艺术哲学范式下的产物，其论述的对象并不限于中国文学艺术，而是一切文化中的“抒情”文类，用高友工自己的话来说“任何伟大的文化必然地包括两种传统”（抒情传统与叙事传统），“但也必然地会有所偏爱”①，中国文化也不例外。一旦结合“文化史”或“艺术史”的历时性演变来考察，“抒情美学”就显然代表着中国艺术发展中的主流，进而可以从这普遍性的“抒情美学”中推衍出针对中国古典艺术的“抒情传统”。从“抒情美学”到“抒情传统”正是从“共性”到“差异”的理论演进，而在架构上则表现为从共时性的美学原理到历史性的艺术史勾勒。

就此而言，20 世纪前半叶，宗白华先生“研寻中国艺术之意境的特构”亦是在现代美学对艺术的统合效用下，立足于古典语境和文化差异，发掘中国古典艺术共同的内在精神和理想。其理论的两大突出特点：一是“跨艺术门类”的研究对象；另一是以“意境”为核心的理论框架。前者超越了文学之苑囿，以史学的胸怀观照中国艺术的整体面貌；后者则以“意境的创造”为旨归，把文化现象上升到哲学的高度，完成了中国艺术史乃至文化史特征的理论归纳，为在现代美学规范下寻找跨艺术门类的民族美学理论开创了典范。就此而言，正如萧驰先生指出的那样，“中国抒情传统”从学术形态上看始于“陈世骧《中国的抒情传统》一文所开创的学术传统”，而更根本地说，则是“一个滥觞于宗白华先生对‘中国意境特构之研寻’的现代学术领域”②，从这个意义上来说，高友工先生承继的正是宗白华跨艺术门类之美学研究的路径。宗白华立足于古典文化语境，发掘出“意境美学”，而高友工则在文类比较的立场中，发现了“抒情美学”。虽然他们对中国文化精神之“道统”的概括不尽相同，但其始终立足于跨越艺术门类的立场和对民族审美理想的哲学审思却不乏异曲同工之妙，皆是在艺术哲学与文化史融会视野下，发掘文化理想及其精神的独特成果。

---

① 高友工：《文学研究的美学问题（下）：经验材料的意义与解释》，载《美典：中国文学研究论集》，（北京）三联书店 2008 年版，第 77 页。

② 萧驰：《中国抒情传统》，第 1 页。

1. 共时性美学原理：抒情经验的三个层次

在确立“经验”与“形式”为抒情美学研究的基本对象后，高友工从“美感经验”之“观念—结构—境界”的三个层次出发，描绘了抒情美典“快感—美感—悟感”的经验过程和经验价值，从共时性的角度为“抒情美学”提供了一个适用于各文化传统的抽象理论构架。

（1）观念：快感与心理学方法。对“抒情美学”快感层次的分析，高友工与30年代的朱光潜有着相似的立场，即以“心理学”作为美学研究的重要途径，通过分析“美感经验”的发生机制和心理结构来建构美学大厦的根基。在《文艺心理学》中，朱光潜把“美感经验”视为“我们在欣赏自然美或艺术美时的心理活动”，因而以快感、美感、移情、联想等心理学概念的区分来解说美学及其批评原理，这一研究路径在高友工的抒情美学中同样清晰可辨。他认为“内化”和“符号化”是抒情艺术的两面，而“内化”则决定了美感经验首先是一种感知活动，是交织了“感象”、“记忆”、“想象”、“情绪”、“认知”等一系列复杂心理活动而形成的内化的观念印象，给人以强烈的感官愉悦，依赖于直接的感觉刺激。因此，对各种经验材料的心理学现象分析构成了“抒情美学”中“快感”层次的主要解释方法。

（2）结构：美感与语言学方法。在结构层次，经验超越了直接的感官愉悦，通过反省自身而表现为外在形式的完美统一，此时经验作为客体得以在一种静观的距离中成为结构分析的对象，集中反映着“抒情自我”及“抒情现实”的内在结构。高友工批判性地借用结构主义诗学大师罗曼·雅各布逊（Roman Jakobson）关于日常语言的理论，认为艺术美感经验中的结构原则由“等值”（equivalent）和“延续”（continuous）两种基本原则共同构成，而由“等值通性”到“延续关系”，由“延续关系”到“转移关系”的层层演变，决定了“抒情过程”和“描写过程”的分野，进而形成“抒情精神”与“悲剧精神”的不同传统。

（3）境界：悟感与经验价值。经验结构的美感来源于反省时有距离的审视，但“一个深刻动人的经验是在感觉及反省之后一定会对我们个人的精神生命有一种冲击”[①]，它不仅给人以艺术的美感，更显示了生命的意义，此时美感、真理、道德融为一体，这个层次即为“境界”，高友工把其译为“inspace”，特别强调一种内化的经验特征。“抒情美学”一方面借鉴语言学的批评方法具体地分析“经验表达”的结构，另一方面则立足于“经验”对于生命价值的揭示和肯定，使中国古典美学超越“结构的表象”直抵“抒情的境界”。

2. 历时性艺术史勾勒：中国艺术史中的抒情传统

抽象的普遍性理论适用于任何一种文化，从共时性角度展开的“抒情美学”也不例外，但高友工并不把这一哲学思辨的成果作为美学建构的根本目标，而是在历史现象的描述中寻求理论架构的证明。以中国古代五大艺术门类在抒情传统形成中的美学趣味及历史兴衰为考察对象，高友工勾勒出“中国抒情美学”的历时性画卷。

（1）音乐。中国抒情艺术的发端样态是音乐。其内在层次渐进地表现为诉诸快感的“声”、体现结构性的“音”和展现人生境界的“乐”，既与美感体验的三个层次相互对应，又形成了以境界之乐为“君子之乐”的理想。“乐”在外部是一个大的文化活动的一部分，履行其外在的社会功用；在内部，“乐”又是一种内在经验的象征性表现。“乐由中出，礼自外作”的古训，即体现出“作为艺术的乐”的内化特征以及“作为礼仪的乐”的道德功能间的基本关系。在此基础上，“乐和同，礼辨异”所表征的“和谐与内在生命力”也成为中国抒情美学的理想。

（2）文论。语言的“指称性”制约了早期文论的发展，故而“中国文学的抒情传统可以远溯至先秦时代，但文学理论却只是政治或哲学理论的附庸”[②]，因此高友工把自建安时期出现的个人抒情倾向视为抒情文论真正的登场：《古诗十九首》开创了一种新的抒情题材，实现了由“赠答体”向“自省体”的转变，是“抒情走向内化”的关键；曹丕提出的文气问题则极大地推动了文学由社会功用向个人表现的转化；陆机的《文赋》是中国文论走向抒情传统的宣言，他首次把创作过程作为研究对象，实现了文

---

① 高友工：《中国文化史中的抒情传统》，参见《中国美典与文学研究论集》，第114页。

② 高友工：《中国文化史中的抒情传统》，参见《中国美典与文学研究论集》，第128页。

学研究中心从作品到作者的转移；《文心雕龙》则借“神思”和“情文”分别阐述了“内化”的创造性心理过程和“符号化”的语言形式。这一时期的文论奠定了抒情文学创作的基本标准和理想。

（3）律诗和书法。书法和律诗同是以“文字”作为媒介的艺术，二者在隋唐时期，皆经历过一个“内容与形式”相结合的内化过程，但却分别发展为精神境界的“内构”和气势的物化“外现”两种美学趣味：

> 前者是将物象化为心象，因而是一种内在的形构。后者则是将心象转化为艺术性的物象，这是一种外向的流转。①

作为“意的形构”，律诗通过其音律、句、联所构筑出的时空结构象征地表现内在境界，是“内容与形式”的完美融合：《古诗十九首》中的咏怀诗，从“立意”的角度引导着律诗在“内容”上的“内省方向”；而齐梁时期的“咏物诗”则通过首联与末联的内外转换创造了一个“内省的形式”，成为律诗“形式”上的源头。而作为“气势的物化”，书法中的草书则以表现动态的“气”为其主旨和理想，更依仗“物化”形态的意象表达，让欣赏者想象创作者的心理状态，从而重新体验创作过程。两种美典分别代表着抒情艺术中标举和谐的“意境”和体现流动的“气势”。“意境在审美观念所设计的精神空间中实现，而气势则代表了一种与线条的演进相联系的生命韵律”②，因而，唐代以“游心空际和写意物外”为其美学追求。

（4）绘画。绘画在宋元时代自写实艺术转化为抒情艺术，先有山水画对内在空间的象征性勾勒，进而发展出绘画中的“意境”表达；接着水墨画则结合了书法的“笔势”和“墨色”的象征意味，强调抽象形式的内在“气势”；最终，通过“诗意和笔法”的结合，“内化”和“意象”相互融合的抒情理想，在文人画的艺术形式中得以完成。

正如高友工所言，“抒情原则上有一种即兴性、瞬间性、主观性，而

① 高友工：《中国文化史中的抒情传统》，参见《中国美典与文学研究论集》，第154页。

② 高友工：《中国抒情美学》，参见《北美中国古典文学研究名家十年文选》，第50页。

它的特色是在它短暂和有限的形式中却要象征一种永恒和无限”①。中国抒情艺术的结构洗练精致而其内蕴却丰厚悠远，这一特性贯穿在诗、书、画“三绝”中，构成了“以画为重心，诗书为辅”的美的历程。

高友工的“抒情美学”是对中国五大艺术门类共同遵循的“潜含美学”的理论概括和历史研寻，是借“经验”与“形式”等现代美学形态，对中国古典传统加以“现代性转化”的一次发明。一方面，在西方现代语言学理论的视野下，其极力突出“形式与意义”的分析方法，把现代美学对“形式”的重要发现运用到中国古典文学研究中；同时，他亦从“美感经验”的角度划分出“抒情美典”的结构层次，创构出一套包含“情感”、“经验”、“形式结构”等现代美学要素的中国美学理论，从而“为一向欠缺一个总体的整合框架（甚至问题意识、问题感）的古典文学/文论找到可以安顿它们的各个环节的总体叙事”②。

二、高友工：语言学批评方法的介入

高友工（Yu-Kung Kao）（1929— ），1952 年于台湾大学中文系毕业后赴美深造，1962 年获哈佛大学博士学位，并自该年 9 月起任教于普林斯顿大学东亚研究学系，至 1999 年 6 月荣休止，是当代华语学界重要的美学家及中国文化的诠释者，也是昆曲研究专家。他于中国古典诗歌研究中率先引入新批评、结构主义等语言学批评方法，在深入研究文学形式的基础上，挖掘中国传统中的潜含美学，提出“抒情美学”的“美典”问题，使“形式与意义”批评方法成为“美典”批评的基本范式，由此对 20 世纪 70、80 年代的北美及中国台湾古典文学研究产生过重要的影响。

20 世纪的分析哲学理论在对思维与语言关系的考察中，逐渐突显了“逻辑形式”这一经典命题的研究意义，同时，现代语言学重视结构、系统、功能的体系也逐渐形成，并成为这一时期发展最为迅速的学科。语言

---

① 高友工：《中国文化史中的抒情传统》，参见《中国美典与文学研究论集》，第 163 页。

② 黄锦树：《抒情传统与现代性：传统的发明，或现代性的转化》，《中外文学》2005 年第 34 卷第 2 期。

作为一个自足的系统获得的独立地位，直接影响了20世纪西方文学观念的最大变革——“文学本体”的发现。自1917年俄国形式主义学派理论家维克多·什克洛夫斯基（Viktor Shklovsky）发表《作为技巧的艺术》这一开创性论述以来，关于“文学性”的讨论，就以回归语言形式批评的方式迅速波及文学研究的各个层面，形成了多个批评流派，并从现代语言学的角度对文学形式的意义进行了重新阐释。

高友工对“中国抒情传统”研究的突出贡献，在于他批判性地借用西方现代语言学批评方法对中国古典文学进行细读分析，从而重新赋予了“形式与意义”这一古老命题以现代生命力。

（一）唐诗的语言学批评

高友工的古典文学研究，最早以自觉运用西方现代语言学研究方法而著称。他敏锐地注意到中国古典诗歌自身严密精准的声律体系为现代语言学批评理论提供的诸多便利条件。在1968—1978的十年间，他与美籍华人语言学家梅祖麟（Mei Tsu-lin）合作完成了三篇从语言学角度讨论唐诗“诗学”的重要论文①。其方法从最早的新批评之微观细读（close reading）过渡到后来的结构主义理论对深层结构模式的探究，始终贯穿着语言学本位的态度。正是这一长达十年的深入研究，使“形式与意义”的语言学方法在“抒情美学”中的运用成为可能。

1. 新批评的细读实验

1968年高、梅二人发表了他们的首篇语言学批评文章《杜甫的〈秋兴〉——语言学批评的实践》。在此文中，他们运用新批评巨匠燕卜逊（William Empson）和瑞恰兹（I. A. Richarads）的理论，从“音型、节奏变化、句法模拟、语法性歧义、复杂意象以及不和谐措词”等几个批评维度展开论述。

首先，梅、高二人实践雅各布逊等人提出的从功能音韵学角度研究“语音层与语义层的沟通”的理论。在音韵方面，分别观察相同音型的聚合与不同音型的分离对诗行“陌生化”效果的影响；在语法节奏方面，则

---

① 三篇论文分别是：《杜甫的〈秋兴〉——语言学批评的实践》（《哈佛大学亚洲研究学报》1968年第28期）、《唐诗的句法、用字与意象》（《哈佛大学亚洲研究学报》1971年第31期）、《唐诗的语意、隐喻和典故》（《哈佛大学亚洲研究学报》1978年第38期）。三篇文章的中文译本参见《唐诗的魅力》。

突出节奏变化和平仄违例对“张力”意蕴的表现。

其次，他们重点考察燕卜逊提出的“诗语中的歧义现象”，他们重点讨论了“歧义的”和“假平行”两种不同的“含混”方式如何对诗歌“深层结构”及“表层结构”的意义产生影响。

最后，在整个分析过程中，他们有意识地突出新批评理论所特别关注的“戏剧性场面”，即矛盾冲突中的和谐感，验证了布鲁克斯（Cleanth Brooks）的“诗意悖论”（paradox）、瑞恰兹的“反讽”（irony）以及艾伦·泰勒（Tate Allen）的“张力”（tension）等理论在唐诗中的表现：在句法模拟上，他们指出句法结构上的“拟声”、“拟空间”、“拟时间”的效果是实现诗歌意义内在分裂的重要手段；在复杂意象方面，则特别突出了想象与现实的冲突；而措词的不和谐性则通过性质词的分裂感来实现寓意的矛盾。

这一形式主义意味甚浓的尝试，充分体现了“新批评”理论解读单个文本和个别作家独特风格的优越性，从微观的条分缕析中重估了伟人诗人的价值：

> 归根结底，诗是卓越地运用语言的艺术，根据这个内在标尺——创造性地运用语言并使之臻于完美境界——杜甫的确是一个无与伦比的诗人。①

2. 向结构主义的过渡——唐诗字词、句法研究

由于“新批评”的中心目的是阐释诗歌本身，因而在辨析语言特征、寻找诗性效果的同时，“很少注意连接不同作品的任何较大结构”。1971年，高、梅二人的第二篇语言学批评《唐诗的句法、用字与意象》问世，此时，他们逐渐脱离对单个文本的依赖，转而揭示作为风格类型的“唐诗”内部各要素间相互影响的规律，并尝试对中国格律诗特有的句法模式进行归类。在研究宗旨上，二人呈现出向“结构主义”系统观靠拢的倾向，但是具体的分析过程及援引理论，仍然采用“新批评”的微观分析方法，表现出明显的过渡特征。因此，揭示近体诗的诸多构成因素代替了对

---

① 高友工、梅祖麟：《杜甫的〈秋兴〉——语言学批评的实践》，参见《唐诗的魅力》，第31页。

具体诗作的分析，成为此篇论文的要旨所在，具体而言，则从“词和句子”的角度探寻弗莱（Northrop Frye）所谓的“较大层次的结构原则”：

第一，借用门罗·比厄兹利（Monroe C. Beardsley）在《美学》一书中提出的两种审美形态：构架（structure）和肌质（texture），借以区分“句子”与“词”的不同作用。“构架”体现的是句与句之间的关系，在唐代近体诗中则体现为“联”之间节奏、意象、语气等的关系；“肌质”则是词语间局部的相互影响，具体则表现为名词、动词、形容词相互作用而产生的特别韵味。对“架构”和“肌质”的不同偏重构成了性质迥异的句法。

第二，以唐纳德·戴维（Donald Davie）的三种句法理论分析唐诗，即独立性句法、动作性句法和统一性句法。“独立性句法”的特点在于不通过语法的逻辑关系而以名词意象的并列来实现表达效果（如张继《枫桥夜泊》里“月落乌啼霜满天/江枫渔火对愁眠”），因而特别强调名词及名词性特征的“肌质”作用；“动作性句法”则是一种动态句法，以施动与受动关系中的及物动词为中心，在古汉语中还扩展出使动用法（如“春风又绿江南岸”中的“绿”字），突出动词及动态意象的作用；“统一性句法”则指由语法推演所带来的突出句中节奏和时间连续性的句法，唐诗特别之处即是以兼语句为基础的“流水对”，其重点在于语法的推论作用。以上三种句法的作用分别表现为构成意象、模拟动作、推演衔接。

第三，根据恩斯特·卡西尔（Ernst Cassirer）《语言与神话》中的理论，把语言分为两极：意象语言和推论语言。意象语言是不可分割的，表现为稳定的、静态的图像或感觉的呈现，尽可能地驱逐语法的作用；而推论语言则正好相反，以连续的逻辑推演而贯穿语义，常表现为虚词的介入，语法在其中扮演重要的角色。这两种语言对诗意效果的影响具体表现为：节奏语义的不连续及连续、客观的和以我为中心的叙述视角、感官意识和理性理解的接受分野、绝对时空和相对时空的场景营造。

基于以上结论，梅、高二人提出了唐代近体诗联句间相互关系的一种结构原则：从以突出“意象语言”为中心的句式发展到以突出“推论语言”为中心的句式，因而律诗通常是以客观的意象营造发端，经过对外物动作的模拟加入“拟人”的主观情绪，最后则以尾联的推论句式介入作者的主观心声回归当下现实。整个过程完整地体现了从非连续到连续、从客观到主观、从绝对时空到相对时空的结构模式。这一结论显然直接影响了高友工“律诗美典”的结构分析。

3. 结构主义对等原则在“意义研究”上的运用

梅、高的第三篇语言学批评文章《唐诗的语意、隐喻和典故》写于1978年，离他们首次合作已有十年。此间，正是结构主义理论大行其道的时代，这篇文章在梅、高眼里“可以看作从肯定或否定的角度，对雅各布逊理论及其代表的结构主义方法的评论”①。

雅各布逊是结构主义流派中始终专注于诗学研究的学者。他赞同索绪尔提出的“选择和组合构成了语言符号排列的两种基本方式”：选择即指一种“纵聚合”关系，体现为一个结构中某一位置上可以相互替换的相似或相异成分的集合，构成“对等原则”的基础；组合则是一种“横组合”关系，表现为以线性序列为特征的句段关系，发展出以语法逻辑为特征的“延续原则”。但雅各布逊认为诗性语言与普通语言之不同在于“诗的作用是把对等原则从选择过程带入组合过程”，即是指“对等原则”在普通语言中，仅仅只是选择词语的某种机制，并不具有组词成句的功能，但在诗歌语言中，“对等原则”通过相似或相反使“不相邻”成分获得联系的功能取代了“延续原则”通过语法连接“相邻”成分的功能，成为构句的首要原则。因此，诗歌语言对“对等原则”的运用就成为结构主义诗学的核心命题。

梅、高二人在此基础上，进一步考察“对等原则”的适用范围，使其从形式研究扩展到意义领域，他们认为“对等原则”使结构中两个成分因相等或相对意义而发生联系，从而产生超出他们自身意义以外的新的意义，而“新意义的产生”正是“对等原则”在“意义研究”上的贡献。由于唐诗中的隐喻和典故②从属于“那种产生新意义的总体过程”，因而可以视为“对等原则”在意义生成方面的突出范例。

---

① 高友工、梅祖麟：《唐诗的语意、隐喻和典故》，参见《唐诗的魅力》，第177页。

② 对唐诗典故的考察则指出这样一个事实，虽然典故与诗义的相似或相反通过“对等原则”的确能显现出新的意义并进而实现某种程度上的组织功能，但是一旦引入典故，它所指涉的意义就必然跳出文本本身，而成为“历史原型”与“具体意义”的结合，因此，至少在对“典故”意义的分析中，必须对结构主义引入“传统”的概念，因为正如语言是言语的仓库那样，从意义角度来说，传统也是个别诗作的源泉。

（由乐府转向古诗）的时刻，正是由表演艺术转入抒情艺术的时期。而在中国诗歌发展史上正是由“乐府”发展到“古诗”的时代，因此，他提出，五言诗是中国抒情传统真正的开端。这一论断推翻了陈世骧《诗经》、《楚辞》为中国抒情传统源头的看法，深刻地影响了此后学者对于抒情传统断代史的研究。

高友工从文字及书写文化的角度考察中国文学传统的研究，一方面继承了中国古典文化的研究范式，另一方面也是以西方语言学理论实践中国文学“现代转化”的重要尝试。

三、普林斯顿的追随者：抒情美典与断代文学史重构

作为20世纪后半叶华语学界最为重要的古典文学阐释架构之一，海外及港台的“中国抒情传统”研究，不仅致力于比较诗学领域中“抒情美学”的理论建构，同时也倾力于构筑抒情传统之文学史书写及重构的话语空间。早在陈世骧的开拓性纲领《中国的抒情传统》一文中，追溯和呈现文学史源流的叙述策略就已展露出抒情传统介入文学史修撰和品评的学术路向，此后，高友工的“抒情美学”不仅在思辨哲学的层面奠定了抒情传统的共时性理论基调，也在文化史流变的叙述中开辟出抒情传统的历时性图景，由此演化出的“美典”理论，经由高友工及其门下的林顺夫、孙康宜等学者的断代文学史重构，勾勒出中国文学抒情流变的来龙去脉。可以说，抒情传统视野下的中国文学史叙事，为当下学界重写文学史的尝试提供了一种独特的理论视界和实践样态。

1962年底，高友工获得哈佛大学博士学位，进驻美国汉学重镇普林斯顿大学东亚语言文学系，他的到来使得该系创始人牟复礼（Frederick W. Mote）得以专注于中国历史研究，而中国文学研究的领地则逐渐交由高友工耕耘。70年代，高友工门下的林顺夫、孙康宜等学者在中国古典诗歌研究中取得突破性进展，三人的研究成果俨然已勾勒出中国诗歌抒情之最强音的来龙去脉。

此一时期普林斯顿大学名家云集，孟而康（Earl Minar，又译厄尔·迈纳）、刘子健等比较文学大家也在此潜心教学与科研，他们与高氏门徒的

切磋显然对此后比较文学研究对中国文学抒情本质的关注大有启迪。① 而以宇文所安（Stephen Owen）的唐诗研究为代表，北美中国古典诗歌研究佳作迭出，形成了一些共同的研究热点，“自传”、“生活方式”、“追忆”等关键词成为从文化视角重新阐释中国诗歌传统的有效途径，高氏及其追随者的抒情传统研究自然也显著地反映了这一历史阶段的学术趣味。同时，普林斯顿大学东亚系在语言教学与研究中的一贯传统②，也为高友工深入研究诗歌的“形式与意义”提供了适宜的土壤。

由于一向强调文学研究中的美学问题，高友工把美学在具体文化实践中形成的艺术典式及规范称为“美典”，以此代表“某一人群、族群甚至于某些个人对于艺术品的反应和评价”，并通过形式分析创构一套关于美感经验的“可以传承的对于美的认识和评价”③。70 年代以来，高友工及其普林斯顿的追随者（孙康宜、林顺夫），围绕抒情美学的两个核心质素——“形式”与“意义”，展开了具体的“美典及其演进”的叙说，从“抒情传统”的角度重构了中国文学史上自汉末至宋末的一段风云传奇。在这个引人入胜的文学史叙事中，高友工的律诗美学宛如一部英雄正传，盛赞了抒情文学最伟大时代的辉煌；孙康宜和林顺夫的词体兴衰，则似那凄婉动人的后传，在追忆中描摹抒情之音的承接与转变；末了，孙康宜追本溯源，探望那英雄尚未诞生的时代，却发现一切早已酝酿其中，这正如故事的前传，预示着一个伟大时代的黎明。

（一）正传：律诗美学——中国抒情理想的典范

作为高友工“美典理论”的首要对象，律诗被视为中国抒情传统的典范形式，完美地把“抒情自我”（lyrical self）和“抒情现时”（lyrical moment）相融合，使中国诗歌传统中“由自然物境的描写发展的山水、田园诗体”与“由自我心境的表现所生的咏怀、言志诗体”融为一体。1986

---

① 相关信息，可在孙康宜、林顺夫等人专著的前言、后记、致谢词中找到。

② 普林斯顿大学东亚系的壮大成长直接受益于牟复礼于 1959 年实施的语言培训计划，这一计划旨在培养学生的阅读能力，进而实现对普大葛斯德（Gest）东方图书馆中丰富的中文典籍资源的直接利用，同时亦使汉学研究者能掌握现代汉语。见其网站网址，http://eastasia.princeton.edu/content/view/128/244/。

③ 高友工：《中国文化史中的抒情传统》，参见《中国美典与文学研究论集》，第 106 页。

年林顺夫、宇文所安合编的《抒情之音的生命力》(*The Vitality of the Lyric Voice*)由普林斯顿大学出版社出版,其中收录的《律诗美学》("The Aesthetics of Regulated Verse")堪称上述设想的理论典范。

高友工认为,从"形式"分类的角度而言,律诗与五言诗的传统保持了一脉相承的历史联系。在诗体形式上,五言诗的声律与辞律最终演化为律诗中的平仄律与对仗修辞的普遍规则;而在诗体内容上,不论是山水诗对描摹自然景致的偏好,还是宫体诗对刻画感官体验的迷恋,都是保存美感体验之瞬间情景的重要方式,它使得中国抒情文学最终走向咏物诗的描写传统与咏怀诗的表现传统相互融合的道路。这一趋势在初唐、盛唐和中唐的文体发展过程中经历了三种美典的演变,围绕着"形式与意义"的辩证关系,时而强调"印象"时而注重"表现",塑造出律诗美典的丰厚内蕴。

1. 初唐诗——作为抒情形式的四联结构

高友工认为初唐诗人的最大贡献在于创造了四联形式的抒情意义,这一结论根源于他与美籍华人语言学家梅祖麟共同提出的一种唐代近体诗的结构原则:律诗通常是以客观的意象营造发端,经过对外物的动作模拟加入"拟人"的主观情绪,最后则以尾联的推论句式介入作者的主观心声,回归当下现实。

以此为基础,高友工指出律诗的四联结构摒弃了描写技法的铺排枝蔓而以表现"抒情瞬间"为其追求的理想,从而在紧凑的形式中实现了描写和咏怀的完美同一。

> 抒情艺术本身是一种有限制的艺术形式,它必须是一种形式,本身可以很快地完成。只有这样它才能显示它与创作者本身合为一体,而使欣赏者可以想象作品后面的作者,尤其是作者创作时的活动与心境。①

因此,他把"律诗美典"的四联形式视为一个二元结构,分别对应创作中的"外物内化"和"回归现实"两个阶段。前三联用于"呈现"外

① 高友工:《中国文化史中的抒情传统》,参见《中国美典与文学研究论集》,第153页。

在世界内化后的内在图景，通过并置意象刻画“抒情瞬间”，而尾联则在对内化印象的“反思”中与真实的自我相联系，进而重回时间之流。初唐诗人在律诗规则之内成功创获了一种新的艺术视野，以自我表现的方式把形式与意义统一起来，因而“简明的形式和精密的结构使客观外物的内在化和内在情感的形式化二者在新的美学之中得以和谐相处”①。

2. 盛唐诗——直觉体验的抒情世界

盛唐诗人则通过山水田园诗这一新的题材，把一种生活观融入律诗的“抒情之意”中，发展出一种“意在言外”的抒情理想。高友工认为盛唐诗人面对的主要问题是作为诗歌内容的“志”与作为表现媒介的“言”之间的矛盾，围绕如何超越言不尽意的创作悖论，诗人们选择了一种直觉式的感知方式和生活态度，并因此重新发现了陶渊明的诗学意义。在陶潜的诗歌中真或美通过日常生活来体现，并在回忆或想象触手可及的范围内演绎着生命体验与艺术体验交织时创造出的自足自乐的世界。陶潜对生命直觉式的感悟方式直接影响了王维、孟浩然等人的山水田园诗，使描绘一个存在于自然中的理想世界成为新的美学追求。直觉体验与语言呈现的关系以中国哲学“言不尽意”的传统为背景，最终形成了中国诗学的一个核心观念“意在言外”，而以王维的“自然”为核心，“冲淡”、“典雅”、“清奇”、“质朴”等美学风格则共同构筑了中国抒情美学的理想。

3. 中唐诗——走向历史深处

中唐诗人的贡献则在于为律诗引入了强烈的历史感，这种历史感的增强表现为律诗语言现实指涉性的加强以及四联结构中大量用典的出现，其美学风格的形成可以追溯到杜甫。如果说盛唐诗人于自然描摹中表现个人情感，那么杜甫则通过用典展现深厚的历史感，其最引人注目的诗歌成就正在于“对七律有限的视野的深化和拓展”，从而打破了“抒情瞬间”和“虚构理想世界”的自足世界，创造出一个“包含过多历史文化内涵的视野”。高友工对用典的语言学研究表明，用典所创造的意象世界可以引入简单意象无法表达的复杂意义维度——一个包含了个人、当下和传统在内的广义的“历史”，因而，通过客观地评价抒情自我与宇宙和历史文化的

---

① 高友工:《律诗美学》，见乐黛云等选编:《北美中国古典文学研究名家十年文选》，第87页。

关系，诗人“在历史中为自己画了一幅自画像”，同时也使得律诗显现出某种超越文体形式的阔大情怀。

（二）后传：词学——抒情传统的转变

现代西方学者对“词”的系统研究始于 1974 年刘若愚（James J. Y. Liu）《北宋六大词人》（*Major Lyricists of the Northern Sung*）的出版。此后，“词”的研究开始在北美各大学兴盛起来，接下来的十年，产生了不少论文和学位论文，这些文章开始界定“词”的主要形态，为之后“词”在英语世界的研究打下了基础。[①] 其中比较重要的就有高友工门下的林顺夫和孙康宜。高友工一贯倾力于律诗研究，在教学中却不乏对词学的推崇，1990 年北美词学会议上就有《词之美典》（“The Aesthetic Consequences of Formal Aspects of Tz'u”）一文问世。在其影响下，众多学子投身词学研究，他们皆充分利用高氏“律诗”结构的经典结论，重视突出各自研究对象与作为理想抒情形式的律诗间的诸种关联，开拓“抒情传统”于词体一脉中的美学理想和形式寓意；同时亦结合思想史与伟大作家的创造力来阐明每一次文体新变的意义。完成于 70 年代的林顺夫及孙康宜的词学专著就是其中最成功的代表。

1. 孙康宜的五代北宋词研究：天才与传统

孙康宜（Kang-I Sun Chang），美国著名华裔汉学家。1944 年生于北京，1946 年随家人迁往台湾，1968 年移居美国。1965 年毕业于台湾东海大学，1978 年获普林斯顿大学文学博士学位，师从高友工教授，并受牟复礼、厄尔·迈纳等学者的影响，曾任普林斯顿大学葛斯德东方图书馆馆长。现任美国耶鲁大学东亚语文系文学教授，并为该系两任系主任。

1980 年，孙康宜的《晚唐迄北宋词体演进与词人风格》[②]（*The Evolution of Chinese Tz'u Poetry: From Late T'ang to Northern Sung*）由普林斯顿大学出版社出版，全书围绕着词体形式的演进展开，突出了两个重要的理念：

---

① 译自余宝琳主编的《宋词之声》（*Voices of the Song Lyric in China*）之绪论，此书是 1990 年布莱津里奇会议（词学研讨会）的作品集，1994 年由加州大学出版社出版。

② 北京大学出版社 2004 年出版此书，更名为《词与文类研究》。

其一，诗体的演进乃时代新美学与文化观的反应；其二，诗体的根本意义植基于其恒动的演化史上。[①]

第一，标举北美词学界70年代的“文体研究”（genre study），实践以下观念：“其一，诗体的演进乃时代新美学与文化观的反应；其二，诗体的根本意义植基于其恒动的演化史上。”[②] 因而，孙康宜在继承高友工文体形式的结构主义研究成果上，始终把词体演进置于抒情传统的历史进程中加以考察，注重各种艺术形式的相互影响和承继，同时亦对形式与时代美学的关系尤为用心，历史文化因子的渗入甚为明显。她追溯了词体发生的多个源头，指出作为乐府民歌主要形式的绝句是小令最初效仿的对象；而中唐之后出现的新乐、民间教坊则是词之形成的文化环境，因而在词之不断文人化的过程中，俗语俗乐的影响始终不绝如缕，词中“直言不隐”的风格也正是这种传统的体现。她亦粗略地揭示出南宋词日渐内化、个人化、象征化的发展走向与北宋词体之影响间的关系，指出中国抒情文体始自民间欢娱而归于个人抒情的内在定律：

不论词或律诗，一过了其文体演变史的拓荒阶段，随即会出现许多甚具影响力的诗人词客，他们的达意方式都直接有力，或者——用我的说法来讲——他们的修辞策略都属“直言无隐”的一派。但后起之秀营构意象的目的，主要却在建立自己“晦涩”的象征世界。[③]

第二，在“文体研究”的基础上，注重词体发展与词人风格间的关系，在文学史叙述中呈现以“天才与传统”之关系为基本线索的论述脉络。对此，孙康宜曾指出自己的观点与布鲁姆（Harold Bloom）在《影响的焦虑》一书中提出的“强势诗人”多有契合：

畏友布鲁姆（Harold Bloom）教授尝发谠论，以为“强势诗人”

---

① 孙康宜：《词与文类研究·前言》，参见《词与文类研究》，北京大学出版社2004年版，第1页。

② 孙康宜：《词与文类研究·前言》，参见《词与文类研究》，第1页。

③ 孙康宜：《词与文类研究》，第156页。

(strong poet) 的风格 (style) 经常发展为诗体 (genre) 成规，进而转化为其特性。反之，弱小诗人只能萧规曹随，跟着时代的成规随波逐流。[1]

因而全书“史”的线索以追溯历代词体大家间的联系为基本面貌。她选取五大词人，各立专章加以详细阐发，并以之作为考察词体演进的基本线索。同时，形式分析始终是用以说明词人独特风格的基本方法，并且作为词人间相互影响的重要证据而贯穿始终，高友工语言学研究的影响显露无遗。虽然孙康宜对词体形式的抒情效果分析，直接援引的是奥尔巴哈(Erich Auerbach) 教授在《模拟：西洋文学中显示的呈现》(*Mimesis: The Representation of Reality in Western Literature*) 一书中提出的“并列法”与“附属结构”，但亦可视为高友工的“意象语言”与“分析语言”的另一种说法，都是语言的对等和延续两种句构原则的语法表述；同时，她始终以高友工对律诗四联结构的结论为参照，逐步论述这一理想样式在词体形式中的日渐渗透和变异。可以说，孙康宜的研究体现了高友工艺术史研究中“共时性”与“历时性”相结合的特点，对词体发展至北宋的历程给予了见解独到的解说，并在天才与传统的平衡关系中找到了自己的立场。

2. 林顺夫的南宋咏物词研究：文化史与文学性的共融

林顺夫 (Shuen-fu Lin)，旅美华裔汉学家，1965 年毕业于台湾东海大学，1967 年赴美国普林斯顿大学东亚文学系攻读中国古典文学及文化史，师从高友工，亦深受牟复礼的影响。1972 年以姜夔词的结构研究获得博士学位，1978 年出版《中国抒情传统的转变——姜夔和南宋词》。现任教于美国密歇根大学 (University of Michigan) 亚洲语言文化系，专注于中国诗歌美学和哲学，特别以南宋词研究、庄子研究著称。

1972 年，林顺夫提交了自己的博士毕业论文，题目是“姜夔词的结构分析”。此时，导师高友工刚刚完成《唐诗的句法、用字与意象》，提出“意象语言”与“分析语言”两种诗歌语言，而他关于律诗四联结构二分性的经典结论亦在此文中初步成型。形式美学的理念显然直接影响了林顺夫，唐诗句法的诸多结论直接被借鉴到他对南宋咏物词的结构分析中，成为此文初稿的核心部分。经过六年的潜心研究，1978 年，《中国抒情传统

---

① 孙康宜：《词与文类研究·中文版序》，参见《词与文类研究》，第 2 页。

的转变——姜夔与南宋词》（*The Transformation of the Chinese Lyrical Tradition: Chiang K'uei and Southern Sung Tz'u Poetry*）由普林斯顿大学出版社出版，本书最大的亮点在于增加了相当于一章篇幅的前言，其中作者有意识地引入宋代文化史的视野，尝试在文本文学性与思想史、文化史之间寻求某种恰当的平衡，以期超越形式主义狭隘的技术分析立场，进而使词体跻身为抒情传统历史进程中具有转折意义的一笔，开创了北美词学关注文化思想史的研究路数。如果我们把此书与两年后孙康宜的五代北宋词研究一同审视，那么二人已经完成了一部轮廓清晰的词体发展史，并为高友工的词体美学提供了有力的文学史例证。

在围绕“词序”、“词之内部结构”、“咏物特质”三个纬度展开的文本“文学性”考察中，林顺夫试图由外及内地论述词之结构的层层转变，并使之与13世纪产生的中国美学意识相互照应。林顺夫的切入点在于“抒情传统的转变”，适时高友工和孙康宜的美典研究尚未问世，抒情传统的发展线索还不甚清晰，因而此作不仅要突出“转变”，更要树立“典范”，全书的词体结构分析正是在这样一种对照中显示出“形式与意义”在抒情美典中的张力。

> 我所关心的问题将始终集中于从结构上理解重物的诗歌意识，即对姜夔词从外形到语义，或者两者之间的内在统一性上加以分析。①

从抒情传统追求“和谐统一”的美学理想来看，姜夔在词序中引入的“可以回想起创作情感发生的情境”，使得词序不仅是传统意义上联系具体现实的桥梁，更是主词表现抒情瞬间之自足世界的重要部分（前者仅仅涉

---

① 林顺夫：《中国抒情传统的转变——姜夔与南宋词》，上海古籍出版社2005年版，第39页。

及创作背景，而后者则是构成创作行为的有机组成①)，这如戏曲中说部与唱部间的结构关系——“说部通常介绍引起唱部中感情变化的背景，而唱部表现的则是在表演环境中生成的‘情感形态’”②，促使序与主词之间形成一个更大的“相生”结构，拓展了抒情形式的空间。然而，林顺夫指出，在“关注于物”的新的美学意识下，姜夔咏物词的词序重新返回到交代客观背景的立场，序与词又恢复了各自的独立性，这是从“重抒情主体走向重物”的形式表现，也是咏物词形成的关键要素。

词体内部结构的转变则主要表现在从小令到慢词的韵律变化中，林顺夫借用弗莱（Northrop Frye）的术语，称其为“从复现节奏到语义节奏”的转变。以近体诗为参照的小令仍然完美地体现了抒情诗以对等原则为基础的复现节奏，“标准的令词与律诗颇为接近，而不分阕的小令则与绝句大体相当”。慢词扩张了的篇幅，则使得以连续性和过程性为标志的语义节奏出现在词的这种形式中，打破了意象并置的传统抒情结构，而以流动的语义贯穿始终，同时，虚词的介入进一步增强了行文的委婉跌宕，有利于整合零散的意象群，进而创造出以长短句为特征的更符合人类情感进程的语言形态，它使得抒情主体与客体的关系从“融合”转为“距离”，从而在形式上增强了“客观”的效果。

咏物词的内容更体现出“对物的关注”的美学。传统抒情诗中，“抒情主体的声音”无论在何种形式中总会适时出现，但咏物词则以“主体意识的消隐”为特征，被视为“有情无我”。因而，咏物词并不是对物本身的描写和赞美，而是以物为感情结构的中介，刻画某种由物所象征的情感，即所谓“寄托”。这类词中往往以多重比喻构成情感的复合结构，使“抒情对象”与“抒情主体”相分离，从而创造出“情感象征性”的体类风格：

① 林顺夫特别强调了姜夔词序中的创作情境与创作背景的差异，创作情景是对产生词之“情感形态”的模拟，因而往往会在词中找到貌似重复的交代，这种重复亦是词序与词相互联系的标志；而创作背景则多是客观的事实交代，介绍创作的缘由、时间、地点等现实因素，咏物词的词序往往以创作背景而不是创作情景为主，体现的正是一种咏物词“物化”的客观态度，因而姜夔的咏物词序亦与宋词自苏轼起的“词序”貌合神离了。

② 林顺夫：《中国抒情传统的转变——姜夔与南宋词》，第 57 页。

物具体象征着人类的一种特殊的情感，而且，也体现着这种情感的具体性和多义性，深度和广度……物除了作为激起人们的微妙情感的东西外，本身也就是这种情感的体现。①

由于咏物词中的抒情主体把情感寄托于物，因而发展出从客观的外在视角观察和分析主体情感的技法，较之于抒情传统中以抒情主体的瞬间感觉为中心的自我表现方式，咏物结构中独立于抒情主体和抒情瞬间之外的情感，便有了将不同时空融为一体的可能。因此，虽然咏物词与杜甫的律诗一样也以用典著称，但典故的意义却不只是把历史和文化意识引入传统的抒情形式，而是力图创造出多重经验的表现空间。

对形式与意义关系的讨论，是高氏“美典”研究关注结构美感的一贯态度，相对于国内中国文学史叙述中流于空泛的“风格”评说，这一模式显然从语言媒介和形式特性等方面重估了文学作品和文学现象的美感价值。然而，林顺夫的开创性意义却在于其有意识地将文化史、思想史的视野引入文类研究，具体到姜夔词的创作，则力图从时代意识的普遍性和姜夔个人生活境遇的独特性角度对其词体风格的形成加以文化史的观照。他认为南宋经济和文化的高度发达与政治处境的日渐衰微之间的张力，形成了这一时代独特的文化景观：文人士大夫大多安于私家园林中以高度物质享受为基础的日常生活，从而把中国文化中有关生活美学的思想发挥到极致，促发了“关注于物”的哲学转向（朱熹的客观认识论），反映在咏物词中，则是创作视野的日趋狭窄以及创作风格的日趋物化。林顺夫从文化思想史角度解说文体结构的路径，进一步在高友工对抒情美学的历时性阐发中得以运用和深化，为中国古典文学史研究中的文本细读与历史意识的结合提供了有益的范本。

（三）前传：六朝五言诗——抒情传统的黎明

1986年，孙康宜的《描写与抒情：六朝诗歌概论》（*Six Dynasties Poetry*）由普林斯顿大学出版社出版，作为六朝文学研究在美国汉学界的拓荒之作，此书一改传统文学史对此一时期文学“浮华”、“绮密”的评判而把其视为一个伟大的诗歌革新的时代，以此强调“中国古典诗歌就是在表

① 林顺夫：《中国抒情传统的转变——姜夔与南宋词》，第135页。

现与描写的互动中，逐渐发展的一种绵密又丰富的抒情文学”①。此书秉承孙氏对“天才与传统”的一贯偏爱，以伟大诗人为线索，通过陶渊明、谢灵运、鲍照、谢朓、庾信五位诗人的生命历程考察了“田园诗”、“山水诗”、“七言乐府”、“声律”和“宫体诗”等次文类的“形式与意义”，描画出“抒情”与“描写”并行融合的历程，回应了高友工把中国抒情传统的发端归于汉末兴起的五言诗的观点。

孙康宜认为六朝诗歌关注“抒情之音”的传统，始自陶潜。他摒弃了东晋诗坛的“玄言”风尚，以自传式诗体实践自我表现，于“虚构人物”和“自然”中寻找“知音”，并以此作为超越生命伤逝的自我慰藉，创造出以征服死亡为核心的抒情声音，并在这一过程中完成了抒情主体与自然外物的统一。接下来，抒情性则在鲍照直抒胸臆的七言乐府中显现，他对人类命运的评判在一系列关注现实的诗歌创作中通过个人与历史重叠的瞬间展开，而抒情性也表现出以“女性”为“知音”的倾向。鲍照政治生涯的坎坷，成为六朝最后一位大诗人庾信在其诗歌中注入强烈历史感的根本动因，他将个人感情与对历史的深切关怀统一起来，超越了狭隘的个人感怀，创造出融合政治变迁与个人自传的抒情体式，无愧为杜甫历史风格形成的前驱。

六朝诗歌的“描写”传统，则被孙康宜追溯至谢灵运开创的山水诗。她认为谢灵运追求“形似”的诗歌美学创造出一种山与水交错出现的描写结构，因而明显带有“赋”的特质，同时又因以物象“并置”来表现抒情瞬间而有别于“赋”的烦琐铺张。鲍照在山水诗的基础上拓展了咏物诗的空间，他摒弃了谢氏诗歌中司空见惯的大规模山水景观，而注重单个物体的聚焦，不以模拟为最，而把“感情和印象”融合在象征的形式中以表现诗人抒情瞬间的视界。谢朓与永明时期“声律”试验的密切关系，使其在诗歌句联结构的形式主义试验中多有创构，他借短句表现山水图画美的尝试使抒情瞬间的表达以一种内化描写的方式固定下来，最终构成了律诗中间二联的基本结构。而庾信所处时代的审美理想，可以用萧绎在《金楼子》里的话概括——情、采、韵，其中，“采”即强调一种以描写为主旨

---

① 曹晋：《当代女学者论丛·总序》，见孙康宜：《描写与抒情：六朝诗歌概论》，（上海）三联书店2006年版，第3页。

的“为艺术而艺术”的理想，并最终发展出以对事物细节的精致刻画著称的“宫体诗”。

最后，孙康宜指出描写与抒情在不同伟大诗人的笔下时而偏向一端，时而又交相呼应，但是具有影响力的诗人不论偏向描写还是抒情，却始终立足于寻找一种合适的形式，一种能把抒情与描写完美融合的形式，最终，这一理想在唐代的律诗体类中得以实现。孙康宜的这一结论，为高友工律诗形式研究的历史渊源提供了强有力的理论支持，并在其独特的论述视角中丰富着抒情传统的研究论域。

在本节结束之际，我们试图把高友工及其普林斯顿的追随者经由抒情美学和美典批评的路径完成的文学史重构，视为20世纪70年代北美中国文学研究中独特的一脉。由于身处“形式主义”大行其道的年代，以现代语言学为基础的形式分析构成了这一理论创构的基本特点，它使“抒情美典”的文本解读实现了从传统之鉴赏批评向语言形式的“细读”分析的转化，并从“文学性”的角度重估了中国文学的价值和意义，同时，它更突破了“形式主义”的文本自足体系，广泛引入文化史、思想史的研究方法，从历史和文化的深层因素为文学类型及其演变提供新的解释和说明。

第三节　多元：“抒情传统”在台湾

1978年，高友工的“中国抒情美学”构想适时登陆台湾，在古典文学、美学研究界普遍兴起的“危机意识”中找到了适宜的生长土壤。此后，经由各路古典名家不断开拓、辛勤耕耘，“抒情传统”的理论预设不仅在学院中取得了多元化的研究实绩，更试图通过教育、出版和文艺创作等现实途径，介入文化的重建和复兴。可以说，“中国抒情传统”在台湾，已不仅仅只是一个学术问题，而是伴随着学者对于现实社会的观照和参与，切实地影响着当代台湾的文艺面貌和传统文化的现代命运。

一、接受的视阈

相对于国际汉学界以及大陆古典文学研究界的反响平平，“抒情传统”在台湾的接受，也许可以视为此一研究思路获得长久生命力的关键一笔，其影响之广、持续时间之长，在华语地区终成一个传奇：

> 七〇年代末之后的三十年间，至少在台湾中文学界，影响了一个年轻世代，刺激生产了一批重要的研究成果——换言之，影响台湾中文学界的古典文学研究近三十年——足以和同时代以外文系学者为主体的比较文学的中国古典文学研究分庭抗礼。①

（一）来自中文系的呼应

20 世纪后半叶以来，台湾地区的文学批评与美学研究一直呈现着多元共生的景观。一方面，1949 年后一批大陆学者来台，使中国古典文学批评与美学理论得以传承和发扬，形成了以中文系为主的研究群体；另一方面，西方美学与文学批评的引入，又催生了以外文系为主的比较文学的兴起。二者融会的历程即表现为建构中国古典批评理论的演进。其间，50 年代是中文系以阐发语言形式特色为基础的中国文学美感独特性的发扬；60 年代，则在以外文系为主导的比较文学研究中表现为寻求中西文化“共相”和“互释”的汇通意识。

70 年代以来，中、外文系学者在大规模论战中走向融合，面对比较文学“阐释研究”对传统古典文学、美学的种种“发明”与“误读”，以中文系为主体力量的研究群体接受了外文系的比较立场，但关注的重心则从“阐释”的“共相”转向文化的根本“差异”，试图突显传统中国文学的特质与艺术精神，因而其古典美学的理论建构普遍渗透着反思和危机意识。1979 年，以台湾师范大学中文系为主的学者创立了“中国古典文学研究会”，标志着这一趋向在学术建制上的正式登场，“相对于台湾中文系学

---

① 黄锦树：《抒情传统与现代性：传统的发明，或现代性的转化》，《中外文学》2005 年第 34 卷第 2 期。

术研究上普遍的抱残守缺、陈陈相因，这是颇为罕见的一股重造传统的活力”①，随之而来的则是一系列期刊、丛书和研究团体的面世和成立。

1977年起由中、外文系学者，诸如姚一苇、侯健、杨牧、叶庆炳、高友工、柯庆明等创办之《文学评论》，1978年柯庆明、林德明合编《中国古典文学研究丛刊》，1979年起中国古典文学研究会主编之《古典文学》，1979年颜昆阳、蔡英俊、萧水顺、龚鹏程合著的《中国文学小丛刊》，1982年蔡英俊主编之《中国文化新论·抒情的境界》、《中国文化新论·意象的流变》，1988年李正治《政府迁台以来文学研究理论及方法之探索》等。②

高友工的“抒情美学”正值此一时期登陆台湾。在此之前，“语言美学”和“审美感性”一直是中文系学者解释传统的两大着力点：前者以“语言形式”的美感特质为中心强调对“文学性”的体认，自王梦鸥后渐成气候；后者则突出主体经验之“审美感性”的兴发，以叶嘉莹的“境界说”为典范。如是考量，高友工“抒情美学”与台湾中文学界的“视阈融合”正是“审美感性”和“语言美学”在“抒情”这一涵盖性命题之下的汇通。高氏理论一方面描画以“美感经验”为核心的主体意识结构，并标举“境界”为“抒情的完成”；另一方面，又始终贯穿语言学分析方法，以“美典”为基础，细分客体艺术品的符号结构，在关注美感经验的同时，亦能从“形式与意义”的辩证分析中获得抒情文学本体论的种种阐说。③

正是在这样的历史机缘下，“中国抒情传统”这个源起于海外比较文学、比较诗学视野下的学术传统，不是在以外文系为主的比较文学研究中获得追捧，却是在中文系学者的领域内确立了自己的声誉。然而，在接受

---

① 黄锦树：《抒情传统与现代性：传统的发明，或现代性的转化》，《中外文学》2005年第34卷第2期。

② 林素玟、周庆华等：《台湾文学》，（台北）万卷楼图书有限公司2001年版，第191、192页。

③ 吕正惠：《物色论与缘情说——中国抒情美学在六朝的展开》，参见《抒情传统和政治现实》，（台北）大安出版社1989年版。

抒情美学“美感经验”和“美典层次”的论说框架的基础上，高氏理论中深涩的西方话语却逐渐淡出视线：其从心理学角度对“美感经验”的细密解说，在成堆的繁杂术语中显得空前绝后；而其新批评和结构主义语言学方法的理路也曲高和寡，被视为“割裂整体感性”的元凶[①]，并未实际进入古典文学的细读实践。相对地，台湾中文系学者以古典美学语言对这一理论加以改造，在作品解读中延续有悠久历史的以意逆志、知人论世的阅读法以及讲求修辞意境的鉴赏论，从而使“抒情美学”的话语体系更趋于古典情味，处处表征出这批学者特殊的师承和学术素养。

譬如王国维以降的词的传承（夏承焘、唐圭璋、冒广生、顾随迄被誉为当代两岸说诗谈词第一人的叶嘉莹）、诗的传承（甚至包括钱钟书、钱仲联）。他们的学术表述也是更为传统的——如诗话、词话、笺注、选集等，而在作品的释读上，沿续的是有着悠久历史的以意逆志、知人论世的阅读法，及玩味技艺修辞意境的鉴赏论。[②]

围绕着“抒情传统”在台湾的继承和创造，形成了一个开放的学术群体，三十年间，相关文学史及范畴史的讨论、延伸和变异竞相登场、生机勃勃。

而这些著作，以各自的方式补充论证参与发明了该传统。相对于陈世骧—高友工的比较文学、比较诗学框架，可以发现这些中文系出身的学者，凭自身的学养与兴趣，对抒情传统有不同的补充甚至延伸。相对于高友工以律诗为抒情美典，因各自不同的论述需要，他们建构了各自的美典（情景交融—含蓄美典、诗史、宋诗、《兰亭集序》、《古诗十九首》、《石头记》……）；而如果美典是有多个选择的选项，那显然道出它的诠释空

---

① 参见颜昆阳在《中国文学小丛刊》之《总序——从传统出发》中对新批评方法的批评，（台北）故乡出版社1979年版。

② 黄锦树：《抒情传统与现代性：传统的发明，或现代性的转化》，《中外文学》2005年第34卷第2期。

间远未被穷尽，它还在建构中，处于半开放的状态。①

（二）传统之发明：作为“宏大叙事”的“抒情传统”

2005年，台湾学者黄锦树发表《抒情传统与现代性：传统之发明，或创造性的转化》，从“现代建构”的角度重新审视“抒情传统”的历史机缘和理论诉求，视其为对抗五四白话文学史观的另一次传统的发明，进而为“抒情传统”勾勒出一副“宏大叙事”的面孔，为研究这一理论流变提供了全新的视角。

就历史机缘而言，台湾学术界自70年代以后的历史境域与“五四”新文化时期颇多相似，亦与中国新时期以来的文化大环境类同，它们面临的共同语境即是：在现代学术体制下，传统文化的合法性及其承继的危机。随着中西文化日渐频繁的正面交锋，台湾学术界对西方理论最初的好奇和热情逐渐退却，取而代之的则是对传统文化之根本精神的普遍关怀，甚至昔日以“阐释”为荣耀的比较文学也从“求同”走向“见异”，出现了叶维廉“文化模子寻根”那样的回归意识。这一历史选择的逆转，交叠着梁启超、梁实秋、30年代的“学衡派”等众多五四时期“文化保守主义”者的身影，亦预示着日后大陆学界日渐关注的“现代转换”议题，显露出古典传统的困境和坚守。

后现代大师利奥塔曾用“宏大叙事”一词概括了“现代”乃至古希腊以来西方社会的总特征，目的在于突出西方以哲学为代表的话语机制对于人类本质和宇宙本质的“虚构性”及“故事性”特征，而正是凭借着此种“宏大叙事”对众多分散知识和矛盾进行的统合，科学取得了合法性。用这一概念来界定“抒情传统”，不仅能为各时期理论创构之功用提供合理解释，更清楚地揭示出“抒情传统”的理论形态与其目的（寻求自身合法性）间的关联。

“抒情传统”宏大叙事的内在冲动，源于对五四白话文学史的反抗。五四新文学传统这个典型的大叙事：

---

① 黄锦树：《抒情传统与现代性：传统的发明，或现代性的转化》，《中外文学》2005年第34卷第2期。

> 不止规模宏大，并且把复杂的古典世界一元化，以科学主义的启蒙理性之名、实证史学考证方法的强悍，以白话文学史的独断叙事论证白话文的上升和文言的衰弊是中国文学史的客观规律①。

而相对中国文学的现代宣言，古典传统进入世界格局和现代学术体系的努力却多少是被动和艰难的：

> 古典诗文却以更为传统的方式维系它前朝以来的学术传承……正源于此一系统并不是用近现代学术的表述方式，而且一直没有形成一种规模宏大的叙事以相抗衡，故而没有构造出可以和《白话文学史》典范颉颃的典范。②

对此，黄锦树指出“中国抒情传统”逐渐显现的大叙事构架，具有创构古典传统神化的功能，同时，由于其理论建构始终笼罩在中西文化优劣论的焦虑之下，以比较的框架来考量差异、认识自身就成为这些特殊学术身份的理论参与者的共识，进而逐渐形成以比较视野为特色的研究范式和操作方法。

另外，抒情传统的“宏大叙事”正值台湾推进本土族群想象的历史时期，在社群身份认同的形成过程中，它扮演着重要角色。诚如特雷·伊格尔顿所言：“在英国研究中，关键不在英国文学而在英国文学：我们伟大的‘民族诗人’莎士比亚和弥尔顿，亦即，对于‘有机的’民族传统和认同（identity）的意识，而新应征者则可以通过人文学习而被接纳到这一传统和认同中来。”③ 与“英国文学”类似的情况是，随着“中国文学”的立科，叙述源流、风格和变革的文学史产生了，这当中不可避免地必须追溯中国文学的特质——是什么使中国文学的面貌有异于西方文学？“抒情

① 黄锦树：《抒情传统与现代性：传统的发明，或现代性的转化》，《中外文学》2005年第34卷第2期。

② 黄锦树：《抒情传统与现代性：传统的发明，或现代性的转化》，《中外文学》2005年第34卷第2期。

③ ［英］特雷·伊格尔顿著，伍晓明译：《二十世纪西方文学理论》，北京大学出版社2007年版，第27页。

传统”之大叙事正描画出这一古典传统的源流，在更广泛的社群中改变着世人对于民族国家的想象和认同。借由文化的此种功用，台湾曾在80年代兴起过“中华文化复兴运动”，置身于这股风潮中的“抒情传统”研究，借助着学院话语的权威，使其对民族文学独特性的焦虑在塑造一大批所谓的“民族文化经典”过程中深入人心，并通过此种方式实质性地沟通了诸如性别、种族、阶级等长期对立的社会因素，进而得到国家教育体制和意识形态的支持，逐渐走向“国有化”的道路。美国汉学家宇文所安指出，传统之现代化的重要方式之一就是对于传统的“国有化”：“在所有情况下，民族国家支持传统文化都是为了通过继承一份文化的遗产来培养归属感和团结情绪。”① 如今，抒情传统在台湾已经表现出从专业研究机构向高等教育课堂延伸的趋势。

由是而言，无论是台湾学术界对中国古典文学、美学、艺术加以系统整理和评析的风潮，还是政府意识形态大力推进的所谓“中华文化复兴运动”②，显然都为“宏大叙事”的登场营造了适宜的接受心理和成长空间。而作为一个典型的“宏大叙事”，“抒情传统”经过陈世骧和高友工的开拓后，已经初步具备了完整的现代学术形态：起源神化（陈世骧的“诗”与“兴”）、知识论的合法性论证（高友工《文学研究的理论基础—— 试论“知”与“言”》）、文学史重构以及完整的哲学美学理论框架一应俱全。诚如黄锦树所言，与同一时期的“新儒家”之创构具有相同的目的和功能：“‘中国的抒情传统’这样的论题，相当程度上以现代的学术格式企图重新命名那被五四启蒙光照遮蔽的古典荣光。”③ 在此框架内，台湾学者努力扩充其涵盖范围，为更多传统文论范畴和文学作品的合法性提供强有力

---

① ［美］宇文所安：《把过去国有化：全球主义、国家和传统文化的命运》，参见宇文所安著，田晓菲译：《他山的石头记——宇文所安自选集》，江苏人民出版社2003年版，第348页。

② 详见《中华文化丛书·国外学者看中国文学》，台湾中央文物供应社、中华文化复兴运动推行委员会1982年版。其序言指出：此丛书为“中华文化复兴运动委员会”策划、协调、推动，“蒙幸行政院慷慨允支持，由政府专案播助”，且“尤其注重于学术研究与丛书编印”，在整理古籍与译介西著相结合之基础上，以比较研究之方法编辑此丛书。其编委亦多学术界名流，如侯健、王梦鸥、黄永武、叶庆炳、尹雪曼等。

③ 黄锦树：《抒情传统与现代性：传统的发明，或现代性的转化》，《中外文学》2005年第34卷第2期。

的证明，并在“传统的现代转化”过程中，留下了独特的轨迹。

二、理论的多元走向

《诗大序》和魏晋美学新变是台湾“抒情传统”研究的两大热点。前者试图从“起源论”的角度，进一步确证陈世骧关于中国诗“感性蕴于心，文字表于外”的特点；而后者，则更集众家之力，试图超越《诗大序》的政教诗学，而以抒情主体之发现为焦点，重新命名“抒情传统”的缘起及其逻辑，从而把诸如“情景交融”、“物色”、“缘情”、“气类感应”等一系列中国美学和文学理论上的重要命题纳入了“抒情传统”的视野。

就此而言，台湾“抒情传统”研究的突出特点在于其对“古代文论”本身表现出的浓厚兴趣，如果说高友工的“抒情美学”是针对“古代文学”特质的现代理论创构，那么台湾学者的努力方向则在于论证“古代文论”与“抒情传统”的并行不悖。

（一）抒情自我与情景交融

蔡英俊（1954— ），英国华克威大学比较文学理论博士，现任台湾清华大学中国文学系教授、人文社会学系主任。

蔡英俊的《比兴物色与情景交融》[①] 一书旨在挖掘“抒情自我”与“情景交融”理论间的内在关联，相对于高友工以形式美学为基础的“律诗美典”，蔡英俊更偏重于从主体意识的角度探讨“美感经验”，梳理出一条“情景交融美典”的历史脉络。蔡英俊认为魏晋士人以“情”为核心的生命意识，在文学创作上表现为“抒情主体的发现”和“缘情”理论的提出；同时，与“抒情”理论对“情”之“安顿”相适应的是，“物色”、“形似”等寄托主体情志于自然的诗论相应而生，形成中国文学批评中关注于“景”的一维。此一时期，“情”为个人生命之表征，而“景”则标示着超越性的理想世界，是“情景交融”的发轫期。唐末，司空图《诗品》极力宣扬“思与境谐”、“象外之象”、“韵外之旨”等观念，开启“情景交融”在宋代诗学中追求“物我同一”、“超以象外”的诗境先河。至南宋，中国文学摆脱“情”偏胜于“景”的传统，确立“情景交融”

---

① 蔡英俊：《比兴物色与情景交融》，（台北）大安出版社1986年版。

的审美理想与术语系统。此后，以清代王夫之从“诗教”观念上探究“情景遇合”的诗论为代表，批评家开始致力于“情景交融”与“美善合一”的汇通，为抒情传统之美感经验在“境界”层中的价值实现寻求可能。此时，艺术美典不仅给予我们美感，更显示出蕴涵着真理和道德的生命意义，这即是中国文化于美感经验中寻求道德生命的特质。

价值的问题，甚至人存在本质的问题，是中国文化传统的旨趣理想。①

（二）叹逝：物色与缘情

吕正惠（1948— ），台湾大学中文系毕业，东吴大学中国文学博士，现任教于台湾清华大学文学研究所及中国语文学系。

吕正惠是台湾最早涉足“抒情传统”研究的代表学者之一。1982 年，由蔡英俊主编的《中国文化新论：抒情的境界》收录吕正惠的专论《形式与意义》。此文延续陈世骧的“比较视野”，又融入高友工“形式美学”的理路，首次深入“抒情传统”的内在逻辑，细密探讨中国诗词的“形式与意义”——“感情本体主义的倾向”和“对文字感性的重视”。同时，吕正惠颇具独创性地考察“散文的四种类型”与抒情传统的关系，极大地拓展了后者的疆域，并试图从“正统文学”与“民俗文学”分野的视角描画“抒情传统”与“叙事传统”的流变。

1989 年出版的《抒情传统与政治现实》，收有吕正惠“抒情传统”研究的代表性论述《物色论与缘情说——中国抒情美学在六朝的展开》，全文以古人“文学观”的内在意涵及演变为讨论中心，把抒情传统看作两段式发展的两个系统：一是以“《诗经》—兴—《诗大序》”为线索的一线；一是以“《古诗十九首》—物色—缘情说”为脉络的一线。二者的区别始于自“兴”到“物色”论的微妙变化。借用日本著名汉学家吉川幸次郎提出的“推移的悲哀”，吕正惠认为，适应《诗经》而产生的“兴”与配合早期五言诗而提出的“物色”论，前者表现了初民生命与自然相辅相成的

① 蔡英俊：《“抒情自我”的发现与情景要素的确立》，参见柯庆明、萧驰编：《中国抒情传统的再发现：一个现代学术思潮的论文选集》（上），台湾大学出版中心 2009 年版，第 366 页。

欢欣与喜悦，而后者则在抒情主体的“叹逝”意识中流露出诗人对生命本质的悲叹：

以“叹逝”的角度观察大自然，从而赋予大自然一种变动不居、凄凉、萧索而感伤的色泽，并把这一自然“本质化”、“哲理化”，使渺小的个人在其中感悟到生命的真相，而唏嘘不已。①

具体到作为文学理论的《诗大序》和“物色”论，前者是以“志”界定的群体世界的政治化诗学，而后者则因生命意识的发现而突出了个人世界的一般性哀乐。因此，作为自《古诗十九首》以来对于“情”之哲学思考的诗学表现，“物色”论中情与物是一体两面的诗观，反映着“从社会群体的和谐问题到个人生死问题”的转变。而抒情传统则真正源于陆机“缘情”说对抒情主体的重新界定，由此往后的抒情诗都是透过这种观念去体察人生的哀乐：

以《古诗十九首》为代表的早期五言诗最大的特色是，以生命的自觉为基调，发展出一套独特的观物方式和一套独特的阐释感情的方式。基于前者，“物色”由于令人联想到人生的短暂与无常，因而染上了深厚的悲凉色彩。基于后者，由于意识到人在客观的历史情境中的有限性和无能为力，“情”就特别被提出来，而被认为是人的“存在”的本质，是人的价值与人的悲剧性的根源。②

据此，吕正惠的结论是：“兴”的观物方式自《诗经》之后，只保留在民间传统和少数诗人中，而正统文学中的文人传统，则几乎完全是“物色缘情”的继承者。因此，在创作方面，《古诗十九首》是中国独特抒情传统的真正源头，而《诗经》、《楚辞》则只能算是“远祖”；在理论方面，相较于《诗大序》对抒情主体“集体意识”的强化，六朝美学中

---

① 吕正惠：《物色论与缘情说——中国抒情美学在六朝的展开》，参见《抒情传统和政治现实》，第18页。

② 吕正惠：《物色论与缘情说——中国抒情美学在六朝的展开》，参见《抒情传统和政治现实》，第33、34页。

“物色论”和“缘情说”则开启了中国抒情美学关注抒情自我和时间的转变。

（三）后之视今，亦犹今之视昔：时间 VS. 不朽

张淑香（1948— ），师从叶嘉莹，台湾大学中国文学硕士。美国哈佛大学文学博士，现为台湾大学中文研究所教授。

对于“本体论”的追问，构成了张淑香抒情传统研究的基本线索。她避开蔡英俊、吕正惠等人以“古代文论”为研究对象的建构思路，而试图从哲学宇宙观的角度，自现象的讨论深入本质的反省，进而追溯“抒情传统”的意识形态原型，此即张淑香所谓的“本体意识”。在《抒情传统的本体意识——从理论的“演出”解读〈兰亭集序〉》一文中，她以中西神话结构之差异为突破口，视魏晋美学为中国哲学“一元论”中“集体共同存在的通感意识”在时空形态中的具体表现，其本质上则是一条感觉与情感纽带：

这种集体意识之强固深沉，有如一个恢恢密密之罗网，将万物兼容并包，尽纳其中。在空间上，它联系了个人与社会群体，并扩充到自然世界。不但人与人之间，声息相通；即自然之物色，亦与人相感相应。而当这种浑然一体之情从时间上延展，就产生了合纵的历史意识。透过与时俱存的记忆之长流，过去与现在融为一体，并奔向未来。当人们为失落的过去慨叹时，过去便已然复活，并照会了未来。在古典的中国，历史几乎取代了西方宗教的地位，成为联系所有人类生命与精神的守护者。靠恃着历史不死的记忆，人足以克服虚然陨殁的命运继续存在。有了这种贯穿时空，集体共同存在的通感意识，人类精神的“不朽”，才有可能；“名”的流传才有意义。中国传统中所体会的悠悠宇宙，原是个有情天地，生生不已的根源，因此才有“情之一字，所以维持世界”之说。而也就是由此同一根源，化育了中国的抒情传统。①

这种“集体意识”坚信：人类的个体生命虽然损益于无尽的时间流

① 张淑香：《抒情传统的本体意识——从理论的“演出”解读〈兰亭集序〉》，参见张淑香：《抒情传统的省思与探索》，（台北）大安出版社 1992 年版，第 44、45 页。

逝，然而人类的集体生命，却因借着历史的延续而占有了永恒的时间，因而，以“历史时间超越自然时间”的“不朽”之哲学观，使得个人对于时间的永恒焦虑在集体共感的历史延续中得以化解，而以“不朽”为动因的“文学创作”亦具有超越死亡的宗教的力量。由此而言，蔡英俊所谓的“生命意识的觉醒”、吕正惠所谓的“情感本体主义”和“叹逝”皆是中国哲学对于“时间意识”和“历史意识”之基本态度的反映。

就此观察六朝文学美学，张淑香发现《兰亭集序》中“后之视今，亦犹今之视昔”的深沉慨叹。诚如宇文所安眼中的《典论·论文》——“这里跳动着一颗非凡的心灵，《论文》的主要价值或许在于它本身就是一篇文学作品”①，而《兰亭集序》作为一篇传世的抒情美文，其经典文学的地位长期遮蔽了内蕴其中的理论宣言，而这个文本却表现了一个从主观抒情之过程转化为抒情理论之演出的双重结构：

借王羲之《兰亭集序》的作为理论兼理论演出之“作品”的双重性，直探“抒情传统”的本体意识。指出“死生亦大矣”的生命之自觉的意识，以及“虽世殊事异，所以兴怀，其致一也”的纵贯古今的生命共感，正是“抒情传统”所以成立维系的本体；而“群贤举至，少长咸集”的晤常觞咏，与“崇山峻岭，茂林修竹”、“天朗气清，惠风和畅”的寄托观察，则正是这一抒情传统达到“兴感”、“合契”的基本表现形态。②

相较于“言志”与“缘情”在文学现象上的理论阐发，王羲之则直指文化本体对于生命的体验与反省，回荡着历史于文字中追寻“不朽”的“有情”信念，更从抒情传统的立场，说明了文学的诞生、文学创作的过程、文学创作的意义与功能：“肯定文学的意义，唯在沟通古今之情，联系一切生命于一体。”③

① ［美］宇文所安著，王柏华、陶庆梅译：《中国文论：英译与评论》，上海社会科学院出版社2003年版，第61页。

② 张淑香：《抒情传统的省思与探索·前言》，参见张淑香：《抒情传统的省思与探索》，第1、2页。

③ 张淑香：《抒情传统的省思与探索》，第56页。

（四）气感世界：汉代美学与抒情传统

龚鹏程（1956— ），享誉海内外华人世界的当代学者和著名思想家，研究领域广泛，精通中国文学、中国史学、中国哲学、中国宗教。先后担任台湾南华大学、佛光大学校长。现游历大陆，任北京师范大学特聘教授，并任北京大学、南京大学、四川大学等校客座教授。

进入抒情传统，龚鹏程选择逆其道而行。针对蔡、吕、张等学者关于魏晋时期抒情美学新变的命题，《从〈吕氏春秋〉到〈文心雕龙〉——自然气感与抒情自我》则站在中国文学史的“通变”观上展开反思：

> 历史的发展，本来即有常有变。……一位历史研究者，贵在知其常而审其变，方能清楚地解说历史推延的历程，把“阶段性”跟“延续性”的历史观，做较好的统合。①

因此，他的这篇文章，目的在于沟通“抒情传统”研究中陈世骧的《诗三百》起源论和高友工的《古诗十九首》起源论之间的历史断裂，厘清位于二者之间的汉代哲学美学观承前启后的意义。在把形成于汉代的以“气感”为核心的天人感应宇宙文化模式视为抒情传统得以延续和产生转折之原因的基础上，亦把这种“气类感应”的贯穿描画为“抒情传统”之“常”的因素，而魏晋的“缘情说”只是“阶段性”的“变”相。

龚鹏程指出自《吕氏春秋》以来，中国哲学已开始了提倡“重己、情欲与气类感应”的哲学。《吕氏春秋》以“同气”为理想的宇宙观，使个体生命在天人合一观念的统摄下显示出天地四时之象，因而才催生了魏晋时期四时与情感相对应的“物色缘情”理论的出现。而汉代初现的对“性情”概念的区别，则一方面于孔孟“言性不言情”的传统中开创出追问“情为何物”的重情的人性论；另一方面又因这种重视情的态度，而在先秦的道德主体、认知主体之外，发现了感性主体的存在。因而，如果跳出历史发展的历时性因素，而直接面对事物本身，气类感应的世界也是一个

---

① 龚鹏程：《自然气感的世界》，参见《汉代思潮》，商务印书馆2005年版，第28页。此章原名为《从〈吕氏春秋〉到〈文心雕龙〉——自然气感与抒情自我》，载于中国古典文学研究会编：《文心雕龙综论》，（台北）学生书局1988年版。

天人感应的世界，一个有情的世界。

在此，龚鹏程的特别之处在于，以宗教情感的审美特性来调和汉人抒情言论中的“道德”与“情”的对立关系。他特别强调，如果用当代神学美学的观点来看，宗教经验的神圣性质具有超越的特点是一种“美善合一”的经验，它并不像强调形式本位的美学家那样把道德与美感截然分开，而是强调美感之中同时包蕴价值的意义。因而，汉代美学关键词“天人感应”的宗教意义表现在文学上则是：

> 读诗，为一美感经验；读之而得温柔敦厚焉。温柔敦厚的诗教，遂不得不成为美的境界之现实。①

可以说，气类感应世界的内在宗教情趣使《诗大序》中的“政教”与“情志”终不能偏胜于一隅，在诸如《文心雕龙》的“原道自然”中实现了这“美善一也”的趣味。至于魏晋士人“圣人有情无情”之争论，最终却也在《世说新语·伤逝篇》中划归于“圣人忘情”的命题，此中缘由正在于“不能无哀乐以应物，然则圣人之情，应物而不累于物者也”②。这种重情却不累于情的态度，正是由汉人“发乎情，止乎礼义”所开启的传统，其并非“以理绝情”而是“理情性”的问题，即顺情以理情最终走向无情。对“情”的这种“反”而非“禁”的认识正是汉人对于“抒情传统”的一大贡献。

三、“抒情传统”与现实社会

除却在理论研究上的实绩，台湾地区“抒情传统”研究的一大特色，在于其与现实社会间的密切联系。一方面，学者们在教育体制内，以课程改革的方式影响新一代公民对于传统特质的认知；另一方面，更积极投身于文化普及和文艺创作等公共实践中，催生了一批标榜“抒情传统”理念

---

① 龚鹏程：《自然气感的世界》，参见《汉代思潮》，第24页。

② 何邵：《王弼传》，参见《三国志·钟会传》裴松所作注中引用的何邵《王弼传》。

的艺术作品，从某种程度上改变了传统作为“遗产”的存在方式，为其参与现代文化提供了可能。

（一）抒情传统与通识教育

自现代以来，教育在国家民族观念的形成过程中，扮演了越来越重要的角色。大学不仅是知识技能传承的高级研习所，更逐渐演变为培养群体认同感和归属感的文化集散地。作为文化的重要组成部分，文学的命运亦与之休戚相关，借助着学院话语的权威性，一大批所谓的“民族文化经典”深入人心，并通过此种方式实质性地沟通了诸如性别、种族、阶级等长期对立的社会因素。现代文学构建“文化共同体”的效力，让我们想起儒家美学对文学功能的经典想象——“群”，而所谓的“礼辨异、乐和同”更让我们看到儒家审美教育蓝图中其乐融融的文化奇景。而如今正是公共教育系统中的文化教育扮演了这个至关重要的角色：

> 大乐与天地同和，大礼与天地同节。和故百物不失，节故祀天祭地。明则有礼乐，幽则有鬼神。如此，则四海之内，和敬同爱矣。①

1. 通识课程：“中国古典文学的抒情传统”

通识教育（general education），又译为普通教育、一般教育，既是大学的一种理念，也是一种人才培养模式。自1984年起，台湾各大学全面实施通识教育课程选修制度，作为一个历史和地域概念，其核心理念是通过学习统整的知识来培养健全的人格和全面发展的人。在重视专才的当代社会，文化的整合作用和群体认同感的获得，至少很大程度上是通过这类通识教育得以实现的。

台湾大学中文系在其2000学年首先开设了面向全校学生的通识课程——“中国古典文学的抒情传统”和“中国古典文学的叙事传统”，分两学期完成。其中，“中国古典文学的抒情传统”以历时性的文学史叙事勾勒“民族文学”的脉络，从诗经、辞赋、汉魏诗、唐诗、宋诗、唐宋词到明清小品，由柯庆明、郑毓瑜等七位教授轮流授课。针对通识教育的对

① 《礼记·乐记》，参见［美］宇文所安著，王柏华、陶庆梅译：《中国文论：英译与评论》，第57页。

象和目的，课程确立了其基本授课思路：一是不言理论，以感性经验的体认实现概念的体认；二是以现代生活体验贯通古人的艺术体验。此后，台湾清华大学等高校亦开设此课[①]。至此，“中国抒情传统”这一由学院专家建构出的文化课题已经不满足于知识精英内部的传承和体认（中文系内部），而是谋求在更大文化群体内获得响应。诚如宇文所安而言：

> 我们现在所理解的“中国文学”是在二十世纪初期才产生的，在当时的文学史写作里，在当时刚刚诞生的国家学校系统所编写的教科书里。在十九世纪后期和二十世纪初期，文学与文化遗产在新的国立学校教育系统里被机构化、体制化，从而成为民族国家稳固的基础之一。[②]

随着“中国文学”的立科，因课程之需求，叙述源流、风格和变革的文学史书写也产生了，这当中不可避免地必须追溯中国文学的特质——是什么使中国文学的面貌有异于中国以外的文学？对于这个始自20世纪初的庞大工程来说，其最新成果自当包括以“抒情传统”和“叙事传统”为分野的“中国文学”叙述的确立，而使之参与到通识教育的进程中，一方面是适应现代教育体制而获得自身存在之说明，另一方面则在更广泛的社群中改变了世人对于民族国家的想象和认同。可以说，进入通识教育，正是“抒情传统”之研究参与民族国家观念之确立的重要举措。

2. 出版：《中国文学小丛刊》

人文普及在某种程度上亦是另一种通识教育，相较而言，它更少学院色彩，而更多面向普通大众，特别是文学文化爱好者。因而此一路数中媒介之力量实不可低估，出版即是一例。在以普通古典文学爱好者为对象而编辑的《中国文学小丛刊》系列丛书中，颜昆阳以“从传统出发，走入现代，走向未来”为丛书定下了基本的调子，并主张“保存感性的欣赏传统”，从文学批评进入文学赏析，由理性智慧之思考兼容感性审美之体验。

---

① 详见《花莲师范学院通识教育“语文领域”座谈会纪录——文学组》及《台湾通识教育中的中文课程设计》两篇会议纪要。

② ［美］宇文所安：《把过去国有化：全球主义、国家和传统文化的命运》，参见宇文所安著，田晓菲译：《他山的石头记——宇文所安自选集》，第346页。

第一个主张，是期许在重理中国古典诗歌之际，能回顾传统、认清传统、尊重传统。然后，以传统为基点，将中国古典诗歌的精美处，导入现代人的心眼中。更进而期望吾人依藉对古典诗歌深切的认识与陶养，而为中国现代诗的创作出一条衔接传统文化的正轨。第二个主张，是为了矫正新批评者手段上的偏差。他们过度偏重理论性的分析，甚至引用许多深涩的批评格式，硬套入一首本来很明白易解的古典诗歌上，将它宰割得支离破碎……我们提出一套较完整的诗歌鉴赏过程——由感性，入理性，再出于感性……除了依藉理论分析，为读者敲开鉴赏一首诗的大门之外，还希望保持一份感性的欣赏，确实掌握一首诗的情感意境，以带引读者共同走入诗人的心灵殿堂。①

由这份激扬的宣言催生的12辑专著，集中了一批台湾抒情传统研究的中心力量——蔡英俊、龚鹏程、吕正惠、颜昆阳等，而作为论述对象的“古典文学”竟也是清一色的古典诗歌。其实我们完全可以认为这是一个以古典抒情诗之主题呈现基本思路的文学普及宣言，其中弥漫着强烈的抒情弦音。这些年轻的抒情传统阐发者，努力把各自的研究成果融入古典文学体认的感性解读中，并多少为其提供了理论上的支持。龚鹏程的《春夏秋冬：中国古典诗歌中的四季》即援引他关于《文心雕龙》与“物色说”、“缘情说”的理论，直接把自然与抒情传统之关联视为此一主题的基本线索；蔡英俊的《爱恨生死：中国古典诗歌中的生命》与《兴亡千古事：中国古典诗歌中的历史》则以“诗言志”的抒情传统为依据，分别以个人生命之“情”与历史使命之“志”的历史纷争，探讨抒情传统之情志的内在意蕴；颜昆阳的《喜怒哀乐：中国古典诗歌中的情绪》一书则始终贯穿从“情”到一般“情绪”的视角转换……

在这批“抒情传统”阐释者的诗化语言背后，是传统文化“现代转化”的一次通俗演绎，正是通过向现代普通读者提供一种文学阐释的向度和文学再经验的方式，他们也为高友工式的“抒情美典”找到了安顿的

---

① 颜昆阳：《中国文学小丛刊》（第三套）之《总序——从传统再踏出一步》，台湾故乡出版社1981年版。另可参见颜昆阳为《中国文学小丛刊》（第一套）所写的《总序——从传统出发》，（台北）故乡出版社1979年版。

区间。

（二）抒情传统与现代社会

美学的别名又为艺术哲学，其共通之处在于二者对万物之美的追问。不过前者更偏向于哲学美学的形而上思考，而后者则自黑格尔以来就以“美的艺术”为对象。抒情传统研究中，高友工创构的“抒情美学”，一方面切实构建了哲学美学的理论框架，另一方面又始终贯穿着以文化史为基础的艺术哲学的思考。因而，“抒情美学”的理论阐发，极易在艺术创作中找到融合的区间。2000 年以来，台湾出现了一批以“抒情传统”为主旨和内涵的当代艺术作品，成为当代台湾艺术的重要概念之一。

1. 昆曲：白先勇与青春版《牡丹亭》

自 2004 年以来，由当代台湾著名作家白先勇召集两岸三地艺术家编创的青春版《牡丹亭》已在世界范围内公演超过一百场，引起了文化界的极大震撼。这是一出特别强调“抒情传统”意味的现代版古典戏曲，其以“昆曲”的抒情形式承载了汤显祖《牡丹亭》的“至情”体验，细腻地诠释出抒情精神的美感特质，并为这一传统美学的理想寻找到了现代观众的认同和接受。

在青春版《牡丹亭》的编剧名单中，台湾“抒情传统”的重要阐发者张淑香的名字赫然在目，她的加入为《牡丹亭》于“抒情传统”的历史坐标系中找到了自己的定点。

> 从《牡丹亭》神话解读透视汤显祖的情观，由杜丽娘所体现出来的情感境界，实呼应了中国文学抒情传统的内在精神。抒情美典重视个人感知生命的活动，肯定主观的内在经验之独立自足，并以内化的感性经验所形成的心境观照为美感的价值与意义。所有伟大的抒情诗人，莫不是因为他们所流露在生活感受中的个人内在情性气质与心灵的丰美而为世人赞颂。[①]

自诞生之日起，《牡丹亭》的魅力即在于其对“至情”的颂扬，而这

---

① 张淑香：《捕捉爱情神话的春影——青春版〈牡丹亭〉的诠释与整编》，参见林皎宏编：《姹紫嫣红牡丹亭：四百年青春之梦》，广西师范大学出版社 2004 年版，第 109 页。

一“情”字正是它与抒情传统之关联的依据。从“情”之内蕴的变迁来看，明末的中国文人已对“诗言志”之“志”进行了本质上的置换。在那个时代流行的“性灵”风潮中，“情”与“理”的势不两立，使其成为中国文学论争中的公案。袁枚《答蕺园论诗书》说：“且夫诗者由情生者也，有必不可解之情，而后有必不可朽之诗。情所最先，莫如男女。古之人屈平以美人比君，苏、李以夫妻喻友，由来尚矣”①，这显然已把“情”集中在男女之爱情上。加之“性灵”文人强调以“目”、“口”、“耳”的感官体验来说明“情”，因而，“至情”之于陆机之“缘情”已不甚相同，其间更渲染出文人对于人性之“真”的推崇。而“抒情传统”之本体在台湾学术界的言说虽各有版本，但其中最为重要的正是所谓的“抒情主体意识的发现”以及“魏晋士人生命意识觉醒”的叙说（详见本章第二节），其与强调“至情”的文学有着内在的联系——在诗意中突出“有我”之生命意识。由是而言，《牡丹亭》一路的文学不仅寄予了“抒情传统”的理想，更是对于这一理想的丰富和拓展。

汤显祖笔下的杜丽娘，即被赋予强烈的个人生命感与自觉意识。她的梦里梦外，生生死死，死死生生，莫非为情。她的一切活动都缘于她对自我与世界的感知以及对个人情感经验的肯定坚持。情是她的生命原力能量的核心，所以她的真情穿破梦幻，她的深情渗透地狱，她的至情征服人间。她的爱情冒险旅程，乃展现出吾情一以贯之的整体经验意义与精神风格。她的情，不是褊狭的，而是活性的。所以才有发展与成长生机。遂在自我肯定个人的情感价值之际，更能涵泳世界，扩充情感与心智的辽阔视域，成就洋溢英雄特质的生命境界。这种浓缩个人与世界于二度和谐的情感模式，形成具有内在统一性与完美的生命境界，其本身即体现了一种文化的理想，抒情美典所追求的极致之美。②

2001年5月18日，联合国教科文组织公布首批“人类口述非物质遗

① 袁枚：《答蕺园论诗书》，参见袁枚：《小仓山房诗文集》（第4册），上海古籍出版社1988年版，第1803页。

② 张淑香：《捕捉爱情神话的春影——青春版〈牡丹亭〉的诠释与整编》，参见林皎宏编：《姹紫嫣红牡丹亭：四百年青春之梦》，第109页。

产”一共19项，昆曲名列第一，超过了日本能剧和印度梵剧。对此，白先勇把昆曲的成功归结于自身形式的美感与抒情性，并以之为中国的高雅艺术、精英文化——昆曲是载歌载舞的艺术，不同于其他剧种，歌舞之余也要表现出诗的境界，这三者的结合是昆曲难得之处①。相较于西方戏剧对“张力”、“矛盾”和“情节”等要素的突出，昆曲由于文人传统的介入，其“游戏”和“讲唱”的叙事风格逐渐渗入浓厚的抒情音调，歌者即“曲”，而“曲”的部分“写情则沁人心脾，写景则在人耳目”……古诗词之佳者无不如是，因而其精神仍然是抒情性的诗词意境，也成为中国综合型艺术之戏曲大家庭中最为闺秀的一支。

昆曲是包括文学、戏剧等雅俗共赏的表演艺术形式，特别是昆曲的文学性，我们的民族魂里有诗的因素，昆曲用舞蹈、音乐将中国“诗”的意境表现无遗，昆曲是最能表现中国传统美学里抒情、写意、象征、诗化特征的一种艺术。②

追及历史，自明万历到清乾嘉之间，昆曲独霸中国剧坛，足足兴盛了两百年，其流传之广，历时之久，少有剧种可与之匹敌。其婉丽妩媚、一唱三叹的曲调配合以明清传奇为主的独特文类，其中名著如《牡丹亭》、《长生殿》、《桃花扇》等，正是陈世骧、高友工等学者眼中渗透着浓重抒情传统因素的叙事文学经典。而青春版《牡丹亭》正可视为中国“抒情传统”艺术在现代的成功突围，即以昆曲之抒情形式展现文本之抒情体验的典范。

2. 电影：朱天文与侯孝贤的抒情电影

侯孝贤“基本是个抒情诗人而不是说故事的人”。他的电影的特质也在于此，是抒情的，而非叙事和戏剧。③

作为当代台湾电影的代言人，侯孝贤以其摈弃一板一眼的剧情叙事而标举中国古典抒情文法的个人风格独树影坛。用侯氏御用编剧朱天文的话

① 白先勇：《白先勇说昆曲》，广西师范大学出版社2004年版，第125页。

② 白先勇：《白先勇说昆曲》，第122页。

③ 朱天文：《最好的时光——侯孝贤电影记录》，山东画报出版社2006年版，第335页。

来说，这正是“抒情的传统”中弥漫着的“诗的情调”。朱天文曾在《悲情城市十三问》中征引陈世骧的“抒情传统”研究作为解说侯氏影片追求“东方情调”、推崇“诗的境界”的理论依据。她认为正是这种流溢着“绵绵咏叹、沉思与默念”的“诗的方式”使侯孝贤的电影极具抒情诗气质。

诗的方式，不是以冲突，而是以反映与参差对照，既不能用戏剧性的冲突来表现痛苦，结果也不能用悲剧最后的“救赎”来化解。诗是以反映时空的无限流变，对照人在其中存在的事实却也是稍纵即逝的事实，诗不以救赎化解，而是终生无止的绵绵咏叹、沉思与默念。①

因而，从这个更宽广的视野去看侯孝贤的电影，不论是其外在继承中国抒情传统的电影文法，还是其影片背后所渗透的东方美学意识，都暗示出侯孝贤电影中的古典诗情。

就故事本身来说，侯氏的电影往往线索不明朗，缺少戏剧性，因而评论界常常把其视为对往日追忆的复写和往复再现的抒情交响，其中包纳着极其私人化的抒情品质。同时，侯孝贤的影片场景又擅长以渐显的方式开始、渐隐的方式结束。由于这种电影分句法的反复使用，其长镜头已经不再是趋向现实的渐进线，而更像是深入情意的语气词，拖着长长的尾韵，在淡远悠长的抒情语气当中，营造出一种重章叠句、回环往复的美。此外，偏爱悲剧的侯氏电影却并不刻意营造戏剧性的激烈冲突，也不用顺时性的平铺直叙，而多数使用画外音来回溯往事。他与剪接师廖庆松创造性地使用了“气韵剪辑法”，把过去与现在混在一起，以散点辐射开来的段落酝酿“诗一般的气氛”。

即没有过去、现在、未来的清楚界限。你所看到的也许都是现在，但这个“现在”里包含了过去与未来，我们的观念是把时空全模糊掉了，因它的“情绪”而去转换。我觉得那种感觉也许更接近感情本身，而我让观

① 朱天文：《悲情城市十三问》，参见朱天文：《最好的时光——侯孝贤电影记录》，第274页。

众看到的也是情感本身，而不是所谓的电影的解说形式：中近景、特写去酿造一个戏剧空间的张力。[1]

这段话中反复强调的“现在”正验证了高友工对“抒情传统”之“美感经验”的解释——抒情结构中“现时”和“过去”的对立总是通过“再经验”的方式趋向于“现实性”，因而对于大多数抒情者来说，“过去”总表现为“现在”。而在故事的内蕴方面，侯氏影片则往往以“情”取胜，而不擅长历史和哲学。如获得金狮大奖的《悲情城市》，虽然是一部史诗般的作品，但它不像中国的历史片以政治历史事件的正面切入和波澜壮阔的历史画卷取胜，而追求以种种情感的诗化方式渲染和传达“兴亡之感”。正是秉承了东方古典诗人的抒情气质，侯孝贤用其独特的镜头语言继续着“抒情传统”在当代的演绎，而朱天文也才说：

正如既是韵文就不能没有韵，既是戏剧，就不能没有动作。于悲剧的境界，西方文学永远是第一手。而于诗的境界，天可怜见，还是让我们来吧。[2]

“抒情”为解释中国文学提供了一个很好的切入点，它让我们注意到以下问题：一种文化的内在本性到底是先天给定，还是后天建构？或是二者交互影响的结果？对中国文学而言，“抒情”是在与世界的不断冲撞和对照中逐渐形成的自我认识，它原本一直都存在却要借镜西方以显现，并在重塑传统的过程中建构了自身的历史。

陈世骧首度引入文类视野，以比较文学的立场揭示中国文学潜在的抒情倾向；而后，高友工借助现代美学观念重释“抒情”意涵，使之成为中国各类艺术的原型经验和文化理想；嗣后，侧重考察古典文论观念中的抒情意识及其文化机缘的台湾中国古典文学研究，更在影响现实文化实践之际拓展了“抒情”自身的阐释空间。20 世纪 90 年代以来，以大陆背景游

---

① 廖庆松：《〈悲情城市〉创作谈》，《北京电影学院学报》1992 年第 2 期。

② 朱天文：《悲情城市十三问》，参见朱天文：《最好的时光——侯孝贤电影记录》，第 274 页。

学欧美的王文生[①]、萧驰[②]等学者以对话的姿态为“抒情传统”研究注入了新的活力。王文生教授自1993年发表《〈诗言志〉——中国文学思想的最早纲领》以来，对以仿照西方文学批评及美学理论建构中国文学批评框架的研究范式多有反思，他提倡“在中国文学思想自身的历史发展中见其体系；在文学思想与宇宙的关系中见其取向；在文学思想与其他思想形式的关系中见其相互作用；在中国文学思想与西方文学思想的总体比较中见其特点”[③] 的研究宗旨，并通过题为“诗言志源流”的系列研究梳理抒情美学的重要范畴，标举以“情境”为核心的抒情结构，并以“情味”为美感价值重新描画了中国美学的发展历程。萧驰则是近期最为活跃的抒情传统阐发者，他的研究集中考察抒情传统与中国思想的纠葛，以期还原抒情理想背后的“观念背景”；同时亦把传统视为一个不断变动且复杂多元的观念体系，分专书讨论了“周易宇宙观”、“宋明理学”及“六朝隋唐佛学”[④] 与抒情传统的互动过程，揭示出抒情传统的多元背景。

近年来，随着对“传统的现代转化”日渐深入的讨论，“抒情传统”研究逐渐进入国内学界的视野，其中的“抒情美学”更引起了国内古典美学研究的关注，被大陆学者誉为“中国美学史研究的新途径”[⑤]。长期以来，以苏联移植的马克思主义美学为范式而建立的中国现代美学体系，形成了一套以社会历史经济论为核心的美学言说方式，以之关照中国古典美

① 王文生，湖南衡阳人。1953年毕业于武汉大学外文系。历任武汉大学讲师、副教授、教授、中文系主任，中国古代文论学会、中国文艺理论学会常务理事。专于中国古代文论研究，后游历欧美讲学，现定居美国。著有《临海集》、《论情境》、《中国美学史》（两卷），与郭绍虞合编《中国历代文论选》等。

② 萧驰（1974— ），北京人，中国人民大学古代文论硕士，华盛顿大学（圣路易斯）比较文学博士，现任新加坡国立大学中文系教授。著有《中国诗歌美学》、《中国抒情传统》、《抒情传统与中国思想：王夫之诗学发微》、《佛法与诗境 》、*The Chinese Garden As Lyric Enclave: A Generic Study of The Story of the Stone* 等。

③ 王文生：《〈诗言志〉——中国文学思想的最早纲领》，参见《〈中央〉研究院中国文哲研究集刊》第三期抽印本，1993年，第14页。

④ 对上述问题的讨论分别参见以下著作：《中国抒情传统》[（台北）允晨文化实业股份有限公司1999年版]、《抒情传统与中国思想：王夫之诗学发微》（上海古籍出版社2003年版）、《佛法与诗境 》（中华书局2005年版）。

⑤ 张节末：《中国美学史研究的新途径之一——海外华文学者对中国美学抒情传统的研寻》，《江西社会科学》2006 年第1期。

学，则在很大程度上忽略了美感趣味自身的历史。对国内学界而言，“抒情美学”则于此处提供了一种新的研究路径，它始终把美学的创构植根于东西比较的视野中，同时又从“外部研究”回归到“内部研究”，围绕着形式与美感建构新的阐释系统，提出对于中国古典美学的另一种理解方式和认知可能。

从某种意义上来说，本章在即将结束之际，试图回到问题发生时的状态：是怎样一种原因，让人类自太初之始便有了难以抑制的抒情冲动？虽然在历史的恒久前行中，新的内容和形式不断增加，然而“抒情”却俨然已经成为超越具体形式和情感类型的文化符号，以其独特的应答方式始终活跃于人类文明的舞台。透过“中国抒情传统”理论建构中各路精彩的言说，我们是否可以认为，此中种种解释正是一个偏爱抒情方式的民族对于这一永恒困惑的追问，而暗藏其中的亦是人类对于自我认知的永久好奇。

第四章

中国文学传统的海外发扬

20世纪以来，海外汉学家尤其是海外华人学者致力于中国文学传统的海外传播和研究，对于中国文学传统在海外的延续发扬贡献卓著。他们在海外教授中国古典文学，著书立说，出版中国古典文学作品集，张扬中国古典文学的个性，推动中国文学走向世界，扩大了中国文学传统在海外的影响，也促进了中国文学与西方文学的交流。本章以加拿大著名华人女学者叶嘉莹的古典诗词教学和研究为例，对她在古典诗词的海内外传播、诗学理论以及词学研究等方面的贡献进行介绍和分析，借以展现海外华人在中国文学传统的海外发扬方面所做的工作和成绩。

在当代中国古典诗词的推广和研究方面，叶嘉莹是一个杰出的代表，被誉为“国际汉学大师”。1990年，由于教学和研究的突出成绩，叶嘉莹被加拿大政府授予“加拿大皇家学会院士”荣誉称号，成为加拿大皇家学会有史以来唯一的中国古典文学院士。2008年12月，中华诗词学会授予叶嘉莹“中华诗词终身成就奖”，以表彰她在诗词理论上的成就以及她在海内外推动中华诗词传播所作出的杰出贡献。祝词中说：“茫茫五洲学海路，耿耿华夏赤子心。她甘于奉献，倾心育才，是推动中华诗词在海内外传播的杰出代表。”“她是将西方文论引入古典文学从事比较研究的杰出学者，其诗论新意迭出，别开境界，在我国学术界产生了重大影响。”① 走过85个春秋的叶嘉莹无愧于这些奖励和称号。

第一节 诗词“传道士”

一、“东西南北人”

1924年，叶嘉莹生于北平旧家。1945年，毕业于北平辅仁大学国文系后，叶嘉莹在中学教国文。1948年底随丈夫到台湾。先在台湾的中学教国文，后被台湾大学、台湾淡江大学、辅仁大学等校聘为专任或兼职教授，

① 叶嘉莹学术网站 www. yejiaying. com，2009年3月26日。

讲授诗选、文选、词选、曲选、杜甫诗等课程。1966 年，叶嘉莹被台湾大学派往美国讲学，先后被美国密歇根大学、哈佛大学聘为客座教授。1969 年定居加拿大，成为加拿大不列颠哥伦比亚大学中国古典文学研究生导师第一人，用汉语教亚洲系的必修课及研究生课程，用英语教授全校学生的选修课。不到一年，因工作出色受聘为终身教授。1989 年叶嘉莹退休。从 1992 年起又被美国耶鲁大学聘为讲座访问教授。

在海外多年，叶嘉莹一直热心于推广和宣扬中国古典文学，曾被多国多所大学聘为客座教授。她除了在加拿大、美国等国家的大学授课外，还应各种单位、团体之邀四处讲学，次数之多、听众之多恐怕是当今学者中少有。在加拿大，她曾到温哥华金佛寺讲授陶渊明《饮酒诗二十首》；多次应温哥华中华文化中心的邀请讲授各种诗词讲座，如“中国古典诗歌的欣赏与吟唱”课程、北宋名家词讲座、清代词史等；为加拿大西门沙菲大学港口分校与岭南校友会合办之“岭南长者学院”讲《古诗十九首》；在渥太华为旅加大学校友及中文学校作了多次讲演；也曾为加拿大宋庆龄儿童基金会举办的儿童古诗学习班授课，等等。叶嘉莹不但认真授课，还曾把讲课所得的酬金捐出来，用于协助在海外举办古典诗词教研培训班，激发海外学子学习中国古典文学的热情。

在美国哈佛大学做研究时，叶嘉莹也为当地各学术及文艺团体作讲演多次。1979 年春季在美国明尼苏达大学讲课三个月；1998 年春季在美国加州万佛城讲授杜甫诗；2001 年 2 月，叶嘉莹应邀赴美国纽约哥伦比亚大学任访问教授，开设“历代名家诗”及“历代名家词”两门课程，为期 3 个月；2008 年 5 月在美国马里兰大学演讲《从双重性别与双重语境谈晚唐五代词的美感特质》，在哈佛大学演讲《现代文论与传统词学》等。此外，叶嘉莹也曾到马来西亚、日本、新加坡以及中国台湾、香港、澳门等地多所大学讲演授课。

经过多年艰辛的努力和无私的付出，叶嘉莹成为北美中国古典文学界著名的专家，对北美词学的建立功不可没，在北美有着较大的影响，但她的梦想却是回到祖国，为古典文学的传承做点事情。叶嘉莹曾说：

在海外教书，有些学生，一点中文根柢都没有的，要全用英文教学；我的研究生尽管都学过中国话，可看中文书，我也可用中文讲课，但诗词里非常精微美妙的东西，在不同文化传统的心灵中，体会不一样。无论我给他们讲课的时候，以及他们用英文写论文给我看的时候，我们的诗歌都变成另外一种文字时，很多精微美妙的东西都失去了。诗歌是语言艺术，语言是一种符号，所有作用都在语言符号中传达出来。一旦语言符号丢去的话，只把大意翻译出来，像人，血肉都没有了，只剩下骨骼，没生命了，所以我一直想回到内地来教书。①

除此之外，叶嘉莹回国教书也是为了报答祖国的养育之恩，她说：

我想我是由自己的祖国——中国培养我接受教育的，我多年来在海外宣扬我们祖国的文化，这当然是一件有意义的工作。可是当我在1977年旅游的时候，看到我们自己的祖国的同胞这么爱好中国古典诗词，我就想我也应该回到祖国来，与我们祖国的文化的源流能够继承接续起来才是。我好像是一滴水，要回到我们祖国的江河之中。所以那个时候，我就有一个念头，我愿意回到自己的祖国来，也能够教古典诗词，跟国内的爱好古典诗词从事古典诗词教学的朋友们来共同研讨，向他们学习。②

这是叶嘉莹作为一名海外华裔学者所具有的“怀京华北斗之心，尽书生报国之力”（缪钺）的具体体现。叶嘉莹曾指出自己在古典诗词研究道路上有一种由“为己”到“为人”的转变，即由一己赏心自娱的评赏转变为为他人的传承责任的反思。这种转变的原因在于叶嘉莹看到诗词评赏界中存在的一些困惑和危机，产生了一种不能自已的关怀之情。如果从深层次来讲，这是儒家传统对叶嘉莹的影响。叶嘉莹从小读四书五经之类的书，尤其是《论语》对叶嘉莹说诗和个人修养影响很大。儒家提倡修身、齐家、治国、平天下，对中国古代士子之影响根深蒂固。叶嘉莹所受的传统教育，也使她在思想意识深处埋藏着一种报国之志。

早在1979年，叶嘉莹就开始回国讲授古诗词。1988年她曾在原国家

---

① 沈秉和、叶嘉莹：《千秋共此时——叶嘉莹教授访谈录》，《澳门日报》2002年1月27日。

② 叶嘉莹：《唐宋词十七讲》，河北教育出版社1997年版，第1、2页。

教委礼堂举行过十次“唐宋词系列讲座”。1991 年，叶嘉莹在南开大学创办了“比较文学研究所”，并募得海外人士的捐款，修建了研究所办公大楼。1997 年，叶嘉莹将研究所更名为“中华古典文化研究所”，叶嘉莹被聘为南开大学中华古典文化研究所所长。与此同时，叶嘉莹还捐出退休金的半数（十万美金），在南开大学设立了“驼庵”奖学金和“永言”学术基金，用以培养有志于古典文学普及和研究的人才。叶嘉莹的爱国情怀和精神境界感动和吸引了莘莘学子。现在，在她的周围，积聚了一大批古典诗词的爱好者、传播者和研究者。她每年有一个学期在国内讲学。从 1979 年至今 30 多年来，叶嘉莹应邀在北京大学、北京师范大学、南开大学、天津大学、天津师范大学、南京大学、南京师范大学、复旦大学、武汉大学、中山大学、暨南大学、云南大学、四川大学、湖北大学、湘潭大学、辽宁大学、辽宁师范大学、黑龙江大学、兰州大学、新疆大学等几十所大学讲授古诗词，并受聘为客座教授或名誉教授。应社会各团体的邀请，她也举行了多次古典诗词专题讲演，在国内引起了广泛的影响，被聘为中华诗词学会顾问。

的确，从大陆到台湾，从台湾到海外，叶嘉莹始终以教书为生，无论用中文还是英文，传授的都是古色古香的中国古典诗词。如今，已至耄耋之年的叶嘉莹还是一如既往地在学校教授弟子，到世界各地进行诗词演讲，现身说法，为古典诗词的传承和走向世界贡献余力。有人形象地称她是“东西南北人”。

叶嘉莹对中国古典诗词的热爱和执著感动着一批又一批的弟子和听众，她对古典诗词兴发感动之作用的独到领悟，不拘一格的解读，淋漓尽致的阐发，牵引了许多年轻人步入古典文学这深奥博大的国学殿堂，中国古典诗词的美境也伴随着她的足迹传播到世界各地。叶嘉莹以其融入生命体悟的个性化学术风格在海内外产生了相当大的影响。中国大陆的《人民日报》、《光明日报》、《文汇报》、《北京日报》，中国香港的《香港作家报》、《大公报》，中国澳门的《澳门日报》，中国台湾的《自由时报》、《民生报》、《中国时报》、《联合报》，美国《波士顿新闻》、《侨报》，加拿大《世界日报》、《星岛日报》，新加坡《联合早报》等都对她作过报道。

有人说叶嘉莹是一个农夫，也是一个播种人，在东西方传播着优秀、古老的中国文化。[①] 六十多年的播种，叶嘉莹收获的是桃李满天下的幸福。她为中国传统文化和古典文学的研究、传播培养了一大批专业人才。她的学生遍布欧美、中国大陆以及港澳台地区。许多学生已是海内外一些大学的知名教授和学术带头人。台湾许多大学的中国古典文学研究所主任和加拿大许多大学的中国古典文学教授都是她的学生，如台湾大学的吴宏一、台湾中央研究院文哲研究所的林玫仪、加拿大阿尔伯达大学东亚系的梁丽芳（Laifong Leung）、加拿大麦吉尔大学的方秀洁（Grace S. Fong）等。在她的弟子中，有很多白种人，其中一些也已成为颇有成绩的汉学家。

二、传道理念

叶嘉莹以坚毅的精神在诗词传播和研究中矻矻几十年，她的力量来自对中国古典诗词的热爱和传承的责任感。从叶嘉莹的表述中，我们可以总结出她不懈于古诗词的讲授和研究的理念，主要有三点：

（一）发掘诗词的感发生命

在现当代，我们常常从实用主义的立场出发，认为学习古典文学没有用，但叶嘉莹却认为："诗歌是带着一种兴，带着强大感发的力量的，是能够呼唤起你心灵深处很多美好的感情和高尚的意趣的，是生生不已的。"[②] 在《从中西诗论的结合谈中国古典诗歌的评赏》一文中，叶嘉莹说："我认为我国古代诗歌中有一种兴发感动的生命，这生命是生生不已的，像长江、黄河一样不停息地传下来，一直感动我们千百年以下的人。我以为这才是中国古典诗歌中最宝贵、最可重视的价值和意义之所在。学习古典诗词，还不仅是学习一种学问知识而已，重要的是要使青年人的心灵复活起来，让他们以生动活泼的心灵，来欣赏、体会中国古代诗歌中的一些伟大、美好的生命，这才是学习中国古代诗词的最重要的一点意义和价值。"[③] 读诗词可以获得两方面的力量：

---

① 夏悲：《使中国古典文学走向世界和永生的人》，《国际人才交流》2000 年第 2 期。

② 叶嘉莹：《唐宋词十七讲》，第 53 页。

③ 叶嘉莹：《古典诗词讲演集》，河北教育出版社 1997 年版，第 1、2 页。

一面是让你有一颗兴发感动活泼不死的心，对生命有无尽的关怀，不会只是充满物欲。还有一方面就是诗词可提升你的人格及修养；当你在面对人生种种的考验时，你能掌握自己，也能够在苦难之中慰解自己。①

每当有学生问叶嘉莹，读诗有什么用时，她回答："诗之为用乃是要使读诗者有一种生生不已的富于感发的不死的心灵"，"而且这种感发还不仅只是一对一的感动而已，而是一可以生二，二可以生三，以至于无穷之衍生的延续。"② "至于学习中国古典诗歌的用处，我个人以为也就正在其可以唤起人们一种善于感发的富于联想的活泼开放的更富于高瞻远瞩之精神的不死的心灵。"③ "如果把中国古典诗歌放在世界物象的大背景中来看，我们就会发现中国古典诗歌实在是富于这种兴发感动之作用的文学作品，这正是中国诗歌的一种宝贵的传统。"④

这些话语至少表达了叶嘉莹对古典诗词的两点认识：第一，中国古典诗词中有生生不已的兴发感动的生命，这是我们中国诗歌的一种宝贵传统；第二，学习中国古典诗词是有用的，对于激发人的心灵和提升人格修养等有着重要的意义和价值。

叶嘉莹经历了国内战争、抗日战争、解放战争、台湾白色恐怖时期，饱尝少年丧母、中年丧女之痛，在最痛苦的时候，她从诗词中获得力量。她在《迦陵杂文集·序言》中说："是古典诗词给了我维生的工作能力，更是古典诗词中所蕴含的感发生命与人生智慧，支持我度过了平生种种忧患与挫伤。"⑤ 所以，以上这些话都是她深切的体会所得。

叶嘉莹既体悟到古典诗词感发生命的重要意义，所以，她教授、研究中国古典诗词时既不同于一般学者的纯学术研究，也不同于一般文士的纯美的欣赏，而是注重发掘诗词的感发生命。她说："我之喜爱和研读古典诗词，本不出于追求学问知识的用心，而是出于古典诗词中所蕴含的一种

---

① 姚白芳：《能作好音是迦陵——访叶嘉莹教授谈诗词》，（台湾）《龙树月刊》1991 年第 14 期。

② 叶嘉莹：《我的诗词道路》，河北教育出版社 1997 年版，第 198 页。

③ 叶嘉莹：《叶嘉莹说词》，上海古籍出版社 1999 年版，第 139、140 页。

④ 叶嘉莹：《叶嘉莹说词》，第 140 页。

⑤ 叶嘉莹：《迦陵杂文集》，（台北）桂冠图书股份有限公司 2000 年版，第 272 页。

感发生命对我的感动和召唤。在这一份感发生命中，曾经蓄积了古代伟大之诗人的所有心灵、智慧、品格、襟抱和修养。”[①] 因此，她认为，在讲授古典诗词时，除去对文字典故、内容、技巧等作理性的分析、解释外，“更能对诗歌中感发之说明的美好的品质作一种感性的传达，使读者或听者能够从其中获致一种属于心灵上的激励感发，重新振奋起中华民族在几千年的历史中藉诗歌而传承的一种精神力量，应该是一件极有意义的事”[②]。为了这件极有意义的事情，叶嘉莹倾尽毕生精力，也终于赢得了海内外听众和读者的认同和赞许。凡是听过她的课和演讲的人，都对她带有生命体悟的解说印象深刻。“她的课令所有听者耳迷心醉，念念难忘。因为她绝非死板的说教，而是充满着鲜活的主体精神。她将中国古典诗歌中所蕴涵的古代优秀诗人的修养品格，作为中国文化和民族精神的命脉，一并托出，并且又融合了自己坎坷的人生经历以及深切的创作与研究的体验和发现，于是使所有听者在精神情感上获得独特的感发，进入深湛的领会境界。”[③] 在异域文化中，在用外语讲课的过程中，叶嘉莹所致力的仍然是传述和表达出中国古典诗词中的感发生命，在外国学生中的反应也极好。

由此我们可以看出，叶嘉莹对于古诗词的教学和研究完全来自她对诗词的爱好和体悟，她向读者竭力传达的是自己所体悟到的诗歌中的一种生命，一种生生不已的感发的力量。她以自己的感悟和理论解说着中华民族的优秀之魂，以一颗对故国赤诚的心来感动着人们。叶嘉莹带有个人生命体悟的诗词讲授也感染着学生和听众。她并不以学者自期，对于自己的作品也未曾以学术著作自许。这种超然于功利主义之上的境界并非一般人所能达到的。

（二）薪火相传

对于传承中华民族优秀的学术文化，叶嘉莹有着强烈的使命感。她多次谈到诗词传承的问题，表达了她作为一个教师、一个爱国者的心愿。

在一次采访中，叶嘉莹说：“我从 1945 年大学毕业开始教书，教了 60

---

① 叶嘉莹：《叶嘉莹作品集·总序》，《汉魏六朝诗讲录》（上），（台北）桂冠图书股份有限公司 2000 年版，第 13、14 页。

② 叶嘉莹：《迦陵论词丛稿》，上海古籍出版社 1980 年版，第 375 页。

③ 李晶：《度尽劫波情犹在——记一代宗师叶嘉莹教授的风雨人生》，《女子世界》2001 年第 6 期。

多年，没有一年休息不教书。教书是我最大的快乐。任何一种学术文化得以延于久远，都正赖其有继承和发扬的传人，教学就正是这样一种薪尽火传的神圣的工作。我的心愿就是能够教几个好学生。”[①] 平实的话语中有着不平凡的气度。

几十年来，叶嘉莹将自己全部的时间和精力用在了诗词的教学和研究中，她的亲戚朋友看到她那么忙，很是辛苦，而生活又十分简单，就说叶嘉莹是苦行僧加传道士。作为一个诗词“传道士”，叶嘉莹所传之道，不仅仅是诗词之美，“而是诗词内所包含的全部中国文化传统的精华。诗词蕴藏的内涵是非常丰富的，经过千百年来的淘汰，能够传流下来的作品，一定是有价值的，不好的已经被淘汰了。我们从古典诗词所读到的，是我国文化的精华，是当年古人的修养、学问和品格，有好多很宝贵的东西在里面，现在的青年一般都不喜欢读古典诗词，因为它的语言是古典的，里面又有很多典故，有很多历史的背景，他们自己看是看不到里面的好处的，难免对它们冷淡隔膜，这是很大的损失。所以我要把这些好处讲出来，希望能够传达给他们，让他们能够理解。只要有人愿意听，只要我的能力还可以讲，我都愿意去讲。”[②] “我只希望在传承的长流中，尽到我自己应尽的一份力量。”[③] 当叶嘉莹不再为衣食而忧时，她的教学和研究都已从个人的修身、立家上升到为国家民族和传统文化尽一份责任的高度。

为了让中国诗词中的感发生命的长流永不干涸，叶嘉莹说：“我们一定要有青少年的不断加入，来一同沐泳和享受这条活泼的生命之流。”“一个人的道路总有走完的一日，但作为中华文化之珍贵宝藏的诗词之道路，则正有待于继起者的不断开发和拓展。至于我自己则只不过是在这条道路上，曾经辛勤劳动过的一个渺小的工作者而已。”[④] 在讲课的过程中，她也教育学生在古诗词的传承中要尽一份自己的责任。她对学生说：“每一代人都有每一代人的责任，我们要承先启后，各负起自己的责任来，如果中

① 傅宏亮：《词学大师叶嘉莹教授访问记》，叶嘉莹学术网站 www. yejiaying. com，2008 年 12 月 6 日。

② 傅宏亮：《词学大师叶嘉莹教授访问记》，叶嘉莹学术网站 www. yejiaying. com，2008 年 12 月 6 日。

③ 叶嘉莹：《我的诗词道路·前言》，第 21 页。

④ 叶嘉莹：《我的诗词道路·前言》，第 20 页。

国优秀的文化遗产和精神财富在你们这一代损毁了，丢掉了，那你们就是这一代的罪人。”[①] 在给一位学生徐晓莉的信中，她写道：“人生总有一天像燃烧的火柴一样化为灰烬，如果将这有限的生命之火点燃起其他的木柴而使之继续燃烧，这火种就会长久地流传下去，所以古人常说‘薪尽火传’。我对这些古人的作品研读得越久，对他们的景仰和爱慕也就越深，有人曾劝我，年纪慢慢老了，该多写点书，少教些课。这话也有道理，可是当面的传达才更富有感发的生命力。如果到了那么一天，我愿意我的生命结束在讲台上。”[②] 叶嘉莹的思想和行为让我们敬佩之余，也令人对传统文学在现当代的价值有了深刻而切实的认识。正如她的学生所说：“她讲课的神态之投入，俨然就是传统的化身。小中见大，上完一堂课，也可以领受到这种传统的魅力。”“对于她来说，没有什么比发扬中国古典文学更值得为之献身的了。”[③] 在很多人眼中，叶嘉莹不仅是一名具有奉献精神的兢兢业业的教师，更是我们中国古典诗词美的传播者和发扬者。

对于中国传统文学和诗论，我们不能只停留在了解的阶段，更要考虑如何将之发扬光大。叶嘉莹深明此理，故她认为，现在我们做的工作就是要整理中国古代宝贵的遗产，一方面保存古代传统固有的精华，一方面使之有理论化、系统化的补充和扩展。[④] 多年来，在教学之余，叶嘉莹比较有系统地从事诗词的欣赏和写作，这是她于古典文学传承中的另一项重要工作。及至今日，叶嘉莹著作等身。中国大陆、台湾、香港地区以及美国刊行的叶嘉莹著作达50多种。而《迦陵论词丛稿》、《王国维及其文学批评》、《中国古典诗歌评论集》、《中国词学的现代观》、《叶嘉莹说词》等则是她的代表著作，在海内外诗词学界产生了较大的影响。近二十多年来，叶嘉莹更是以开放的心态，倡导以西方新理论补足和扩展中国传统诗学。在《从中西诗论的结合谈中国古典诗歌的评赏》、《对传统词学与王国维词论在西方理论之观照中的反思》等文章和讲座中，对中国旧诗的评析和估价，传统诗学的承继等议题展开讨论。1986年至1988年为《光明日

---

① 李晶：《度尽劫波情犹在——记一代宗师叶嘉莹教授的风雨人生》，《女子世界》2001年第6期。

② 徐晓莉：《师表 人杰 乡根》，《天津日报》1988年10月14日。

③ 梁丽芳：《永远年轻：我的老师叶嘉莹教授》，《作家风采》2001年。

④ 叶嘉莹：《我的诗词道路》，第142页。

报》撰写“随笔”专栏，在1986年写的《前言》中指出，“如何将此新旧中西的多元多彩之文化来加以别择去取及融会结合”，是开放政策下处于反思时代的青年们所当思考的一项重要课题。她在随笔中用西方的诠释学、现象学、符号学、接受美学、新批评等理论对张惠言、王国维的评词方式予以观照，梳清了近百年来关于常州词派理论的纷争，并在一定程度上使王国维感发说词方式实现了现代阐释。叶嘉莹的这些研究对我们整理传统诗论具有很好的示范意义。

叶嘉莹少承家学，三四岁父母亲课识字，教以四声之分辨。六岁从姨妈读“四书”，又从伯父叶廷乂（字狷卿）诵读唐诗。传统的启蒙教育，培养了叶嘉莹对中国古典诗词的浓厚兴趣。因此，叶嘉莹认为，中国古典文学文化的教育要从小孩子抓起。1996年，她与田师善合编出版了幼儿读物《与古诗交朋友》，选择了适合小孩子年龄及兴趣的五、七言绝句一百首，并配制了一盒吟诵磁带。叶嘉莹也曾经到天津电视台去讲授古诗词。1998年9月，她写信给江泽民主席，在信中，她说：“除去培养研究生以外，我以为更为基本的工作实在应该从幼儿园和小学做起。我的理想，是在幼儿园和小学课程中增设‘古诗唱游’一科，以吟唱和游戏的方式教儿童们背诵古诗。……我现在已是年逾古稀之人，目前别无所求。我只盼望在我有生之余年，还能够为我所爱的祖国以及我所爱的古诗中所体现的优秀中华文化，做出最后一点贡献。”① 江泽民主席收到信后，十分支持叶嘉莹的建议，并作了专门指示，有关部门采取了一系列有效措施。目前，很多省市都开展了“中华诗词走进中小学校园”的活动，取得了良好的效果。

叶嘉莹曾说，她的愿望只是想把自己心中对古典诗词的热爱化为一点星火，希望能借此点燃其他人，特别是年轻人心中对古典诗词的热情，她相信我国古典诗词所蕴涵的生命和智慧，必将在神州大地上展现出一片璀璨的光华②。她所关心的不是她个人的生活和发展，不是她的成功与获得，而是后起的年轻人如何在诗词研究道路上，“更开拓出一片高远广阔的天

① 叶嘉莹：《叶嘉莹给江泽民主席的一封信》，《中华诗词》2000年第3期。

② 卢晓丽：《化作春泥更护花——访加拿大哥伦比亚皇家学院院士、中国古代文学专家叶嘉莹》，《南山报》2000年10月10日。

地，并且能藉之而使我们民族的文化和国民的品质，都因此而更展放出璀璨的光华”[①]。她曾言：“一个人只有在看透了小我的狭隘与无常以后，才真正会把自己投向更广大更高远的一种人生境界。”[②] 叶嘉莹已从初到海外为“小我”之谋生发展而奔波到为“大家”、“民族”而奔走呼号，这已进入到一种境界，那就是不为个人私利所左右，而从民族文化、国民品质的角度来着眼，立意甚高。此种态度弥足珍贵，值得我们学习。

（三）让古典诗词走向世界

叶嘉莹在海外讲授古典诗词，对于她而言不仅是作为教师的一份职责，也是她要把中国文化文学推向世界的一种信念所致。周发祥曾说：

> 中国古典文学远播欧美，对于那里的读者来说，它无疑是一种异国文学，西方学者予以介绍，自然会用自己读者所熟悉的理论和方法进行阐释或剖析，用他们所熟悉的作家和作品进行类比或反衬，以取得以近喻远、以易解难的效果。[③]

叶嘉莹面对的是西方的读者、学生，所讲的内容对于听者而言是一种异质文学、文论，如果她在介绍、讲解中国古代文学、文论时，完全采用中国传统的批评方法，西方的学者、学生将难以理解，也无法获得一种认同感。如何让外国人听懂中国诗词并进而喜爱诗词，这是叶嘉莹初到加拿大任教时所面临的最大问题。在了解和掌握了一些西方理论后，为了向西方学生作出逻辑性的理论诠释，使他们更容易明白知晓，叶嘉莹将中国传统的评说方式与西方文学理论结合起来阐发中国古典诗词的意蕴，深受学生的喜爱。

叶嘉莹指出：“西方人学中国古典文学，说起来就像东方人读莎士比亚，但更有隔膜。西方人能讲诗，但不能讲词。研究的方法虽然有很多种方式，但他们体会的意境不够，理论却很严格。”[④] 西方一些研究者因对中

---

① 叶嘉莹：《我的诗词道路·前言》，第 21 页。

② 叶嘉莹：《叶嘉莹作品集·总序》，第 20 页。

③ 周发祥：《西方文论与中国文学·引言》，江苏教育出版社 1997 年版，第 2 页。

④ 夏悲：《使中国古典文学走向世界和永生的人》，《国际人才交流》2000 年第 2 期，第 31 页。

国古代文学传统缺乏深入的了解，故在他们的著作中，对中国古典诗词的评说往往出现误解和曲解的现象。如何将中国古典诗词、文论丰富的意蕴在当代的语境下予以完满的阐释，如何使中国古典文学、文论走向世界，让世界人民了解中国文学的魅力，确立其在世界文学中的地位？两种不同的文化背景、学术背景，使叶嘉莹能够从跨文化角度对这些问题进行思考，并在教学和研究实践中不断探索，寻找合适的途径。

叶嘉莹认为："在改革开放的浪潮中，各个领域都需要观念的创新，古典诗词在这方面的需要尤其迫切。因为，中华民族有着悠久的历史传统，我们的文化智慧是早熟的。中医中药需要用科学去探索和证实，古典诗词也是一样。我们的祖先曾透过他们智慧的体悟留下了很多不能用科学解释但却有具含某种真正价值和意义的美好的东西，我们要用现代化的理论反思来证明它们的价值，为它们在世界文化的大坐标系中找到应有的位置。"① "我对西方理论之探索，主要也还是为了想把中国诗词之美感特质以及传统的诗学与词学，都能放在现代时空之世界文化的大坐标中，为之找到一个适当的位置，并对之做出更具逻辑思辨性的理论之说明。"② 她在以西方文学理论对张惠言和王国维的评词方式进行观照时，更是明确地指出，她之所以这样做，目的就是：

> 从一个较广较新的角度，把中国传统的词学与西方近代的文论略加比照，希望能借此为中国的词学与王国维的词论，在以历史为背景的世界文化的大坐标中，为之找到一个适当而正确的位置。③

这些话语都表明叶嘉莹的宏大理想，即为中国古典诗词和诗论走向世界并找到其在世界文化大坐标中的位置而努力。事实上，叶嘉莹多年来已将中国古典诗词和诗论的美和特点传遍亚、美、欧等大洲。她的一些文章曾收入或发表在美国出版的书籍和期刊中。如《拆碎七宝楼台——梦窗词之现代观》曾在百慕大举行的 1967 年汉学讨论会上宣读，收入加利福尼

---

① 安易：《让古典诗词走上现代化道路——记叶嘉莹教授》，《今晚报》1994 年 10 月 21 日。

② 叶嘉莹：《我的诗词道路·前言》，第 19 页。

③ 叶嘉莹：《叶嘉莹说词》，第 194 页。

亚大学C. 伯奇主编的《中国文学类型研究》一书。1971年1月参加美国贞女岛（Virgin Island）举行的有关中国文学批评的会议，提交《常州词派比兴寄托之说的新检讨》。《吴文英词之现代观》、《常州词派的检讨》、《王沂孙及其咏物词》曾分别刊载于《哈佛亚洲研究》第29卷（1969年）、35卷（1975年）、40卷（1980年），《据王国维的理论谈王词之评赏》收入*Voices of the Song Lyric in China*（Berkeley：University of California Press，1994）。1998年，她与海陶玮合作撰写的*Studies in Chinese Poetry*（《中国诗研究》）一书由美国哈佛大学亚洲中心出版，《吴文英词之现代观》等4篇及叶嘉莹其他9篇文章均收入其中。这些文章在国外发表，得到美国和加拿大中国文学研究界的好评，对于扩大中国古典文学在西方的影响起了积极的作用。

由此可以看出，叶嘉莹的教学研究的确促进了中国古典诗词和古代文论走向世界。在加拿大温哥华《世界日报》1999年7月21日的报道中说，是叶嘉莹“使中国古典文学走向了世界”。这一说法一点也不夸张。

“所谓的文学对话也只有在全面而充分地了解自身文学传统并自觉把国别文学放到国际语境中来加以考察，才能真正实现。从这个意义上说，对话的比较文学观，就是重视和强调中国文学的发生与发展的世界文学因素，就是重视和研究中国文学对世界文学的发生和发展所具有的作用。因为中国文学不是一个封闭的系统而本身就是一个开放的世界。”[①] 叶嘉莹对中国传统文学、文论了解之深，自不待言，更可贵的是她能够在以历史为背景的世界文化的大坐标中来考察中国传统文学和诗学，这是一种自觉对话的比较文学观。

第二节　“兴发感动”说

叶嘉莹虽以细腻、独到的诗词阐发而闻名海内外，但在她的研究意识中，理论的梳理和建构更为重要，著名的“兴发感动”说和词学理论的建

① 乐黛云等：《比较文学原理新编》，北京大学出版社1998年版，第86页。

构体现出她作为一个诗学家的理论睿智。

一、"兴发感动"说的内涵指涉

"兴发感动"一词最早出现在叶嘉莹1975年写的《〈人间词话〉中批评之理论与实践》一文中。此后，除了在批评实践中运用这一概念外，叶嘉莹从不同的层面对其作了理论上的阐发，不断丰富着"兴发感动"说的意蕴，使其成为一个具有时代新意的学说。

从字义来看，"兴发感动"即指真诚纯挚情意之发动。但是作为一个诗学概念，"兴发感动"说的内涵远不是如此简单的，其指涉要丰富得多。

叶嘉莹对"兴发感动"说的阐发，包括兴发感动的产生、表现、体验等方面，与作品的创作、欣赏等阶段密切相连。而"兴"、"发"、"感"、"动"这四个动词的有趣组合，实质上也意味着一个动态的发展过程，因此，"兴发感动"说的内涵清晰地显示出作品从产生到完成的动态轨迹。

（一）"兴发感动"的产生：创作的缘起和动力

在讨论"兴发感动"的产生时，叶嘉莹主要是围绕着诗歌创作的原动力这一问题而展开，并力求以跨文化的例证来进行阐发。

1. "心物交感"

在《碧山词析论》中，叶嘉莹指出："兴发感动之力的产生，原当得之于内心与外在事物相接触时的一种敏锐直接的感动。这种感动可以得之于大自然界的花开叶落的引发，也可以得之于人事界的离合悲欢的遭遇。"① 虽然这段话的第一句表述不甚严密，有循环解释之嫌，但还是阐明了兴发感动的起源。诗人敏感之心触接外界时，自然现象、万物灵长、人情世态、遭际变故等引发了诗人心灵的震撼、情感的摇荡，遂在其心中凝聚成一种兴发感动的情意。

这种观点很显然是对中国古代"心物交感"诗论的认同。在《礼记·乐记》、《诗大序》、陆机的《文赋》、钟嵘的《诗品》等著作中都谈到了艺术创作中人心与外物相互触动整合的现象。《礼记·乐记》中言："音之起，由人心生也。人心之动，物使之然也。感于物而动，故形于声。声相

---

① 叶嘉莹：《迦陵论词丛稿》，上海古籍出版社1980年版，第212、213页。

应，故生变；变成方谓之音。”[①]《诗大序》：“诗者，志之所之也，在心为志，发言为诗。情动于中，而形于言。”[②] 陆机：《文赋》中也描述了诗人感物为文的过程：“遵四时以叹逝，瞻万物而思纷；悲落叶于劲秋，喜柔条于芳春。心懔懔以怀霜，志眇眇而临云；咏世德之骏烈，诵先人之清芬；游文章之林府，嘉丽藻之彬彬。慨投篇而援笔，聊宜之乎斯文。”[③] 钟嵘《诗品》序文之开端曰：“气之动物，物之感人，故摇荡性情，形诸舞咏。”[④] 初唐骆宾王云：“操觚染翰，无非山水助人”[⑤]，“哀缘物兴，事因情感”[⑥]，等等。这些观点都体现出古代诗论家、诗人对诗歌创作中人心与外物交感现象的认识。

不过，叶嘉莹并没有停留在中国传统理论的视界中，她又引入美国学者詹姆斯·艾迪（James M. Edie）的观点来论证“心物交感”是中西方创作中的共有现象，也是中西方诗论中共同关注的问题。

詹姆斯·艾迪谈到现象学的研究对象时说：“现象学不会只注重经验中的客体或经验中的主体，而要集中探讨物体与意识交接点。因此，现象学要研究的是意识的意向性活动（consciousness as intentional），意识向客体的投射，意识通过意向性活动而构成的世界。”[⑦] 由此，叶嘉莹指出：“我们重视内心与外物感应的这一点，与西方的现象学也有暗合之处。现象学重视内心主体与外物客体接触后的意识活动。他们所说的主体就是人的意识，我们中国称之为心。当你的主体意识与外在客体的现象一接触的时候，就一定会引起你主体意识之中的一种活动。所谓现象学就是要研究

---

① 《礼记·乐记》，《十三经注疏》（下），中华书局影印本1980年版，第1527页。

② 《诗大序》，《十三经注疏》（上），第269页。

③ 陆机：《文赋》，郭绍虞主编：《中国历代文论选》（第1册），上海古籍出版社1979年版，第170页。

④ 钟嵘著，陈延杰注：《诗品注》，人民文学出版社1961年版，第1页。

⑤ 骆宾王：《秋日于益州李长史宅宴序》，陈熙晋：《骆临海集笺注》，上海古籍出版社1985年版，第316页。

⑥ 骆宾王：《与博昌父老书》，陈熙晋：《骆临海集笺注》，第291页。

⑦ James M. Edie. “*Introduction*” *to What Is Phenomenology*? Thévenaz. *What Is Phenomenology*? ed. and tr. By James Edie, Chicago: Quadrangle Books, 1962. pp. 19, 20. 转引自郑树森：《现象学与文学批评·前言》，（台北）东大图书股份有限公司1984年版，第2页。

你这个主体投向客体的时候，你的主体意识的活动。你可以感受，你可以感动，可以是回忆，可以是联想，各种活动都包括在其中了。我们中国所重视的心与物，交相感应的作用就正是相当于西方现象学所说的主体意识与客体的外物现象相接触的时候所产生的活动。这本来是我们所有的人类、凡是有意识的人类一个共同的意识活动。"① "至于诗歌之创作之重视心物交感之作用，自然也是由于这种作用既是人类在意识活动中之基本共相，因此乃成为创作活动之兴发感动之基本源泉的缘故。"②

叶嘉莹将"心物交感"视为"兴发感动"产生的基本源泉，是总结中西理论的结果，也是其诸多创作体验的总结。

2. *感兴之因*

人为什么会对宇宙万物有所感发和体悟？刘勰《文心雕龙·明诗》篇提出"人禀七情，应物斯感，感物吟志，莫非自然"③。按照刘勰的观点，人是有七情六欲的，所以会应物而感。但是为什么面对同样的事物情景，有些人会有所感触，而有些人不会？为什么人对有些自然现象感慨万端，对有些自然现象却无动于衷？叶嘉莹在《中国古典诗歌中形象与情意之关系例说》中讨论"兴"时指出，"物"与"心"相感发的关系有多种，既有可以从理性上说得清楚的感发关系，如"物"的形象与"心"的情意之间有可以类比的相近之处，就能引起见物起兴的感发；也有不能从理性上解说的物心感发关系。她认为，由外在因素而感发起兴，这种感发关系，"也许并非理性可以解说，然而却必然有着某种感性的关联，既可能为情意之相通，也可能为音声之相应，既可能为正面之相关，也可能为反面之相衬，而且相同的物象既可以唤起不同的感兴，不同的物象也可以唤起相同的感兴"④。"而如果就'兴'之直接感发的特色而言，则'音声之相应'实在应该乃是较之'情意之相通'还更为基本的一种引起感发之动力。"⑤

可见，在叶嘉莹看来，外界引起人的感发，或者是因情意之相通，或

---

① 叶嘉莹：《唐宋词十七讲》，第437、438页。

② 叶嘉莹：《叶嘉莹说词》，第90页。

③ 刘勰著，薛恨生标点：《文心雕龙》，上海新文化书社1930年版，第30页。

④ 叶嘉莹：《迦陵论诗丛稿》，河北教育出版社1997年版，第15页。

⑤ 叶嘉莹：《我的诗词道路》，第201页。

者是因音声之相应。两者相比，则后者是引起感发的一种更为基本、原始的动力。对于这个问题的讨论，其实不只涉及主体感兴之因，也关联到文学创造中主客体发生关系的方式问题。

相对于有情之人而言，外界事物虽无情，但有意，它们本身包含着意义，这种意义是客观存在的，当人对事物有所感触时，也就是发现事物意义的那一刻。而且当人发现事物所蕴涵的意义与自己情意有相通之处时，就会达至一种物我交融的境界；当事物之意与人之情相背离时，人会在反差中寻求一种自我的确证。这两种情况都会激发作者的创作欲望。因此，“兴发感动”既可以生于情意相通之际，也可能生于情意不通之处。

从音声相应角度来说，客观世界中的不同声音，会引起人的不同情感，不同处境下同一种声音引发的情感也不尽相同。在古代诗歌中，音声相应，引起人感发的例子很多，比如：“关关雎鸠，在河之州，窈窕淑女，君子好逑。”“杜鹃啼血猿哀鸣”，“感时花溅泪，恨别鸟惊心”等，都是因音声而引起人情意之感发。明代徐渭说：

> 乐府盖取民俗之谣，正与古国风一类。今之南北东西虽殊方，而妇女、儿童、耕夫、舟子、塞曲、征吟、市歌、巷引，若所谓《竹枝词》，无不皆然。此真天机自动，触物应声，以启其下段欲写之情，默会亦自有妙处，决不可以意义说者。[①]

因此，可以说“情意相通”和“音声相应”是创作主体对客体感兴的缘起，也是文学创造中主客体发生关系的两种方式。现在的文学理论通常认为创作主体对客体审美价值的评价并非出于理性的思考，而是以情感体验为特征。主客体连接的纽带是情感，主体以情观物，移情于物，物和人一样有了生命和情趣，在情感体验中发现自身与对象的情感关系。另外，主体是以感性直观的思维方式把握客体。客体以具体形象向主体展现自身，主体也是以形象为中介连接客体。[②] 这里的形象不仅仅是可视形象，也应包含听觉形象。所以，客观事物的音声自然是主体把握客体的直观方

---

① 徐渭：《奉师季先生书》，《徐渭集》卷16《书》，中华书局1983年版，第458页。

② 童庆炳主编：《文学理论教程》，高等教育出版社2004年版，第121页。

式之一。

3. 创作的动力

叶嘉莹将诗人因外界而产生的兴发感动，视为诗歌创作的基本动力。“诗歌的创作，首先需要内心有所感发而觉得有所欲言，这便是诗歌之孕育的开始。”① “发自内心的感动，才是使诗人写出有生命之诗篇的基本动力。”②

同时，与重视音声相应，兴发感动产生的基本动力亦与音声相关，对此，叶嘉莹还注意到吟诵在古典诗歌创作中的妙用，即可以形成一种直接感发之作用。在《谈古典诗歌中兴发感动之特质与吟诵之传统》一文中，叶嘉莹集中探讨了这个问题。首先，她分析了吟诵对诗歌形式如顿挫、押韵、声律等方面所产生的影响，之后，又讨论了吟诵对诗歌兴发感动作用的影响。她说：

> 当一个人内心有了某种激动之感情时，常不免会有一种想要用声音来加以宣泄的生理上之本能的需要。而当人类的文明进化到有了诗歌以后，于是这种内心之情志的兴发感动，遂不仅只表现为单纯的发声，还有了与声音相配合的文字，然后才逐渐更进一步地有了配诗之乐与合乐之舞……而当诗歌脱离了合乐而歌之时代，而进入到吟诵之时代的时候，中国的诗文论著中对于诗文与吟诵之音声的关系，遂有了更进一步的认识。③

接着，她引用陆机《文赋》和刘勰《文心雕龙》的《神思》、《声律》篇中关于诗文创作和吟诵关系的讨论，得出结论：“中国古代诗人作诗总说‘吟诗’或‘咏诗’，这并不是随便泛言之辞，而是古人作诗时是确实常伴随着吟咏出之的。”④

此外，叶嘉莹又指出音声相应是古今中外的一种共同现象。法国女学者朱丽亚·克利斯特娃（Julia kristeva）曾借用希腊文中的“chora”来指称诗歌创作的原始动力。她认为“chora”是一种最基本的动能，是由瞬息

---

① 叶嘉莹：《迦陵论诗丛稿》，第 9 页。
② 叶嘉莹：《迦陵论词丛稿》，第 292 页。
③ 叶嘉莹：《我的诗词道路》，第 191 页。
④ 叶嘉莹：《我的诗词道路》，第 192 页。

变异的发音律动所组成的，是类似于发声或动态的一种律动。[①] 叶嘉莹指出，克利斯特娃所说的“chora”，实际上是她对声音之感发在诗歌创作中的重要性的体认，虽然与我们中国“兴”的意义并不相同，“但就其对诗歌之创作的一种原始动力之与音声密切相关这一方面之体认而言，则是颇有可以相通之处的”[②]。

叶嘉莹“音声相应”有着不同的指向。谈论心物感发的关系时，提到了“音声相应”，指的是创作主体因客体的音声而有所感兴；谈到创作中吟诵的感发作用时，叶嘉莹又论及“音声相应”，而此处却指的是创作主体的吟诵音声对于创作的感发。所以，同是“音声相应”，虽然受众相同，都是创作主体，但音声发出者却不同，前者是客观事物，而后者是创作主体。可见，在不同的语境下，“音声相应”的含义是不同的。

对古典诗歌创作中吟诵作用的彰显和重视，体现出叶嘉莹回到“原点”的理论思路。随着我们吟诵传统的失落，现当代研究文学创作的学者和研究古代文论的学者，自然都不大关注对吟诵问题的讨论。而从人类最原始的创作实际出发，吟诵应该具有相当重要的意义。所以，叶嘉莹重视音声之作用，把音声相应看成是“兴发感动”的基本动力，将吟诵视为诗歌蕴涵直接兴发感动之力量的一个主要原因，这是对人情感产生和诗歌创作最富有本真意蕴的阐释，也是在西方理论观照中对中国传统“兴”论所作的某种程度的还原和现代阐释。她的这些研究不但对我们了解诗歌创作的原始风貌和发展演变有所帮助，也弥补了现代文学创作研究和中国古代文论研究中的某些不足。

（二）“兴发感动”之作用：诗歌本质与传承

1. 诗歌的本质——“兴发感动”之作用（力量）

叶嘉莹认为：“诗歌之所以为诗歌，在本质方面是一直有着某些永恒不变的质素的缘故。”关于这种质素，在经过多年的批评实践后，她在1976年写的《境界说与中国传统诗说之关系》一文中，提出了一个较明确的说法，那就是“诗歌中兴发感动之作用”[③]。“中国诗歌之传统原是以自

---

① Julia Kristeva. *Revolution in Poetic Language*. New York: Columbia University Press, 1984. pp. 25, 26.

② 叶嘉莹：《我的诗词道路》，第202页。

③ 叶嘉莹：《迦陵论词丛稿》，第355页。

然直接的感发之力量为诗歌中之主要质素的。”① 在她看来，“兴发感动”之作用（力量）是诗歌的主要质素，是诗歌的基本生命力；而有生命的诗篇，就是具有“兴发感动”之力量的诗篇。

她分析了钟嵘、严羽、王士祯、王国维以及苏格拉底、柏拉图等人的相关观点，认为他们对诗歌感发作用都是有所认识的。所以，这个论断不仅来自叶嘉莹研究古诗词的深切体悟，也是她在分析中国传统诗说和西方诗论的基础上总结出来的。

既然诗歌基本生命是其所具有的“兴发感动”的力量，那么，这种力量又源于何处？叶嘉莹认为：诗歌的基本生命“有赖于诗人内心深处之一种兴发感动的力量”，作品真正生命的获致，“在于作者之心与外物相交接时所产生的一种兴发感动的力量”②。可见，作品“兴发感动”的力量与作者所具有的“兴发感动”的力量密切相关。

具有“兴发感动”之力量的诗歌是否都是好诗？如何来衡量作品的“兴发感动”之力量？叶嘉莹指出：“真正使一首诗歌成为好诗的基本因素，则主要是当以其形象与情意相结合时所传达出来的感发生命之质量为衡量之标准。”③ “感发之生命在质与量上实在还有着许多精微的差别。”“这种质与量上精微之差别的主要因素，则与酝酿和孕育出这种感发之生命的作者有着极密切的关系。”④ 这就是说，具备“兴发感动”力量的诗歌并不一定都是好诗，富有“兴发感动”的诗歌在思想价值和艺术价值上是有区别的，是以感发生命的质和量上的差别作为衡量之标准。

波兰美学家、批评家罗曼·英伽登在《文学的艺术作品》一书中认为，文艺作品是一种纯粹“意向性客体”，既具有实在客体的性质，又具有观念客体的性质，这是文艺作品的基本存在方式。⑤ 如果从这一观点来看，诗歌即是一种纯粹的意向性客体，那么叶嘉莹所说的诗歌之基本生命、主要质素应属于“观念客体”的性质，“兴发感动之作用”自然也属

---

① 叶嘉莹：《叶嘉莹说词》，第149页。

② 叶嘉莹：《迦陵论词丛稿》，第292、311页。

③ 叶嘉莹：《唐宋词名家论稿》，河北教育出版社1997年版，第265页。

④ 叶嘉莹：《迦陵论词丛稿》，第360页。

⑤ R. W. Ingardon. *The Literary Work of Art*. trans. G. Grabowiez. Evanston: Northwestern University Press, 1973.

于"观念客体"的性质。如此则"兴发感动之作用"隐含着一种意向性活动，所以，叶嘉莹所谓的"兴发感动之作用"的观点既是从诗歌本体的角度来立论，又有着一种向外的指涉，即诗歌外射的一种作用，这自是关涉到作品的接受乃至传承。

2. "诗教"之新解

诗教是中国传统诗学中一个重要的诗学命题。"诗言志"、"文以载道"以及提倡温柔敦厚的诗风等，即是古代文论家的诗教观在文学创作上的体现。至于文学的教化功能，不但强调其对个人修养的作用，对人际关系的协调，更是将其提升到治国经邦的高度，文学的伦理价值也因此被扩大和歪曲，给文学套上了一副无形的枷锁。在 1992 年写的《谈古典诗歌中兴发感动之特质与吟诵之传统》一文中，叶嘉莹谈到诗教的问题。她说：

> 诗教，若依其广义者而言，私意以为本该是指由诗歌的兴发感动之本质，对读者所产生的一种兴发感动之作用。这种兴发感动之本质与作用，就作者而言，乃是产生于其对自然界及人事界之宇宙万物万事的一种"情动于中"的关怀之情；而就读者而言，则正是透过诗歌的感发，要使这种"情动于中"的关怀之情，得到一种生生不已的延续。①

叶嘉莹提倡的是对自然界、人世间发自内心真情的一种关怀，这种关怀是一种博大的对宇宙人生、万事万物的关怀。叶嘉莹对诗教的这种认识和理解，是对中国诗教理论的一种发展，使诗教从狭隘的范围中走出来，也走出其困境，获得一种新时代的新气象。

20 世纪 90 年代，中国文化处在历史转型期，人们的观念发生较大变化，文学创作的形式和思维也在更新换代，创作世俗化、个性化等得以迅猛发展。文学的社会价值、伦理价值和政治功能等统统受到批判和抵制，文学教化的功能在人们的意识中逐渐淡漠以至隐退，诗教昔日崇高尊贵地位的辉煌丧失殆尽，诗教似乎已寿终正寝。但是，随着高科技时代的到来，物欲高度膨胀，整个人类都普遍存在着对人尊严和价值的冷落问题，所以人文关怀被提到全人类的日程上。20 世纪末至今，中国从上到下也都

---

① 叶嘉莹：《我的诗词道路》，第 197 页。

在呼吁人文关怀，提倡对人的生命、情感、尊严、价值、自由以及全面发展等方面的关注。与此相联系，也倡导对自然世界充满仁爱关怀之情，因为这与人的生存、发展等问题紧密相关。而文艺在人文关怀在这个领域中有着不可替代的作用，有着其独具的优长。与那些条条框框的文件规定不同，它是以形象性、具体性、生动性和丰富性为特点，以强烈感染力、巨大的震撼力与冲击力诉诸人的心灵，给人们以积极的精神影响和审美享受。所以，现在很多学者如钱中文、童庆炳等都提倡文学创作要有人文精神。如童庆炳在《历史—人文之间的张力》一文中说：人文主义“以人为中心，人为天地之心，为五行之秀，人的良知、道德、尊严是所有价值中最有价值的。文学就在人文这个园地里。作家就是这个园地里的园丁。他们难道不应该对人、人性、人的生存有一种悲天悯人的情怀吗？”①

叶嘉莹所提倡的对自然界、人事界要有“情动于中”的大关怀的诗教，与国内学界对文学“人文精神”的呼唤交相呼应，对当今文学创作和文学接受都有借鉴和启迪作用。

3. 感发生命，生生不已

在“兴发感动”说中，叶嘉莹旗帜鲜明地强调读者、评论者对作品“兴发感动”力量的发掘和传达。

她说：“一个艺术的作品是由两方面完成的。虽然我们创作时不一定先想着读者，但是你写出来要能够引起读者共同的一种感动和感发，这才是一个作品的完成。”“会读的读者就要从作品之中把作品所潜藏的本质感发的力量都发掘出来，这才是会批评、会欣赏的读者。”② 我们在评说诗词时，“不该只是简单地把韵文化为散文，把文言变为白话，或者只做一些对于典故的诠释，或者，将之勉强纳入某种既定的理论套式之内而已；更应该透过自己的感受把诗歌中这种兴发感动的生命传达出来，使读者得到生生不已的感动，如此才是诗歌中这种兴发感动之创作生命的真正完成”③。“说词人如何把一篇艺术成品提升为美学客体，而对之做出富有创造性的诠释，当然也就成为说词人所当具备的一种重要的修养和手段。”④

---

① 童庆炳：《历史—人文之间的张力》，参见《文艺报》1999 年 7 月 15 日。

② 叶嘉莹：《唐宋词十七讲》，第 139、496 页。

③ 叶嘉莹：《迦陵论词丛稿》，第 356 页。

④ 叶嘉莹：《叶嘉莹说词》，第 97 页。

这即是说，诗人写出具有“兴发感动”之力量的诗歌，并不意味着作品的完成，作品的最终完成还要在于其对读者产生作用之后，依赖于读者的参与，由读者发现其潜能。读者不是被动地接受，而是要发掘出作品的感发生命，并能够将其传达出来，对作品作出富有创造性的诠释，主动积极地参与到诗歌生命的创造中。

在中国传统诗说中对于读者的作用重视不够，但亦有所认识。如“诗无达诂”、“诗可以兴”之说，实际上已隐含了读者在诗解说中的潜在作用。赵歧、朱熹等人将“意”理解为读者之意，这就使孟子的“以意逆志”的含义发生了变化，也从而显出了读者在欣赏中的作用。赵岐说：“志，诗人志所欲之事；意，学者之心意也。……以己之意逆诗人之志，是为得其实矣。”[①] 朱熹言：“当以已意迎取作者之志，乃可得之。”[②] 但赵岐、朱熹还是主张读者必须以己之“意”来推逆或迎取作者之“志”，读者并无主观发挥之自由。至清代袁枚则认为：“作诗者，以诗传；说诗者，以说传。传者，传其说之是，而不必其尽合于作者也。”[③] 此说，更将说诗者之说从作者之志中解放出来，对说诗者的任意解说从理论上给予了明确的肯定。常州词派的周济指出，词之“无寄托，则指事类情，仁者见仁，知者见知”[④]。谭献所言：“甚且作者之用心未必然，而读者之用心何必不然。”[⑤] 这些说法也都是突显出读者在作品意蕴阐发中见仁见智自由发挥的作用。

叶嘉莹对读者作用的强调，无疑受到这些传统理论的影响，但相较而言，西方现象学、接受美学等文学理论之于叶氏的影响更大。

“二战”之后，西方批评理论界开始关注读者在作品意义建构中的作用。捷克著名的结构主义学者穆卡洛夫斯基（Jan Mukarovsky）把艺术品分成了两部分：未经读者阅读的文本只能是一种人工制品，只有经过读者

---

① 《十三经注疏》，中华书局影印本 1980 年版，第 2735 页。

② 朱熹：《四书集注》，岳麓书社 1987 年版，第 440 页。

③ 袁枚：《程绵庄〈诗说〉序》，《小仓山房诗文集》，《传世藏书·别集》第 13 册，海南国际新闻出版中心、诚成文化出版有限公司 1996 年版，第 534 页。

④ 周济：《介存斋论词杂著》，《介存斋论词杂著·复堂词话·蒿庵论词》，人民文学出版社 1959 年版，第 4 页。

⑤ 谭献：《复堂词话》，《介存斋论词杂著·复堂词话·蒿庵论词》，第 19 页。

阅读理解之后，它才能成为一个审美客体。阅读过程是一个审美过程，只有经过审美的人工制品，才能转化为真正的艺术品。[①] 现象学代表人物英加登（Roman Ingarden）也曾指出：文艺作品虽然是人的意向性对象，但本身只能提供一个具含很多层次的架构，其中留有许多未明白确定之处，必须依赖于人的阅读，依赖于读者的意向性行为才能真正地实现或存在。他还提出了"积极阅读"的概念以及读者是文学艺术作品的共同创造者的主张，强调主体在审美活动中的再创造。"积极阅读"指的是读者要有一种积极的阅读态度，一种创造的态度。在阅读中超越作品所描写的细节，并能够在许多方面有所补充，这种补充，就是所谓"具体化"。如此，作品才能产生一种美感经验，否则一切作品将毫无生趣。正是在这个意义上，英伽登说："读者在某种程度上证明自己是文学的艺术作品的共同创造者。"[②]

20世纪60年代末出现的"接受美学"以及后来的"读者反应批评"都在肯定读者作用方面达到前所未有的程度。接受美学的创始人德国的姚斯（Hans Robert Jauss）认为："在作者、作品与读者的三角关系中，读者绝不仅仅是被动的部分，或者仅仅作出一种反应，相反，它自身就是历史的一个能动的构成。一部文学作品的历史生命如果没有接受者的积极参与是不可思议的。因为只有通过读者的传递过程，作品才进入一种连续性变化的经验视野之中。"[③]

接受美学另一位代表人物沃尔夫冈·伊瑟尔（Wolfgang Iser）在《阅读过程：一种现象学方法探讨》中认为，文学作品有两个极点："我们可称之为艺术极点和美学极点。所谓艺术极点是指作家创作的作品；所谓美学极点就是由读者完成的实现过程。这种极性使得文学著作既不与其本身等同，又不与其实现等同，而应该介于二者之间。著作不仅仅是作品，因为作品只有被实现才会显示其活力。实现过程依赖读者的个性——尽管他

① ［俄］穆卡洛夫斯基：《诗学篇》，法兰克福，1967。参见陈惇、刘象愚：《比较文学概论》，北京师范大学出版社2000年版，第143页。

② ［波兰］罗曼·英加登著，陈燕谷、晓禾译：《对文学的艺术作品的认识》，中国文联出版公司1988年版，第40页。

③ ［德］姚斯、霍拉勃著，周宁、金元浦译：《接受美学与接受理论》，辽宁人民出版社1987年版，第24页。

反过来受到其他格式作品的影响，作品与读者的融合使作品得以生存。这种融合虽不能被明确定位，但永远存在。因为，一方面，它不同于作品中的现实，另一方面又与读者的个性相异。”① 伊瑟尔还提出了一个重要的概念：“隐含的读者。”这指的是作家本人设定的能够把文本加以具体化的预想读者。他认为，文学接受过程，就是“隐含的读者”积极参与创造的过程。②

西方近现代文学批评，经历了一个从作家—作品到文本—读者的转向过程，读者成为文学理论中一个不可忽视的研究纬度，其作用得到了前所未有的关注。叶嘉莹身处其中，受到这些理论的直接影响，故此吸纳了英伽登、伊瑟尔等人的理论来建构其“兴发感动”说，使其理论具有鲜明的时代特色，这也是对古老的“兴”论的一种发展。不过，穆卡洛夫斯基、英伽登、姚斯、伊瑟尔等人的上述观点是从重视读者能动作用的角度立论，侧重点是读者；叶嘉莹尽管也强调读者和批评家的作用，但她的立足点是“兴发感动”，重点在于“兴发感动”生命的发掘、实现和生生不已的延续。这是他们的不同之处。

（三）“能感之”、“能写之”

“能感之”和“能写之”出自王国维《人间词话》，对于这两个概念，王国维没有作更多的解释，只是谈到了常人和诗人的区别：常人对各种境界“能感之”，而诗人则不仅“能感之”，而且还“能写之”，把感受到的境界上升到艺术的形象。诗人为什么“能写之”？是因为诗人对宇宙人生能够入乎其内。王国维也举了“能感之”的内容：“悲欢离合、羁旅行役”。至于对作者和作品“能感之”、“能写之”的各种因素，“所感”、“所写”内容的社会因素等问题，都没有作精密的理论探讨，为后人留下许多阐释的空间，使它们成为诗学概念的契机。研究王国维及其《人间词话》的学者，大多都关注“入乎其内”、“出乎其外”、“诗人之境”、“常人之境”等问题，对“能感之”、“能写之”这两个概念却很少作详细的讨论。叶嘉莹则以“兴发感动”为基点，讨论了“能感之”、“能写之”

---

① 胡经之、张首映主编：《西方二十世纪文论选》（第3卷），中国社会科学出版社1989年版，第185页。

② Wolfgang Iser. *The Implied Reader*. Baltimore: The Johns Hopkins University Press, 1974.

的要素以及其对于作家、作品“兴发感动”力量产生的影响等问题，这是其研究的创意所在。

1.“能感之”与“能写之”的要素及其关系

叶嘉莹指出，诗人的心理、直觉、意识、联想等是心与物产生感发作用时，影响诗人感受的种种因素。[①] 也就是说，诗人的心理、直觉、意识、联想等因素直接影响诗人感发生命的质量，但从叶嘉莹的著述中，我们可以看到，“能感之”的因素不只于此。叶嘉莹曾言：“我论诗一向主张中国诗歌之传统，实在以其中所蕴含的兴发感动之生命为主要之质素。而这种感发之生命的质素，则与诗人的心性、品格、学养、经历，都有着密切的关系。”[②] 因先天禀赋的差异，每个人的心理、意识等都有所不同，但一个人后天修养、生活经历、顺逆遭际等对其性格、心理影响更大。叶嘉莹将这些称为“能感之”的要素。这些要素，对诗人的感受深浅、厚薄以及感受方式等有着潜在的或直接的影响。所以，我们在体认作家作品的成就和特殊品质时，不仅要考虑到作家的心理意识、学养品格等方面，也要关注自然、社会以及作家的生活遭际等因素。

在诗词创作中，不但要具备“能感之”的条件，而且也要具备“能写之”的条件。“能写之”即能把兴发感动的情意通过语言和诗词的形式叙写和表达出来。叶嘉莹指出，字质、结构、意象、张力等，都可视为将此种感受予以表达时，足以影响表达效果的种种因素，这些因素与作者的表现技巧有关。对于写作技巧的重视也关涉到作品的成功与否，关涉到作品兴发感动之生命的传达。在叶嘉莹看来，影响作家兴发感动力量传达的因素和影响诗歌生命质量的因素都可以归结为“能感之”和“能写之”两大类。

在这两种因素中，叶嘉莹认为，“能感之”在作家创作和作品感发生命中地位更重要。她说：

“能写之”实在只是一种传达诗歌的感发之生命的手段，至于藉此手段所传达出的感发生命之本质，则其质量之大小、深浅、厚薄、广狭之差

---

① 叶嘉莹：《迦陵论词丛稿》，第 311 页。

② 叶嘉莹：《我的诗词道路》，第 92、93 页。

异，却必然与诗人之“能感之”的因素，结合有极为密切之关系，如此则诗人之性情、学养、襟抱，便自然仍在诗歌之感发生命中占有极重要的地位。①

评价作家和作品时，最关键的是要把握影响他们“兴发感动”生命产生和存在的“能感之”和“能写之”的要素，但相比较而言，对“能感之”的要素则更要重视，“能写之”只是传达和表现兴发感动的表现手法，是一种媒介，不可过分强调。

叶嘉莹所列举的“能感之”的要素心理、意识、直觉、联想等，是西方直觉主义和精神分析学说的研究对象和批评术语；“能写之”的要素字质、意象、架构、张力等，是新批评派理论术语。叶嘉莹借鉴了这些理论和批评术语，将之恰当地运用到中国古典诗词的评赏以及自己的理论架构中，使她的批评和理论显示出中西交融的特点。

2.“能感之”、“能写之”——批评的两种标准

叶嘉莹既主张对于作家、作品、批评家的衡量应以其“兴发感动”之生命为主。在批评过程中，她将“兴发感动”之生命的衡量落实到具体的“能感之”、“能写之”的要素上。

叶嘉莹说：“若想要对一个作者有公平客观的评价，便不能只以狭隘的道德或主观的好恶来对之妄加毁誉，而须要先对其感受之内容及写作之技巧有彻底深入的了解，更须要对其何以如此感与如此写的时代社会背景也有清楚的认识，如此才能对一位诗人作出比较全面而公允的评价。”② 这段话中，叶嘉莹虽然没有明确提到“能感之”和“能写之”的概念，但从前面的论述可以得知，“写作技巧”、“何以如此感如此写”等话语显然是属于“能感之”、“能写之”的要素。在谈到诗歌的感发力量时，叶嘉莹明确说道：

一般而言，要想在诗歌之形象中传达出一种感发的力量，则首在具眼，次在具心，三在具手。具眼，所以才能对一切事物有敏锐之观察而掌

① 叶嘉莹：《我的诗词道路》，第93、94页。

② 叶嘉莹：《迦陵论词丛稿》，第211页。

握其鲜明之特色；具心，所以才能对所观察接触之事物引起真切活泼的感发；具手，所以才能以丰美之联想及切当之言语来加以表达。[①]

按照叶嘉莹的观点，具眼、具心应属于“能感之”的范围，而具手属于“能写之”的范围。她还指出，一个作者创作一篇作品，要赋予作品一种发挥功能的潜在力量，注意语汇的选择，语序的排列，句法、章法的结构，这些都会影响作品的感发潜力。[②] 由此，“能感之”和“能写之”应是评价一个作家所要持有的准则。

对于一个评论者来说，应该具备哪些条件？叶嘉莹说：“对于诗歌的评赏，自然也当以能否体认及分辨诗歌中这种感发之生命的有无、多少为基本之条件。因此，说诗者之责任，却原不仅在于能感受，而更在于能够予以诠释和说明。如此，则在诗歌中所蕴涵和表现的这些‘能感之’、‘能写之’的种种因素，自然便是他所赖以分析和说明的主要凭藉。所以如果不能探触到诗歌中真正生命之所在，不能分辨其‘境界’之有无、深浅，对一首诗歌的好坏以及有无评说之价值都无法做出正确的判断，这样当然无法成为一位优秀的说诗人；然而如果在探触感受到诗歌中这种生命力之后，而无法对之做精密的分析和说明，当然也同样无法成为一位优秀的说诗人。”[③] 显然，一个优秀的说诗人，应该具备“能感之”和“能写之”的条件，“能感之”则能探求到诗歌的感发生命，“能写之”则能对之进行诠释和说明。

同时，我们从上段的引文“诗歌中所蕴涵和表现的这些‘能感之’、‘能写之’的种种因素，自然便是他（批评者，引者注。）所赖以分析和说明的主要凭藉”这句话也可以看出，叶嘉莹将作品“兴发感动”生命的衡量也落实到“能感之”和“能写之”的要素中。她曾说：“文字本身乃是组成一篇作品的基础，文字所表现出的形象（image）、肌理（texture）、色调（tone colour）、语法（syntax）等，自然是评说一首诗歌时重要的依据。”[④] 形象、色调、语法原都是西方文学理论之术语，属于“能写之”的

① 叶嘉莹：《唐宋词名家论稿》，第 265 页。

② 叶嘉莹：《唐宋词十七讲》，第 496 页。

③ 叶嘉莹：《迦陵论词丛稿》，第 311、312 页。

④ 叶嘉莹：《叶嘉莹说词》，第 120 页。

要素。可见，叶嘉莹将诗歌蕴涵的“能感之”和“能写之”的要素作为评赏诗歌的依据。这可从叶嘉莹作品分析的实践中得到验证，举一例以说明。叶嘉莹认为李璟的词特别富于感发力量，其主要原因是：“具备了既‘能感之’又‘能写之’的诗歌中之二种重要的质素。”① 叶嘉莹曾说：“能感之”、“能写之”“这两类因素，在诗歌中当然都是占有极重要之地位，只是这些因素之所以重要，却仍然有赖于诗歌中先须具有一种兴发感动之生命力始可为功。”②

从以上的阐述，我们可以得出如下结论：评价作家、作品、批评家，“能感之”、“能写之”的要素是两个重要准则，但其最终的旨归仍然是“兴发感动”的生命。这是叶嘉莹文学批评的标准，是其“兴发感动”说重要组成部分。

通过以上三个方面的分析，我们对叶嘉莹“兴发感动”说的内涵总结如下：作者在创作前，心灵因物之激发和音声相应而产生一种“兴发感动”的情意，这种“兴发感动”成为作家创作的基本动力；在具备“能感之”、“能写之”的基础上，作家在作品中传达出自己“兴发感动”之情；如此，则“兴发感动”之作用便成为作品的基本生命和主要质素；对于读者而言，“兴发感动”亦涵盖了欣赏作品的全过程——起兴、联想、评判、发掘出作品“兴发感动”的力量。“兴发感动（之作用）”并非是一成不变的，在作者、作品、读者这三个环节中，其意蕴已发生了不同程度的改变，这种改变取决于作者的创作和读者的个性化解读。

二、“兴发感动”说的特点和创新之处

（一）体系完整，中西融合

“兴发感动”说是叶嘉莹提出的一个独特的诗学概念，是其文学批评理论的核心。这一学说统摄了创作、欣赏等全过程，既包含了作者创作准备、表达技巧、作品的质素，还包含了作品的欣赏、完成和评价等环节，清晰地反映出世界与作者、作者与作品、作品与读者等之间的关系。

---

① 叶嘉莹：《唐宋词名家论稿》，第44页。

② 叶嘉莹：《迦陵论词丛稿》，第311页。

在叶嘉莹之前，没有人提出“兴发感动”这一概念，更没有人对此概念进行全面深刻的阐发，但如此言说，并非是斩断其与中国传统文论的联系，相反，此一概念是叶嘉莹在充分继承中国古代“兴”论的基础上提出的。“兴”是中国诗论中一个有着强大生命力的诗学理论。从汉代至今，“兴”的研究史已有两千多年，自其进入文论家的研究视野，一直为人们所青睐。历代诗论者在各自的言说语境中，赋予“兴”以个性化和时代化的内涵，故其历久弥新，不断丰富，衍生为一个具有多重意蕴，带有中国文化积淀的诗学理论。殷璠的“兴象”说、司空图的“韵味”说、严羽的“兴趣”说、王士祯的“神韵”说等，都是以“兴”为理论核心的，不过他们的侧重点不同。殷璠的“兴象”说包括审美感受、审美意象、审美效果三个主要环节；司空图的“韵味”说重点在于诗歌的审美效果上；严羽兼重审美感受、审美意象、审美效果三个环节，但支点移到审美感受方面；王士祯主要立足于审美鉴赏和审美效果。① 可见，这些诗论已统摄了作家、作品、评赏者等诸方面，对作家、评赏者的审美感受、审美鉴赏以及作品本体的审美意象等问题都有探讨。而我们从叶嘉莹的“兴发感动”说中，也可以寻找到中国古代“兴”论等传统理论的因子，只是因时代之变化和西方理论的影响，在“兴发感动”说的建构中，叶嘉莹吸纳了西方文学批评的某些观念和术语，增加了一些新质，使“兴发感动”说成为一个富有新意、具有鲜明理论个性和时代特色的中西融合、体系完整的诗学概念。

（二）重视诗论中的读者“在场”

在中国传统批评中，虽然也有一些诗论家注意到读者的作用，但都是只言片语，没有理论性的阐发。叶嘉莹在继承传统诗论的基础上，吸收西方接受美学和读者反应论等理论，在她的“兴发感动”理论中，对于读者之于作品兴发感动之生命的延续中的作用给予了十分明确而充分的肯定，对于完善传统“兴”论有着重要的理论意义。

（三）对“能感之”、“能写之”的新解和运用

叶嘉莹吸收西方文学理论，对王国维提出的“能感之”和“能写之”的要素及这两者之间的关系的新解，在王国维诗学批评史上是前所未有

---

① 刘怀荣：《中国古典诗学原型研究》，文津出版社 1996 年版，第 358 页。

的；对这两个批评术语的理论性阐发和运用亦具有开创之功。

（四）创立了新的批评标准

叶嘉莹将“兴发感动”之作用视为诗歌的主要质素和基本生命力，因此，她将“兴发感动”之作用确立为批评标准，指出评论诗词就是要探求其中的感发生命之本质及作用，这是叶嘉莹的一个创造。

在诗词批评中，叶嘉莹执著地实践着自己的主张，这方面的例子在她的著述中随处可见，在此，我们试举她对温庭筠词的分析为例：温庭筠人品为人所訾，对于温庭筠的词，历来多有微词，如果用“知人论世”的评价标准来评价其词，则势必会抹杀其价值。叶嘉莹则从兴发感动生命中的精神本质上的伦理价值来分析温词。在《迦陵论词丛稿·后叙》中，她说我们在评赏温词时，“当从其意象与音声的巧妙结合，去体会其由美感所直接唤起的感发和联想，而且我们还应该认知，在美感的品质及美感的经验中，也同样可以在读者的心灵中，引发出一种正面的伦理价值”①。叶嘉莹从感发之作用的角度，肯定了温庭筠词的价值，这是对前人看法的反拨和拓展，具有创新意义。

叶嘉莹不但用“兴发感动”之作用来评价诗词作品和作家，比较它们（他们）的异同，而且对诗论、词论或一个时代的诗风、词风甚至是小说比如《红楼梦》的分析评论也以此为基准。这些都说明，“兴发感动”说是一个普适性较强的学说。在衡量作品、理论的“兴发感动”之作用时，叶嘉莹将之具体落实到“能感之”、“能写之”的要素上，但其最终的旨归仍然是作品的“兴发感动”之生命。

这一批评标准的确立是叶嘉莹经过大量的批评实践和古典诗词创作之后，与中国传统诗论相验证的结果。她曾说：“古语有云‘耳闻之不如目见之，目见之不如足践之。’我对这种兴发感动之作用的重视及提出，至少并非只是耳食之言，而是我自己经过创作及批评的实践后，与古人之说相印证所得的结果。”②

叶嘉莹10岁开始写古诗，数十年来创作了几百首诗词。2007年，中

---

① 叶嘉莹：《迦陵论词丛稿》，第367页。

② 叶嘉莹：《迦陵论词丛稿》，第355、356页。

华书局出版了《迦陵诗词稿》[1]，收录了叶嘉莹创作的所有诗词及散曲、小令等。其中古近体诗近460首，词108首，散曲小令13支，套曲9支，还有应酬文字30多篇。这些诗词曲内容丰富，感怀时事，凭吊古迹，评论古人，抒写亲情、友情等，其情感真挚、深沉，格调高远。读她的诗词，常常会被其中所蕴涵的感发生命所打动，被那份真挚、持久的故国之思所感染。作为一位女性诗人、词人，叶嘉莹对文学创作的规律有着自己独到的体悟，“兴发感动”说包含了叶嘉莹的创作经验，这是不容置疑的事实。

叶嘉莹对诗歌“兴发感动”之作用的重视，也是有针对性和现实性的。叶嘉莹生活在海外，但她对故国的挚爱促使她通过各种方式了解国内情况，从1974年开始，叶嘉莹经常回国，对国内诗坛、文学批评之势态也颇为关注。在20世纪70年代末到80年代初期，因受“文革”之影响，中国文学创作和文学批评的政治性较强，所以，叶嘉莹提出要重视诗歌的“兴发感动”之作用，其目的之一也是希望诗人和批评家能够认识到文学创作和文学批评中“兴发感动”之作用的重要性，诗人能写出富有感发作用的真正的好诗，批评家、读者能够不只从政治和道德伦理的角度分析批评、欣赏作品，而是注重发掘作品中“兴发感动”的生命，并将这种“兴发感动”的生命予以完满地传达出来，使诗歌的生命在阅读和批评中得以复活再现，使读者、听者从中获得一种心灵上的激励感发，“重新振奋起中华民族在几千年的历史中借诗歌而传承的一种精神力量”[2]。

叶嘉莹对中国传统的诗论有着系统的认识，又有着创作古典诗词的感性经验，更积累了许多批评经验，因此，我们说“兴发感动”说是根植于叶嘉莹的创作实践和具体作品、文论的批评实践，有着叶嘉莹自己的生命体验和诗学体验的理论。

从以上的讨论中，我们很明显地看到，叶嘉莹的“兴发感动”说在继承中国古代“兴”论等传统理论的丰富意蕴，吸收西方文学理论合理因子的基础上，形成了富有新意、具有鲜明理论个性和时代特色的诗学概念。在新的研究视野、研究方法、研究理论的启示下，学术界对中国传统

---

① 2000年，（台北）桂冠图书股份有限公司也曾出版同名书，收录叶嘉莹创作的部分诗词稿。

② 叶嘉莹：《迦陵论词丛稿》，第375页。

“兴”论的研究也有一些新发展。对“赋比兴”的现代阐释[①]，对“兴”的原型研究[②]，对“兴”是否可以作为一个诗学的原命题[③]等问题的研究，丰富了“兴”的内涵，也推动了“兴”的现代化进程。在这个进程中，叶嘉莹走在前列。

第三节 词学理论的建构

叶嘉莹的诗词教学和研究，不仅有细腻的感性品鉴，也体现出鲜明的理论意识。她曾指出，王国维的《人间词话》具有融合中西之特点，但缺乏理论性的阐述，我们所做的也即是在王国维的基础上，对他提出的词论进行理论化的阐发，希望能够对中国文学批评体系的建立有借鉴作用。多年来，在词学研究中，叶嘉莹不遗余力地实践着自己的观点。细读她的著述，我们理出她对词的创作、发展、分类、评赏等一系列问题所作的富有特色的阐述，并在此基础上构建出叶嘉莹的词学理论体系。

一、词之创作

对于词的创作问题，叶嘉莹并无专门讨论，但她对诗歌的创作问题有着较深入的论述，而在叶嘉莹看来，这一问题的讨论具有普遍性，即她所谈的不仅仅是诗歌的创作问题，也包括词、散文、小说的创作，她用“兴发感动”之作用作为诗歌、小说、文学流派等尤其是词的批评标准便是明证。因此我们在构建叶嘉莹词学体系时，不应忽略她对这一问题的阐述。

中国古代诗论中对于诗歌创作已有很多讨论，与前代诗论相比，叶嘉

---

① 陈丽虹：《赋比兴的现代阐释》，中国美术出版社 2002 年版。

② 陈世骧：《原兴：兼论中国文学的特质》，中文大学《中国文化研究所学报》第 3 卷第 1 期。周英雄：《作为组合模式的‘兴’的语言结构与神话结构》，edited by John J. Deeneyed. *Chinese – Western Comparative Literature Theory and Strategy*. Hong kong，1980. pp. 51 – 78.

③ 刘怀荣：《中国古典诗学原型研究》。

莹的研究有两点值得肯定：一是很明确地指出了“兴发感动”是诗歌创作的基本动力，探讨了“兴发感动”产生的两个原因，并注意到吟诵在诗歌创作中的作用；二是比较了中西方有关诗歌创作的一些观点。关于这些，在“兴发感动”说中已有详细的讨论，此处不赘述。

二、词发展的四个阶段——词史研究

在《对传统词学与王国维词论在西方理论之观照中的反思》中，叶嘉莹从词的内容、写作形式等方面分析了唐五代及两宋词在发展演进中所形成的三种重要词风，即“歌辞之词”、“诗化之词”、“赋化之词”。在1991年发表的《论王国维词：从我对王氏境界说的一点新理解谈王词之评赏》一文中，叶嘉莹认为王国维的词可以称为“哲化”之词。[①] 现将叶嘉莹对四类词的阐发简括如下：

（一）歌辞之词

词原本是依据燕乐填写的供歌唱的歌辞。当文人进行词的创作时，并非具有写诗时那种“言志”的明显意图，只是为歌女而写的适合于樽前月下演唱的歌辞，内容多是以美女和爱情为主。代表词人有温庭筠、韦庄、冯延巳、晏殊、欧阳修等。

（二）诗化之词

诗化之词基本上是以男性作者的角度直接叙写男性之思想和情志，其与歌辞之词已有明显的不同。词之诗化，是一种自然而然的演变，因为文人们已习惯了言志之诗学传统，便在有意无意间将词的创作由游戏之写作转入了言志抒情的诗化阶段。李煜后期的“变伶工之词为士大夫之词”属于一种由歌辞之词向诗化之词的转变。苏轼是词“诗化”的主帅。叶嘉莹认为苏轼是有见于柳永的一些词作流于俗俚淫靡，为挽救柳词之失，故致力于词内容方面的开拓。苏轼“一洗绮罗香泽之态”的词确实造就“诗化”的第一个高峰，对词风的多样化、词境的拓展都有直接有力的推动作用。靖康之难，国破家亡，词人们从温柔乡、繁华梦中惊醒，苏轼词开始显现出时代的特有价值，受到人们一致的好评，如王灼即评苏词为“指出

---

① 叶嘉莹：《叶嘉莹说词》，第253页。

向上一路，新天下耳目，弄笔者始知自振"[1]。胡仔在《苕溪渔隐丛话》云苏词："直造古人不到处，真可使人一唱而三叹。"[2] 胡寅亦指出苏词可"使人登高望远，举首高歌，而逸怀浩气超然乎尘垢之外"[3]。足见对苏轼词评价之高。苏轼诗化之词对南宋词人们的影响很大。南宋张孝祥、陆游、辛弃疾、刘克庄、刘过等人继苏轼后又掀起了词诗化的第二个高峰，他们以高昂而又沉郁、激愤而又隐忧的情怀抒写着他们报国杀敌之志、振衰救弊之意、忧患国难之心以及请缨无门之恨、"却将万字平戎策，换得东家种树书"[4] 之无奈，将词推向更广阔的境域。清代王士祯、陈维崧等人将诗化之词又推进到另一个高峰。

（三）赋化之词

赋化之词是写作方式和体制发生改变后的结果。叶嘉莹认为赋化之词的兴起，目的在于避免柳永一些词作的俗靡和苏轼豪放末流的粗犷叫嚣之弊，从写作方式上加强词之幽隐深微的特美，隐含着对词深微幽隐的双重或多重意蕴的美学特质的潜意识的追求。叶嘉莹以周邦彦为赋化之词的代表，他对南宋词人造成了很大的影响，赋化之词在南宋盛极一时。姜夔、史达祖、吴文英、周密、王沂孙、张炎等人之词皆以安排勾勒为特色，将赋化之词推向了另一个高峰。[5]

在论述赋化之词前，叶嘉莹分析了柳永慢词对花间词的改变，只是没有提及柳永之于赋化之词的作用。其实，如果从写作方式和词体制的改变来看，柳永应为赋化之词的先锋将士。柳永多写长调慢词、善用"领字"、长于铺叙，世所共称，其佳者仍不失词幽微隐约的言外之意蕴的美学特质，柳永为赋化之词的先锋应是毫无疑问的。

（四）哲化之词

在分析了王国维《人间词话》之后，叶嘉莹认为，王国维词中具有深微要眇的意蕴，兼有歌辞之词、诗化之词、赋化之词的多种因素，不能将其归属于这三类中的任何一类，这不但是王词的一种特质，也是王词在词

---

① 王灼：《碧鸡漫志》，岳珍：《碧鸡漫志校正》，巴蜀书社 2000 年版，第 37 页。

② 胡仔：《苕溪渔隐丛话》后集，人民文学出版社 1962 年版，第 193 页。

③ 胡寅：《题酒边词》，《宋六十名家词·酒边词》，中华书局聚珍仿宋版。

④ 辛弃疾：《鹧鸪天》"壮岁旌旗拥万夫"。

⑤ 叶嘉莹：《迦陵论词丛稿》，第 220 页。

之意蕴方面的一种开拓，并将王国维的词与以上三类词作了比较。她说：与歌辞之词相比较，王国维词多以小令形式为主，富于直接感发的方面与之相近，但不同的是，王国维的词并非如歌辞之词那样无意于抒写自我情志的应歌之作，而是在显意识中具有强烈的言志抒情的用心，这一点又与诗化之词相近，但在本质和表现方式方面，与诗化之词又有着极大的差别。如果以王国维和苏辛相比较，则苏辛二家词之胸襟志意，开阖变化之处，非王国维能及，而王国维之哲思的深至之处，也非苏辛所有。此外，苏辛遣字谋篇、用典等往往举重若轻，有神行的自然之致，而王国维常以有心安排为之，给人以殚思竭智之感。在有心安排方面，王国维词与赋化之词有相近之处，但在形式上，赋化之词大多是长调，而王国维词则多用小令；就内容而言，赋化之词多叙写现实中的情事，而王国维则借用一些具体的物象或事象来喻写心中的哲思。从王词所开拓的词境来看，可以称为哲化之词。

叶嘉莹四类词的划分，不只着眼于词的纵向发展，也有横向对比之意。从纵向即史的角度讲，这四类词相继而出，是词发展的四个阶段；从横向而言，按照叶嘉莹的看法，词到南宋末期，在创作上已完成了前三种不同的美感特质，元明清时期同时存在这三种词作，因此，这种划分自然也有了横向对比之意。

传统词论的“婉约”、“豪放”之分注重词风格和内容的不同，虽体现出一种史的意味，但就词的整个发展史来讲，是一种不完整的体认。清代陈廷焯《白雨斋词话》中，对词的发展史有一个简明的概括，他说：“以词较诗，唐犹汉魏，五代犹两晋六朝，两宋犹三唐，元明犹两宋，国朝词亦犹国朝之诗也。”① 这种分法基本上符合词的发展事实。亦有词论家以唐诗初、盛、中、晚的发展阶段来比拟词的发展史，如清代刘体仁在《七颂堂词绎》中曾说：“词亦有初盛中晚，不以代也。”② 江顺诒曰：“比词于诗，原可以初盛中晚论，而不可以时代先后分。”③ 近代，胡适的三段论词史观颇有开创意义。1926 年胡适在《词选·自序》把词的发展史分为三个

---

① 陈廷焯：《白雨斋词话》（卷 7），上海古籍出版社 1984 年版，第 251 页。

② 刘体仁：《七颂堂词绎》，唐圭璋：《词话丛编》（第 1 册），中华书局 1986 年版，第 618 页。

③ 江顺诒：《词学集成》（卷 1），唐圭璋：《词话丛编》（第 4 册），第 3227 页。

时期："词的自然演变时期"，从晚唐到元初（850—1250）；"曲子时期"，从元到明清之际（1250—1650）；"模仿填词时期"，自清初到20世纪初（1650—1900）。胡适又把第一时期的词分成："歌者的词"、"诗人的词"、"词匠的词"三个阶段。[①] 这种分期虽然不完全符合词发展的实际情况，但打破了清代词论家以朝代更迭分期的模式，从语言角度、词人身份、创作功能的变化角度去梳理词的发展历程，富有新意，在方法论上也有启迪意义。

叶嘉莹对词的划分，既吸取了古代"婉约"、"豪放"的合理内核，也参照了胡适对词的分期法，但创新意味也不容忽视。她立足于词的审美特质，从创作者的意识，词之意蕴、体制、写作手法等综合因素入手，比较客观地描述出词的发展历史，对词史之研究确有启示性。程千帆先生曾在给叶嘉莹的信中，评价叶嘉莹这种依词美感特质进行的分期，"理清了历代词学中之一种困扰，是对词学之一大贡献"[②]。

三、词美学特质及其成因——词的本体研究

西方新批评比较重视文学本体研究，瑞恰慈（I. A. Richards）曾言："为了说明诗如何重要，首先必须多少弄清它究竟是什么，迄今为止，这个最初的任务做得极不完全。"[③] 其实，对于我们中国词的本体研究同样"做得极不完全"，我们要评价词的价值，当然也要认清词究竟是一种怎样的文体，如果对词的本体特质缺乏认识，对词的评价自然也如"隔雾看花"。美国学者韦勒克（René Wellek）认为，对文学本体的认识，必须对"其审美的功能与意义方面加以描述。只有当这些审美兴趣成为中心议题时，文体学才能成为文学研究的一部分；而且它将成为文学研究的一个主

① 胡适：《词选·自序》，《胡适古典文学研究论集》，上海古籍出版社1988年版，第552页。

② 参见《叶嘉莹作品集》第二辑《诗词论丛·序》——《清词散论》，（台北）桂冠图书股份有限公司2000年版，第8页。

③ 赵毅衡：《新批评——一种独特的形式主义文论》，中国社会科学出版社1986年版，第3页。

要部分，因为只有文体学的方法才能界定一件文学作品的特质”①。依据韦勒克的观点，对词本体的认识，就必须对词的审美特质、词的意义等问题进行探究。

（一）词美学特质及其成因

对于词的美学特质，历代词论家是有所体认的，但如叶嘉莹所说，他们都未能将几类词综合其异同作出理论性的通说，只是形成了一些抽象、模糊的概念而已。如张惠言对词的定义是：“意内而言外谓之词。”词可以“道贤人君子幽约怨悱不能自言之情，低徊要眇，以喻其致”②。刘熙载也说词是“言有尽而音意无穷也”③。陈廷焯认为：“作词之法，首贵沉郁，沉则不浮，郁则不薄。”“发之又必若隐若见，欲露不露，反复缠绵，终不许一语道破。”④ 沈祥龙曾说：“词贵意藏于内，而迷离其言以出之，令读者于伊怆快，于言外有所感触。”“盖心中幽约怨悱，不能直言，必低徊要眇以出之，而后可感动人。”⑤ 王国维指出：“词之为体，要眇宜修。”“词之雅郑，在神不在貌。”这种感性式的评说，不胜枚举。叶嘉莹认为这些评论家的观点俱可以证明他们对于词曲折深蕴耐人寻绎的特美是有所体认的，而且对于词的这种特质如何加以发掘和诠释的问题，也有了一些较深入的思考，但缺陷在于只是形成了一些模糊的观念，缺乏理论性的阐述。叶嘉莹对词美学特质问题所作的理论性阐述正是在继承前人词学观点的基础上展开的。

在分析了四类词之后，叶嘉莹明确指出了词的美学特质：

第一类歌辞之词，其下者固不免有浅俗柔靡之病，而其佳者则往往能在写闺阁儿女之词中具含一种深情远韵，且时时能引起读者丰富之感发与联想；第二类诗化之词，其下者固在不免有浮率叫嚣之病，而其佳者则往往能在天风海涛之曲中，蕴含有幽咽怨断之音，且能于豪迈中见沉郁，是

① ［美］雷·韦勒克、奥·沃伦著，刘象愚等译：《文学理论》，（北京）三联书店1984年版，第193页。

② 张惠言：《词选·序》，《词选》，中华书局1957年版，第2页。

③ 刘熙载：《艺概》，上海古籍出版社1978年版，第106页。

④ 陈廷焯：《白雨斋词话》，卷5第7页，卷1第9、10页。

⑤ 沈祥龙：《论词随笔》，《词话丛编》（第5册），第4048页。

以虽属豪放之词，而仍能具有曲折含蕴之美；至于第三类赋化之词，则其下者固在不免有堆砌晦涩而内容空乏之病，而其佳者则往往能于勾勒中见浑厚，隐曲中见深思，别有幽微耐人寻味之意致。①

此外，叶嘉莹认为王国维的“哲化之词”具有深微要眇的意蕴，兼有歌辞之词、诗化之词、赋化之词的多种因素。由此，叶嘉莹归纳出词的美学特质：词在不同阶段，其佳者往往都具有一种深远曲折、耐人寻绎的意蕴。

在古代，人们以“婉约”、“豪放”、雅郑、本色与变格等作为衡量词的标准，叶嘉莹则抛开这种对立的词学观念，打通门派之见，旨在寻求词在美学方面具有的一种特质。同时，这一界定，也意味着词学观念的一种变化。1949 年以后，国内词学研究重点在于词集的版本整理、文字校勘、作者考证，古代著名词家的词集或历代词之选集大多都已出版。关于词研究的著作和论文不可胜数，在各种版本的古代文学史中，词亦占据相当的分量。但由于人们的观念、意识形态等影响，对词这种文体的美学特质关注较少，词的艺术价值往往得不到正确的认识，特别是“花间词”一类婉约风格的词作，被视为淫靡浮艳、消极低沉而加以排斥。叶嘉莹对词审美特质的这种界定，有助于词之评赏。

词为何具有这种特质？前人对此多语焉不详。叶嘉莹认为，词的这种特质的形成，与《花间集》中对于女性的叙写密切相关。但其他文类也有女性叙写，为什么只有词中的一些作品才特别富有幽微要眇引人生言外之想的特质呢？叶嘉莹透过西方女性主义文学理论，对此问题进行了深入剖析。

首先，她引入克利斯特娃有关符号作用的观点进行分析。克利斯特娃把符号的作用分为两类：一类是符示的（semiotic），其能指的符记单元（signifying unit）与所指对象（signified object）没有任何限制关系。另一类是象征的（symbolic），其符表的符记单元与其所指对象是一种被限制的

---

① 叶嘉莹：《叶嘉莹说词》，第151、152页。

作用关系。[①] 叶嘉莹认为，传统诗歌中，作者有心之喻托，用以喻托的符表与所托之意的符义，都是作者一种显意识的安排，属于克利斯特娃所说的“象征的”层面，符表与符义是一种明白的、被限定关系的。而初期词人写作时，显意识中并无“言志”之意，他们以自由的心态抒写爱情和美丽，而美和爱是“最富于普遍之象喻性的两种品质，因此《花间集》中所写的女性形象，遂以现实之女性而具含了使人可以产生非现实之想的一种潜藏的象喻性”。这种情况属于克利斯特娃所说的“符示的”层面，其符表和符义之间保持在一种不断引人产生联想的生发运作之中，对其所指的符义对象并不能作出任何限制性的实指，这是花间词蕴涵丰富象喻的一个重要原因。[②]

其次，叶嘉莹借用西方女性主义文论关于女性语言和男性语言的提法对中国诗词的语言进行了分析。叶嘉莹曾言：“在中国的小词里，词人们经常使用一种女性的语言。什么叫女性的语言？一般来说，男子说话时比较注重理性和逻辑，而女子说话时则比较注重感性和形象，小词里边有很多地方不是很有逻辑，不是把事情说得很清楚，但却有深刻的感受在里边。这就是一种女性的语言。”[③] 并从词与诗这两种文体的语句形式、表述内容意识两个方面作了较为细致的理论性分析。她认为，词较之于诗乃是一种更为女性化的语言。从语言形式上看，诗句式整齐，语言明晰，属于男性语言；词长短不齐，节奏错落变化，语言比较混乱和破碎，属于女性语言。从内容性质看，诗言志载道，往往关乎行道、仕隐等主题，是一种男性意识的语言。花间词则集中笔力抒写美色爱情，而且往往以女子的感情心态来写伤春怨别之情思，属于女性化的语言。[④] 这种女性化的语言是词美感特质形成的另一项重要因素。

另外，叶嘉莹将西方“双性人格”的概念引入对中国诗词的探讨中。

---

① Julia Kristeva. *Revolution in Poetic Language*. translated by Waller Margaret. New York: Columbia University Press, 1984.

② 叶嘉莹：《论词学中之困惑与〈花间〉词之女性叙写及其影响》（上），（台湾）《中外文学》1992 年第 8 期，第 16、26 页。

③ 叶嘉莹：《中国词学的现代观》，岳麓书社 1992 年版，第 203 页。

④ 叶嘉莹：《论词学中之困惑与〈花间〉词之女性叙写及其影响（上）》，（台湾）《中外文学》1992 年第 8 期，第 19 页。

美国文论家劳伦斯·利普金（Lawrence Lipking）曾说：男性作家假借女性之口抒写自己的失意和被弃的隐痛，作品就呈现出一种“双性人格”的特色。[①] 叶嘉莹受之启发，指出：花间词的作者绝大多数是男性，他们以女子口吻写相思怨别之情时，也于无意间流露了心中所蕴涵的幽约怨悱不能自言之情。这是“一种很微妙的结合，一种‘双性’的结合。”[②] 故此，花间词就具有一种“双性人格”。而那些男性作者用男性口吻所写的词，也富含一种言外的意蕴深微之美，是因为其所表现的情意深挚绵长，本质上已具含了女性的情思。[③] 据此，“双性人格”就是花间词形成幽微要眇耐人寻味特质的又一项重大因素。

词在发展变化中，改变了花间词女性叙写的特点，那么它是否还具有幽微要眇的双重意蕴呢？这个问题的探讨，对于词特性的划定是很重要的。叶嘉莹对柳永、苏轼、辛弃疾、周邦彦等几个对词发展有重要影响的作家的词进行了分析，认为他们所写的好词都具有双重的意蕴之美，只是双重意蕴的具体内涵不同而已。

（二）词本体研究的意义

叶嘉莹对词美学特质以及成因的分析独具特色，并能够把对词审美特质的追问与词的发展史、词的类型等问题结合起来进行探讨，既完善了词的本体研究，也重新书写了词的发展史。所得出的一些有新意、有学术价值的观点，对中国词学研究有一定的理论和现实意义。20 世纪 80 年代以后，随着文学理论的繁盛，人们观念的更新，新理论、新方法的运用，词的研究别开洞天，成绩斐然。词学研究者开始正视词的美学价值，并从不同的角度解读词的艺术特性和丰富的意蕴，词的本体研究也进入系统、深入的理论性研究阶段。叶嘉莹得西方学术风气之先，在词的本体研究方面具有先导之功。20 世纪 80 年代，叶嘉莹回国讲学时，就比较重视对词美学价值的发掘，她对词的美学特质的定义，影响较大。可以说，在中国学术界对词美学特质这一问题的探讨方面，叶嘉莹是一位先行者。国内著名

---

① Lawrence Lipking. *Abandoned Women and Poetic Tradition*. Chicago: University of Chicago Press, 1988. p. xv-xxvii.

② 叶嘉莹：《中国词学的现代观》，第 204 页。

③ 叶嘉莹：《论词学中之困惑与〈花间〉词之女性叙写及其影响（下）》，（台湾）《中外文学》1992 年第 9 期，第 12 页。

的词学家缪钺先生认为叶嘉莹“所论能融会古今中外，对词之特质做出了根本的探讨，体大思精，发前人所未发，是继《人间词话》后，对中国词学之又一次值得重视的开拓”①。

同时，叶嘉莹从女性主义的视角切入，创造性地使用女性主义批评理论对词特质的成因作了深入、独到的理论阐释，解开了词千年来深受人们喜爱的原因，也使人们对晏殊、欧阳修等一些身为宰相的人，不顾词为“小道”、“末技”，怀着矛盾的心态创作词的现象有了较为清晰的认识。在运用女性主义文论分析中国词学问题时，叶嘉莹不是简单地照搬西方女性主义文论，而是恰当地使用女性形象、女性语言、“双性人格”等概念和观点，并与研究对象、中国词学传统、文化传统等紧密联系起来，将西方理论化而用之，融会贯通，并没有牵强附会和“隔”的感觉，所谓出于斯，不同于斯也。

中国词学要走上现代化的道路，要与世界文论同步发展，就必须解决历史上遗留的一些困惑和争议。而词的美学特质及其形成问题，是许多困惑的关键所在。叶嘉莹以诗人的情思和学者的理性，体悟词的特质，检讨其特质形成的原因，目的也在于解决中国传统词学中的一些困惑，为建立中国词学理论体系作出自己的贡献，这对中国词学研究走上现代化的道路有推动意义。

四、四种说词方式——词之评赏

经过多年的教学和研究，叶嘉莹在词的解说方面积累了丰富的经验，总结出评赏四类词的比较适用的方法，其最终目的就是要更好地发掘出词的“兴发感动”之力量。

叶嘉莹认为王国维以感发联想说词的方式适用于歌辞之词的评赏。因为歌辞之词的作者在写作时并无显意识的言志抒情之用心，但其作品所传达的效果，却往往能以其“要眇”之美而触引读者产生丰美的感发和联想。此种感发和联想既难以用作者显意识之情志来加以实指，因此也很难用传统的评诗眼光和标准加以衡量。而王国维感发联想的说词方式的特色

① 叶嘉莹:《我的诗词道路·前言》，第 18 页。

就在于评者能够从那些本无言志抒情之用心的歌辞之词的要眇特质中，体会出许多超越于作品外表所写之情事以外的极丰美也极自由的感发和联想。这种感发和联想与诗中经由作者显意识之言志抒情的用心而写出来的内容情意，有很大的不同。[①]

对于诗化之词，叶嘉莹主张采用一种属于“赋”的方式加以评说，这种评说没有模式可循。因为这一类词在本意的叙写中，就已经蕴涵了一种曲折深蕴的属于词之特美了，不需要在诗篇的本意之外去推寻衍义。但叶嘉莹提出了评说诗化之词时要注意的两点：第一，此一类词叙写的情志已是作者显意识中的一种明白的概念，读者不可以以一己之联想对之作任意的比附和发挥。诗化之词中的好作品，其所表达的情志之本质中已具含一种属于词之特质的曲折含蓄之美，读者在评说时，要对此有深入的掌握和探讨。第二，除去情志之本质方面的含蓄之美外，这一类作品，作为“词”的文类而言，在表达形式方面也同样具有一种曲折含蓄之美，如此才是诗化之词中的成功作品。[②] 因此在说词时也要重视挖掘这类作品在表达方面的艺术特色。此外，叶嘉莹认为西方重视作品中意识形态的流派——“意识批评”与此种批评方法相似，而且也可以参考西方其他的批评理论方法如新批评的细读法等进行评说。

至于周邦彦、姜夔、史达祖、吴文英、王沂孙诸家的赋化之词，叶嘉莹则认为可用张惠言的比兴寄托之法来解读。因为以比兴说词，“乃是先肯定了作者一定有一种贤人君子幽约怨悱之情，不过只是用低徊要眇的方式来传达而已”[③]。而赋化之词往往是作者以有心用意的思索和安排，来造成一种深隐幽微的含蕴和托喻。

作为哲化之词的代表，王国维的词在意境方面已表现出受西方思潮影响的特色，“这种超越于现实情事以外，经由深思默想而将一种人生哲理转为意象化的写作方式，对于旧传统而言，无疑地乃是一种跃进和突破”[④]。“充分显示了中国词之发展，在当日接受了西方思潮之影响以后的一种新的意境和趋向。”因此，叶嘉莹认为，我们应当重视王国维词在意

---

① 叶嘉莹：《叶嘉莹说词》，第 166、167、170 页。

② 叶嘉莹：《叶嘉莹说词》，第 191、192 页。

③ 叶嘉莹：《叶嘉莹说词》，第 170 页。

④ 叶嘉莹：《叶嘉莹说词》，第 253 页。

境方面所表现出来的拓展，并在评论时，“不能仅以旧传统的评赏方式，对之做但凭直感的概念式的评说，而应该要用一种既综合有张惠言及王国维两家评词之理论，同时既重视感发之联想，也重视语码之推寻，且应采用西方精密的思辨方式对之做一种多角度多方面的、既有感性也有知性的评赏，如此才能对之作出较为正确和深入的理解和评说”①。

叶嘉莹之所以对四类词以何种方式解说为宜作了划分，其实最终的目的就是要发掘出词的“兴发感动”之力量。她的这些观点对于发掘词的意蕴有着重要的启示意义，尤其对于初学词的人，无疑提供了一条捷径。当然，批评理论与方法日益丰富和发展，对中国古典诗词的解读也不应拘泥于某一种方法。

叶嘉莹词学理论融合中西，自成体系，既继承了中国传统词论，又以西方理论为观照，并且具有西方思辨性的特点；从内涵上既关涉到词的创作论、本体论，又包括评说方式等一系列议题，体现出理论性、体系性的特点；而且都是假借西方理论的观照来分析，现代阐释的目的也是很明显的。

从以上三节内容，我们可以看出，叶嘉莹不仅仅是一个中国古典诗词的海外研究者，也是一个中国古典诗词的撒播者，一个中国文化的使者，一个中西文化对话交流的活载体。她将中国古典诗词这支奇葩独秀展现给异域的人们，让许多不同文化背景的人们领略中国古典诗词婀娜多姿、丰美深远的意蕴。这既是叶嘉莹在中外学术交流中的最大贡献，也是她寻找中国古典文学在世界文化大坐标中的地位所做出的锲而不舍之努力的见证。如今，她的“兴发感动”说、词学理论和研究方法已广为学界和读者所知，她为中国古典诗词的海内外传播所做的努力也闻名遐迩。叶嘉莹为自己有能力在中国古典诗词的弘扬方面做些事情感到幸运，“而能有这样一位杰出的诗人、学者，这又何尝不是中国古典文学的幸运？”② 有一首诗曾这样评价她：“诗名驰海宇，德望仰高山。去国播薪火，寻根报故关。传经输五内，掖后散千镪。济济儒林里，谁堪伯仲间？”③ 在我们撰写中国

① 叶嘉莹：《叶嘉莹说词》，第250页。

② 祝晓风：《寂寞诗词解人心》，《中华读书报》1997年12月31日。

③ 秋枫：《面对叶嘉莹》，《中华诗词》2000年第3期。

古典诗词、文论的传播史以及外国中国古代诗词、文论的研究史时，叶嘉莹的实绩和精神是不可缺少的一部分。

在中国文学传统的海外传播的进程中，还有很多像叶嘉莹这样的学者，如刘若愚、高友工、萧驰、林顺夫、孙康宜等人，他们在异域文化语境中默默地耕耘，将中国文学优秀的传统推介到世界，让西方人了解我们文学传统的精髓，在与西方的对话、交流中弘扬中华民族文化精神。

第五章

传统文论话语与海外中国现代文学批评

关于中国传统文论的现代转换的讨论，“实践”应是其必然的旨归。如果几百、几千年前的先辈们关于文学的那些观点，哪怕只是只言片语，仍能穿越漫漫时空而与今天的文学产生对话，我们应能由此洞悉中国传统文论话语真正的生命力所在，亦能借以与现代文论家对传统文论的理论阐释进行比照，反思理论与实践之间的磨合与距离，对所谓的“转换”问题也应有实际的启益。故此，要考察中国传统文论现代观照的海外视野，正在进行中国现代文学研究的海外华人“批评家”及其文学批评中的中国传统文论话语实践应是必要的考察对象。

这里所讨论的“海外华人批评家”，指的是曾经或正在欧美留学，有着“西学”背景，并且在境外学术机构从事20世纪中国文学与文化研究的华人学者。[①] 从代际分层的角度来看，到目前为止，海外华人批评家可分为三代：第一代以夏济安、夏志清兄弟为代表，于20世纪50年代赴美；第二代以李欧梵、王德威为代表，于20世纪六七十年代赴美；第三代是20世纪80年代出国的大陆青年学人，如刘禾、赵毅衡、许子东、陈建华、唐小兵等。[②] 本章选择夏志清、王德威、黄维樑、张错四位批评家为个案，其中夏志清和王德威是海外华人批评家不同代际的代表，借由他们的中国现代文学研究，或许可以探究中国传统文论话语在他们那里的不同特征、存在方式与影响；黄维樑在中国古代文论实际应用方面的强烈意识和所做的努力尤为突出，对这种带有自觉意识的中国传统文论话语实践的成败得失的考察，应具有反思与借鉴的意义；而张错的诗人与批评家双重身份，古词古韵的诗歌创作与文学研究中的西学规训，也能对我们关于传统与现代、理论与实践的思考有所启示与助益。

---

① 李凤亮：《海外华人学者批评理论研究的几个问题》，《文学评论》2006年第3期。

② 程光炜、孟远：《海外学者冲击波——关于海外学者中国现当代文学研究的讨论》，《海南师范学院学报》（社会科学版）2004年第3期。

第一节 夏志清：中国传统之“感性”存在

夏志清（Hsia，C. T.），1921 年出生于上海浦东，原籍江苏吴县。1942 年毕业于上海沪江大学英文系，抗战胜利后任教北京大学英文系。1947 年考取北大李氏留美奖学金赴美深造，1951 年获耶鲁大学英文系博士学位，1952 年至 1954 年在耶鲁从事研究期间，开始从事现代中国文学史研究。此后，相继任教于美国密歇根州立大学、纽约州立大学及匹兹堡州立大学，1969 年起任哥伦比亚大学东方语言文化系中文教授，1991 年退休并任中文名誉教授。英文著作有 *A History of Modern Chinese Fiction*（《中国现代小说史》）（1961 年）、*The Classic Chinese Novel*（《中国古典小说》）（1971 年）、*C. T. Hsia on Chinese Literature*（《夏志清论中国文学》）（2004 年），中文著作有论文集《爱情·社会·小说》（1970 年）、《文学的前途》（1974 年）、《人的文学》（1977 年）、《新文学的传统》（1979 年）、《印象的组合》（1983 年）、《夏志清文学评论集》（1987 年）、《夏志清序跋》（2004 年）和散文集《鸡窗集》（1984 年）、《岁除的哀伤》（2006 年）、《谈文艺 忆师友》（2007 年）等。

海外华人批评家夏志清及其中国文学研究在大陆学界的最初登场，因其“西化”之特征，引来国内学界普遍“声讨”。其西学背景、反共意识形态、文学性标准、西方理论批评方法，以及信手拈来的西方作家、作品，让他坐实了“西方中心”的骂名。然而，抛开大陆与海外的意识形态之争，夏志清以《中国现代小说史》为代表的理论著述，的确因其真知灼见，深刻地影响和改变了海外汉学的现代中国文学研究。正如王德威所言，这些研究“更象征了世变之下，一个知识分子所作的现实决定：既然离家去国，他在异乡反而成为自己国家文化的代言人，并为母国文化添加了一层世界向度”①。正是在这个意义上，我们才说夏志清代表了海外华人

① 王德威：《重读夏志清教授〈中国现代小说史〉——英文本第三版导言》，参见夏志清：《中国现代小说史》，复旦大学出版社 2005 年版，第 33 页。

现代文学批评的某种独特身份和传统情怀。

在大陆正式发表的研究成果中，海外学者王海龙的《西方汉学与中国批评方式——夏志清现象的启示》① 以及复旦大学彭松和唐金海的《海外华人学者现代文学研究中的传统因素——以夏志清、李欧梵、王德威为例》② 曾直接论及夏志清中国文学研究中的中国因素。前者以中国批评方式在西方汉学中的建设性意义为出发点，分析了夏志清强调批评感性、知人论世及时代社会背景的批评方法对操练“新批评”的西方汉学家的挑战，由此凸显出夏志清作为文化持有者在西方汉学中的成功参与；后者分析了中国传统在夏志清精神视景中的投影，主要表现为感时忧国的传统士大夫使命感、儒家人道主义传统、知人论世的整体批评取向、有法则的印象式批评等。总的来说，前者以中国批评方式在西方汉学中的建设性意义为旨归，这一点非常值得肯定，但也使论文很大部分的篇幅用于分析西方汉学的历史和生态，而对夏志清的中国批评方式仅点到为止；后者的“中国因素”又稍显宽泛且不够深入。本节意在借鉴二者的基础上，从中国传统文论话语的运用角度，更具体、集中地挖掘夏志清中国现代文学研究中蕴藏的传统文论方法、思维或意识。鉴于夏志清的西学背景以及中西文论的相通之处，本章只求“吻合”之中的启示，而不刻意区别孰西孰中。

一、文学感性之才性论批评与体悟式批评

在夏志清《中国现代小说史》中，我们不难发现其对文学感性的重视。这种“文学感性”把文学看作心灵的表达，因此对写作者来说，创作必须首先忠于自己所看到和感觉到的；对批评家来说，则要重视自己的阅读体验。

（一）作家感性与才性论批评

在评及巴金的《爱情三部曲》时，夏志清尖锐地指出：“巴金是一个

---

① 王海龙：《西方汉学与中国批评方式——夏志清现象的启示》，《扬州大学学报》（人文社会科学版）1998 年第 5 期。

② 彭松、唐金海：《海外华人学者现代文学研究中的传统因素——以夏志清、李欧梵、王德威为例》，《文学评论》2007 年第 5 期。

书呆子作家，他笼统描绘了一个有着爱情和革命却缺乏真实感的世界……巴金的想象力，完全没有受到感官的滋养，它只是卖弄陈腔滥调”；而对巴金后来创作的《秋》，夏氏认为“《秋》应当算是中国现代长篇小说中的一部巨著”，因为“在这本书里我们看到，一个作者如果忠实于自己的感受，尽管文体平平无奇，人物心理不够微妙，它却能发挥震撼人心的力量”[①]。可见夏志清认为，相对于文字技巧方面的更高要求，“文学”对作家的最基本要求便是忠于自己的感性，这样才能充分发挥想象力，才能感动读者。夏志清基于作家创作感性的挖掘最成功的例子莫过于张爱玲。在《中国现代小说史》的张爱玲章里，夏志清第一次提出张爱玲对世界给予她的感官享受，例如对色彩、嗅觉、音乐等的爱好，认为“凭张爱玲灵敏的头脑和对于感觉快感的爱好，她小说里意象的丰富，在中国现代小说家中可以说是首屈一指”[②]；“小说里每一观察，每一景象，只有她能写得出来，真正表达了她自己感官的反应，自己对人对物累积的世故和智慧”，这是一种“非个人而无处不流露自己真正‘感性’的境界”[③]。而另一方面，在关于左翼作家的评论中，夏志清对共产主义信仰之于作家感性的消磨非常不满。例如，他认为，鲁迅自信仰共产主义后，便“很难再保持他写最佳小说所必需的那种诚实态度”，缺少其“最佳作品中屡见的坦诚”[④]，“由于鲁迅怕探索自己的心灵，怕流露出自己对中国的悲观和阴沉的看法，所以他只能压制自己深藏的感情，来做政治讽刺的工作”[⑤]，基于上述分析，夏志清对“转向”后的鲁迅在文学创作方面的美学趣味始终不能认同。尽管夏氏的这一看法曾一度成为他与大陆学界激烈争论的焦点之一，但主张感性经验高于意识形态的“文学性”立场，却造就了夏志清文学史写作中偏重作家研究的倾向。

---

① 夏志清：《中国现代小说史》，第 176、181 页。

② 夏志清：《中国现代小说史》，第 259 页。

③ 夏志清：《〈张爱玲的小说艺术〉序》，参见夏志清：《岁除的哀伤》，江苏文艺出版社 2006 年版，第 182 页。

④ 夏志清：《中国现代小说史》，第 35、29 页。

⑤ 夏志清：《中国现代小说史》，第 35 页。

在以作家作品为组织原则的《中国现代小说史》① 中，夏志清虽然并未摆脱自身政治立场的局限性，而屡屡触及意识形态“雷区”，但因其始终把文学感性的追求置于文学批评标准的首位，终能在意识形态的迷雾中数次脱险，发掘出一批独具个性和美学意识的重要作家、作品，如张爱玲意象之繁复与丰富、沈从文之牧歌情怀与田园视景、钱钟书之心理描写及对知识分子的讥讽、端木蕻良之双重视景与史诗意图等。对此，在《中国现代小说史》中，夏志清始终不吝溢美之词，频繁使用“最”、“第一”、“杰出”、“优秀”一类修辞表述，高度肯定和赞誉那些注重生命情怀和张扬个性美学的作家，如“张爱玲该是今日中国最优秀最重要的作家”、沈从文是“中国现代文学中最伟大的印象主义者”、“张天翼是这十年当中最富才华的短篇小说家”、端木蕻良的《科尔沁旗草原》是“当时最具实验性的中国小说”等。

夏志清对作家风格和个性的准确把握、果断定位、盛情褒扬，使《中国现代小说史》的面貌迥异于 20 世纪五六十年代中国大陆文学史写作的“政治”呆板面孔，却与中国古代文论的才性论批评不谋而合。才性论批评来源于古人的人物品鉴意识，肇始于曹丕的“文以气为主”之说，至刘勰的“体性”论、“风骨”说而集大成，之后则发展为对作家创作心理、个性情感特征，以及作品风格的关注。而夏志清对作家创作感性的重视，隐含着对作家创作心理、个性情感特征的关注，并以作家作品的风格品鉴、评价定位为其小说史写作的主要任务。曹丕的“文气”、刘勰的“风骨”曾得到后代文论家的多种阐释，在现代乃至当今的中国古代文论研究中更是众说纷纭，其中尤以对“文气”、“风骨”概念之解释的纷扰为最。然而，就文学批评实践而言，才性论批评归根结底乃是对作家个性、风格的把握与评价，从这一点上来说，夏志清走的正是中国古代文论才性论批

① 《中国现代小说史》全书共 3 编 19 章，除了每编第一章对社会时代背景的论述外，有 10 章为作家专论，其余各种对文学流派的论述也都是以代表性作家评论为主。关于《中国现代小说史》，夏志清自己也曾说过，“作为介绍现代中国小说的开创性著作，我认为它的最主要任务是辨别与评价”（夏志清：《论对中国现代文学的“科学”研究——答普实克教授》，参见《中国现代小说史》，第 326 页），即从大量可得的作品中理清线索并将可能的伟大作家与优秀作家从平庸作家中辨别出来，给予其文学史的定位。

评的路子。回到才性论批评产生之前的秦汉时期，中国文论已形成观风俗、识美刺的教化论批评，才性论批评在魏晋时期的兴起则标志着批评观念由社会教化向作家才情的重大转变。而在《中国现代小说史》写作与面世的20世纪五六十年代，夏志清的才性论批评、风格史写作与当时中国大陆文学史的政治写作模式迥然相异，此后更深刻地影响和推动了20世纪80年代大陆学界文学批评观念的重塑。

（二）批评家感性与体悟式批评

在夏志清的中国现代文学研究著作中，其对古今中外各种艺术门类的精通和喜爱常溢于字里行间。这种对文学艺术的真诚喜爱，在其文学批评著作中的体现便是对文学艺术的尊重及个人阅读体验的自然流露——或心领神会，或击节叫好，或扼腕叹息，或深恶痛绝，再加上夏氏偶尔独特的口语化表达，我们常常可见一个为文学而动容的夏志清。“沈从文的文体和他的‘田园视景’是整体的，不可划分，因为这两者同是一种高度智慧的表现，一种‘静候天机，物我同心’式创造力（negative capability）之产品”，“他能不着痕迹，轻轻的几笔就把一个景色的神髓，或者是人类微妙的感情脉络勾画出来”① ——这样的批评语句糅合了个人的体验，若非对作品有着深入的体悟是绝对写不出来的。对阅读体验的重视使夏志清特别能体察不同作家的神采、独特个性，往往能挑出其文学作品中的代表性意象而给人警醒且深刻的印象，又或是对作家创作中的独特长处和不足作同情式的体恤和包容。张爱玲《金锁记》结尾时曹七巧那只令人毛骨悚然的戴镯子的骨瘦如柴的手臂、钱钟书《围城》里那个带着讽刺意味的怪钟，都经夏志清点拨而给读者留下深刻的印象；端木蕻良的《科尔沁旗草原》尽管“在文体上以及处理上不无缺点”，但夏志清却倍加珍惜他写作时的“21岁的年纪，他的爱国热情，他的革命的浪漫主义，他对军队生活与政治刊物的新近参与，以及他对失去的家和失去的土地的清新记忆”，而给予好评。②

夏志清也曾多次强调自己对阅读体验、经验的重视。在论及中国古典文学研究时，夏志清非常坦诚地说：“那些并未进入个人境界的诗词、庸

---

① 夏志清：《中国现代小说史》，第147页。

② 夏志清：《中国现代小说史》，第417页。

俗粗劣的小说戏曲，如有学者借用西法硬把它们说成有趣、生动，甚至伟大，我总觉得他在自欺欺人，缺乏批评家应忠实于自己阅读反应的那种最起码的真诚。”[①]“真正值得我们注意的见解，都是个别批评家主观印象的组合，此外并无科学的客观的评判。”[②]

然而，正是夏志清的这种对批评家感性、阅读体验的强调引发了西方另一著名的中国文学研究学者——普实克对其“主观批评家”的指责。[③]对此，夏志清专门撰文回应，对普实克“过于依赖一套关于中国现代史和现代文学的‘科学的’理论，并且一成不变地以假定的意识形态意图来判断每一位作家和每一部作品”的做法进行批驳，再一次申明“文学家应凭自己的阅读经验去做研究，不容许事先形成的历史观决定自己对作品优劣的审查”，“不首先拿自己的真诚反应去适应一套关于中国现代小说的既定理论”[④]。

无独有偶，夏志清的这种批评理念也引来了台湾学者颜元叔的“非难”。这一次，夏志清被指责为“印象主义”批评家。对此，夏志清辩驳道，他强调“个别批评家印象组合”之重要，却并非“印象主义”者。他表示自己“所服膺的批评家即是能‘建立印象为法则’的批评家”[⑤]，因为“任何人对一首诗的评判，基于分析与比较两个过程。但善读诗的人，读了一首诗，心里有数，他所得的‘印象’，即已包含了‘分析’、‘比较’在内”[⑥]。夏志清进一步指出，“能‘建立印象为法则’的批评家，自己书读得多，悟性特别高，用不着借助于‘最时髦、最科学的文学理论和批评方法’”[⑦]。借此，夏志清进一步批判了文学批评愈来愈科学化、系统

① 夏志清：《东夏悼西刘——兼怀许芥昱》，参见《岁除的哀伤》，第155页。

② 夏志清：《追念钱钟书先生——兼谈中国古典文学研究之新趋向》，参见《岁除的哀伤》，第230页。

③ ［捷］雅罗斯拉夫·普实克著，深圳大学比较文学研究所主编：《普实克中国现代文学论文集》，湖南文艺出版社1987年版，第211～253页。

④ 夏志清：《论对中国现代文学的“科学”研究——答普实克教授》，参见《中国现代小说史》，第355、332页。

⑤ 夏志清：《劝学篇——专复颜元叔教授》，参见夏志清：《谈文艺　忆师友》，上海书店出版社2007年版，第86页。

⑥ 夏志清：《劝学篇——专复颜元叔教授》，参见《谈文艺　忆师友》，第85页。

⑦ 夏志清：《劝学篇——专复颜元叔教授》，参见《谈文艺　忆师友》，第87页。

化的趋势，认为这“可能是文化的退步，而不是进步”①。

无论是普实克的“主观批评”，还是颜元叔的“印象主义批评”，这类责难首先说明了夏志清文学研究中鲜明的批评家感性特点。那么，夏志清到底是不是以“主观”、“印象”为主呢？这让人联想到中国古代文学批评中非常典型的印象式批评。刘勰之“玩”、“味”，钟嵘之“品”，严羽之“妙悟”都注重读者对文学作品的主观感觉和体会，其发展至极致则难免以读者的主观感觉代替作品本身，甚至读者的主观感觉、瞬间顿悟亦是“羚羊挂角，无处可寻”；与此相适应的批评表达方式，则以印象式词语、形象之喻为主，意义模糊，难以界定。夏志清自己对中国古代诗话“用的批评字眼，给人飘忽不定、含糊不清的感觉”亦颇有微词②，而其文学批评著作不仅立论、观点坚定明确、掷地有声，绝不会给人观点模糊、无法把握的感觉，而且非常注重作家生平经历及时代社会背景分析，结合以中外古今比较，有理有据，绝不是仅凭个人主观感觉代替客观评价。因此，与其说夏志清是“主观”、“印象主义”的，不如说其所采取的是一种有别于中国古代印象式批评的体悟式批评。中国古代印象式批评重在读者印象，不加理性梳理，而夏志清的体悟式批评主要特点则在于以对作品的阅读体验为文学批评的基础，但并不让批评家个体的主观感觉凌驾于作品本身、文学史本身的“客观”之上。以夏志清英美文学研究科班出身、深受“新批评”影响的西学背景，他必然知道对作为一门学科的现代文学批评而言，“科学”、“客观”之重要性，而其标举批评家的“体验”、对作品的“真诚反应”，则是对当今以所谓“科学”的历史观、时兴文学理论方法去研究文学而“喧宾夺主”的做法的反拨——其实，中国古代的印象式批评，也未尝不是一种“喧宾夺主”。从这一个意义上来说，夏志清的体悟式批评结合了中国古代印象式批评及西方科学精神，可以说是对西方人文学科“科学化”趋势的反拨，也是对中国古代传统印象式批评的扬弃。而对中国现代文学史写作来说，夏志清独具个人风格的体悟式批评，无疑为当时面目平板、毫无生气的“集体写作”方式吹进了一股清凉之风。

---

① 夏志清：《劝学篇——专复颜元叔教授》，参见《谈文艺　忆师友》，第88页。

② 夏志清：《黄维樑的第一本书——〈中国诗学纵横论〉序》，参见夏志清：《新文学的传统》，新星出版社2005年版，第238页。

二、作家生平、社会时代背景之知人论世方法与儒家入世情怀

（一）知人论世方法

如前文所述，夏志清非常重视对作家生平、社会时代背景的分析，这在《中国现代小说史》的写作中非常明显：首先，几乎在对每个作家的文学批评之前都有详细的生平经历的考察，并从中挖掘与作家个性心理、文学创作相关的影响因素；其次，对现代小说史的历史分期，都配有详细的社会时代背景考察，尤其是政治思潮对文学创作思想、流派的影响；最后，作家个人与社会时代潮流、文学创作流派或亲或疏的关系，是夏志清评价一个作家能否忠实于自己的感性，超越时代限制而独具个性的重要指标。例如，张爱玲少年时期对图画、色彩、音乐的敏感之于小说创作白描功力、华丽意象、旧戏般的苍凉意味的影响；沈从文的少年军旅生涯为其观察人性、积累素材奠定的基础；鲁迅在政治社会、民族国家与个人自由思想之间的挣扎与选择；张天翼个人才华对马克思主义社会分析式写作的超越；乃至后来在一篇专论中分析张贤亮的资本家家庭、“右派”经历及丰富的艺术素养对其创作题材和风格的直接影响①，等等。凡此种种，无不让人想起中国古代文论知人论世的方法。

孟子的“颂其诗，读其书，不知其人，可乎？是以论其世也，是尚友也”本意虽在“尚友”，但提出了读书与知人、知世的关系，由此发展而来的知人论世说是对诗歌、作者、世运三者关系的综合认识。一般来说，知人论世有两个维度：一是因诗而知人、知世；一是知人、知世以知诗。②这两个维度在后代的发展有注重知人的“才性论”，也有以诗为史的“诗史说”。夏志清对作家生平及社会时代背景的重视，当是其理解、分析文

---

① 夏志清：《张贤亮：作者与男主人公——我读〈感情的历程〉》，原载菲利普·F. 威廉斯（Philip F. Williams）、吴燕娜（Yenna Wu）合编的《改造与反抗：中国劳改队里的作家们》（*Remolding and Resistance among Writers of the Chinese Prison Camp*），（纽约）罗特雷洁（Routledge）出版社 2006 年版，第 13 ~ 26 页。李凤亮译，刊于《中山大学学报》2008 年第 5 期。

② 刘明今：《中国古代文学理论体系：方法论》，复旦大学出版社 2000 年版，第 376 页。

学作品（包括内容和形式）的一种方法，这由前面的论述已可以看出。此为“知人论世”在夏志清文学批评中的第一层含义。“知人论世”在夏志清文学批评中的第二层含义，则是其对作品思想内容本身的重视。在夏著中，其对文学作品思想内容中实际人生、人性及社会道德内涵的重视和分析甚于艺术技巧。夏志清曾指出：“批评的首要问题仍然是看一个故事或一部小说对人类状况是否言之有趣或是否重要。”① 而夏氏文学批评的最精彩甚至可以说具有“打动人心的力量”（夏氏文学批评的常用语）之处，往往在于其对作品思想内容的精辟分析。例如评老舍的《骆驼祥子》：

特别出色的是祥子和虎妞之间婚前婚后的紧张关系的描写，像茅盾在《虹》里所写梅和柳遇春的婚姻生活一样，在这里读者像是爬上了现代中国文学的一个高峰，可以俯视赤裸裸的人生经验的狂暴可怖，一点不温情，说教或投合大众趣味。②

又如，分析许地山《玉官》里的女主角的性格特点：

从她的许多美德和弱点来看，玉官实在是个传统的中国妇女的典型。即使在她最后觉醒之前，我们拿任何伦理规范来评论她，她都算得上是个很好的人。她是一个传教士，作者自然可用一套宗教上的善恶标准去衡量她的一生。但要紧的是，这个宗教观点，在小说里并没有替代了中国人一向遵守的道德标准。正因为作者同时采用这双重的尺度，我们才能充分了解到她的弱点与深厚的人性。③

诸如这样一些评论，往往能得读者会心一笑，“因诗而知人、知世”也。

夏志清也曾经说过：“我从来不是马克思主义信徒，可是我相信我们在美国研究中国小说的人，也应该开始注意文学作品与人生、社会、政治

① 夏志清著，胡益民等译：《中国古典小说史论》，江西人民出版社 2001 年版，第 15 页。

② 夏志清：《中国现代小说史》，第 131 页。

③ 夏志清：《中国现代小说史》，第 66 页。

巧并受重视）、通变（汇通众说以创新见）[1]，认为“通”实可谓夏志清文学批评的根本特点。实际上，黄维樑这一“三通”观点很大程度上是由中国古代文学批评家刘勰的“博观”、“通变”说启示而来，而刘勰的“博观”、“通变”说及其以“体大而虑周”著称的《文心雕龙》是中国古代通观整合思维集大成的批评著作代表。因而，可以说，夏志清融合中西而自成体系的中国现代文学批评体现的正是中国传统的通观整合思维。

尽管中西结合在夏志清的文学批评中已达到融会贯通的程度，本书所论其文学批评中的中国传统文论方法、意识与思维亦只求吻合而不刻意区别孰中孰西，然而，一个必然的追问是：“中”与“西”两种不同因素在夏志清的精神视景里，分别是以何种方式存在的？

这就必须考察夏志清个人的求学经历与治学领域的变化。出生于1921年的夏志清，在现代中国动荡忧患的环境中成长，1942年毕业于英文系，1947年赴美之后，“从英国文学入手，自诗歌而诗剧，而小说，更扩展到西洋文学经典著作，然后转折回来专攻中国古今小说”[2]。多年的西方文学阅读与专业训练的结果，使夏志清一开始研究中国现代小说史时，更像个“西洋文学研究者”，也使其中国现代文学研究一开始就显示出明显的“西化”特征。对于自己治学领域的变化，夏志清也说过：“我至今觉得自己很幸运：先治西洋文学，再攻中国文学，一点也没有走冤枉路……一个研究我国传统任何一方面的学人，假如他对西洋文化并无较深入的了解，就吃了很大的亏。”[3] 此语自然是就治学视野而言，然而，假如夏志清当初的“先治西洋文学”是一种幸运，多少带有一点偶然性，那么，他的“再攻中国文学”是否就是一种必然的选择呢？以大多数海外华人批评家的选择来看，这种猜想不无道理。对于海外华人学者来说，无论他们如何“西化”，“中国”作为文化血缘关系的传统，终归是他们的必然选择。这种必然，带有一种先天的感性。在论及小品文的“传统的感性”时，夏志清说过这么一句话：“一个作家，为了自觉地反抗培育他的传统，或许容易接

---

① 黄维樑：《文学博士夏志清》，参见黄维樑：《文化英雄拜会记：钱钟书、夏志清、余光中的作品与生活》，（台北）九歌出版社2004年版，第68～80页。

② 林以亮：《禀赋·毅力·学问——读夏志清新作〈鸡窗集〉有感》，参见夏志清：《鸡窗集》，（上海）三联书店2000年版，第1页。

③ 夏志清：《鸡窗集·自序》，第21页。

受一种新的信仰和哲学，但是他不可能仅凭意志去改变他的感性。”① 这句话用在夏志清自己身上也不能说不适合——就夏志清的中国文学研究而言，如果说西学是一种训练，那么“中国”就是一种感性，以注重作家才性、批评家体悟、知人论世方法、儒家入世情怀等方式，在其接受多年西学训练的思想背景里，仍然不露痕迹地发挥着作用，显示出“中国批评方式”在世界汉学界的独特价值。

第二节　王德威：彼岸的中国“想象”

王德威（Wang, David Der-wei），台湾大学外文系毕业，美国威斯康星大学麦迪逊校区比较文学博士。曾任教于台湾大学、美国哈佛大学、哥伦比亚大学东亚系，现任美国哈佛大学东亚语言及文明系 Edward C. Henderson 讲座教授、复旦大学“长江学者”讲座教授。2004 年获选为台湾“中央研究院”第 25 届院士，2006 年获得“华语文学传媒大奖”年度文学批评家等荣誉。英文著作有 *Fictional Realism in 20th-Century China: Mao Dun, Lao She, Shen Congwen*（1993 年）、*Fin-de-siècle Splendor: Repressed Modernities of Late Qing Fiction, 1849–1911*（1997 年）、*The Monster That is History: History, Violence, and Fictional Writing in Twentieth-century China*（2004 年）等。中文著作有《从刘鹗到王祯和：中国现代写实主义散论》（1986 年）、《阅读当代小说：台湾·大陆·香港·海外》（1991 年）、《小说中国：晚清到当代的中文小说》（1993 年）、《想像中国的方法：历史·小说·叙事》（1998 年）、《如何现代，怎样文学?：十九、二十世纪中文小说新论》（1998 年）、《被压抑的现代性：晚清小说新论》（2000 年）、《现代中国小说十讲》（2000 年）、《众声喧哗：三〇与八〇年代的中国小说》（2001 年）、《众声喧哗以后：点评当代中文小说》（2001 年）、《跨世纪风华：当代小说 20 家》（2002 年）、《历史与怪兽：历史·暴力·叙事》（2004 年）、《后遗民写作》（2007 年）等。编著《台湾：从

① 夏志清：《中国现代小说史》，第 93 页。

文学看历史》（2005 年）等文学选本多种，译有福柯《知识的考掘》(1993 年)。

作为继夏志清、李欧梵之后在中国大陆影响较大的海外华人批评家，王德威为大陆学界所熟知应该始自其提出的晚清“被压抑的现代性”命题，该命题“对中国现当代文学研究造成了强烈的冲击，很少有一个中国现当代文学的命题‘这样被反复谈论’”[①]。针对王德威“没有晚清，何来‘五四’”的呼声及其亟亟为晚清文学重新定位的诉求，论者或质疑其表面“多元”而实质“二元”的立论前提，或指责其没有真正返回中国的历史现场，回避对作为文学本质的语言的现代性的探讨，或指出其深层的历史方法的谬误，总的来说，弹甚于赞，大多倾向于为“五四”作为中国“现代”文学的起点辩护。[②] 然而，相对于“五四”，王德威把早前学界关于中国现代文学的研究范围向前推至“晚清”，这样一种研究取向，是否带有些许探寻中国现代文学传统的意味？以此为切入点，我们能否觅得王德威探寻传统的表面行为背后真正的中国“传统”因素？

一、晚清文学研究与现代性反思

王德威在其名文《没有晚清，何来“五四”?》的第一段末尾开宗明义提出：

在世纪末重审现代中国文学的来龙去脉，我们应重识晚清时期的重

---

① 王晓初：《褊狭而空洞的现代性——评王德威〈被压抑的现代性——晚清小说新论〉》，《文艺研究》2007 年第 7 期。

② 参见冷露：《评王德威“被压抑的现代性”说》，《中国现代文学研究丛刊》2002 年第 2 期；林分份：《史学想象与诗学批评——王德威的中国现代小说研究》，《当代作家评论》2005 年第 5 期；张志云：《一个错位的“晚清”想象——评王德威“被压抑的现代性”说》，《云南民族大学学报》（哲学社会科学版）2006 年第 23 卷第 5 期；吴福辉：《寻找多个起点，何妨返回转折点——现代文学史质疑之一》，《文艺争鸣》2007 年第 7 期；王晓初：《褊狭而空洞的现代性——评王德威〈被压抑的现代性——晚清小说新论〉》，《文艺研究》2007 年第 7 期等。

要，及其先于甚或超过“五四”的开创性。[①]

可见，“晚清”在王德威的现代中国文学研究中，最基本且首要的意义便是“现代中国文学的来龙去脉”的关键所在。换言之，王德威之重视晚清，目的之一就是探寻中国现代文学的传统和发展去向。鉴于此，王德威在论述其所谓晚清“新旧杂陈、多声复义”的现象时，特别重视晚清在历史时间上与前之经典说部、后之现代小说的关系。如《荡寇志》使“小说与政治的主从关系，迈入了新的‘技术’模式”，《品花宝鉴》使“小说与情色主体的辨证，也变得益发繁复”，“几乎所有经典说部，从《水浒传》到《红楼梦》，均在此时遭到谐仿”；《浮生六记》、《何典》“对20世纪作家的浪漫或讽刺风格，各有深远影响”，《何典》还可视为“‘五四’白话文学的又一先导”[②]。故此，传统正是王德威所谓“被压抑的现代性”第一个方向的题中之义——“它代表一个文学传统内生生不息的创造力”[③]。

这一文学传统的创造力的重要体现，便是王德威以晚清为结点而辐射开来的中国现代文学谱系。王德威把晚清小说归纳为四大文类：狎邪小说、侠义公案小说、丑怪谴责小说、科幻奇谭，并且认为这四个文类“预告了20世纪中国‘正宗’现代文学的四个方向”，其不仅在鸳鸯蝴蝶派、新感觉派、武侠小说中作为“潜存的非主流创作力依稀可辨”，而且即使在正统“五四”典律内的作品中，也有有意无意的“泄露”[④]；更重要的是，在20世纪末两岸四地的中文小说中，“中国文学已然重拾晚清即已开始、至今尚未完成的‘发明’现代的工作”[⑤]。于是，在王德威的中国现代小说研究中，我们处处可见其对文学谱系的梳理：老舍、张天翼、钱钟书、王祯和等的笑谑倾向；沈从文、宋泽莱、莫言、李永平等对“原乡神话”的追逐；张爱玲、苏伟贞、施叔青、朱天心等的现代“鬼”话；中国

① 王德威著，宋伟杰译：《被压抑的现代性——晚清小说新论》，北京大学出版社2005年版，第1页。

② 王德威：《被压抑的现代性——晚清小说新论》，第4页。

③ 王德威：《被压抑的现代性——晚清小说新论》，第10页。

④ 王德威：《被压抑的现代性——晚清小说新论》，第55、56页。

⑤ 王德威：《被压抑的现代性——晚清小说新论》，第15页。

现代文学中母亲形象、诗人之死、“革命加恋爱”叙述线索；从晚明到清代到现代的中国小说中的“恶”的叙述，等等。在这一条条文学谱系的链条中，尽管王德威非常注重这些作品在相互影响之中的流变，但如此自觉且频繁的类型化、单元化的比较研究，给人的印象则更多是对文学传统的梳理。对此，王德威谓之为“傅柯式的探源、考掘工作”①。探源溯流，在王德威的现代中国小说研究中，可以说是一项最基本的工作，或者说研究方法，正如其所说：“我的研究必须是历史性的，即将当代论述置于知识与文学的传统中考量。”②

事实上，王德威的学术谱系梳理指向的是20世纪末的华语小说，其关于晚清文学的探讨正是以“晚清说部与20世纪末中文小说的潜在对话”作结，而这种世纪末与世纪末的对话，是以“众声喧哗”为基本特征的。王德威正是借此“提醒读者注意‘五四’之前与当代这两个时代潜藏的对话交往，因此打开以往现代时期的头尾坐标”③。由此，我们可以看出王德威所探讨的“晚清现代性”的特质及其与“‘五四’现代性”的关系。王德威对这两者关系最集中的表述是：

> “五四”其实是晚清以来对中国现代性追求的收煞——极仓促而窄化的收煞，而非开端。④

这句话包含两个重要信息：一是“五四”与晚清在中国现代文学中的起点地位，二是“五四”单一现代性对晚清多元现代性的窄化。借着19世纪末与20世纪末这两个头尾时代的对话，“五四”被搁置的同时亦被颠覆了，而王德威最终要彰显的则是与“五四”单一现代性相对的晚清多元现代性。

可见，王德威的晚清文学研究的最终目的在于“对现代性的反思”，正如其所说，是为了“发掘多年以来隐而不彰的现代性线索”⑤。所以，王

---

① 王德威：《被压抑的现代性——晚清小说新论》，第56页。
② 王德威：《被压抑的现代性——晚清小说新论》，第55页。
③ 王德威：《被压抑的现代性——晚清小说新论》，第366页。
④ 王德威：《被压抑的现代性——晚清小说新论》，第56页。
⑤ 王德威：《被压抑的现代性——晚清小说新论》，第5页。

德威的晚清文学研究就并不是简单地回归传统，而是回到传统中寻找现代性的起源和线索。

同时，王德威提倡众声喧哗的晚清现代性，以此为真正的中国本土现代性而与“五四”争夺中国现代性的话语权，这种本土现代性本身还包含着一层国际向度。因为“晚清之得称现代，毕竟由于作者读者对‘新’及‘变’的追求与了解，不再能于单一的、本土的文化传承中解决”[①]，因而在王德威看来，国际对话情景成了本土现代性的题中之义。因此，可以说，王德威对晚清文学及本土现代性的研究，既内含传统的维度，也有来自西方的影响。

二、想象史观与“历史怪兽”

王德威的探源溯流与文学谱系整理也显示出其中国现代文学研究中的历史意识。不仅如此，除了文学史本身的线索整理之外，其历史意识还表现在以下一些方面：

其一，注重分析作家作品所处的时代社会背景，甚至引用历史著述，如分析中国现代小说“革命加恋爱”叙述线索时对1927年大革命失败前后社会政治的分析[②]；在讨论茅盾、姜贵、安德烈·马娄三个人的小说中历史叙述的运作前，引用了大段的历史资料。

其二，除了文学作品本身，作家的人生经历，甚至作家写作的行为、读者阅读行为本身，亦成为其分析的对象，或者说文本。例如，论述“革命加恋爱”时作家文学创作中的革命叙述与其自身爱情经历的结合，认为“他们‘现实生活中’的爱情故事与他们的革命文学事业，产生极可观的互动关系”[③]；又如，诗人之死的论述以诗人的自杀行为本身为研究对象，结合其创作，探析自杀、写作与（后）现代性形成的极复杂的对话关系[④]。

其三，注重解读作品深层的历史、政治意识形态及其与现实政治的对

---

① 王德威：《被压抑的现代性——晚清小说新论》，第6页。

② 王德威：《历史与怪兽：历史·暴力·叙事》，（台北）麦田出版社2004年版，第19～95页。

③ 王德威：《历史与怪兽：历史·暴力·叙事》，第64页。

④ 王德威：《历史与怪兽：历史·暴力·叙事》，第155～225页。

话与互动关系，这应该是王德威文学研究的一大特色，或者说最大关注点。无论是晚清“被压抑的现代性”的“五四”针对性、“小说中国”的由小说虚构中国，还是“历史的怪兽”如何在一个世纪以来以不同的形式肆虐中国，其文学研究总是以文学作品与历史、政治意识形态之间的互动为旨归。正如其所说：“小说、历史、政治间错综纠缠的关系，是二十世纪中国小说最重要的课题之一”，“现代小说自文类的形成、内容与形式的取舍，在在见证意识形态及权力的角逐，而小说与历史间所谓的虚实对话，永远是带有政治意味的好戏”。①

在王德威的中国现代文学研究中，“历史”无所不在，正如其自承：“文学与历史的互动一向是我所专注的治学方向。”② 但是让人迷惑的是，历史在其文学研究中的地位似乎超越了文学本身而成为主角，而且除了文学谱系整理与时代社会背景分析，小说与作家、小说与历史及政治的虚虚实实、交互错综的关系处处挑战着读者对“历史”传统理解的界限。这让人不得不思考王德威对于“历史”的理解和定义，以及历史与文学的关系。

早在“晚清现代性”提出的时候，就有论者指出王德威史学方法中的“想象”成分。所谓“被压抑的现代性”是基于想象的结果，这点王德威并不讳言。在他看来，“比起‘五四’之后日趋窄化的‘感时忧国’正统，晚清毋宁揭示了更复杂的可能”，而“有幸发展成为史实的，固属因缘际会，但这绝不意味着稍稍换一个时空坐标，其他的契机就不可能展现相等或更佳（或更差）的结果”，所以，“作为文学读者，我们却有十足能力，想象历史偶然的脉络中，所可能却并未发展的走向”。③ 王德威之返回晚清，正是为了想象那段没有成为史实的“历史”，或者说，想象才是王德威得以返回晚清的途径。那么，王德威何以这么自信，凭想象即可返回历史？进一步阅读王德威的其他相关著述，即可发现，“想象”其实是根植于王德威所谓历史的概念中的。

在《历史·小说·虚构》一文中，王德威系统阐述了自己对“历史”

---

① 王德威：《小说中国——晚清到当代的中文小说》，（台北）麦田出版社 1996 年版，第 13 页。

② 王德威：《历史与怪兽：历史·暴力·叙事》，第 5 页。

③ 王德威：《被压抑的现代性——晚清小说新论》，第 2、8、9 页。

的看法。其主要吸取西方阐释学家与新历史主义者的相关观点，认为他们的理论“提醒我们注意到大多数学者所忽略的历史‘写作’层面”，而“历史可视为一种拥有本身话语类型的叙事陈述”，所以，“只有在我们认清历史具有‘文本特质’（textuality）及叙述活动性质之时，我们才能开始讨论历史话语陈述；而历史陈述‘可信度’的达成主要并非仅根据众说纷纭的‘事实’，而是来自人类对事物‘可理解性’（intelligibility）所作的努力”。[①] 可见，在王德威看来，作为一种叙述活动的历史，本质上带有与文学类似的虚构性质，这样一来，想象历史又有何不可呢？历史学家通过历史遗迹、史籍想象历史，而王德威则通过文学文本及创作活动想象历史，在这个意义上，二者可谓殊途同归。于是，历史与小说的界限开始模糊。

在确定历史的虚构性的基础上，王德威进一步确认小说虚构历史的作用：“比起历史政治论述中的中国，小说所反映的中国或者更真切实在些”[②]，“相对于历史叙事，我以为文学虚构反而更能点出二十世纪中国所经历的晦暗与不明”[③]。他于是主张“小说之类的虚构模式，往往是我们想象、叙述‘中国’的开端”，而他的目的，却“不在于藉小说来补充、映照所谓历史事件的原貌，而在于指证小说与历史叙述、虚构与事实间，相互辩证、运作的错综关系”[④]。王德威还进一步强调：“我们如果不能正视包含于国与史内的想象层面，缺乏以虚击实的雅量，我们依然难以跳出传统文学或政治史观的局限”，因此，他“一反以往中国小说的主从关系”，提出“小说中国是我们未来思考文学与国家、神话与史话互动的起点之一”[⑤]。

王德威“想象”、“虚构”的历史观对西方相关理论的借鉴是明显的，但对中国读者的传统史观造成了很大冲击。实际上，王德威对自己有别于中国传统的史观是有着非常自觉的认识的。他认为中国古典小说所涵藏的

---

① 王德威：《想像中国的方法：历史·小说·叙事》，三联书店 1998 年版，第 299、301 页。

② 王德威：《小说中国——晚清到当代的中文小说》，第 3 页。

③ 王德威：《历史与怪兽：历史·暴力·叙事》，第 6 页。

④ 王德威：《小说中国——晚清到当代的中文小说》，第 4、32 页。

⑤ 王德威：《小说中国——晚清到当代的中文小说》，第 4 页。

历史话语“不仅意指中国古典小说惯于指涉或撷取官方或半官方史学著作中的技巧、主题甚或角色与背景，同时也涵盖一似真写实模式——这种写实模式不论其素材为真为假、史学上信而有征或仅系虚构，均要求作者与读者将之视为一‘有意义’的历史记载”[①]；这一历史话语作为一种“道德指导原则，或作为解释不可能存在事物的立论基础”，“毋宁是提供我们研究历史时一个优先考虑的理念，也就是我们期望从过去学到某些‘有意义’的东西”[②]。在此，王德威以“似真”代替传统的“模拟”，在承认文学对客观事物拟仿的同时，也提醒我们注意文化历史环境塑造“真实”感的动机，而“拟仿”是有别于“模拟”的，意在忠实复制世界表象。[③] 换言之，王德威不仅颠覆了中国传统史观对“真实”的信仰，而且试图探讨形成这一信仰背后的文化、历史与政治机制。这正是王德威注重解读作品深层的历史、政治意识形态及其与现实政治的对话与互动的原因。

有趣的是，虽然王德威受西方阐释学与新历史主义的“想象”史观影响非常大，然而在冲击中国传统史观的同时，却又在中国史学叙述的传统中找到了依据。如其在《历史与怪兽：历史·暴力·叙事》一书的“序论”中所写：该书书名中的“怪兽”“其实颇有所本，指的是远古传说中的‘梼杌’。梼杌典出《神异经》，这种怪兽外表怪诞，本性凶劣，且好斗不懈”[④]。而耐人寻思的是，在《孟子》中，梼杌也是历史的代称；在晚明《梼杌闲评》中，梼杌“既是对历史的投射，也可延伸为说书人对小说地位的反省”[⑤]。因此，“梼杌”一词在中国传统叙述中经历了“由怪兽到魔头、恶人、史书、小说的转变”[⑥]。王德威的“想象”史观虽不是直接受此启发而产生，但对“梼杌”的探源溯流和发现使他感叹“我们对传统里面各种年代知识分子文人对历史等问题的思考，却视而不见，或注意不够”，

---

① 王德威：《想像中国的方法：历史·小说·叙事》，第303页。
② 王德威：《想像中国的方法：历史·小说·叙事》，第304页。
③ 王德威：《想像中国的方法：历史·小说·叙事》，第314页。
④ 王德威：《历史与怪兽：历史·暴力·叙事》，第8页。
⑤ 王德威：《历史与怪兽：历史·暴力·叙事》，第9页。
⑥ 王德威：《历史与怪兽：历史·暴力·叙事》，第9页。

因此在做现代文学史的时候，也“特别希望强调这个传统的层面”①。

但是，如前所述，在王德威的文学研究著作中，历史的分量甚至超过文学本身——不仅极少对作家作品作直接的评价定位，而且其以文学谱系、类型与单元模块展开的现代中国文学研究，貌似分门别类地把众多的作家作品网罗其中，但最重要的仍不过是其事先划分好的类别和线索，也就是其设想中的历史与意识形态内涵。这就如同以网捕鱼，或许由于渔翁太在意自己手中的渔网结不结实、好不好看，反而忽视了网中的鱼的大小，甚或是不是鱼。而且，历史、政治与意识形态在王德威的文学批评系统中并没有细致的区别，混为一谈似乎也无不可，从而更使其文学研究显示出一种泛文化的特征。对此，曾有论者指出：“晚清小说在王氏的眼中不再是一个自我满足的封闭的系统，而是一个开放的文化研究的读本。”②这句话用在王德威的现代中国文学研究中也未尝不合适。

三、多元循环观念与中国传统辩证思维

阅读王德威的现代中国文学研究著作，不难发现，“辩证”、“否定”、“暧昧”、“对话”、“循环”、“回旋”、“吊诡”等词语出现的频率非常高，而这些词语给人的感觉总体上是不确定、闪烁、矛盾的。不妨看看一些例子：

辩证：“我的目的，不在于藉小说来补充、照映所谓历史事件的原貌，而在于指证小说与历史叙述、虚构与事实间，相互辩证、运作的错综关系”③；“写实小说内蕴一种否定的辩证（negative dialectic）。这种辩证显示，作家越是书写，越是暴露他们的无力感，显示他们无法到达那个唯有透过革命才能达到的理想家国形态……革命行动的完成也可能指向革命书写本身意义的作废”④。

---

① 李凤亮：《二十世纪中国文学研究的整体观及其批评实践——王德威教授访谈录》，《文艺研究》2009 年第 2 期。

② 徐萍：《行走于真实和虚构之间——论王德威的小说观》，《语文学刊》2006 年第 8 期。

③ 王德威：《小说中国——晚清到当代的中文小说》，第 32 页。

④ 王德威：《历史与怪兽：历史・暴力・叙事》，第 25 页。

否定："鲁迅以惊见砍头所象征的意义崩裂起家，竟至自身迎向崩裂的主题、人物与风格，以作为对此一现象的批判。这不能不看做是一为求'全'却自我割裂、否定的极致演出"①；"只要我们仍然视写实主义为一种'否定的叙事策略'，用以反映（男性）作家对革命与爱情未曾实现或未能企及的欲望，白薇不无可疑的'写实'作品，就有更大的探讨空间"②。

暧昧："我以为诗人（闻捷——笔者注）非常可能是从他曾坚信的'极权主义'教条中，汲取他'极端主义'的死亡动机。如此，他的死便为阿尔瓦雷的二分法添加了暧昧的层次"③；"在这部小说的叹息及眼泪背后，我们似乎也听到一种捉摸不定的、暧昧的笑声潜伏左右"④。

对话："自杀、写作与（后）现代性，在过去四十年间的中国文学史里，形成了极复杂的对话关系"⑤；"沈从文在中期以后的作品中，似已逐渐体认是类写作情景的吊诡性。而其最戏剧性的告白，则非《边城》与《长河》两作所形成之对话形态莫属"⑥。

回旋、循环："当多数作家对共产党兴起作线性的、因果逻辑的描述，姜贵看到的却是一种回旋，在其中政治、道德、欲望的驱力相互纠缠，从而产生不可思议的畸形怪物"⑦；"张爱玲一脉的写作绝少大志。以'流言'代替'呐喊'，重复代替创新，回旋代替革命，因而形成一种迥然不同的叙事学"⑧；"合而观之，这三位作家（指茅盾、姜贵与安德烈·马娄——笔者注）与作品间形成极有趣的对话关系：历史与虚构、政治与文学、左派与右派、传统与现代、集权与解放、大我与小我，东方与西方这些重要议题，在他们的生命与作品中相互涤荡，循环质诘……"⑨

---

① 王德威：《小说中国——晚清到当代的中文小说》，第20页。

② 王德威：《历史与怪兽：历史·暴力·叙事》，第59页。

③ 王德威：《历史与怪兽：历史·暴力·叙事》，第171页。

④ 王德威：《小说中国——晚清到当代的中文小说》，第61页。

⑤ 王德威：《历史与怪兽：历史·暴力·叙事》，第162页。

⑥ 王德威：《小说中国——晚清到当代的中文小说》，第255页。

⑦ 王德威：《历史与怪兽：历史·暴力·叙事》，第114页。

⑧ 王德威：《张爱玲再生缘——重复、回旋与衍生的叙事学》，参见刘绍铭、梁秉钧、许子东编：《再读张爱玲》，山东画报出版社2004年版，第9页。

⑨ 王德威：《小说中国——晚清到当代的中文小说》，第33页。

这些词语于王德威的笔下，小自一个作家及其创作行为本身、作家作品之间、一种文学潮流或写作形式内部，大至其文学研究的根本指向——文学与历史、意识形态内涵之间的关系，乃至其历史发展观，或为内部（或自身）的自我否定、质诘，或为二者之间的相互否定、对立与对话，甚至多者之间的相互映照。抛开这些词语本身的具体意义不说，其所起的结构形式的作用，已足以让人联想到王德威文学研究的根本思维模式。那么，这些词语所反映出来的王德威的批评思维又是怎样的呢？

单从字眼上看，这些词语总体上的不确定、闪烁、矛盾特征，与传统的单一、确定价值观背道而驰，却与（后）现代的内在逻辑和精神特征不谋而合。事实上，王德威在其文学研究中所大量采用的现代西方文学理论、批评方法，在很大程度上反映出其这方面的思维特征。例如，探讨诗人之死时对阿尔瓦雷两种追求“自我了断”类型的借鉴、从后设叙事的角度解读顾城的小说《英儿》、在讨论台湾女作家的边缘诗学时对斯皮瓦克边缘观点的引用等。阅读其文学批评著作，读者不难从中发现弗洛伊德、德勒兹、福柯、布希亚、德里达、本雅明、巴赫金、热纳特等大家的影子。而其中运用最多，在王德威的文学批评中起着重要的指导作用的，无疑是福柯的知识地理探勘和权力理论及巴赫金的对话与狂欢理论。对小说与历史、意识形态互动关系的关注，对“众声喧哗”的文学图景的向往，王德威文学研究中的这两点重要特征，或者说旨归，皆来源于此，而其达到这两种目的的途径也就是运用这些文学批评理论所展开的解构和建构过程，也即通过否定作辩证思考，借暧昧模糊界限，用对话强调开放，以回旋、循环反抗单一、线性。正如其所言：“由于巴赫金（Bakhtin）、傅柯（Foucault）等人的述作影响，当代读者应更能理解，每一个时代皆充斥着复杂的矛盾与冲突。”① 曾有论者指出，“其对中国小说的解读中，解构主义的幽灵每每游弋其间，竟至成为其文本阐释的一大头彩”②。王德威亦不讳言自己对解构方法的运用：“‘谴责’小说强烈地引导我们采取一种解构

① 王德威：《被压抑的现代性——晚清小说新论》，第 10 页。

② 林分份：《史学想象与诗学批评——王德威的中国现代小说研究》，《当代作家评论》2005 年第 5 期。

（deconstruction）的看法”[①]，“九十年代以来的作品告诉我们一个新的教训：即便是那脆弱的诗学的正义也需加以解构，才能显示历史的不义”[②]。对此，林分份的评论更为肯定：“王德威在此亮出了解构思维的底牌。”[③]然而，在王德威的现代中国文学研究中，“解构”到底是一种方法，还是思维模式？这尚待商榷。

从前面提取的关键词语来看，可以发现其内涵相互之间具有一定的重叠、互补性。例如，“辩证”就常与“否定”一起使用，“暧昧”在模糊界限的同时亦是对原存界限的“辩证”思考，同理，“循环”相对“线性”也当然更具辩证色彩。因此，“否定”、“暧昧”、“循环”皆可视为达到“辩证”的方法或者途径，在王德威的文学批评中，则表现为作家创作自身、一种文学思潮或创作形式内部自相矛盾的两个方面，或者，作家作品之间、文学与历史、意识形态之间错综复杂的关系。无论如何，终有“二元”的客观存在。例如，小说—历史叙述、虚构—事实、极权主义—极端主义、眼泪—笑声、流言—呐喊、重复—创新、回旋—革命、传统—现代……不胜枚举。但是，读者不难发现，在这些二元概念之间，王德威并不作简单的“二选一”的是非判断，而是更注重它们相互之间超越对立的更加复杂的关系，或否定，或暧昧，或循环。如果用一个词语来概括，在王德威的文学批评中出现频率同样很高的“对话”应最为合适。通过否定、暧昧、循环的辩证思维，王德威突破了简单的二元对立模式而达到对话的理想状态。而超越二元对立的结果，在王德威的愿景里，自然是众声喧哗的“多元”局面：就晚清小说而言，“呈现出一个多音复义的局面，其‘众声喧哗’之势足以呼应当时那个充满爆发力的时代”[④]；就20世纪中文小说而言，则是整合了“两岸四地”和北美地区华语文学创作、跨越以往“中央与边缘、正统与延异的对比”的“众声喧哗”新格局。另外，“回旋”、“循环”还反映出王德威的文学、历史发展观。王德威对张爱玲

---

① 王德威：《从刘鹗到王祯和：中国现代写实主义散论》，（台北）时报文化出版企业有限公司1986年版，第75页。

② 王德威：《被压抑的现代性——晚清小说新论》，第374页。

③ 林分份：《史学想象与诗学批评——王德威的中国现代小说研究》，《当代作家评论》2005年第5期。

④ 王德威：《被压抑的现代性——晚清小说新论》，第21页。

的“回旋”诗学的命名、对“毛派”问题螺旋循环式发展的揭示、对世纪末与世纪末文学对话中“回旋不已的冲动”的洞察……处处向读者诉说着其对卷曲内耗式审美的迷恋，以及对线性发展的反动。由此，“多元”、“循环”可以说是王德威现代中国文学研究中起根本性作用的两个重要观念，决定着其在空间坐标上对众声喧哗的文学格局的向往与在时间坐标上对“反线性”的执著。这两种观念，正是王德威以解构为方法进行辩证思维的结果。

王德威的辩证思维，以解构为方法而达至多元、循环的文学观念，其“解构”方法如前所述虽是以西方现代文学理论为工具，然而“辩证”思维、“多元”与“循环”的文学观念却交织着中西两种思维方式，反映出其在“中”与“西”之间的折中与取舍。

如前所述，王德威提出“晚清现代性”带有颠覆“五四”现代性的潜在目的。如王德威所述：“我们无须视文学的现代进程——不论是在全球或地区层次——为单一、不可逆的发展。现存的许多现代性观念都暗含一个今胜于昔（或今不如昔）的时间表。相对于此，我以为在任何一个历史的关键上，现代性的显现都是许多求新求变的可能相互激烈竞争的结果。然而这一竞争不必反映优胜劣败的达尔文铁律；其结果甚至未必是任何一种可能的实践”[①]，此中“单一”、“不可逆”在极大程度上正是指向“五四”现代性。关于单一，王德威认为“其原因自西方的文化垄断到中国的激烈的反传统主义，不一而足”[②]；而关于线性，却是西学东渐并以西方是尚的结果。在此，王德威表现出打破西方现代性话语霸权、寻找真正的中国现代性的拳拳苦心——“以西方为马首是瞻的现代性论述，也不必排除中国曾有发展出迥然不同的现代文学或文化的条件”，“假若我们对中国文学现代性的了解，仅止于迟到的、西方的翻版，那么所谓的‘现代’只能对中国人产生意义”[③]。由这点出发，王德威以“循环”反“线性”，意欲寻找真正的中国现代性，却与中国传统辩证思维特质不谋而合。以中国为代表的东方辩证思维走的是循环式的封闭道路，以“两极”和“中庸”为

---

① 王德威：《被压抑的现代性——晚清小说新论》，第7页。

② 王德威：《被压抑的现代性——晚清小说新论》，第10页。

③ 王德威：《被压抑的现代性——晚清小说新论》，第7、8页。

特征，而西方辩证思维走的是螺旋式的上升道路，以“正—反—合”为特征；前者导致折中的“和”，只能原地徘徊，不能前进，后者则走向“合”，向上、向前发展。[①]“五四”现代性的线性发展观尽管受西方现代自然科学进化观的影响很大，恐怕也不能避免西方辩证哲学的螺旋式上升逻辑，而王德威的循环发展观则在一定程度上显现出与中国传统辩证思维的相似之处。此其一。

其二，中国传统辩证思维的最主要原则——“中和”，强调执其两端而用其中，提倡事物的兼济性与中和之美，可谓是对二元对立一定程度的超越，但其重在补充，主次之分非常明显。相对而言，王德威以解构为方法，突破二元对立而走向对话，进而“多元”共存，虽然可能只是一种理想愿景，但仍可谓是其借鉴西方而对中国传统辩证思维的补益和发展，值得深思。

由上所述，可以看到，王德威以晚清现代性为起点而展开的现代中国文学研究中，中西两种因素交织纠缠之关系异常复杂：他对晚清文学及本土现代性的研究，内含传统的维度，也有来自西方的影响；而他受西方阐释学与新历史主义影响非常大的“想象”史观，在冲击中国传统史观的同时，却又在中国史学叙述的传统中找到了依据；最后，其以解构为方法、多元循环的辩证思维既符合中国传统循环观的时间逻辑，又以对话、多元对中国传统辩证思维有所补益和发展。其中，“西方”因素尤为明显，而“中国”因素反似无意识、不自觉的“泄露”，甚至可以说只是一种巧合。如果说，王德威的中国现代文学研究亦是其对中国的一种想象，这就让人不得不思考：他的这种想象是否带有太多西方的印迹？正如其所言：“浪迹国外，古中国的一切竟成为一种新的异国情调。”[②]

---

① 褚兢：《东西方哲学发端时期辩证思维之差异》，《萍乡高等专科学校学报》1991年第1期。

② 王德威：《小说中国——晚清到当代的中文小说》，第245页。

第三节　黄维樑：文论雕“龙”者

黄维樑，广东澄海人。1969 年毕业于香港中文大学中文系，获学士学位；1976 年获美国俄亥俄州立大学文学博士。1976 年至 2000 年任教于香港中文大学中文系，2003 年起任台湾佛光人文社会学院文学系教授。自 1981 年起，历任美国、中国大陆和台湾多所大学客座教授，曾任香港作家协会主席，1992 年起担任香港作家联合会副会长，2001 年起担任香港新亚洲出版社总编辑、新亚洲文化基金会秘书长。著有《中国诗学纵横论》（1977 年）、《怎样读新诗》（1982 年）、《香港文学初探》（1986 年）、《中国文学纵横论》（1988 年）、《中国古典文论新探》（1996 年）、《香港文学再探》（1996 年）、《中国现代文学导读》（1998 年）、《中西文论比较》（2002 年）、《期待文学强人：大陆台湾香港文学评论集》（2004 年）等学术论著；编著《中国现代中短篇小说选》（1984 年）、《中华文学的现在和未来》（1994 年）等多部书籍；著有散文《突然，一朵莲花》（1983 年）、《大学小品》（1985 年）、《至爱：黄维樑散文选》（1995 年）等。曾获梁实秋文学奖（翻译奖）等多项写作奖。

刘勰为解“文心”、析文采而写出中国文学批评史上第一部体系严密、“体大而虑周”的文学理论专著——《文心雕龙》，而今，亦有一人竭力“让雕龙成为飞龙”①，并以此为中心，为中国古代文论的现代转换做了大量实际的工作——此人正是黄维樑。黄维樑在中国古代文论的现代转换以及中国本土文论的体系建设方面具有非常自觉的意识，其所做的努力在文论严重“西化”的今天让人印象深刻，其所雕之龙正是“中国”文论之龙。

黄维樑早期的《怎样读新诗》曾引起较大反响。例如有论者谓之“试

---

① 黄维樑：《20 世纪文学理论：中国与西方》，参见《让〈文心雕龙〉成为文论飞龙——中国古代文论的体系建设与现代应用》（试行本），2008 年 10 月编印，第 8 页。《让〈文心雕龙〉成为文论飞龙——中国古代文论的体系建设与现代应用》为作者编印的试行本，非正式出版，经作者本人同意授权使用。

验一种中西统合的方法，把诗论带向新境界”，在传统与现代如何衔接上，“有实质的探讨”①，较为准确地指出了黄维樑文学研究中主要和显著的特点。然而，到目前为止，就笔者所见的材料，对黄维樑的相关论述大多集中于其散文写作与香港文学研究方面②，而对其文论研究及对中国古代文论的现代实践，除了在论述其文学研究中的中西比较方法时有所涉及之外③，还没有专论对此作过较为系统、全面的探讨。联系到 20 世纪 90 年代以来，大陆学界兴起的那场几可谓“旷日持久”的关于中国古代文论现代转化的理论探讨，黄维樑在相关方面的探索和实践实属难能可贵，对其所做探索的得失经验进行研究总结也实为必要之举，下文将从研究重点、研究方法、思维倾向三个方面对黄维樑的中国古代文论研究和实践作比较全面的探讨。

一、《文心雕龙》：中国文论的体系建设

《文心雕龙》研究是黄维樑中国古代文论研究的一个重中之重。虽然也曾对中国诗话词话的批评手法做过比较系统的研究，但他认为：“体大虑周、高明而中庸的《文心雕龙》公认是中国古代文论的杰构，最宜优先成为重新诠释、现代应用、向外输出的文学理论。”④ 而其近年所做研究可

---

① 游志诚（游唤）：《文学批评的实践与反思》，台中县立文化中心编印，1993 年，第 265 ~ 278 页，转引自黄维樑：《附录二：〈怎样读新诗〉书评摘录》，《新诗的艺术》，江西高校出版社 2006 年版，第 341 页。

② 散文方面，如林宋瑜：《割不断的血脉——评黄维樑的两部散文集》，《暨南学报》（哲学社会科学版）1992 年第 4 期；朱寿桐：《写出心灵的健康与壮硕——评黄维樑的散文创作》，《江苏行政学院学报》2002 年第 3 期；柳泳夏：《为香港文化辩护：黄维樑散文的忧患意识》，《湖北师范学院学报》2003 年第 1 期。香港文学研究方面，如曹惠民：《“当前化”批评中的史家风度——评黄维樑的香港文学研究》，《评论和研究》1997 年第 4 期；曾绍义：《有容乃大——略论黄维樑的中国文学研究》，《当代文坛》2001 年第 1 期。

③ 例如，程亚林：《实事求是地比较中西文论》，《文艺理论研究》2005 年第 4 期；卢文芸：《黄维梁之纵横论及其他——论香港沙田派文论家黄维梁的文学批评》，《海南师范学院学报》（人文社会科学版）2001 年第 4 期。

④ 黄维樑：《20 世纪文学理论：中国与西方》，参见《让〈文心雕龙〉成为文论飞龙——中国古代文论的体系建设与现代应用》（试行本），第 7 页。

概括为以《文心雕龙》为中心的三个“尝试”：“尝试通过与西方文论的比较，重新诠释它；尝试以中西文论合璧的方式，以《文心雕龙》为基础，建立一具中国特色的文论体系”；“尝试把它的理论，用于对古今中外的实际批评”。[①] 如果说重新诠释是中国古代文论研究必要的基础工作，那么，试图以《文心雕龙》为基础建立中国文论体系，并且应用于实际批评才是黄维樑文论研究的重点和目标所在。

黄维樑曾将《文心雕龙》与西方文学理论名著亚里士多德的《诗学》、韦勒克和沃伦的《文学理论》，以及其他西方当代文学理论作比较，发现《文心雕龙》的视野比《诗学》和《文学理论》广阔得多，亦能涵括许多当代西方文学理论，因而其架构是非常宏伟的，足可以为“国宝”而更好地利用和发扬光大。[②]

由是，黄维樑以《文心雕龙》为基础建立了两套中国文论体系——一谓“情采通变体系”，另一套体系黄维樑没有给予命名，为了讨论方便，笔者根据自己的理解，在这里暂把它称为“本体外延体系”[③]。两套体系的主要架构如下：

情采通变体系	**本体外延体系**
情采	文学通论
诗言志	文学本体研究
圣贤书辞，总称文章，非采为何	文学外延研究
情者文之经，辞者理之纬	
情采：风格·文类	

① 黄维樑：《20世纪文学理论：中国与西方》，参见《让〈文心雕龙〉成为文论飞龙——中国古代文论的体系建设与现代应用》（试行本），第7页。

② 黄维樑：《〈文心雕龙〉与西方文学理论》，参见《中国古典文论新探》，北京大学出版社1996年版，第57~65页。

③ “本体外延体系”见于2006年10月南京“中国文学与文化的传统与变革”学术研讨会论文《以〈文心雕龙〉为基础构建中国文学理论体系》，“情采通变体系”见于2007年10月香港“东西方研究国际学术研讨会”论文《20世纪文学理论：中国与西方》，二文均收于黄维樑编印的《让〈文心雕龙〉成为文论飞龙——中国古代文论的体系建设与现代应用》（试行本）。

剖情析采（实际批评）	实际批评及其方法论
通变（文学史、分类文学史、比较文学）	文学史及分类文学史
文之为德也大矣（文学的功用）	

比较两套体系，可以发现，其实际内容没有分别，且实际批评和文学史是两套体系共同的组成部分，区别则主要在于：

（1）从语言表述上来说，情采通变体系采用的是中国古代文论的词汇，为文言；本体外延体系采用的是现代的词汇，是白话。

（2）从体系建构的基点或者骨干理论来说，情采通变体系更直接地以《文心雕龙》为基础，以“情采”、“通变”这两个具有一定统括作用的概念为骨干；本体外延体系依据的是韦勒克和沃伦对文学研究的“内在研究”、“外延研究”二分法及“文学理论”、“文学批评”、“文学史”三分法。

（3）从体系组成的具体细目来说，具体内容在归属的项目上互有交叉。例如，文学的功用在情采通变体系中被作为独立的大项目单列出来，在本体外延体系中则应属于文学外延研究；比较文学在情采通变体系中归入“通变”一项，而在本体外延体系中，则应该属于文学外延研究；在情采通变体系中，“情采”有两大独立分项——第一分项是对“情”、“采”各自含义、地位及其相互关系的阐释，第二分项则是对风格、文类这两种同时涉及“情”、“采”的文学概念的论述，这两大分项的具体细目在本体外延体系中可能归属于文学本体或外延研究，不能一概而论，但“情采”如若放在本体外延体系中，则应属于文学通论这一大部分；“剖情析采”这一项目限于“情”与“采”的含义，其所涉及的实际批评只能涵括刘勰“六观”中的“四观”，即位体、事义、置辞、宫商，另外“两观”——“奇正”与“通变”则归入“通变”一项之中，而在本体外延体系中，实际批评可以完整地涵括“六观”。

从整体上来说，本体外延体系层次更为分明，情采通变体系的各个纲目之间则有交叉重合之处，例如“情采”的第一分项和第二分项不能合而为一，“剖情析采”不能涵括“六观”，从而使“通变”一项中亦包含实际批评的项目。然而，关于情采通变体系，黄维樑谓之“具有中国特色的文论体系”[①]。其中国特色应该主要指以下两点：一是如上文所述语言表述用的是中国古代文论的文言词汇，其所用作纲目的“情采”和“通变”也的确是中国文论中有着独特内涵与统括作用的概念；二是情采通变体系实际上是由三大部分——（某一）文学作品（“情采”与“剖情析采”）、作品之间的相互比较（“通变”）、文学的功用（“文之为德也大矣”）组成，这一架构与本体外延体系有别，体现了中国人对文学认识的思维特点，同时，“比较文学”及“文学的功用”得到了强调。在情采通变体系中，文学的功用虽然也包括“文学的个人价值”，但无疑，“文学对国家社会的贡献”作为《文心雕龙》儒家思想的主要体现，更具有中国特色——对文学的社会功用的重视是中国古代文论的一个非常重要的特色，甚至对现代文学亦产生了重大影响，使文学与政治的关系一度达到极为密切的程度。黄维樑将其单独提出来作为一项，用心也应在此。关于比较文学，其本来是“先在西方兴起”，却“成为最近数十年来海峡两岸三地文学研究的一门显学”[②]，黄维樑于此体系中突出“比较文学”，一个重要的目的自然是为了说明中国古代文论中本来就有比较文学思想，我们大可不必唯西方的马首是瞻。

然而，此情采通变体系之“中国特色”并不那么纯粹。首先，其所采用的中国古代文论文言词汇在实际应用中须被“翻译”成现代白话，就连其主要架构“情”、“采”也须对应理解为“内容”与“形式”，这是现代人理解文言的必要之举。也即，这套以中国古代文言为语言形式的文论体系，只是徒有“文言”之表，其实质还必须是现代的语言和思维形式。其次，情采通变体系的总体架构实际上没有摆脱韦勒克和沃伦“三分法”——文学理论、文学批评、文学史的影响嫌疑，尽管黄维樑同时提出两套体系的目的在于进行明显的中西比较，以更突出情采通变体系的“中国特色”；另外，黄维樑对“比较文学”的强调本身就是受西方影响的证明。

此处分析两种体系的异同及其所谓中国特色，并不是主张“中国特

---

① 黄维樑：《20世纪文学理论：中国与西方》，参见《让〈文心雕龙〉成为文论飞龙——中国古代文论的体系建设与现代应用》（试行本），第7页。

② 黄维樑：《中国文学纵横论·发潜龙之幽光——新版自序》，（台北）东大图书股份有限公司2005年版，第1页。

色”必得是古代的而完全排斥现代和西方因素，实际上，“古代文论现代转换的出发点是如何处理古与今、中与西的关系这一问题”[①]。针对中国古代文论现代转换问题，王元化先生提出的“三结合”——古今结合、中西结合、文史哲结合的方法，其中的两个结合，就是针对古今、中西矛盾的。黄维樑建构的这两套体系正好突显的也就是古今、中西之矛盾。下面试从实际批评与中西比较的研究方法两个方面分析黄维樑对这两套体系的应用及其在“古今”、“中西”结合上的得失。

二、实际批评：中国古代文论的现代应用

夏志清先生在为黄维樑的第一本文学研究专著《中国诗学纵横论》所作的序中说：“维樑专以诗话词话作者‘实际批评’手法的高下精粗来鉴定中国诗学传统，可说还是创举。”[②] 此语点出了黄维樑中国古代文论研究的另一个重点，即对“实际批评”的重视。事实上，从其博士论文的选题《中国印象式批评：诗话词话研究》，到第一本学术专著，乃至到目前为止的学术生涯，实际批评始终是黄维樑学术研究中的一个重点，更是其中国古代文论研究的焦点和目标所在。如其所言：“对文学理论的研究，我的兴趣很大，可穷一生之力而为，但我却不甘心只研究理论，更希望把理论研究之所得，落实于对作品的批评”[③]；“至于把中国古代文论应用于现代作品的实际批评，则似乎仍未成气象”[④]。故此，黄维樑希望“‘古为今用’这颗文论的新星”“光焰万丈长”，以证明中国古代文论的价值。[⑤]

在中国古代文论研究中，黄维樑对实际批评的重视主要表现在：一是对古代文论实际批评手法的理论研究，二是从古代文论中提取具有现代适用性的观念和批评方法，古为今用。在古代文论实际批评手法的理论研究

① 蒋述卓、刘绍瑾、程国赋、魏中林等：《二十世纪中国古代文论学术研究史》，北京大学出版社 2005 年版，第 150 页。

② 夏志清：《中国诗学纵横论·序》，参见黄维樑：《中国诗学纵横论》，（台北）洪范书店有限公司 1982 年版，第 6 页。

③ 黄维樑：《中国文学纵横论·原序》，第 2 页。

④ 黄维樑：《中国古典文论新探·后记》，第 166 页。

⑤ 黄维樑：《中国古典文论新探·后记》，第 166 页。

方面，黄维樑着力最多的就是印象式批评。然而，有趣的是，黄维樑从古代文论中所提取的具有现代适用性，并认为可以广泛应用的批评方法却并不是印象式批评，而主要是来自《文心雕龙》的一系列理论，尤其是“六观”说。

黄维樑以《文心雕龙》为基础建立中国文论体系，并致力于将之应用于文学的实际批评，其“应用”具有显性与隐性之分——“显”在于其对《文心雕龙》一系列理论的大力推介和着意应用，即为了应用这些理论特意选择合适的文学作品而作的批评文章；“隐”则在于《文心雕龙》对其文学批评的影响，这种影响是潜移默化的，非刻意为之。

（一）对《文心雕龙》的显性应用

为了在实际批评中具体应用《文心雕龙》的相关理论，黄维樑曾写过多篇文章，专门使用《文心雕龙》的理论来批评古今中外的文学作品。这种明确的目的性从这些文章的题目就可以看出来，例如《让雕龙成为飞龙——〈文心雕龙〉理论“用于今”“用于洋”举隅》、《炳耀仁孝，悦豫雅丽——用〈文心雕龙〉理论析评韩剧〈大长今〉》、《“重新发现中国古代文化的作用”——用〈文心雕龙〉“六观”法析评白先勇的〈骨灰〉》等。黄维樑对《文心雕龙》理论的显性应用有从总体上，即以《文心雕龙》为一个评价文学的完备体系对某一作家作品进行较为全面的析评，也有对《文心雕龙》中的某一理论，例如实际批评的“六观”法、关于文学作品结构的理论、文学史思想等进行的重点发挥；有对作家作品的评论，也有对电视剧的评析；评析的作品更是包含古今中外。黄维樑“刻意”以此证明《文心雕龙》理论之“可转换、可转化、可采用”①。

1．对《文心雕龙》的体系性应用

为了把《文心雕龙》的理论体系应用于文学批评，黄维樑特意写了诸多批评文章。例如，余光中之“诗心文心与《文心雕龙》仿佛深有感触”，可谓“藻耀而高翔，故文笔之鸣凤也”——其用以写散文的“金色笔”“取熔经意，自铸伟辞”，用以写诗的“紫色笔”“比义敷华，首尾周密”，用以评论、编辑、翻译的“黑笔”、“红笔”、“蓝笔”则“照辞如镜，平

① 黄维樑：《20世纪文学理论：中国与西方》，参见《让〈文心雕龙〉成为文论飞龙——中国古代文论的体系建设与现代应用》（试行本），第7页。

理若衡”[①]；红遍亚洲的韩国电视剧《大长今》以儒家思想为主导，强调人要“发挥事业，炳耀仁孝”，尤其是其主角大长今集诸种美德于一身，已臻圣者的境界，在表现手法上则是“辞浅会俗，奇悦雅丽”[②]；余光中的《听听那冷雨》开头即以春雨感染人，更透过想象以及比喻、夸饰、丽辞、声律等艺术手法，表达了对乡土文化的怀念；马丁·路德·金的《我有一个梦想》以比喻和对比把刘勰《丽辞》篇和《比兴》篇的要义发挥得淋漓尽致，其通过和平手段争取黑人自由与平等的主题正是比喻、丽辞、排比凝聚表达出来的[③]。由这些专门应用《文心雕龙》的理论所作的评论，可发现黄维樑对《文心雕龙》进行体系性应用的一些特点。

首先，对《文心雕龙》的引用比比皆是——或在分析作品之后征引之，以说明作品与《文心雕龙》理论的契合之处；或先提出理论，而后以作品的具体体现来印证之；或直接以之形容作家作品的特点。

其次，总的思路都是从“情”和“采”两方面对作品加以析评——作品以怎样的辞采，表现了什么主题与感情，其总的结构和风格如何。这正如黄维樑在评析《大长今》时明确所说：“对文学作品的评论，离不开‘剖情’和‘析采’二大项目。”[④]

再次，根据评析对象的具体特点，适当应用某些理论。例如，对一个作家（例如余光中）的创作的整体评价，以“通变”理论解析其继承与创新的特点；对适合的对象，例如余光中诗文中的感时忧国之思，“文学的功用”便派上了用场。

从以上分析可见，黄维樑对《文心雕龙》理论的体系性应用，基本上

---

① 黄维樑：《余光中的“文心雕龙”》，参见《让〈文心雕龙〉成为文论飞龙——中国古代文论的体系建设与现代应用》（试行本），第30～38页。

② 黄维樑：《炳耀仁孝，悦豫雅丽——用〈文心雕龙〉理论析评韩剧〈大长今〉》，参见《让〈文心雕龙〉成为文论飞龙——中国古代文论的体系建设与现代应用》（试行本），第45～53页。

③ 黄维樑：《让雕龙成为飞龙——〈文心雕龙〉理论“用于今”“用于洋”举隅》，参见《让〈文心雕龙〉成为文论飞龙——中国古代文论的体系建设与现代应用》（试行本），第39～44页。

④ 黄维樑：《炳耀仁孝，悦豫雅丽——用〈文心雕龙〉理论析评韩剧〈大长今〉》，参见《让〈文心雕龙〉成为文论飞龙——中国古代文论的体系建设与现代应用》（试行本），第45页。

采用的是“情采通变体系”的思路；而在进行作品的实际批评之前，也基本上都会先对“情采”进行一番“内容”与“形式”之类的解释，或者说是古今“翻译”。

2．对“六观”说的重点发挥

“六观”是刘勰在《知音》篇提出的从事作品批评时应观察的六个方面——位体、置辞、通变、奇正、事义、宫商。黄维樑几乎是“惊喜”地发现了“六观”说：“……《辨骚》一篇，是中国古代罕见的实际批评佳构，是一个现代实际批评的雏形。”① 于是，他大胆地对“六观”说进行现代改造，调整次序，对其具体意义进行有所取舍、引申的阐释，并理清“六观”之间的相互关系，由此形成了一个“现代化”了的“六观”说。

<table>
<tr><td>第一观</td><td>位体</td><td>作品的主题、体裁、形式、结构、整体风格</td><td>整体大观</td><td rowspan="4">作品本体论</td></tr>
<tr><td>第二观</td><td>事义</td><td>作品的题材、所写的人事物等种种内容，包括用事用典</td><td rowspan="3">局部纹理</td></tr>
<tr><td>第三观</td><td>置辞</td><td>作品的用字修辞</td></tr>
<tr><td>第四观</td><td>宫商</td><td>作品的音乐性，如声调、押韵、节奏等</td></tr>
<tr><td>第五观</td><td>奇正</td><td>作品的整体手法和风格，是正统还是新奇的</td><td colspan="2" rowspan="2">文学史或比较文学角度</td></tr>
<tr><td>第六观</td><td>通变</td><td>作品的整体表现，如何继承与创新</td></tr>
</table>

此表根据黄维樑《重新发现中国古代文化的作用——用〈文心雕龙〉“六观”法评析白先勇的〈骨灰〉》一文（《中国古典文论新探》，第10、11页）相关内容整理得出。

黄维樑认为“六观”说是《文心雕龙》“全书大体系中的一个小体系，它在实际衡量作品上，照顾周到，其理论极具实用价值”，从而主张“以‘六观’说作为评骘作品的一个理论体系，把它应用于当代文学作品的实际析评”②。他不仅根据“六观”说逐条分析、实际批评白先勇的小说

① 黄维樑：《现代实际批评的雏形——〈文心雕龙·辨骚〉今读》，参见《中国古典文论新探》，第8页。

② 黄维樑：《〈文心雕龙〉“六观”说和文学作品的评析——兼谈龙学未来的两个方向》，参见《中国古典文论新探》，第26、27页。

《骨灰》和范仲淹的《渔家傲》，更通过论析当代十篇批评文章（黄维樑在论述之前特别提到这十篇文章的代表性，即这十篇文章的作者包括大陆、香港、台湾、海外的华人批评家，所评作品则囊括由古至今各个文类的作品）所注意的项目都“离不开六观说的范畴”来证明“六观”说的实用性及普遍性价值。

黄维樑从古代文论中提取具有现代适用性的批评方法并应用于现代文学批评，这一古为今用的过程实际上包含两个层次：首先是对相关批评方法的现代阐释，其次才是具体应用于实际批评。在对相关批评方法的现代阐释方面，黄维樑一方面综合各家进行增益补充，例如对位体、事义的解释；另一方面则是大刀阔斧地斫删砍减，只取大体的、概括性的意义或最重要的精神实质，例如对奇正、通变之别忽略不计，只“把它们当作用比较、用透视的方法来衡量作品的整体风格和成就”[①]。最后，还运用系统思维，理清各个要素之间的关系，力求联结各点，形成一个体系。应该说，黄维樑所作的阐释是比较成功的，至少可以让读者从纷繁复杂、众说纷纭的古代文论名词解释中解脱出来而有了一个较为清晰明了的认识。而在具体应用方面，以黄维樑对《骨灰》及上述十篇批评文章的分析而论，则难免给人“对号入座”的机械印象。黄维樑对此亦有自觉的认识：“评析作品时，我们如果一律一、二、三、四、五、六观地采用此法，则写出来的论文极有可能流于机械化，非常单调”，“不提倡这种模式化的文学批评写作”[②]。这让人不得不感叹，相对于理论阐释，“古为今用”之实践尤为艰难。蒋述卓先生在《论当代文论与中国古代文论的融合》一文中曾提到：

古文论研究关键的问题在于没有真正做到“今用”，古代文论的研究者很难把自己的研究心得与当代文学理论和批评实践结合起来，而当代的批评实践和理论研究则更多采用西方的文学批评理论、方法和术语。[③]

---

① 黄维樑：《重新发现中国古代文化的作用——用〈文心雕龙〉“六观”法评析白先勇的〈骨灰〉》，参见《中国古典文论新探》，第11页。

② 黄维樑：《中华文化“春来风景异”——用〈文心雕龙〉六观法析范仲淹〈渔家傲〉》，参见《让〈文心雕龙〉成为文论飞龙——中国古代文论的体系建设与现代应用》（试行本），第22页。

③ 蒋述卓：《论当代文论与中国古代文论的融合》，《文学评论》1997年第5期。

黄维樑同时涉猎中国古代文论研究和当代文学批评，所做的正是上述当代文论与中国古代文论融合的实践，可谓难能可贵。但是，疑问仍然存在：古代文论的现代运用如何才能不露痕迹，或者说更为自然？这一问题提醒我们还应该注意的是，《文心雕龙》对黄维樑现代文学研究可能起到的隐性影响。

（二）《文心雕龙》的隐性影响

黄维樑自称“新古典主义者”，在诗歌评论中，“肯定新诗的价值，评论时主要秉持中国、西方的古典诗学原则”[①]。虽然此“古典”不乏西方的影响，但在其赴美之前，于香港读大学时《文心雕龙》就已深入其心，因此我们有理由相信，《文心雕龙》的影响应该更有先入为主的优势，甚至对其在美国学习时知识的选择和吸收起着一定程度的潜导向作用。

黄维樑文学批评的新古典主义主张主要体现在新诗评论中。他主张诗要明朗而耐读——“明朗则不会艰深晦涩，耐读则不致浅陋无味”[②]。因而，他不欣赏“现代”和“后现代”晦涩、怪异的作品，也认为“五四”初期的很多白话诗及三十年来大陆的新诗，一般来说，都失诸浅露；卞之琳和余光中才是其“‘新古典主义’诗艺的典范”[③]。

诗要明朗，这是古典主义对感情节制、形式均整要求的结果。黄维樑高度重视诗的逻辑性，“丰富的想象之舟，还得有个头脑清醒的舟子来导航。逻辑、秩序等知性因素，必须发生作用，使感性不会泛滥成灾，乱作一团”[④]。与此相对应，黄维樑要求“圆融的诗，脉络纹理，宜明晰可循”[⑤]，因而“一定要经过缜密的构思，要有严谨的结构”[⑥]。在论及对新诗的结构要求时，黄维樑经常引用《文心雕龙》关于结构的观点，“规范本体谓之熔”、“剪截浮词谓之裁”、“体必鳞次”、“外文绮交，内义脉注”

---

① 黄维樑：《新诗的古典主义者（自序）》，参见黄维樑：《新诗的艺术》，江西高校出版社 2006 年版，第 2 页。

② 黄维樑：《新诗絮语》，参见《新诗的艺术》，第 85 页。

③ 黄维樑：《新诗的古典主义者（自序）》，参见《新诗的艺术》，第 3 页。

④ 黄维樑：《揭开朦胧诗的面纱》，参见《新诗的艺术》，第 201、202 页。

⑤ 黄维樑：《揭开朦胧诗的面纱》，参见《新诗的艺术》，第 198 页。

⑥ 黄维樑：《怎样读新诗》，参见《新诗的艺术》，第 123 页。

等语句随处可见。黄维樑还曾撰专文对刘勰与新批评家的结构观点进行比较，也曾从《文心雕龙·熔裁》论《离骚》的结构，可见其对《文心雕龙》结构观点的重视，深受影响是必然的。[①]

诗要耐读，指的是“诗有两分朦胧、三分含蓄，就不会言尽意尽、一览无遗”[②]。黄维樑对诗的这种要求，与中国诗学史上的言外之意说如出一辙。言外之意说虽然从提出到提倡再到发展经历了较长时期及多个文论家的阐释，但刘勰的“重旨”观点无疑是其中重要的一种。《文心雕龙·隐秀》主张“文外之重旨”、“余味曲包”，对《文心雕龙》推崇备至的黄维樑又怎会忽视刘勰这一重要主张呢?

黄维樑之为“古典”，正如夫子自云：“我倾向于古典主义的和谐、清晰、理趣，而这些都是知性的表现。”[③] 其所欣赏的作家作品，都具有一定的古典色彩。例如后期逐渐返归中国古典的传统，凭诗集《莲的联想》建立了其新古典主义的余光中[④]；喜写古代事物，在语言音韵方面受《婉容词》影响而兼有旧体诗词之长的流沙河[⑤]；以“文小”、“愁思”继承词中婉约派，诗作素有“美丽的现代词”之称的郑愁予[⑥]；内心呼唤返回古典，中国意识极强的黄国彬[⑦]；还有具有东方古典蕴藉之美的卞之琳和追求古典澄美的梁实秋[⑧]……理性、逻辑、秩序是黄维樑所重视的，此为“古典”，那么其之为“新”呢?这从其对新旧诗的相关论述可见一斑。他在《论诗的新和旧》一文中论述了旧诗更新之必然性——旧诗的有形格律、

---

① 二文分别见于《精雕龙与精工瓮——刘勰和“新批评家”对结构的看法》，《中国古典文论新探》，第38~56页；《委心逐辞，辞溺者伤乱——从〈文心雕龙·熔裁〉论〈离骚〉的结构》，《让〈文心雕龙〉成为文论飞龙——中国古代文论的体系建设与现代应用》（试行本），第15~19页。

② 黄维樑：《新诗的古典主义者（自序）》，参见《新诗的艺术》，第2页。

③ 黄维樑：《突然，一朵莲花·自序》，（香港）山边社1983年版，第1页。

④ 黄维樑：《情采繁富，诗心永春——试论余光中各时期诗作的特色》，参见《新诗的艺术》，第206页。

⑤ 黄维樑：《蜀中大将：流沙河及其作品》，参见《新诗的艺术》，第179~194页。

⑥ 黄维樑：《江晚正愁予——郑愁予与词》，参见《新诗的艺术》，第269~284页。

⑦ 黄维樑：《攀山者的独语——读黄国彬的三本诗集》，参见《新诗的艺术》，第299~324页。

⑧ 黄维樑：《新月丰盈为满月——悼念卞之琳先生》，参见《期待文学强人——大陆台湾香港文学评论集》，（香港）当代文艺出版社2004年版，第68、69页。

无形陈套已经不适应现代社会的生活和语言现实，因而必须在形式、格律上放宽要求，从而肯定了新诗不容置疑的文学史地位。此正可谓“设文之体有常，变文之数无方。……文辞气力，通变则久”（《文心雕龙·通变》）。黄维樑诗观古典，强调旧新诗“母与子的、源与流的关系”以及新诗不应该自绝于传统，同时肯定新诗的价值和存在，这无疑是刘勰“取熔经意”、“自铸伟辞”所讲的继承与创新的要求。

在这些非专为应用《文心雕龙》的理论而写的批评文章中，《文心雕龙》的主张却散见其中，如星星点缀夜空一般，融洽而不失个性。这种自然而然的应用，少了那些因“刻意”而造成的“做作”和拘泥，更可见批评家长期浸润其中的学术兴趣和涵养。诚然，那些为专门应用《文心雕龙》而写的文章是出于作者推广、发扬中国古代文论的苦心，但从古代文论现代转换的长期目标来看，这种潜移默化的影响及应用将产生更为理想的效果，也更应引起研究者的重视。

黄维樑对新旧诗的看法反映出其对文学发展和文学史的辩证眼光。联系前文所讲的古今语言转换及“六观”说的现代阐释，在古今结合问题上，黄维樑已经给出了较好的答案：首先，在文学发展、文学史层面上，秉持古典审美观，同时支持文学形式的新旧嬗变，在继承与创新之间追求辩证发展；其次，在古今语言转换层面上，采取翻译的做法，把文言转换成现代白话；再次，在古代文论观念的现代阐释层面上，如前所述，一方面综合各家进行增益补充，另一方面大刀阔斧地斫删砍减，只取大体的、概括性的意义或最重要的精神实质，最后还联结各个要素，形成体系；最后，在实际批评中，致力于从整个体系以及重点理论上应用《文心雕龙》的理论，为此写出多篇旨在应用的文章，同时亦无形中受其影响，形成新古典主义的审美理想，对《文心雕龙》达到自然应用的程度。因此，尽管其因着意应用和发扬《文心雕龙》而难免流于机械化，但我们仍然可以说，黄维樑在古今结合上取得了较好的成绩。

三、研究方法之中西比较

黄维樑所撰专著中有两本以“纵横论”命名：一为 1977 年的《中国诗学纵横论》，一为 1988 年的《中国文学纵横论》。其实，在黄维樑的中国文学、文论研究中，“纵横”乃其研究方法的一个形象概括。对此，黄维樑曾多次作过解释：纵横论“纵指历史，横指地域”[①]；“我研究中国古典文论，有两个特点，一是喜欢作横的比较，二是喜欢作纵的继承。横的比较指拿中国古典文论和西方的文论比较；纵的继承指将中国古典文论应用于现代文学作品的批评，也就是让今人择善而从地继承中国古典文论的遗产”[②]。纵的继承，即上文所述古今问题，黄维樑重视传统，致力于发扬中国古代文论，在体系建设和重点发挥、理论阐释和实际应用方面做出了很大的努力，取得了较好的成绩。横的比较，即中西比较，亦是黄维樑文学、文论研究方法的重要特点。

在黄维樑的文学论著中，中西比较的例子比比皆是，涉及的范围很广。有作家的比较，例如流沙河与契诃夫；有批评论著的比较，例如《文心雕龙》与亚里士多德的《诗学》及韦勒克和沃伦的《文学理论》的比较；更多的是文学批评的具体概念、观念、方法等的比较，例如中国印象式批评与英国印象式批评、新批评的比较，刘勰与新批评家关于结构的观点、刘勰“物色动心”说与弗莱“基型论”（原型论）的比较，“赋”、“比”、“兴”与西方文学技巧（生动、对比、比喻、结构）的比较，“兴”、“隐”与象征、言外之意及反讽的比较，蕴藉、浮慧两种技巧模式与弗莱德曼的八种叙述观点的比较，摘句与安诺德“试金石”的比较，中国“意象”概念与艾略特“意之象”（objective correlative）的比较，等等。在黄维樑的文学、文论研究中，中西比较是一种自觉的意识，除了用弗莱的“基型论”观点分析杜甫的《客至》与《登高》、“五四”新诗所受的英美影响、艾略特和中国现代诗学、刘勰和“新批评家”对结构的看法等中西比较的专题文章外，在一般的研究文章中，其思路亦随时在中与西之间切换——“我国宋代的梅尧臣有一番话，说得几乎与亚里士多德一模一样”[③]；“亚氏的生动、对比、比喻三大原则，叫人联想到我国《毛诗序》的赋比兴三义之说”[④]；“诗人独居翡冷翠的落寞，探望初生儿子时的哀伤，正值秋冬，是刘勰所说‘阴沉’、‘矜肃’的季节，和弗莱‘基型论’天

---

① 黄维樑：《中国文学纵横论·原序》，第 1 页。

② 黄维樑：《中国古典文论新探·后记》，第 165、166 页。

③ 黄维樑：《文学的四大技巧》，参见《中国文学纵横论》，第 193 页。

④ 黄维樑：《文学的四大技巧》，参见《中国文学纵横论》，第 221 页。

人类比说吻合，可说是另一种‘妙造自然’，或‘天造地设’”[①]。

黄维樑的中西比较意识及其对中西文学与文论的稔熟展示了其开阔的视野，但总的来说，黄维樑文学、文论研究总的思维框架是西方的。

这首先体现在，在其文论研究重要的结构性层面上，黄维樑采取的往往是西方的理论。例如他以《文心雕龙》为基础构建的两套文论体系中，即便是更具中国特色的情采通变体系也还是带有韦勒克和沃伦“三分法”的影子；又如，实际批评是其文学、文论研究的重点和目标所在，对中国文论实际批评手法的研究也是其研究的一个重要内容，然而他所秉持的“实际批评”概念却是伦纳（Laurence D. Lerner）所说的“对某些作品的深入研究”[②]，自然，其选择“六观”法实际应用于现代文学批评也是基于这个概念的；再如，在将中国文论实际批评手法之重要一宗——印象式批评与新批评比较时，以海兹列特的三阶段论来说明两者的分野。

其次，在表述语言方面，如前所述，黄维樑对古代文论的语句采取了翻译、解释的方式，这表面看似以今释古，但实际上，相当程度上是以西释中。例如，“情”、“采”可分别翻译为“内容”与“形式”，而内容与形式可以说是西方文论术语。当然，这里面存在一个客观的情况：现代中文及现代人的思维与西方思维具有某种天生的亲密感，而古代文论的文言表述相对而言更具有一种陌生化距离，但是，有关中西术语的问题仍然是亟待思考和解决的。对此，黄维樑亦有自觉：“研究中国文学，如果尽量以西方的格式为格式，以西方的术语为术语，则在言外之意这一命题下，除了象征、基型等名词之外，metaphor，motif，recurring imagery 等，也可以斟酌采纳。”[③] 他所采取的方法，以“六观说”为例，是“在把六观说应用于实际批评的时候”，“还可以用六观说以外的词语和概念，诸如神思、体性、时序、情采、比兴、声律等等，而且和西方古今的批评词汇交

---

① 黄维樑：《攀山者的独语——读黄国彬的三本诗集》，参见《新诗的艺术》，第307页。

② 黄维樑：《现代实际批评的雏形——〈文心雕龙·辨骚〉今读》，参见《中国古典文论新探》，第2页。

③ 黄维樑：《中国诗学史上的言外之意说》，参见《中国诗学纵横论》，第174页。

互地、比照地运用”[①]。由此，中西比较是黄维樑借以达到中西结合的途径。

夏志清亦曾指出过黄维樑中国古代文论研究的这一根本特点：“他走的是大多旅美中国诗学研究者的路线，即是借用西洋批评来诠释我国固有的诗学传统。”[②] 然而，黄维樑在坚持以西释中路线的同时，丝毫也不掩饰其“中国”倾向性：“我‘横的比较’‘纵的继承’的研究取向，其深层动机乃在于说明中国古典文论的价值。”[③]

值得一提的是，黄维樑对中西文论的不平等地位一直深为感怀：20世纪以来，“‘洋为中用’成为大潮流、主旋律，不论这西潮是清是浊，会不会呛人甚至溺死人”[④]，而“在当今的西方文论中，完全没有我们中国的声音”[⑤]。因此，他曾多次撰写文章批驳“艰难文论”、“文论的恶性西化”的现象，强调：“中西文化是应该平起平坐的”[⑥]，“我们从事文学批评时，不应该由西方的东西专美”[⑦]，从而主张“重新发现中国古代文化的作用”[⑧]，以“在国际文论界占一席位”[⑨]。在文论研究方面，可以说，黄维樑的中国意识是非常强烈的。对致力于发扬中国古代文论的黄维樑来说，以西释中只是实际操作中的方法论，“中国”才是其最终要说明的东西。

关于黄维樑中西比较的研究方法，曾有论者对其不“实事求是”有所

---

① 黄维樑：《〈文心雕龙〉“六观”说和文学作品的评析——兼谈龙学未来的两个方向》，参见《中国古典文论新探》，第35、36页。

② 夏志清：《中国诗学纵横论·序》，参见黄维樑：《中国诗学纵横论》，第4页。

③ 黄维樑：《中国古典文论新探·后记》，第166页。

④ 黄维樑：《20世纪文学理论：中国与西方》，参见《让〈文心雕龙〉成为文论飞龙——中国古代文论的体系建设与现代应用》（试行本），第4页。

⑤ 黄维樑：《〈文心雕龙〉“六观”说和文学作品的评析——兼谈龙学未来的两个方向》，参见《中国古典文论新探》，第25页。

⑥ 黄维樑：《中西文化平起平坐——纪念钱钟书先生逝世六周年》，参见《中国文学纵横论》，第259页。

⑦ 黄维樑：《〈文心雕龙〉“六观”说和文学作品的评析——兼谈龙学未来的两个方向》，参见《中国古典文论新探》，第36页。

⑧ 黄维樑：《重新发现中国古代文化的作用——用〈文心雕龙〉“六观”法评析白先勇的〈骨灰〉》，参见《中国古典文论新探》，第20页。

⑨ 黄维樑：《〈文心雕龙〉“六观”说和文学作品的评析——兼谈龙学未来的两个方向》，参见《中国古典文论新探》，第36页。

诟病，并且提出：“除了比‘早’，比‘全面’之外，还应该比‘深细’”，“在中西文论比较研究中应细察细辨疑似之迹，绝不能马虎从事”①。这一评论可说点出了黄维樑文论研究中根本性的思维倾向。

四、思维方式之普遍性倾向

黄维樑的中国文学、文论研究，其所主张、欣赏、提倡的文论观念、方法都具有很明显的普遍性特征。

黄维樑以《文心雕龙》为基础建立中国文论体系，而所谓体系，“必须首先具备体系性，又要有恒久性，还要有普遍性和实用性”，他还特别指出：“普遍性指和西方的经典文论多有相同、相通之处。”② 基于此，《文心雕龙》的体大虑周、极高明而道中庸深得黄维樑推崇。对于《文心雕龙》没有办法涵括的西方现代文论，例如马克思主义、心理分析学说、女性主义、后殖民主义等，则以“事义”一词的扩大性解释——作品的题材、内容及思想、义理等，将其统纳其中。由是，“《文心雕龙》这个今天看来不能涵盖一切的体系，就趋向于完备了”，以此建构的体系，则是“一个泱泱大体系”，“是一个中国文学理论体系，也可作为一个全球的文学理论体系”。③

《文心雕龙》的“六观”法之所以深为黄维樑所提倡是因为：“如何实际地析评作品，《文心雕龙》的六观法，提供了一个可以放诸四海而皆准的方法学典范”，“是可以用来衡量古今中外各种作品，极具普遍性实用价值的”，“西方‘新批评’（The New Criticism）及其以前的种种技巧分析理论，基本上都可以纳入六观法的体系里面”。④

---

① 程亚林：《实事求是地比较中西文论》，《文艺理论研究》2005 年第 4 期，第 45、46 页。

② 黄维樑：《以〈文心雕龙〉为基础构建中国文学理论体系》，参见《让〈文心雕龙〉成为文论飞龙——中国古代文论的体系建设与现代应用》（试行本），第 9 页。

③ 黄维樑：《以〈文心雕龙〉为基础构建中国文学理论体系》，参见《让〈文心雕龙〉成为文论飞龙——中国古代文论的体系建设与现代应用》（试行本），第 14 页。

④ 黄维樑：《重新发现中国古代文化的作用——用〈文心雕龙〉“六观”法评析白先勇的〈骨灰〉》，参见《中国古典文论新探》，第 21 页。

“六何”法是黄维樑所提倡的读新诗的方法，即何时、何地、何人、何事、为何、如何。此“六何”来自新闻报道，“原来‘怎样读新诗’和‘怎样写新闻’，虽然‘读’与‘写’不同，‘新诗’与‘新闻’有异，却大有相通之处”[①]；并且，“‘六何’法也不限于用来分析新诗；用于分析古典诗词和现代小说，同样适合”[②]。

而亚里士多德《修辞学》的三大原则——生动、对比和比喻是黄维樑寻觅多年，惊喜发现的“文学的月桂树”，再加上“结构”成为四大原则，“文学创作的基本技巧”便足以概括。[③]

不仅如此，黄维樑在中西比较乃至文学理想方面，还有着非常美好的“大同”愿景。他最为服膺钱钟书“东海西海，心理攸同”的看法，认为“不同的国家民族又有其共通的价值，且多有包容性”，“这个世界已经静悄悄地全球化、大同化了”；[④] 在文学方面，中西文学自然也是互相影响。黄维樑甚至不无自豪地提倡：“我们大可高举《文心雕龙》的大旗，以其情采、通变说为基础，建构一个宏大的文学批评理论体系。这个体系体大思精虑周，而且具开放性，可以把古今中外各种文评的主义、理论都包罗在内，成为一个‘大同诗学’（Common Poetics）。”[⑤]

至此，不得不提出一个问题：这些黄维樑所重视的无论在空间维度（中西）还是在时间维度（古今）上都具有普遍性应用价值的文学理论，是否就是我们所亟亟寻找的古代文论中能够向现代转换的东西？联系前文所提到的，黄维樑以当代十篇代表性批评文章印证现代文学批评皆跳不出“六观”说的“六指山”，我们能否据此定论：其实古代文论中有些能够转换的东西（例如这些具有普遍性应用价值的古代文论）已经潜移默化、不露痕迹地完成了现代转换和继承？那么，诸如《文心雕龙》的普遍性体系，诸如“六观”说，是否还有提出与强调的必要？这个问题直指的是古

---

① 黄维樑：《怎样读新诗》，参见《新诗的艺术》，第99页。

② 黄维樑：《怎样读新诗》，参见《新诗的艺术》，第127页。

③ 黄维樑：《文学的四大技巧》，参见《中国文学纵横论》，第223页。

④ 黄维樑：《中华文学与大同世界》，《期待文学强人——大陆台湾香港文学评论集》，第8页。

⑤ 黄维樑：《世界华文文学的研究如何突破？——从这个学科的方法学说起》，参见《期待文学强人——大陆台湾香港文学评论集》，第39、40页。

代文论中选以古为今用的观念或方法本身。

如果说，在中国古代文论的现代转换中，黄维樑的批评实践在“古今结合”、“中西结合”上都无可厚非，那么，恰恰是在“古代文论中选以古为今用的观念或方法”这个根本问题上，黄维樑出现了重大失误。

从古代文论的现代应用的角度来说，古代文论中这些“文学概论式”的观念和方法的确具有现实生命力和现代适用性，然而，在将之应用于现代文学批评时，难免会给人缺乏新意、无法深入的感觉，甚至不无机械与烦琐之感。

从中西文论比较研究的角度来看，中西文学、文论有异有同，黄维樑倾向于强调其“同”的一面，本也无可厚非。然而，正如前面所说，黄维樑对“发出中国声音”有着一份热忱和执著，那么，强调“同”又怎可达到突出中国特色的目的呢？建立在这样的普遍性思维基础上的中国文论，很难突显真正的“中国特质”。黄维樑的本意在于借此强调西方有的东西中国也有，以“治疗一下近代以来饱受摧残的民族自尊”[①]，像《文心雕龙》这样，“向外国宣扬，成为一套有益于中外文学的理论或‘主义’，我们的声音就出现了”[②]。然而，其思维中的这种普遍性倾向却导致无意中忽视了真正具有中国特质的东西，也就很难达到“发出中国声音”的目的。“六观”法的确可用来分析古今中外的文学作品，可是，如果把“六观”换成主题、题材、内容、思想、修辞、音乐性等一系列的概念，这跟西方早有的东西又有何区别？试想，西方本来就有的东西，即使中国现在证明自己也有，也无助于加深西方对中国的独特性的认识。

当然，黄维樑也注意到，《文心雕龙》的理论至少“可补一些西方理论的不足”，但他未曾对此作过集中的探讨；在讨论中国言外之意说时，虽然也论证了“意象”一词实为中国原产，但这样的发现和探讨是可以更多、更深的。

因而，在中国古代文论的现代转换中，无论古为今用，还是中为洋用，最核心的东西还在于“中国特质”，那么，问题就不仅在于中国古代

---

① 黄维樑：《重新发现中国古代文化的作用——用〈文心雕龙〉“六观”法评析白先勇的〈骨灰〉》，参见《中国古典文论新探》，第21页。

② 黄维樑：《〈文心雕龙〉“六观”和文学作品的评析——兼谈龙学未来的两个方向》，参见《中国古典文论新探》，第26页。

文论中“可以”转换、转化、利用的东西，还在于真正代表“中国”的东西。

这是黄维樑的古代文论现代转换实践给予我们的启示。

第四节　张错：“书剑江湖”之古典与孤独

张错，本名张振翱，广东惠阳人，出生于1943年10月25日。早年自香港九龙华仁英文书院毕业后，于1962年进入台湾政治大学西语系，结识王润华、林绿、陈慧桦等人，共同创办《星座》诗刊。1966年大学毕业后回港，次年进入美国犹他州杨百翰大学英文系进修，1969年获硕士学位；继又进入西雅图华盛顿大学，获比较文学博士学位。1973年以专业诗人身份赴爱荷华大学参与“国际写作计划”并兼博士后研究员。1974年起，任教于南加州大学比较文学系、东亚语言文化系迄今，曾任南加州大学东亚系系主任，并担任台湾政治大学、台湾中山大学、香港城市大学、香港浸会大学、广州暨南大学等校客座教授。著有诗集《漂泊者》、《春夜无声》、《槟榔花》、《沧桑男子》、《细雪》、《流浪地图》、《另一种遥望》、《浪游者之歌》等近二十种（包括日译诗集《遥望の歌》），在海内外汉语诗歌界有极大影响，并编有文学选集《千曲之岛：台湾现代诗选》（中、英文版）、《漂泊与流放：台湾短篇小说选》（英文）等多种。学术及批评著作有《冯至评传》（英文）、《从莎士比亚到上田秋成》、《批评的约会》、《东西文化比较研究：利玛窦入华及其他》、《寻找张爱玲及其他》、《西洋文学术语手册》、《从大漠到中原：蒙古刀的鉴赏》等。

诗人张错，这是我们对他的惯常认识。然而作为一个读者，于其诗间，却时常感到一股侠气，刚柔并济，古典而孤独。张错曾谓，“书剑江湖”是他所向往的，却也让他“无所适从”①。这是怎样的一种无所适从？其“书”为何，其“剑”又为何？或许我们可以从这入手，探索张错古典

① 张错：《激荡在时间漩涡里的声音——〈双玉环怨〉原序》，《错误十四行》，(台北）皇冠文学出版有限公司1994年版，第157页。

并孤独的“江湖”。

在张错迄今为止50年的创作生涯中，给读者留下最深刻印象的应该是其中国古典倾向。这已引起文学批评家的注意，如周良沛指出的“唐人文化的氛围”、费勇所谓的“怀古幽思”、李凤亮归纳的“古典情结”等；也有研究者就其古典倾向展开比较具体的研究，如台湾王荣芬所撰硕士论文就有“张错诗作的古典观照”专章①。这些研究或多或少都论及张错诗歌的古典表现，尤其是王荣芬的论文，从诗题、意象、用典三个方面对张错诗歌对古典素材的运用，做了较为全面的研究。然而，在张错诗歌技巧的古典观照中，还隐藏着诗歌及诗人本身更深层次的古典气质，并且，由于诗人的海外华人学者身份及所处漂泊语境，这种古典气质更有其内在的文化成因与心理矛盾，由此，我们又可进而探究中国古典文学传统与中国传统文论在海外所处的境遇。

一、“书”：诗歌的古典气质与中国抒情传统

对于诗人张错而言，“书”首先应该是诗。诗之于张错，已经成为“一种信仰”②，正如其在一次访谈里所说：“这是我一生的抉择，也是我一生的志业。”③ 在张错迄今为止50年的诗歌创作生涯中，存在着一个明显的分水岭，即其于1980年改名“张错”及1981年《错误十四行》的出版。以此为起点，这个自谓“吃现代主义的奶长大”的诗人，成了“现代主义的叛徒”④，诗歌风格发生了明显变化，逐渐形成了“一种属于自己的抒情声音”⑤。而这种抒情声音的一个非常重要的特征就是对中国古典文学

---

① 分别见周良沛：《跋》，张错：《漂泊》，人民文学出版社1991年版；费勇：《记忆与遗忘——张错〈春夜洛城闻笛〉与凌钝〈洛阳拼图〉》，《社会科学家》1999年第1期；李凤亮：《现代汉诗的海外经验——张错教授访谈录》，《文艺研究》2007年第10期；王荣芬：《张错现代诗研究》，台湾国立中山大学中国文学系硕士学位论文，2010年。

② 张错：《漂泊者·新序》，（台北）书林出版有限公司1994年版，第13页。

③ 李凤亮：《现代汉诗的海外经验——张错教授访谈录》，《文艺研究》2007年第10期。

④ 冯至：《序》，张错：《漂泊》，第6页。

⑤ 张错：《新版〈错误十四行〉序》，《错误十四行》，第4页。

传统的继承。

首先，在诗歌内容方面，张错诗中出现了很多中国古典元素，包括作为中国古典文化代表的琴、棋、书、画、茶、玉器，以及历史人物、历史事件、历史遗迹与古物等。尤其是近年来，醉心于文物考古的他，更创作出了许多以历史人物、历史遗迹、古物为题材的诗篇，例如《春夜无声》辑一“江湖遍地险恶的风波”的诗歌以将军、游侠、霸王、刺客等为题；《浪游者之歌》辑一诗篇记录游览云南、四川等地历史遗迹，辑三、辑四则分别以铜镜、碗盏等古物为题。这些拟古之作通过模拟历史人物，描绘历史文物，想象历史事件，让读者仿佛置身历史情境，随着诗人跨越时空，穿梭于历史的长河，在唐代“双鸾衔绶带”的“小小掌中镜”、宋代鲜红唇印留于碗沿的“雪白定盏”、民国的“一袭淡黄小格兜肚”等之间往返。①

其次，在诗歌技巧方面，张错诗善于融化古诗，使用典故，营造古典意象。王荣芬的论文从诗题、意象、用典三个方面分析了张错诗对古典素材的运用。在诗题方面，张错诗歌经常全部引用、部分引用或间接化用古代诗题或诗句，用作自己的诗题、副标题或者诗题后面的引子；在意象方面，张错诗歌使用的古典意象非常丰富，植物如红豆、荷，季节景象如春花、秋月、细雪等，乐器如笛、箫、瑟、琵琶、古琴等，饮食如茶、酒，文物如刀、剑、铜镜、陶俑、瓷器等，其中最突出的意象为“刀剑”；在用典方面，以其改写的典故为主，有改写古代故事和改写古诗词两种。②

张错诗歌随处可见的中国古典元素，对历史题材的热衷，以及诗歌技巧上的巧妙融化古诗、使用典故、营造古典意象等，使其诗作总体上呈现出一种古典气质。中国古典文化之于张错诗歌，已经不仅仅是刻意为之的题材或者技巧，而是作为一种审美旨趣、一种背景与气氛，萦绕于其诗字里行间。看他写春愁：“悲哀不同于欢乐/他像一名夜行刺客/浑身穿着黑色掩护衣裳/躲藏在阴暗屋檐/偶尔也会倒挂金钩/自窗外偷窥欢乐容颜。”③

---

① 张错：《垂首》，《浪游者之歌》，（台北）书林出版有限公司2004年版，第75、76页。

② 王荣芬：《张错现代诗研究》，第46～62页。

③ 张错：《春愁》，《沧桑男子》，（台北）书林出版有限公司2002年版，第22、23页。

写夫唱妇随："然而那夜相聚犹胜小别/夫人捋袖研磨墨砚/夫君拈毫勾勒枝干/再着她补上树影婆娑。"[①] 写荷叶："一阵风过/好一曲雨霖铃！/有水珠洒落/箪箪如潇湘的夜雨。"[②] 写登山："如此的漫游或攀登，/只宜在一个清凉的午后，/携一瓶酒，/下一局棋。"[③] ……历史题材、古物咏诵之作自不待说，即便是日常生活中的一阵风过、一片荷叶，甚至忧愁的情绪，在张错诗中都可自然而然笼罩于一种古典的氛围里面，就连登山，也会酒棋相伴。

冯至曾经以"以情观物"评价张错的诗歌创作。[④] 张错也曾这样描述自己的诗观："诗是我内心对自己最深沉的倾诉，惟有如此，我才安全地感到一种确定的自我存在。"[⑤] 张错诗歌所走的，正是中国具有悠久传统的抒情诗的路子。

张错的诗歌创作起步于20世纪60年代，时值台湾诗坛现代主义盛行，其从现代主义向中国古典文学传统的转变，除了对现代主义弊病的自省："某些现代派与超现实派诗人走火入魔，沉耽于一种自我封闭式的浪漫主义"[⑥]，更多的认识应该来自其对中国抒情诗自近代以来的发展的关注和研究。他在论及中国抒情诗的近代传统时曾说："浪漫思想是毫无疑问的在五四早期时为一原动力，但是在不断进步的新诗运动里，流于空洞表现和苦闷宣泄的呐喊的创作都必将送入博物馆里和北京人陈列在一起"，而"哲理性的沉思作为出发，在抒情诗的领域里，亦即我们不能忽视的'想象力'因素"；他又说："抒情诗在哲理方面的优秀表现并不能掩饰其在象征方面的窘态"，常觉得白话语言"在象征方面尚未到火候"，而象征、意象"在中国传统古诗内早已经是一条用惯了的'亚朗的手杖'"；他还说："现代象征风格在诗的表现，正是紧随着中国一贯的艺术抒情传统——天

---

① 张错：《细雪》，《细雪》，（台北）皇冠文学出版有限公司1996年版，第19、20页。

② 张错：《白河观荷》，《槟榔花》，（台北）文鹤出版有限公司1997年版，第79页。

③ 张错：《槟榔花开的季节》，《槟榔花》，第118页。

④ 冯至：《序》，张错：《漂泊》，第2页。

⑤ 张错：《新版〈错误十四行〉序》，《错误十四行》，第6页。

⑥ 张错编，奚密译：《千曲之岛——台湾现代诗选·导言》，（台北）尔雅出版社有限公司1987年版，第20页。

（自然、事物）人（情感、感觉）合一的和谐。”①

正是基于以上对中国现代诗不足之处的认识，张错在诗歌创作中力求避免白话文在诗歌表现上的不足，返回中国古诗去寻找语言及意象的优秀传统和资源，找到了自己独特的诗歌表现形式，同时在浪漫思想上加以哲理沉思，使激情避免流于空洞而更具意义和象征性。因此，在张错的诗歌中，情感的流溢还伴随着理性的思考。我们常可见到，诗人与大自然的一草一木、一只苍鹰，甚至一个悬崖平等相处与对话，“感物伤怀，物与神游，几近天人合一的诗禅境界”②；而在面对纷扰世事甚至人际矛盾时，又能以理性思考、哲学境界加以升华而最终找到突破口，达致平静和谐的状态。因此可见，“天人合一”这一“中国一贯的艺术抒情传统”，也正是张错诗歌的追求。

二、“剑”：诗人的古典气质与中国传统侠文化

周良沛曾如此评价张错：“明明一书生，却常以武人自居。”③ 准确地说，张错是文人，却也是“武人”。他12岁在澳门开始习武，对刀剑特别感兴趣④；更因文士佩剑而倍感亲切，久之还养成了收集各种兵器的嗜好⑤。因此，刀剑之于张错，不仅是其诗中的一个重要意象，更如写诗的笔一般，是诗人日常生活中的一个必需品，并构成了诗人精神世界的重要组成部分。

杨牧曾论及剑之于张错诗歌的意义：“它作为一种象征的确是力道无

---

① 张错：《抒情诗的近代传统》，《从莎士比亚到上田秋成——东西文学批评研究》，（台北）联经出版事业公司1989年版，第229、228、233、242页。

② 饶芃子、朱桃香：《在异乡浪游的桂冠诗人——美籍华人张错的诗歌艺术》，《中国比较文学》2008年第3期，第82页。

③ 周良沛：《跋》，张错：《漂泊》，第264页。

④ 李凤亮：《现代汉诗的海外经验——张错教授访谈录》，《文艺研究》2007年第10期，第53页。

⑤ 张错：《剑问》，《儿女私情》，（台北）皇冠文学出版有限公司1993年版，第109页。

穷的”，“留下一多层次的神话系统，令人向往”。[①] 刀剑在张错诗中的象征意义主要体现如下：

刀剑在张错诗歌中首先是一种武器，代表武艺，亦有引起战争与除奸惩暴的意义。[②]“刺剑之术，又岂是书生空谈，/一朝即可蹴至?”故荆轲叹道：“如今以我一己剑术之疏，/误近天下苍生大事”[③]；而夫差剑、勾践剑则“造就多少锋利唇舌钢铁心肠”[④]。值得一提的是，在文武兼备的张错看来，言语文字亦可能是利器，“文字之锋利，单刀直入，一刀见血，取心肝刽子手，有时犹过于利刃”[⑤]。所以，在张错诗中，刀剑等武器有时候也喻指伤人的言语与文字。“刚走的那个夜行刺客，/以满天花雨的手法，/把菱形亮晶晶的暗器，/洒向那对望乡的眼神，/于是黯然伤神的，/仍然是那个春夜无声落泪的英雄。”[⑥] 夜行刺客的暗器与“一般村妇们的饶舌”无异，都伤害了那个春夜怀乡的英雄。

刀剑有时也可以是爱情的象征。剑对剑师的感情缠绵悱恻：“我知道被铸成的不是你的第一柄，/我痴望被铸成的我是最后的一柄，/从你绕指温柔的巧手里，/我开始了一柄钢剑的历史，/一段千锤百炼的感情，/时至今日，/隐藏在剑鞘暗处的我，/将何以自处——/我的历史只有一种，/你的感情却有千面。”[⑦] 而剑之“外刃虽可以护人，/内刃亦能伤己”，不正是爱情的写照么？所以，“剑师与故剑，/恰似一段心情凌乱的乐府，/路漫浩浩，岁月悠悠，/惟有离居，才会同心，/惟有忧伤，才以终老”[⑧]。

而更多时候，刀剑寄寓的是诗人的家国情怀。海外偶然购得的柳叶双

---

① 杨牧：《代序：剑之于诗》，《张错诗选》，（台北）洪范书店有限公司 1999 年版，第 2、3 页。

② 王荣芬：《张错现代诗研究》，第 56～58 页。

③ 张错：《刺客》，《春夜无声》，（台北）书林出版有限公司 1996 年版，第 49、50 页。

④ 张错：《相逢三叠》，《细雪》，第 149 页。

⑤ 张错：《暴力》，《倾诉与聆听——文艺书简十四封》，（台北）高宝国际（集团）有限公司 1998 年版，第 149 页。

⑥ 张错：《春夜无声》，《春夜无声》，第 147 页。

⑦ 张错：《故剑》，《错误十四行》，第 289 页。

⑧ 张错：《炼剑》，《错误十四行》，第 293 页。

刀在诗人眼里，“柔然展呈一段无声的中国”[①]；对于初识的高雄，“虽未煮酒，/却已倾心，/而我底横刀飘然而至，/绝非夺爱，/乃是一种美丽底完成”[②]。而失乡的英雄是落魄的：“我弯身左手揽枝，右手出刀顺势割去，锋利的刀刃，如月升月降，潮涌潮落，满手尽是断肠的花。”[③]“我仿佛闻到栀子花在夏夜浓烈的香气，可是我手上缺短沽酒的钱，我值钱的兵器都典当尽了，就只剩了我骄傲的诗，落魄的我，四处流荡，到处兜售，以求忘忧之资。”[④]失乡的诗人，犹如游侠，刀剑是其漂泊异乡的随身之物，亦是他对家乡最深沉的牵挂，是割不断的断肠花、典当不完的乡愁。

除了诗歌中的刀剑意象，在散文中，张错对自我形象的描绘或感情的表达常与剑相联系。他在山居生活中，“每日清晨，大梦初觉，提剑行走晨雾林径”[⑤]；对于自己年轻时写的论文，他如此评价：“年轻气盛，锋芒毕露，剑气迫人”[⑥]；台湾啤酒带给他的感觉是，“永远甘苦，永远带一丝暗甜，时而沉醉，时而清醒，可以狂歌当哭，也可以血流十步，仗剑天涯”[⑦]；而他内心所体会到的凄凉与寂寞，恰如“那种夜凉如水、星月满天、秋气瑟萧，缓缓抽剑出鞘，并且以手背横感剑刃的锋利与冰凉”[⑧]。另外，他对金庸作品如数家珍，金庸作品使其“自幼在练武之余，能够浸淫在一个豪气干云的时代，有所模仿，有所痛惜”[⑨]。他欣赏好友胡金铨“在江湖行走极为豪迈敦厚，有如一代宗师”及其一生所标榜的东方传统的侠义精神。[⑩]在张错诗歌及其身上，我们看到了中国传统文化的影子。

刀剑于张错诗歌及其本人的意义，无论是正义的武器、忠贞的爱情，

---

① 张错：《柳叶双刀》，《漂泊者》，第78页。

② 张错：《初识高雄》，《槟榔花》，第97页。

③ 张错：《依稀》，《春夜无声》，第149页。

④ 张错：《依稀》，《春夜无声》，第150页。

⑤ 张错：《眼神》，《静静的萤河》，（台北）三民书局股份有限公司2004年版，第150页。

⑥ 张错：《抒情诗的近代传统》，《从莎士比亚到上田秋成——东西文学批评研究》，第264页。

⑦ 张错：《台湾啤酒》，《枇杷的消息》，（台北）大地出版社1998年版，第137页。

⑧ 张错：《秋魂》，《儿女私情》，（台北）皇冠文学出版有限公司1996年版，第157页。

⑨ 张错：《蒙古心情》，《枇杷的消息》，第21页。

⑩ 张错：《一个名导演之死》，《枇杷的消息》，第74页。

还是怀乡的落寞，这种种情怀，都“有似侠之轻生，有情殉情，有义赴义”，隐含着一种气节，正如其所谓“平生气节，惟剑知之”[①]。“气节”即张错对武人精神气质的一种理解与概括。实际上，张错对“武”的理解与追求是与“文”密不可分的。张错曾直言：“我是文人，敬重气度；我也是武人，崇尚气节。”[②] 他也曾谈及对中国传统侠文化的理解：文人“只能言不能行”，故需要“武”来满足其想象；知识分子常常动摇于他的抉择，故需要武士的传统或伦理规范的约束；人生有细致的一面，也应该有豪迈的一面。[③] 可见，张错对武人与文人精神气质的认识理解根植于中国传统侠文化“文武合一”的观念之中。历史学家顾颉刚曾考证，我国古代的士都是武士，文士与武士、儒与侠之别是后来才逐渐形成的。所以，在中国传统文化中，儒与侠往往呈现出两种不同的生命形态——“儒者之学为己，侠客之行为人；儒者沉潜内敛，侠士激昂跳脱；儒者循义，侠则行多不轨于正义”[④]，但又正由于这种儒侠之差异，文武互补与文武合一遂成为中国传统文化的一种观念和追求。由此，我们便不难理解，张错之坚持习武，以及其借诗歌返回历史、模拟历史，抒霸王之豪气，叹刺客之赴义，并且在现实社会中通过报纸专栏的形式批评世态，向政府劝谏的种种举动。[⑤] 而且，在张错这里，文对武也起到了一定的节制与调和作用，武非暴力，“侠以武‘犯’禁，实是不得不为之的逾犯”，“武，是一种万不得已悲壮行为”[⑥]。

三、“江湖”：孤独的漂泊

综上所述，“情”与“气节”是张错“江湖”的要义。实际上，张错

---

① 张错：《无声注（原序）》，《春夜无声》，第 10 页。

② 张错：《隐没的大树》，《文化脉动》，（台北）三民书局股份有限公司 1996 年版，第 259 页。

③ 李凤亮：《现代汉诗的海外经验——张错教授访谈录》，第 53 页。

④ 龚鹏程：《侠的精神文化史论》，山东画报出版社 2008 年版，第 184 页。

⑤ 1988 年及 1993—1994 年，张错在台湾《中时晚报》分别开设“酸辣汤”与“文化快餐”专栏，发表时评，这些文章后来收入《文化脉动》一书。

⑥ 张错：《暴力》，《倾诉与聆听——文艺书简十四封》，第 149、153 页。

由现代主义向中国古典传统的转变，单纯用现代主义诸如个人虚无、晦涩的弊端是无法完全解释的。造成这种转变的更深层的原因就在于张错本身所具备的古典文学文化修养及其深厚的民族感情，正如其自言："情的成长，也许就是我诗歌波折的经验吧！"[①] 这种"情的成长"，以20世纪整个中国社会的动荡为背景，起始于1949年诗人随父亲由大陆迁往澳门，并在诗人的香港、台湾求学历程中得以酝酿，但真正的形成或者说大转变，应该是在他1967年赴美深造之后。"历史的谬误，国运的乖离，时间的失误，空间的调变，种种人为因素的阴错阳差"，导致"廿世纪的中国人最艰辛的竟不是生死抉择，而是身份的确定与追认"[②]。正是在这种身份追认与家国情感的指引下，张错于个人与整体、东方与西方之间取得平衡，找到自己的方向，但其间形成的心理机制，也决定了其诗歌创作深层心理矛盾之外的另一个重要特点——"孤独"。

客观的历史原因造成了诗人地理上的漂泊，然而，"所谓漂泊，并不限于地域或个人的行止，实也包含了'心情'"，长久漂泊的心情，"来自一颗怀有高度警觉而又脆弱的心"[③]，同时"漂泊者之恒能为漂泊者，因为他喜欢命运在自己手里，漫然而行，信步而止"[④]。由此可见，地理上的漂泊产生了心理上的漂泊，并最终形成了漂泊的心理。这种漂泊心理的内涵，首先是"高度警觉而又脆弱"的心理，其次则是掌握命运的主动性。漂泊心理的形成和存在暗示了诗人的家国身份认定和寻乡过程中不可调和的内在矛盾，也决定了其漂泊终将是孤独的。

从地理上看，张错到目前为止居留过的地方有惠州、澳门、香港、台湾和美国。他"一生对家国的认定，却以台湾为始"，在那儿，他不但发现了他的中国，同时更恒以台湾的本土作为其家乡的归属。[⑤] 然而，即使是对台湾，这个作为"家乡归属"的地方，张错也并不是简单地接受，而是在渴求中夹杂着试探和怀疑。多年后的归来，槟榔花的清香让他"蓦然感到一种甜美的归属"，他"怀着诚恳感恩的心情去认识、学习，和接受"

---

① 张错：《〈错误十四行〉代序·后记》，《漂泊》，第242页。

② 张错：《新序》，《漂泊者》，第16页。

③ 张错：《新序》，《漂泊者》，第15页。

④ 张错：《惟忆夜深新雪后（自序）》，《细雪》，第9页。

⑤ 张错：《槟榔花》，《槟榔花》，第13页。

台湾的一山一水，一草一木。[①] 然而，他“同时又怀着深深的恐惧”，对那些顽童丢来的“泥巴”感到“无奈的辛酸”，亦不“忍心以自己寂寞的长夜去敲开别人幸福的大门”[②]。于是，他在“心怀故国”、“足履斯土”之后仍然“彷徨于去留”[③]。这其中的原因，有环境和人际的复杂关系，但是，诗人长期漂泊而形成的“高度警觉而又脆弱”的心理却不能不算是一个重要原因。因为警觉而怀疑，也因为在乎而脆弱并最终选择了又一次离开。

在这“又一次离开”之前，如果说，诗人的漂泊是历史客观原因造成的，是被动接受的寂寞，那么，在这之后，被动的寂寞便逐渐转变成主动的孤独，开始从主观上接受、选择了漂泊。此时，诗人的漂泊心理在“高度警觉而又脆弱”的内涵之外，又增添了新的内涵，即“掌握命运的主动性”。这种对命运的掌握不仅包括“漫然而行，信步而止”，更包括对“不能忍受的噪音和污染”“敬而远之”，并且“竭力维护他的尊严，因此高贵”[④]。此时，漂泊变成了“浪游”，而“浪游者不是流浪汉”，“他有所为有所不为，既非孤芳自赏，也并未随波逐流”，“然而代价是巨大的，他除了熟悉这世间唯一知音——孤独以外，还必须承受无尽清冷与寂寞”[⑤]。

然而，即便是浪游，家国仍是诗人心中永远的牵挂和遥望的方向。只不过，浪游的诗人对家国的向往从实际的地理上的回归转向文化上的家国之思。这就是其诗歌创作中的古典倾向及对中国抒情传统的承续、诗人气质中的文武结合及中国传统侠文化精神，另外还有对文物收藏与鉴赏的喜好。其对文物的爱好已成为一种依恋，一种灵性寄托，“那是无尽的阅读与学习，等待及搜寻；无怨无悔之余，几已成为有如宗教信仰”[⑥]。正如有

① 张错：《槟榔花》，《槟榔花》，第18、19页。

② 张错：《槟榔花》，《槟榔花》，第19页；张错：《春深的城市》，《儿女私情》，第67、68页。

③ 张错：《槟榔花》，《槟榔花》，第20页。

④ 张错：《后记：浪游者哲学》，《浪游者之歌》，（台北）书林出版有限公司2004年版，第142页。

⑤ 张错：《后记：浪游者哲学》，《浪游者之歌》，第142页。

⑥ 张错：《后记：浪游者哲学》，《浪游者之歌》，第143页。

学者分析，海外一些华人作家借重现古典意境来抗拒遗忘[①]，张错的种种坚持中国文化传统之举，正透露了其在漂泊过程中的家国思念，或者，更准确地说，是其为自己找到的文化与审美的故乡。此时，传统之于张错，已成为一种需要，其故乡，也不再局限于地理上的故乡，“不是某市某县，不是某乡某镇，而是长江大河流贯东西、有悠久文化的中国”[②]。所以，应该说，张错借此获得了文化身份的认同。

然而，借传统建构自己的文化与审美的故乡，从而获得文化身份的认同，这样的一种途径能否真正寻得心理与情感上的故乡？“一切甜蜜追忆都在过往时光中完成，种种掌故在喟叹与沉思里产生，在孤独的忡怔里，许多鲜明的形象、朦胧的背影，像一个在诉说第二遍的故事”[③]，而且，“它可以让人感到现在而不需要现在，而过往一经吮尝，便如荷马史诗的食莲人——不需要回家而去想家”[④]。可见，在对传统的坚持和缅怀里，尽管得到文化身份的认同，但难以摆脱的仍然是孤独，然而即使孤独，即使想家，却不需要回家。因而，浪游诗人的矛盾有二：一是文化与审美的故乡，并不能完全取代心理与情感的故乡；二是坚持家国身份却又不想回家。矛盾一，使情感上的孤独成为其继续浪游的动力。这就是漂泊心理的吊诡之处：高度警觉与脆弱的心理滋生的怀疑和不安全感使其在面临回归时选择再次漂泊，并在主动的坚持中，通过对文化传统的坚持寻得文化与审美的故乡而获得文化身份的认同，但仍然难以摆脱心理与情感上的孤独，情感上的漂泊仍在继续。矛盾二，则使这种浪游在一定程度上超越家国向往而具有某种哲学高度，即家国不再是浪游的唯一理由而成为相对独立的行为。这犹似诗人对文物的寻找体验：“这种寻找经验其实相当哲理性，每人心中都有一些在寻找的事物，其渴切度亦唯己可知，而在不断的寻找中，我们学会了等待，由于等待，我们更学会了不去妥协，我们心中想要那最好的。”[⑤] 此中“寻找”与“等待”的辩证使这种浪游成为一种

---

① 参见费勇：《记忆与遗忘——张错〈春夜洛城闻笛〉与凌钝〈洛阳拼图〉》，《社会科学家》1999 年第 1 期。

② 冯至：《序》，张错：《漂泊》，第 2 页。

③ 张错：《夏的原乡》，《儿女私情》，第 72 页。

④ 张错：《夏的原乡》，《儿女私情》，第 73 页。

⑤ 张错：《剑问——谁是唐淑清?》，《儿女私情》，第 112 页。

“求道”的过程。而这一过程中的孤独坚持，就是一种“气节”的体现，浪游的诗人不是中国古代的“游侠”，却是现代全球化离散语境下的孤独漂泊者的缩影。

四、“中国传统”之海外境遇

张错及其诗歌创作所处的正是全球化的离散语境，他的长期漂泊，使其诗歌创作在“古典”之外增添了一个新的维度，即“海外”。张错诗歌创作的古典倾向以及中国古典文学传统在海外的境遇，便成为一个必然的问题。

尽管张错对“海外作家”这个名称比较“敏感”，“像春天的花粉症，听到会无端连打喷嚏”①，但“海外作家”仍然是一个客观的存在。如其所言：“海外强调的不是一个身份，而是一种处境”②，正是由于处境与国内不同，才产生了不同生存环境和写作语境下的生存状态和言说经验。

张错一直直言不讳自己是一个彻底的民族主义者。他关心海外华人的生存环境，并就此专门做过研究。《黄金泪》追述了早期在美华工的血泪辛酸史，然而随着华人第二、三代的成长以及以知识分子为主的新移民，现代海外华人的生存环境或许相对以前已有所不同。在美国“白人控制的思潮仍然垄断东西两面的融合”的语境下，“亚裔文学或文化，尤其华裔文化而言，它强大的语言文化历史源流固是一种庞大的民族遗产与资源，但另一方面却在融合过程中成为另一个无法丢弃的大包袱”，于是一种能为白人文学接受却“充满了种种对中国传统了解的谬误”的叙说态度应运而生。③ 在这样的语境下，张错诗歌的古典倾向及其自身的民族主义精神尤显得难能可贵，堪称中华“气节”。他以自己的创作实践坚持着中华母体文化的海外“延伸”，也以之为与本土的一种“互动”。“海外和本土是一个延伸和互动的关系”④，正是张错对海外与本土关系的理解。

---

① 张错：《海外作家症候症》，《文化脉动》，第 57 页。

② 张错：《海外作家症候症》，《文化脉动》，第 58 页。

③ 张错：《亚裔眼泪一厢情愿》，《文化脉动》，第 85、86 页。

④ 李凤亮：《现代汉诗的海外经验——张错教授访谈录》，第 58 页。

而就文学本身而言，中国古典文学传统在海外的延伸，应该说体现在两个层面：文学创作的实践层面以及文学批评和研究的理论层面，因而其他海外学者为此所作的努力以及张错的诗人兼学者身份就为这个命题的深入提供了不同的探讨视角。

(一) 张错与海外“中国抒情传统”的实践

首先是张错与“中国抒情传统”的海外建构。对于这个以情观物，且具有鲜明古典风格的诗人，不能不把其与半个多世纪以来海外中国抒情传统的建构联系起来。

本书第三章就中国抒情传统的海外建构做过详细的整理，认为“中国抒情传统”这一提法，从学术史研究的角度专指20世纪五六十年代以来，在国际比较文学学科研究方法影响下，缘起于海外华人学者，后延伸到港台的一个从整体文学层面考察中国古典文学传统的研究取向。经过几代学者的共同努力，它形成了包括文学史、文学理论（本体及范畴）及其哲学基础在内的学术研究体系，可视为当代学者具有独创性的古典文学批评理论之一。中国抒情传统的建构无疑是一个理论研究的学术范畴，这一梳理也主要注重以陈世骧、高友工为代表的海外华人学者对这一古典文学理论命题的研究和贡献，而作为文学传统的“抒情传统”，仅于最后一节“多元：抒情传统在台湾”有所论及。笔者认为，张错的诗歌创作无疑是中国抒情传统在现代和海外实践的最好范例。

张错所处的是20世纪后半叶中国政治社会发生大变动、台湾现代诗与大陆现代诗各表一枝的大环境，彼时中国文学的发展已走过20世纪初新文学观念与文类的最初摸索阶段，但就诗歌的发展，尤其是台湾现代诗五六十年代现代主义泛滥的局面而言，现代诗的形式与语言依然是一个重要的问题，张错对于诗歌的思考和实践就是以此为起点和重点的，这一点与沈一帆所指中国抒情传统的理论渊源一致。张错深谙中国白话诗取代古诗之后所面临的严重语言问题，其《抒情诗的近代传统》一文即追述了中国抒情诗近代以来在白话诗歌语言上的探索①；他对台湾现代诗的考察注重的也是其诗歌语言的建立和形式的探索：“台湾现代诗萌芽的环境因素十分

---

① 张错：《抒情诗的近代传统》，《从莎士比亚到上田秋成——东西文学批评研究》，第213～264页。

复杂。……一九三七年中文被禁后，台湾诗人即处在一语言真空的状态。这问题延续到一九四五年光复以后，他们仍未能完全克服中文上的障碍”①，而“50年代以来台湾所遭逢的社会动力，结合着长达20年西方现代主义带来的时间作用，已经在诗语法（diction）上找到它重建的基地”②。在创作实践上，张错更是在返回古典中寻找现代的表达方式，赋予古典以新生命，也找到了自己独特的诗歌语言。其古词古韵的现代诗无疑是中国现代抒情诗的一道独特风景。

张错由自身诗歌创作经验总结出来的创作观也可看作是对高友工“抒情经验”的印证。“诗人的素材并不是完全是情感的激发，他必须不断地观察身边的事物（现实）与沉思人与事物的关系（浪漫与想象），进而探讨深一层与新一层的意义，把光亮，颜色，与语言自灵感的创作喷泉溅射出来”③，这一描述与“抒情经验”的三个层次——感性的快感、形式结构的完美感、境界的悟感——具有异曲同工之妙。而相对中国古诗的注重诗人个体经验以及古代文论接受观念的淡薄，张错的现代诗创作在诗人个体经验之外还强调诗歌与读者经验的分享：“我的声音除了是一种强烈情感的自然流露以外，同时还兼顾到基本人性，以及普及人性而能大家共同分享的共性。”④ 这可能是其对现代主义的晦涩的弊病的纠偏，而对中国抒情诗传统而言，可以说是增添了新的内涵，也可以说是对中国抒情传统的一个补充。

应该指出的是，这一中国自古就有的抒情传统，其理论建构的起点却是西方戏剧文学、叙事文学、抒情文学的文类三分法，而后高友工的语言学批评方法、新批评细读方法、结构主义的句法与结构分析，都体现出了西方文学批评方法在此间的重要作用。因此，可以说，中国抒情传统是借镜西方才得以呈现的。因而，张错的中国现代诗创作可看作是中国抒情诗传统的现代实践与海外实践，这便是其可贵的意义所在。

---

① 张错编，奚密译：《千曲之岛——台湾现代诗选·导言》，第7页。

② 张错：《〈创世纪〉的诅咒——现代诗语言的寻找与重建》，《批评的约会：文学与文化论集》，（上海）三联书店1999年版，第72页。

③ 张错：《漂泊者·自序》，第19页。

④ 张错：《我的创作观》，《儿女私情》，第5页。

（二）张错的诗歌创作与其文学研究

其次是张错的诗歌创作与其文学研究。作为学者的张错，其到目前为止的研究领域主要集中于中外文学比较研究以及中国近现代诗，尤其是台湾现代诗的研究。

在中外文学比较研究中，张错更强调“两个民族的文化因素”，而非“影响因素与接受因素”，因此“比较性与歧异性”是其比较文学研究的着眼点。[①] 由此可见张错文学研究中的中立立场，这一立场在其中国现代诗研究中也得到了体现。在论及现代主义对台湾现代诗的影响时，张错如此评价现代主义：“其实在我看来，西方各种主义思潮在50、60年代的诗坛声音微弱，没有组织和系统的介绍，以及零碎的活剥生吞的追随与模仿，都不足以影响以及牵动诗坛的方向，最可怕的仍是借主义之名，而作各种漫无节制的形式和语言试验”，因而“西方思潮开始为台湾现代诗背起十字架，甚至扮演一个出卖现代诗前程的角色，甘心上绞刑台做一个回归东方的殉道者”[②]。这番足以为张错招来“西方立场”骂名的言论发表于1984年，正是张错在诗歌创作上开始转向中国古典传统之时。刚从现代主义泥淖里走出的他，非但不痛批现代主义，反而为其“正名”，若非深有体会，绝得不出如此公允持正之论。此为立场之中立，而在具体的文学研究方法上，索绪尔的语言学、巴赫金的“众声喧哗”、巴特的符号学、福柯的“历史话语”等西方文学批评家及其理论在张错的文学研究中也常可见到。由此，与其诗歌创作鲜明的中国古典倾向与民族感情相比，张错的文学研究却并没有表现出太多“中国”特质。尽管其在研究对象上偏向中外古典文学比较，并且对中国现代文学研究也有回溯至晚清甚至明代的探源做法，但这只是一种学术观点与策略，而非中国特质。至此，张错的诗人与学者身份及其创作与研究活动所体现出来的不同倾向便在中国古典文学传统的继承这一命题下表现出其耐人寻味之处。

张错的诗人与学者身份在此突显的是海外学人在情感和知识上的双重需求与选择。正如张错之“以情观物”，创作尤其是诗歌创作作为一种情

---

① 张错：《〈菊花之约〉与〈范巨卿鸡黍死生交〉——中国与日本“鬼友”故事的比较研究》，《从莎士比亚到上田秋成——东西文学批评研究》，第36页。

② 张错：《诗的展望——浅论台湾现代诗的过往与将来》，《批评的约会：文学与文化论集》，第3页。

感表达方式，首先出于创作者内心情感的需要，是感性体验的结果；而研究，即便是文学研究，归根结底还是一种科学活动，是理性思维的结果，离不开研究者所受学科规训的影响。因而，中国古典传统在张错诗歌中的明显表现反映的正是诗人的情感需求，而其研究中的中立立场以及西方文学研究理论与方法的运用则是一种知识的需求与选择。这又提醒我们注意两个问题：

其一，在文学研究中，中国传统文论在现代的境遇。如前所述，张错的文学研究中更多体现的是西方的学科规训，其实不仅直接接受西方教育的海外学者如此，中国国内的文学研究也鲜见中国传统文论方法的运用，这就是20世纪末以来中国大陆学界热议的“中国传统文论的现代转换”问题。而海外学者在情感和知识上的不同选择从一个侧面反映出西方话语霸权的客观事实，也提醒我们反思，中国古代文论在现代式微的原因——在现代学科规范中，理性客观是文学研究之首要条件，而中国传统文论话语的感性特质决定了其难以登“大雅”之堂，可操作性与说服力较之西方文论都不止略输一筹。那么，在中国传统文论的现代转换这一问题上，我们是应该改变整个中华民族偏感性的思维方式，还是挑战现代学科规范？这个问题的答案不言而喻。挑战学科规范的说法或许太过激进，但是，在文学研究中适当增加感性体验的成分或许并不算过分。然而，在中国传统文论的现代转换这一问题的讨论中，除了对中国传统文论的整理、阐释、提炼精神实质以及提取具有现代适用性的方法论外，能否尊重、正视以及适当允许发挥中华民族的偏感性思维方式这一最具实质性的问题却往往被忽略了。这就是张错的诗歌创作与文学研究取向差异给予我们的启示之一。

其二，有如其诗歌对中国古典文学传统的继承，张错的文学研究中有没有可能出现更多中国传统文论话语或批评方法的运用？张错曾经把诗歌创作与文学批评两种活动都称为“批评”，不同的是：“诗是人生的批评”，是“感性实用”的；而文学批评是一种训练，必须保持高度的逻辑与理性，与其性格有相悖之处，因而他对文学批评“既爱且怕”[①]。他也如此评价创作者与批评家的关系：“批评家与创作者本来就是两个世界的人（到

① 张错：《从莎士比亚到上田秋成——东西文学批评研究·后记》，第366页。

结 语

传统话语·现代意识·比较视野

1847 年，大清帝国广东府香山县的青年容闳作出了人生中重要的决定——跟随牧师布朗留学美国，这一年，容闳 19 岁。八年后，容闳获得了耶鲁大学法学博士学位，成为首位于美国著名高校毕业的中国人。1872 年，经过多方努力，容闳说服李鸿章、曾国藩等洋务精英，上书清廷推行官派留学生计划，此后十年间 120 名“留美幼童”分四批赴美，由此拉开了近代中国留学生历史的序幕。[①] 正如李鸿章、曾国藩在会奏中所言，留学生事业实乃“中华创始之举，古今未有之事”，然而，谁又料到此举一经推行，迅即在清末民初形成多次留学潮：19 世纪 70 年代洋务运动中的留欧船政生、20 世纪最初十年的留日热潮以及庚子赔款后持续至新中国成立的清华留美计划……

“近世输入西方之文明，自译书外，以游学为一大导线。”[②] 如果把近代中国知识界的急速变化与留学体制的日渐成熟联系起来，那么留学这一并非中国近世所独有的文化生产方式在此一时期获得的巨大成功，毋宁说正从一个侧面刻画出西方现代文明逐渐为国人接受的历史轨迹。在一个技术文明日渐缩短世界地理空间的年代，“父母在，不远游”的儒家古训业已成为遥远的回声，中国青年的异邦“远游”正汇入世界范围内的知识流动中，伴随着古老传统的抗击、迎接现代性的降临。可以说，与中国“数千年未有之变局”遥相呼应，正是这批在中国近代历史上初登舞台的新国民，以其特殊的文化身份，为百年来古今中西之争视野下的中国提供了各色现代疗法。

从近代中国留学生讲起，多少有些追根溯源的冲动。如果说本书提倡的海外视野具有自身的合法性及其阐释效度，那么在传统的现代转型这一叙述框架内，我们所呈现的论域不过是又一个留学时代的传奇，它所关注和争论的问题构成了中国现代知识场域中别具深意的一格，同时，它也预示着中国学人所遭遇的传统与现代的危机将是一个持续的、不断创造的过程。

① 钱钢、胡劲草：《留美幼童——中国最早的官派留学生》，文汇出版社 2004 年版。

② 柳诒徵：《中国文化史》（下册），（上海）三联书店 2008 年版，第 791 页。

第一节 文化保守主义与现代性批判

以激进主义—自由主义—保守主义的观念并生系统①来解释西方现代思想进入中国后的学术表现形态，是以史华慈为代表的汉学思想史研究的重要观点。由于美国中国学研究以英国历史学家汤因比的“冲击—回应”模式为基本立场，在无形间也就特别突出了世变下传统一维的命运转变，这一视角的不同，使其相较于国内几近形成范式的“启蒙—救亡”模式，较早地对保守主义在近代中国思想史上的价值投以合理的关注。

按照史华慈的说法，保守主义同样是一个西来的观念，在最初的语境中，它作为启蒙运动的反动，代表了现代性的另一面。这提醒我们注意，从梁启超、学衡派到现代新儒家，中国保守主义者对传统的回归与重建，确有借助东西比较视野及叙述框架发掘传统之普世价值并以此批判西方现代性的共同路径。对此，我们将以梁启超欧游及其引发的“科学与人生观”之论争以及“学衡派”对儒家伦理的新人文主义阐释为例，揭示传统的转化如何与现代性的批判达成共识，进而为理解当代海外华人学者的传统之发明引入一条可供参照的路径。

1919—1920年，梁启超的欧游之行宣告这位文化激进人士向传统主义的回归，这也同时标志着他政治生涯的结束和学术生涯的开始。应该说，在此之前，梁氏对西方文明并不陌生，辛亥革命失败后，他曾长期流亡日本，主笔《清议报》和《新民丛报》，以东洋为中介向国人推介西学；1903年，梁启超应美洲保皇党之约，游历新大陆，种族歧视下华人的悲惨生活与美国中产阶级社会的勃发生机形成了鲜明对比，此行之后，梁氏有言“且不惮以今日之我与昔日之我挑战者也”，一改大共和之梦，转而投

---

① 史华慈在此引用了卡尔·曼海姆的观点，认为激进主义—自由主义—保守主义作为一个不可分割的整体出现于法国大革命的前后，它围绕着对现有社会制度的改革问题，形成了不同的态度。因此，西方保守主义的出现通常被认为是对法国大革命的反动，进一步而言，则可视为对启蒙运动的反动。参见史华慈《论“五四”前后的文化保守主义》，载许纪霖、宋宏编：《史华慈论中国》，新星出版社2006年版。

奔立宪运动。然而，1919年的欧游仍具颠覆意味，作为现代西方文明的中心，深入欧洲大陆的见闻远远超出了梁启超此前从外围世界（日本、美国）获得的认识，战后欧洲物质匮乏、精神虚无的景象，宣告了“科学万能梦的破产”，梁启超在《欧游心影录》中也不免认为，进化论的神话并不能解决社会道德和价值问题。对此，他开出药方，鼓励青年重新审视和评价儒家伦理秩序的现代意义，进而把东方视为新的普世价值发源地：“我们可爱的青年啊！立正，开步走！大海对岸那边有好几万万人，愁着物质文明破产，哀哀欲绝地喊救命，等着你来超拔他哩。”① 正如汪晖所言，梁启超“对中国文化的倡导不是以论证文化的异质性或不可通约性为目标，而是以诊断和挽救现代性的危机为目的。……他们的理论与马克思主义一样，也是一种反现代性的现代理论”，“在梁启超设计的叙事中，中国及其文化的前途就被植入了有关世界历史的宏伟叙事之中。中国社会与文化的复兴在这种叙事中也因此获得了它的世界意义，成为论证总体历史发展的一个重要论据”。② 可以说，从梁启超开始，东西比较的模式经历了一次重要更新，它构成的文化保守主义的叙事逻辑和语调突破了东西优劣论和民族主义的框架，开始追求传统文化的世界意识和公理价值。在《论中国学术思想变迁之大势》开篇，梁启超一改“新民”时代以来学术西化的态度，对青年学人提出新的期望：“且吾有一言，欲为我青年同胞诸君告者：自今以往二十年中，吾不患外国学术思想之不输入，吾惟患本国学术思想之不发明……凡一国之立于天地，必有其所以立之特质。欲自善其国者，不可不于此特质焉，淬厉之而增长之。今正当过渡时代苍黄不接之余，诸君如爱国也，欲唤起同胞之爱国心也，于此事必非等闲视矣。不然，脱崇拜古人之奴隶性，而复生出一种崇拜外人蔑视本族之奴隶性，吾惧其得不偿失也。”③ 显然，梁氏已认识到“思想之发明”才是学术之根本，专信洋人与迷信古人一样，都难以从立国之本处解决时代思想之独创

① 梁启超：《欧游心影录》，见《梁启超游记：欧游心影录、新大陆游记》，东方出版社2006年版，第57页。

② 汪晖：《中国现代思想的兴起·第二部（下卷）》，（北京）三联书店2008年版，第1309～1311页。

③ 梁启超著，夏晓虹导读：《论中国学术思想变迁之大势》，上海古籍出版社2001年版，第6页。

价值。

1923 年，梁启超欧游的思想余波引发了学术界“科学与玄学”的大规模论战，随梁氏同游欧洲的弟子在论辩中据理力争、各执一方。其中，代表“玄学”一方的张君劢严厉批判了以分析方法为基础的现代科学，他认为理性不能解决人的主体经验、情感和道德等“人生观”问题，进而试图发掘宋明“心性之学”的普世价值与世界意义，由此开启了现代新儒家的路径。张君劢对科学的非难源于其在欧洲的求学经历，与梁启超欧游的感性体验不同，张君劢师从倭铿（Rudolf Christoph Eucken），系统地接受了西方现代非理性思想，他的关于“人生观”的大部分理论都与帕格森（Henri - Louis Bergson）和德里希（Hans Driesch）密切相关，实际上他的文化批判已自觉站在了西方反思现代性的立场。与梁启超一样，张君劢所提出的危机解决方案同样落在了传统的回归与重建上，他对儒学的发扬显然已超越了东西二元论的民族主义立场，在反科学的呼声中实践着对人类整体文明的关怀。

就在“科学与玄学”大战爆发前一年，《学衡》杂志（1922.1—1933.7）的创立标志着现代中国历史上另一个著名保守主义团体“学衡派”的登场。作为主要成员的梅光迪和吴宓都曾留学哈佛，共同服膺于“新人文主义”大师白璧德（Irving Babbitt）的门下。在美国学术界，白璧德曾掀起 20 世纪 20 年代的文化批判运动，对诸如“古今之争”、“进步观念”、“个人主义”及“现代”等西方现代性的关键问题予以讨论，其基本立场是古典主义式的道德主义，因此极易在儒家伦理与西方古典道德主义之间找到平衡与会通，并以此作为现代性批判的武器。1922 年 3 月第 3 期《学衡》杂志以“白璧德中西人文教育谈”为题发表了 1921 年秋白璧德面向中国留美学生的演讲，文章敬告中国留学生，西方“古今之争”中大获全胜的“进步观念”已受到强有力的挑战，因此，轻易与传统决裂并非明智之举，当下科学精神的危机应通过结合东西伟大传统中的人文思想来解救，而中西古典传统对人的规定，首先是节制的、自律的道德主义。“他告诫‘中国人’在‘今日之新旧之争’中，追求‘进步’的同时要审慎保存伟大传统的精神——此即融合古今；他提醒‘中国人’应结合自身与西方自古希腊以来之背景，在人文主义的层面互相印证，见出二者将共同构成万世之智慧——此即会通中西。"[①] 对白璧德来说，东方传统的价值同样建立在现代性批判的基础之上，一旦以道德拯救科学的方案被确立，儒教中国将提供一种不同于科学理性精神的世界价值和可能。显然，从"新人文主义"的立场出发，"学衡派"对新文化阵营展开的批判就绝不只是"国粹"式的自我陶醉，他们有更高的理想和抱负：

> 对梅光迪来说，保存中国"国粹"不仅是民族形式问题，而是文化形式和人生之间普遍关系的问题。他对中国古典文人文化（而不仅仅是文言）的评价准则，不是因为其中国性而视为神圣遗产，而是因为它以本土民族的形式，表达了具有普遍意义的价值：知识自律和审美节制这样一种完美的创造精神。《学衡》批判的不是新文化运动中的"洋"东西，而是"现代"或假装成"现代"的东西。因而它预示了对传统中国现代化的物质和精神后果的一种更广泛的"新"传统主义的批判。[②]

虽然"学衡派"并未加入此后一年的"科玄"论战，但它却以一种更为持续和系统的方式，在西方人文主义与中国传统主义之间搭建沟通的桥梁，毋宁说这一实践本身已构成白璧德"新人文主义"文化批判的一部分，它不仅意味着中国知识分子自觉加入到现代西方价值重建的过程中去，也意味着中国传统的创造性转化将成为西方现代性批判的重要资源。

如果说"五四"新文化运动对传统采取的全盘否定，或至少是强烈质疑的态度代表西方现代精神中"进步观念"和"科学理性"对中国的塑造，那么文化保守主义者基于西方反思现代性立场对传统的重新阐释和发扬，则也反映出中国知识分子赋予其自身历史以现代价值和延续可能的努力。然而，更重要的是，现代中国知识场域内各种思潮的冲突和碰撞，预示着西方现代性自身的矛盾正通过中国留学生的不同选择在现代中国与传统的不同关系中表现出来。因此，当我们即将整体评价当代海外华人学者对中国文学传统的态度时，必须注意到以下事实，即"如何理解西方"已

---

① 张源：《从"人文主义"到"保守主义"——〈学衡〉中的白璧德》，（北京）三联书店 2009 年版，第 183、184 页。

② ［美］格里德尔著，单正平译：《知识分子与现代中国——他们与国家关系的历史叙述》，广西师范大学出版社 2010 年版，第 233 页。

直接关系到我们“如何理解中国”。如果说近代文化保守主义者的现代性批判立场及其对传统的复归，还仅只代表西方世界初露端倪的自我批判意识及其对中国的感召，那么随着当代西方世界对现代性历程的大规模反思，已身处其中的海外华人学者将如何在传统与现代间作出选择和超越，他们对此的回答，必将重新回到对于中国及其现代性的理解。这也正如史华慈所说：“‘什么是现代性’，这个问题无论在中国或西方都没有一个清楚的界定，如‘五四’时代，大家都反传统而追求西方的智慧，可是对于什么是现代的西方却有着不同的看法，不同的人找到了不同的东西，如无政府主义、自由主义、社会主义、恋爱自由等等。……所以我觉得现代中国知识分子所面临的问题，不应该只是中国传统与现代之间的冲突问题；而是什么是现代性的问题，当然两者是相关的。”①

第二节　本土知识的全球意义②

在《中国当代文化意识》的前言中，甘阳有这么一段话：

诚如哈佛著名中国思想史专家史华慈教授早在七十年代初就已预言的：一旦中国知识分子从“文革”的噩梦中醒来，重新恢复他们对西方的兴趣时，他们就会发现，今日的西方已不是“五四”人眼中的西方了，因为西方自身正比以往任何时候都更陷入深刻的精神危机和思想危机之中。不消说，这种状况必然会对正在思索中国现代化之路的中国知识分子造成极大的“困惑”，因为它意味着：现代化的进程并不只是一套正面价值的胜利实现，而且同时还伴随着巨大的负面价值。而最大的困惑更在于：至少在西方，这些正面价值与负面价值并不是可以一刀切开的两个东西，而

① 史华慈：《研究中国思想史的一些方法》，见许纪霖、宋宏编：《史华慈论中国》，第230页。

② 借用杜维明提出的“地方知识的全球意义”（the global significance of local knowledge）。

恰恰是有着极为深刻的内在关联的。①

的确，随着对“现代性”问题日渐深入的讨论，西方学界已普遍承认“现代性”本身所蕴藏的巨大矛盾：一方面，作为启蒙运动的产物，“进步”、“理性”、“科学”、“民主”、“自由”、“市场”等一整套所谓普世价值，推动了百余年来的全球现代化进程，极大地丰富了人类的物质生活，由此建立起来的广泛影响人类社会和经济生活的价值体系被称为“启蒙现代性”；另一方面，工具理性的扩张伴随着宗教的衰落摧毁了传统的社会共同体，在非人化的境遇中个体精神日渐萎缩、社会价值体系濒临崩溃，不可避免的“商品化”和“物化”过程严重威胁着生命存在的丰富性，由此引发的人类精神危机催生出反思现代性的文化批判力量和社会革命运动，由于这种反思的现代性集中地表现在艺术和审美活动中，因而被称为“审美（文化）现代性”。可以说，“西方的现代艺术和‘现代性’刚好构成一种吊诡：历史愈往前进，文化的危机感也愈强，也愈要反抗这种直线前进的现代时间观念”②。而两种现代性的紧张关系，则较为完整地描绘出西方的“现代性”图景，对此，英国社会学家鲍曼（Zygmunt Bauman）曾这样概括：“现代性的历史就是社会存在与其文化之间紧张的历史。现代存在迫使它的文化站在自己的对立面。这种不和谐恰恰正是现代性所需要的和谐。”③

然而，近代中国的现代想象是围绕启蒙理性展开的专断叙事，对大多数知识分子来说，文化保守主义所揭示的“现代性”阴暗面还没有现实讨论的可能，因而其所提供的作为现代性批判的传统转化方案也就没能在文化实践上有所作为。当代海外华人学者则身处完全不同的语境，随着20世纪60年代以来后现代文化思潮对“现代性”的全面反攻，欧美学术界积累了百余年的文化批判传统，已成为理解“现代性”的基本资源，可以说，从反思现代性的立场，重新挖掘启蒙叙事所压抑了的传统可能，潜在

① 甘阳：《〈中国当代文化意识〉前言》，见《古今中西之争》，（北京）三联书店2006年版，第108页。

② 李欧梵：《世纪末的华丽》，见李欧梵：《未完成的现代性》，北京大学出版社2005年版，第64页。

③ 转引自周宪：《审美现代性批判》，商务印书馆2005年版，第137页。

地构成了海外华人学者古代文论研究的基本脉络和追求，也因此构成了他们与近代中国文化保守主义间的继承关系。

本书所牵涉的五组个案，从不同程度反映出传统的转化与现代性批判间微妙的关联，从不同侧面揭示出这一视角在古典艺术批评和实践中的可能性。假如把当代海外华人学者的古代文论研究视为一种整体性的实践，那么我们倾向于从两个层面把握这种批判和建构：其一，建构以古代文论资源为基础的文学（艺术）自律理论系统，并于比较视野中突出传统中国所特有的感性经验、审美态度、艺术实践在对抗启蒙大叙事统摄下的功利主义文学观时所发挥的特殊价值；其二，从审美（文化）现代性的“救赎”功能和“文化批判”立场出发，阐释上述传统资源在应对全球性的“现代危机”时所具有的普世价值和世界意义，从而为中国传统与现代西方的对话搭建桥梁。

一个显著的趋向是，有关“感性”经验的种种概念、范畴、命题构成了所谓现代转换的核心内容。叶嘉莹的“兴发感性”说、现代新儒家的“艺术精神”、叶维廉以“直觉”观照的道家美学、“抒情传统”构架中的“美感经验”和“艺术形式”……可以说，海外华人学者在有意无意间都倾向于把中国文学（艺术）传统归约和重塑为一种自律性的价值系统。这种不约而同的尝试，其实是借助现代性分化的过程，强调中国古典传统作为审美价值系统所具有的相对独立性和存在的合法性。

自韦伯（Max Weber）以来，知识界普遍把现代性视为一个广泛的分化过程，其最突出的表现则是“从宗教和形而上学之中分离出三个自律的范畴：即现代科学、自主的艺术与伦理和法律的理性主义”①，这一分化的结果导致上述三个价值领域形成了各自不同的评判标准和存在机制，进而构成了相互独立的自治体系。虽然，代表了启蒙理性的科学文明一度成为“现代性”的同义词，但是由于上述分化的存在，并不能以科学精神解释文学和道德的合法性，换句话说，“现代性”中社会与文化的内在分裂和紧张关系，根源于它们所据以自立的价值标准的迥然对立。那么审美领域的自律形态是怎样的呢？它集中表现为一系列以“感性”为核心的观念体系（想象力、创造力、经验、形式、语言、美感、象征）以及由此产生的

---

① 汪晖：《中国现代思想的兴起·第二部》（下卷），第1282页。

现代艺术与古典艺术的二元对立（散文与诗、古典与浪漫、再现与表现、理智与情感）。显然，与科学精神所推崇的工具理性及物的客体性相对，审美自律系统突显了人的主体性价值和意义，由此产生的"感性"的艺术世界与启蒙理性统摄下的写实的、功利的艺术创作构成了某种对抗关系。

正是从这个意义上说，海外华人学者以美感经验、艺术精神和生命情味为主线所发掘的中国古典文论体系，就不仅具备了现代艺术体制所规定的自律性特征，更在与启蒙话语笼罩下的白话文学的张力中，以其"感性"气质所体现的人文价值获得了"现代性"意义上的创造性转换。以抒情传统的创构为例，何以"抒情"这样一个与浪漫主义关联至深的西方观念，会成为海外学者诠释中国传统的重要资源？如果说对于浪漫主义的一般印象还停留于极端的个人主义、无节制的情感泛滥、颓靡的放荡生活以及热烈感人的爱情之上，那么以赛亚·柏林（Isaiah Berlin）的观念史研究则从19世纪欧洲社会前所未有的理性反叛高度给予了浪漫主义应有的历史地位，并认为浪漫主义发展出的内倾的生活方式，忠于情感、想象力和理想主义的信念以及对于世俗的、平庸的物化生活的反抗，相当程度上奠定了西方两百余年来启蒙批判的基本形态。由是而言，虽然中国传统文论中"诗"、"兴"、"情"、"景"、"气"等概念的内在精神与西方浪漫主义的"抒情"气质相去甚远，然而，在肯定人的情感世界与生命经验的层面上，二者却有惊人的一致性。因此，若把"五四"白话文学所极力论证的理性写实传统视为启蒙意义上的"传统的现代转换"，那么"肯定个人的经验，而以为生命的价值即寓于此经验之中"① 的"抒情传统"则在人文关怀的理想中完成了传统之发明，它不仅彰显出古典中国特有的美学理想，更丰富了"抒情"所体认的生命经验。上述路径同样适用于叶嘉莹的学术人生，正因为把中国传统诗词理解为一种生命的兴发感动，才可以在一个处处讲求"有用"的现代社会返归"无用"的诗的艺术世界，而这种回归不仅意味着她于传统中找到了安身立命的精神之根，更表明传统中国与现代西方在人文追求和个人修养上可能达到的共识和互补。随着叶嘉莹从台湾走向北美学术界，中国文学的地方性经验所显现出的全球性人文价值，越

① 高友工：《文学研究的美学问题》（下），见《美典：中国文学研究论集》，（北京）三联书店2008年版，第83页。

发促使其从传统的继承者转向古典诗词的全球推广人，这也预示着海外华人学者将日渐参与到世界范围内的文化重建中去。

在一批以西方现代观念和学术范式为参照而整理和重建的理论资源集中问世之后，海外华人学者关心的问题已从中国传统是否能纳入现代知识体系转变为中国传统如何对建立全球性的现代价值给予建设性的回应。特别是在“边缘文化”得到普遍关注的后现代氛围中，现代化就等于西化的论断已日益受到多元现代性观念的挑战，而西方现代性自身所暴露出的矛盾和困境，也为从其他文化传统出发重新思考现代价值提供了可能。以此为契机，海外华人学者的古代文论研究，不仅致力于从审美现代性的角度挖掘中国文学（艺术）的“救赎”之道，更凭借传统中国的身心性命之学进入全球性的文化对话和现代性反思之中。其中，最具对话意识的，当属叶维廉的道家美学以及现代新儒家从儒道资源中阐发的中国艺术精神。叶维廉早年深受西方现代诗的影响，对理性主义传统及其阴暗面有自觉的认识，而借助诗歌翻译的机缘又得以从认识论和语言论的高度追根溯源地剖析西方传统的文化逻辑和思维结构，这使得他的道家美学阐释始终建立在对分析、演绎、推断等理性认知方式的批判和对立之上，因而形成了一个以直觉、经验和整体感知为核心的道家美学体系，然而，这一创造性阐释的成功更有赖于叶维廉、刘若愚等学者在西方现象学与道家美学间搭架的互动和会通，它不仅引发了西方理性批判传统对老庄思想的兴趣和研究，更于二者的对话中以其对自然和人性的关怀在全球性的现代反思中获得了自身的世界意义。现代新儒家对“中国艺术精神”的研寻，则始于徐复观对现代艺术批判功能的思考，他以为诚然借“以丑为美”而反映现实的西方现代艺术树立了审美现代性批判的基本范式，然而中国传统艺术却以其助益于人格修养和生命反省的道德超越滋养出“美善合一”的健全人性，这种治愈和关怀构成了别开一路的批判力量。随着海外新儒家的崛起，杜维明等学者更把“启蒙心态”的反思作为儒学参与世界对话和构建全球伦理的基本立足点，他特别指出所谓的全球性价值也是一种地方性知识的延伸，因此打破由西方垄断的全球性价值而使更多的地方性知识获得世界意义，就为包括儒学在内的众多地域文明提供了重建和复兴的机遇。当西方学者不自觉地把自身关注的问题理解为一种全球性问题时，中国学者所谈论的本土问题是否也可能具有普世意义？对此，杜维明所阐发的“中国艺术精神”的生态转向，正是为世界范围内生态危机的反思提供一种“天人合一”的中国智慧，并把儒家传统的人格修养升华为一种建设性的全球价值。可以说，海外华人学者在现代性批判视野中的传统重建，不仅推进了本土知识的全球意义，更为东西文明的对话提供了新的可能，因此，我们才能听到这样的西方声音：“我们要做的不只是研究中国传统，而是设法化之为丰富和改造我们自己世界的一种文化资源。”①

第三节　移动的诗学

如果进一步追问是何种历史机缘和文化语境造就了当代海外华人学者于传统言说中所表现出的批判视野和世界意识，那么，我们倾向于从全球性的文化流动趋向及其引发的一系列新生经验中寻找原因。

作为当今全球化进程的重要表征，学术研究所呈现出的开放与流动的面貌已塑造出一批国际的“学术迁移者”，他们的研究普遍突破了民族、国家以至文化的边界，呈现出显著的“跨界”特征，同时又在本土传统与他国文化的张力中突显着“边缘”的特性。可以说，海外华人学者正是上述学术群落中的一个组成，而他们返归传统所开拓出的研究视野和理论构想，一方面以其论域的“边缘”性拷问西方现代性规划的普世预设，另一方面则以其“跨界”的双重身份对本土研究的稳定构架提出挑战和质询。因此，我们选择“移动”（来回、双向、去中心的含义）而不是“流动”（单向、不可逆和明确的目的性）来描述海外华人学者在古典研究领域的这种双向观照的特殊形态，就不仅意在说明其在全球性学术流动中的身份变动和游移，更力图突显他们游走于东西文明间的理论阐发所透露出的多面关怀及内中的互动和张力。对此，我们以为海外华人学者的古典文论研究以其“移动”的诗学形态引申出下述论题。

---

① ［美］安乐哲：《差异比较与沟通理解——当代西方学者研究中国哲学的倾向及障碍》，见［美］安乐哲著，温海明等译：《和而不同：中西哲学的会通》，北京大学出版社2009年版，第326页。

其一，边缘身份与汉学视阈。首先，我们必须指出的是，从事古典文学研究的海外华人学者，是在西方经典汉学的论域中言说传统的。所谓汉学（sinology），过去是指西方人对古典中国的研究，它的对立面是产生于20世纪初的“国学”，二者都以传统中国为研究对象，区别则在于研究者的国族身份和文化背景。然而，在全球性的学术迁徙中，大批“国学”学者西游海外，转入西方“汉学”圈，由此不仅改变了“汉学”的研究生态，也淡化了“汉学”的国族色彩。当今，“汉学”已不再框定于研究者的身份差别，而是标榜一种西方语境中形成的认识传统和研究视野。因此，作为“汉学家”的海外华人学者，就不仅在心理、情感、身份等层面与传统构成某种亲缘关系，也在“汉学”的学科传统内与古典中国形成了某种陌生化的阐释关系。由于“汉学”长期以来垄断了西方世界认识传统中国的窗口，因此在国外，“汉学”常常给人自成一隅、艰深孤僻的印象，汉学家们也常常满足于小圈子式的古典研究，以此维护自己对古典中国的阐释权威。与传统汉学那种考古式的博物馆研究相比，因其与文化母体的特殊关联，海外华人学者对传统中国的体认就多了一份同情之理解和对现实的关怀，对于他们来说，传统并不是一个抽象的概念，而是一个活的存在与过程。另一方面，与作为显学的“国学”相比，“汉学”则处于西方学术的边缘领域，为了参与到现代知识生产中去，它常常借助流行理论解剖中国传统以期证明或证伪西方主流思想的观念预设，因此，客观地说，海外华人学者的“汉学”研究常因其鲜明的理论意识和独到的观察视野，引发国内相关研究话题的兴起或传统论域的反省，从而促进“国学”范式的更新。

其二，比较视野与传统重建。海外华人学者以“汉学”为主轴的中国研究，又潜在地构成了文化及文学意义上的中西比较，其以西释中或求同见异的诠释模式，不仅为他们的文论研究增添了一层比较文学的意味，更于不期然间切合了百年来中国知识分子重建传统时的文化语境。台湾学者黄锦树曾这样解释抒情传统命题产生的历史机缘：“很明显的，和百多年来大部分中国知识人（不论是西化派还是反西化派）类似，陈世骧先生是在中西文化差异——如果不是优劣论——的架构下思考这样的问题。这样的思考背景，其实也是近代以来中国学人思考学术问题的一个隐含的，但却是具有强大压力的背景。那即是与西方的比较，更何况陈世骧是在美国汉学的圈子里，在西方内部的边缘域。……如果说近代中国知识人的文学观念基本上来自西方的参照，借柯庆明对王国维与胡适的批评，‘他们显然都是依据西洋文学的现象而获致形成了他们心目中的关于文学的概念’。更重要的是，比较的框架，及意识到比较不可避免。”① 上述论断表明，当今中国学者对古典传统的理解已不可能自外于现代学科及其概念体系，而一旦进入这种以西方模式为核心的认知框架和概念体系，传统的更新和转换就不免处于中西比较的潜在挑战之下。当代阐释学的基本立场表明，任何阐释活动都以文本的诠释呈现自己的时代性意义，而“比较视野”的贯穿正是传统的创造性转换“何以存在”的文化语境，亦是所有参与其中的知识分子共同的历史“前理解”。然而，如果说中国大部分知识分子的比较立场还源于认识到比较不可避免后的被动接受，那么对于海外华人学者来说，“汉学”却就在这西方传统中，它的比较姿态如此理所当然以致居高临下而咄咄逼人，不免使人警觉到比较框架的背后，西方文明以现代知识体系肢解和想象文化他者的比较逻辑。因此，不论“求同”还是“见异”，如何于传统重建的比较视野中推进文明的对话和文化的反省，就构成了海外华人学者超越汉学心态的重要路径。

其三，现代性批判与全球对话。如果说比较的视野构成了近代以来中国知识分子思考现实问题的基本处境，那么比较的目的和价值则共同指向了文化“现代性”的探求。可以说，“五四”新文化论述中以“理性现代性”统整“文化现代性”的设想长期主导了传统转型的内在逻辑，它以理性和蒙昧的对立所构想出的现代西方与传统中国的二元叙事，极大地简化了东西文明的丰富内涵和西方现代性本身的复杂面貌，由此塑造出的以西学为规范的传统的现代形态不仅丧失了文化的主体价值，也忽视了西方现代性的负面危害。对此，早在急切推进西化的“五四”时期，海外的归国留学生就已先行提出了文化保守主义的构想，内中对文化的坚守和传统的认同裹挟着现代性批判的忧思，较早地从反思现代性的立场提供了另一种传统的现代性方案。不难理解，当代海外华人学者其实是近代以来中国“知识”流动人群中广义的留学生，与近代中国的文化保守主义者一样，

---

① 黄锦树：《抒情传统与现代性：传统的发明，或现代性的转化》，《中外文学》2005 年第 34 卷第 2 期。

他们因为身处西方内部而较为清醒地认识到现代性的内在矛盾与张力，更因为他们所从事的人文研究（特别是作为西方“他者”的中国传统文化研究）在西方现代性传统中所扮演的批判和救赎的角色，使得过去曾被启蒙话语长期压抑的传统价值逐渐在文化特别是审美领域体现出独特的人文关怀和世界意义。就此而言，当代海外华人学者的古典文论研究呈现出显著的批判意识和对话诉求，他们普遍于审美现代性的立场重构古典文学的“感性”传统，并于全球范围内的现代性反思和文明的对话中开掘本土知识的世界意义。他们的实践表明，传统的创造性转化需在阐发全球性价值和参与全球性对话中开辟新的路径。

史华慈曾指出所谓的中国传统是指一系列经典文本及其阐释系统，因而“中国传统像所有以文本为中心的传统一样，是一种诠释学的传统”①，其文化的意义和价值都寓意于阐释的历史之中。如果我们把现代中国与传统的关系也理解为上述阐释学关系，那么如何通过对传统的阐释在过去与现在之间保持一种意义的连续性，就构成了20世纪中国文化的现代转型所面临的中心问题。正是在这个意义上，本书所推介的海外华人学者的古典文论研究，以其“跨界”的身份为我们呈现出一种“边缘”而智慧的解答。

① 史华慈、刘梦溪：《现代性与跨文化沟通——史华慈教授访谈录》，见《史华慈论中国》，第220页。

附　录

宇文所安的中国文论研究

在当代西方汉学家中，对中国文论的传播和研究作出巨大贡献的，首推美国哈佛大学东亚系、比较文学系教授宇文所安（Stephen Owen，中译为斯蒂芬·欧文）。对于宇文所安的汉学造诣，德国汉学家顾彬（Wolfgang Kubin）这样评价道："斯蒂芬·欧文排第一，他是唯一可以和欧洲人一样思考的美国汉学家，唯一一个，连他的英文都不是一个美国人的英文。他的新思想特别多，他会开拓一个新的方向……"①

宇文所安1946年生于美国密苏里州圣路易斯市。1959年移居巴尔的摩，当其初次接触英译中国诗词选本《白驹》，立即被中国古典诗词的魅力所征服，从此痴迷上中国古典文学。1968年获耶鲁大学中国语言与文学专业学士学位。四年后在耶鲁大学东亚系取得博士学位，随即留校任教。1982年转入哈佛大学，1982—1984年，任哈佛大学东亚系中国文学教授。此后，一直担任哈佛大学东亚系与比较文学系跨系教授，现为詹姆斯·布莱恩特·柯南德特级教授。

耶鲁和哈佛两校有着深厚的汉学传统。耶鲁大学是美国第一个汉语教研室和东方图书馆的诞生地（1876），卫三畏（S. W. Williams）、傅汉思（H. H. Framkel）、余英时、孙康宜等著名学者曾执教于此，柳无忌、李田意、夏志清、吴广明、马幼恒等一大批重要学者曾在此攻读。哈佛大学更是以其东方学研究闻名于世，著名汉学家洪卫莲、J. L. Bishop、G. W. Baxter、J. R. Hightower、P. H. Hanan等荟萃于此，更有闻名全球的学术研究和出版机构，像哈佛大学东亚语言与文明系、哈佛大学燕京学社、费正清中国研究中心、哈佛大学出版社等。出身于该校的学者有丁乃通、芮效卫（D. Tod Toy）、高友工、薛爱华（E. H. Schaffer）、李欧梵等。② 两校浓厚的学术氛围、名师的言传身教和同学之间的互相砥砺及丰富的图书资源，为宇文所安的学术之路奠定了坚实的基础。

随着宇文所安若干著作的中译本发行，他的名字在中国文学研究界早已如雷贯耳。从其博士论文《韩愈和孟郊的诗歌》（*The Poetry of Meng Chiao and Han Yu*）的文本细读，到《初唐诗》（*The Poetry of the Early Tang*）和

① 《"如果美国人懂一点唐诗……"——专访宇文所安》，参见《南方周末》2007年4月5日。

② 黄鸣奋：《英语世界中国古典文学之传播》，学林出版社1997年版，第30、40页。

《盛唐诗》（*The Great Age of Chinese Poetry：the High Tang*）的细密钩沉；从《追忆》（*Remembrances：the Experience of the Past in Classical Chinese Literature*）的往事再现，到《他山的石头记》（*Borrowed Stone：Selected Essays of Stephen Owen*）的真知灼见；从《中国文论：英译与评论》（*Readings in Chinese Literary Thought*）的经典译评、《迷楼》（*Mi-lou：Poetry and the Labyrinth of Desire*）的欲望解读，直到最近出版的 *The Making of Early Chinese Classical Poetry*、《晚唐：九世纪中叶的中国诗歌》［*The Late T'ang：Chinese Poetry of the Mid-Ninth Century*（827—860）］，两书对中国古典诗词的深度解读，无不彰显其对中国传统文化的独特思考和理解。在这些著作中，《中国文论：英译与评论》一书尤具特色，该书初版于1992年，是宇文所安在耶鲁大学和哈佛大学讲授中国文论期间，集十二年心力精心编选、翻译、评注的中国诗学经典读本。该书在西方汉学界久享盛誉，被列为哈佛大学权威文论教材。中译本已于2003年1月由上海社会科学院出版社出版，在中国文学研究界引起了广泛的关注和推介，并被我国许多高校选为比较文学专业教材。北京大学乐黛云教授为之作序，誉之为"一个中西文论双向阐发、互见、互识，相互照亮的极好范例"[①]；王晓路赞之为"迄今为止英语世界中最为实用和权威的翻译型论著"[②]；胡晓明则称其为"继理雅各（James Legge）、华滋生（Burton Watson）、康达维（David Knechtges）之后，中国经典又一次规模盛大的西方旅行"[③]。该书之所以如此好评如潮，不仅在于它为我们开启了一个重新看待本土文论的视点，为西方理解中国文论架设了沟通的津梁，还在于它为我们提供了一个跨文化对话的平台，更在于它为我们找到了一条可以突破中西文论体系，在互动互识中通过双向阐发而产生新思想、新建构的途径。

本章拟以宇文所安的《中国文论：英译与评论》为分析重点，同时联系他的其他专著和论文，来阐释其文学批评思想。之所以如此选择，主要基于如下考虑：①在国内文论界，对宇文所安的文学批评思想作全面的重视和研究，目前尚处于起步阶段，这是一项十分具有学术价值的理论课

① ［美］宇文所安著，王柏华、陶庆梅译：《中国文论：英译与评论·序言》，第5页。

② 王晓路：《西方汉学界的中国文论研究》，巴蜀书社2003年版，第326页。

③ 胡晓明：《远行回家的中国经典》，《文汇报》2003年3月14日。

题。②在中国文论界掀起的“中国古代文论的现代转换”学术热中，宇文所安作为一个外在于中国文化传统的研究者，其外在的身份赋予他的研究以特殊的价值。由于他对中国文化传统的陌生，客观上能回避那些对本土研究者来说习以为常、根深蒂固的传统观念所遮蔽的问题，加之他深厚的西方文论功底和对中国传统文化的熟稔，使他能站在一个全新的角度看到许多被本土研究者所遗忘的观念。通过对其文论思想的梳理，对我们正在进行的中国古代文论的现代转换研究，能起到“他山之石，可以攻玉”的效果。同时他作为西方汉学家中研究中国文论的典型代表，通过对其中国文论研究中“不见”的剖析，可以为我们国内的文论研究提供反思和镜鉴作用。③宇文所安的中国文论研究作为中西不同质的文学、文化相互对话沟通的“个案”之一，其本身就具有比较文学、比较诗学研究性质。而笔者从本土立场出发，对其研究的文本再阐释，目的是期望从研究中获得启发，来探索某些在比较诗学层面上具有普遍意义的理论问题，无疑也可促使我们对比较诗学研究的深入。

第一节　“知人”：回到中国的有机世界观

宇文所安在文学研究中多次指出：“阅读诗歌必须懂得它的‘语言’”[①]，即某个时代诗歌创作的惯例、标准及法则，对作家作品的理解与评价要从“同时代的诗歌背景”与“实际标准”出发[②]。正是这种力图把文本“放在它自己的世界里进行解读”[③] 的研究思路，使宇文所安将自己的研究视阈从中国文学扩展到中国文论，又从中国文论扩展到中国文学的阐释观。那么他的中国文学阐释观是什么？与国内学者的区别在哪里？其学理依据何在？又有哪些局限性？对当下文学批评具有什么理论价值？

---

① ［美］宇文所安著，贾晋华译：《初唐诗》，（北京）三联书店 2004 年版，第 323 页。

② ［美］宇文所安著，贾晋华译：《初唐诗》，第 2 页。

③ ［美］宇文所安著，田晓菲译：《他山的石头记——宇文所安自选集》，第 10 页。

一、“知人”与“显现”的映照

德国哲学家雅斯贝尔斯曾以“轴心时代”来描述人类文明大发展的历史。他指出，公元前5世纪前后，中国出现孔子、老子、孟子和庄子，印度出现《奥义书》与佛陀，希腊出现荷马、柏拉图，“这个时代产生了直至今天仍是我们思考范围的基本范畴”[①]。在中国文化史上，轴心时代诞生的经典思想，影响中国文化几千年，至今仍具有强大的生命力。它们在成为中国文化元典的同时，也为古代文论的发展提供了重要的思想资源。

在追溯中国文论思想起源时，国内学者一般把“诗言志”看作中国文论的滥觞。朱自清先生在《诗言志辨》中称其为中国古代诗论“开山的纲领”[②]。坊间流行的郭绍虞先生主编的《中国历代文论选》（上海古籍出版社2001年版）和张少康教授主编的《中国历代文论精品》（春风文艺出版社2000年版）均把“诗言志”放在开篇。现代文学家、批评家周作人也明确指出，“言志”与“载道”是中国文学发展的两条主线。由此可见，“诗言志”在中国文论中的重要地位。但宇文所安提醒我们，在文学思想传统中[③]，“某一特征或问题被关注得越多，就越说明它是成问题的”[④]。正是抱持着这种理性反思的态度，他在《中国文论：英译与评论》开篇，一反中国文论家的惯例，未把“诗言志”作为中国文论发展的源头，而是从儒家经典《论语》中撷取了一段：

子曰：“视其所以，观其所由，察其所安，人焉瘦哉？人焉瘦哉？”（《论语·为政》）

---

① ［德］雅斯贝尔斯著，魏楚雄、俞新天译：《历史的起源与目标》，华夏出版社1989年版，第1页。

② 朱自清：《诗言志辨·序言》，广西师范大学出版社2004年版，第3页。

③ 本文中的“文学思想”一词取其最宽泛的意义，包括文学理论、诗学和批评，但文学分类学被放到边缘位置。参见宇文所安著，王柏华等译：《中国文论：英译与评论》，第16页。笔者在本文的论述中采纳宇文所安之定义，在文中不再一一注明。文中着重号系笔者所加。

④ ［美］宇文所安：《中国文论：英译与评论·导言》，第2页。

这段文论节选在中国文论家的选本中很少被提及，但宇文所安却把它作为中国文论起源的经典性论述。他指出，中国文学思想与西方文论之间有着不同的发展路向。若想从中国文学思想中寻找柏拉图那种对诗歌的深奥批评或亚里士多德的那种诗歌讲解，读者一定会大失所望。中国文论的深层动力往往不是像西方一样，寻求对事物彻底的理解，而在于《论语》所蕴涵的儒家思想对更广泛问题的关注。宇文所安认为中西文论的重要区别是在原初对同一问题因关注点的不同而造成的分歧。他采用中西比较的方法来论证中国文学思想传统："我们发现了一个在后世中国文学思想中还会经常遇到的三级阶段论（triadic sequence of stages），而不是见之于西方语言理论和'mimesis'（模仿）、'representation'（再现）概念中二元意义结构（bipolar structure of significance）发展。"① 孔子在这里首先从人的行为状态入手（"其所以"），然后观察其行为动机或具体起因（"其所由"），最后推断出行为发出者会处于什么状态（"其所安"）。在这里，孔子是从儒家政治伦理的角度阐发其"知人"的思想，但宇文所安却从中读出了一个中国文学思想传统的特殊认识问题，他认为这个认识问题与西方的认识论问题不同，因为它不关涉认识自身所具有的本质，与柏拉图的若干对话中所引发的问题是两相对立的。即孔子所提出的问题关涉到在具体的个体中如何识别善，而不是认识"善"这个概念，而西方的认识论却着力于对概念本质的追问和理解。在对比阐释的基础上，宇文所安提出了自己对中国文学阐释观的理解。他认为："中国文学思想正是围绕着这个'知'（knowledge）的问题发展起来的，它是一种关于'知人'或'知世'的'知'，这个'知'的问题取决于多种层面的隐藏，它引发了一种特殊的解释学——意在揭示人的言行的种种复杂前提的解释学。中国文学思想就建基于这种解释学，正如西方文学思想建基于'poetics'（'诗学'，就诗的制作来讨论'诗'是什么）。中国传统诗学产生于中国人对这种解释学的关注，而西方解释学则产生于它的'诗学'。在这两者不同的文化传统中，都是最初的关注点决定了后来的变化。"② 宇文所安认为中国传统文学思想都是围绕着"知人"这个中国阐释学传统问题而依历史发展演变

① ［美］宇文所安：《中国文论：英译与评论》，第17、18页。

② ［美］宇文所安：《中国文论：英译与评论》，第18页。

的。他首先提出“所以—所由—所安”的显现三阶段论，即通过由外到内的观察来探究人的心理和言行。接下来他引述《孟子·万章》中的章节：

曰：“是诗也，非是之谓也；劳于王事而不得养父母也。曰，‘此莫非王事，我独贤劳也。’故说诗者，不以文害辞，不以辞害志。以意逆志，是为得之。”

宇文所安认为，孔子关于“知人”的教导被孟子转移到对诗歌的阅读上来，一些重要的术语便随之产生，而且那个由内到外的显现过程在这里被描述为若干层面。他把它界定为“志—辞—文”的解释三层级。到战国时代，这种解释三层级结构又被转化为一种“志—言—文”的生成性结构。具体见《左传·襄公二十五年》的记载：

仲尼曰：“《志》有之：‘言以足志，文以足言。’不言，谁知其志？言之无文，行而不远。”

宇文所安在此再次提出了一个重要的文论命题，即内在的真实如何通过外在显现出来，为了把内在情意状态的“志”显示出来，就必须借助语言这个中介来沟通，但是语言仅仅是跨越交流障碍的桥梁，一旦到达意义的彼岸，“言”作为满足局部目标的作用就完成了，那么最终“志”能否圆满显现，主要依靠“文”的传递。在这里“文”不是寻求西方意义上的诗即“poem”的那种广泛的无名的观众，而是寻找一个理解其“志”的独特的知音。于是他提出了关于那个独特的听众的距离问题，这种能“行远”的能力适用于距离的若干指涉——时间、空间、社会地位，因此，内外是否相符已经不是问题，而变成了一种假定。这样引发出另外一个问题，就是显现的过程是否为一个意义逐渐缩减的过程，可能表现在我们面前的意义没有我们在内心状态下那样丰盈。于是宇文所安转向《易经·系辞传》，从那里寻找依据，对“言意之辨”进行探究：

子曰：“书不尽言、言不尽意。”然则圣人之意其可见乎？子曰：“圣人立象以尽意，设卦以尽情伪，系辞焉以尽其言。”

在《易经·系辞传》的论述中，我们已经理解了那种情境与动机跟字面意义或比喻意义融为一体的语言运作模式，该模式使那种关心如何知人的特殊的“知”成为可能。《易经·系辞传》提出“意—象—言”的三级显现模式表明：内在之“意”、说话、书写这三者的关系是否是一个意义逐渐递减的过程。对这个问题的理解，中国文论史上历来聚讼纷纭，大致分为两派：一派认为内在的东西确实可以通过缩减的外在显现获得；另一派却认为存在一个绝对的缺口，“质”停留在完全内在的某处，它无法通过语言被重新获得。《系辞传》发展了这个模式，它宣告显现过程所固有的一个问题，同时提出知识而非“知人”的知识在语言中发生的一种方式。即儒家语言理论的核心假定所认为的那样：“语言本质上是提喻的（synecdochal）：内在整体显现出必然缩减的表面，而通过这个特别的部分，我们依然能够对整体进行获知。”① 针对这个传统命题，王弼在《周易略例·明象》对“意—象—言”这个三级结构给出了一套完全不同于以前的阐释：

夫象者，出意者也；言者，明象者也，尽意莫若象，尽象莫若言。言生于象，故可寻言以观象；象生于意，故可寻象以观意。意以象尽，象以言著。

从语言理论的层面来看，宇文所安认为王弼的观点是：语词不命名“事物”，语词是思维过程的一个阶段，它“生于”事物之象。尽管这里王弼关心的是卦象之间的关系，但是我们可以把他的理论扩展到语言运作的更一般的描述中。例如与其说“碗”这个词命名了这只碗或那只碗，还不如说，“碗”作为一个概念（“意”）而存在，从中诞生了一个一般化的“象”。概念与事物之间的关系是一种包含与被包含的关系。他认为王弼在这里已经突破了传统那种纯粹的心理语言学理论，即对习惯把语言作心理学解释的中国传统作了理性扬弃，从而进入普遍的语言范畴理论。

在概念和语言之间必须有“象”作中介，这个观点对诗歌和文学产生了广泛而深远的影响。一旦拥有了“象”，当诗人观察他周遭世界的形势时，物理世界的无限特殊性就可以被缩减到某种本质的最小值，被缩减为

---

① ［美］宇文所安：《中国文论：英译与评论》，第32页。

范畴之“象”，继而再缩减为范畴语言。诗人与读者可以假设那些“象”是“意”（关于世界为何如此这般）的自然表现。于是，诗之“象”就可能是“意”的体现；并且这种假设还体现了《易经》“圣人之意”那种至高无上的权威。沿此以降，还有陆机提出的“物—意—言”和刘勰论及的“情—体—势”等显现结构范式。① 可见在中国文学阐释传统里，这种“显现”理论是一以贯之并逐渐发展的，正如徐复观指出的“由上向下落，由外向内敛，这几乎是中国思想发展的一般性格”②。与之相对，在中国古代文论中，宇文所安发现了与“辞能达意”这个显现理论相左的观点，即道家的“辞不达意”理论。他选取了《庄子·天道篇》关于“轮扁斫轮”的寓言来阐述语言与内在情志的悖立：庄子的嘲弄驱动了中国文学思想传统，正如柏拉图对文学的攻击驱动了西方的文学理论传统。在宇文所安看来，中西两大传统中，全部文学理论作品都包含一种强烈的自我辩护性。正如他自己所言：“在一种文明所进行的众多事业中，文学也并非什么自然而然、天经地义的事业。在人类所从事的各项事业中，文学事业被视为一个问题，其合理性需要得到解释和证明。”③

二、文化哲学的深度阐释

无论在中国文论的起源观还是中国文学思想传统方面，国内学者与宇文所安的观点都迥异，那么他们之间有何分歧呢？又是什么原因导致的呢？

关于中国文论的起源问题，国内学者大都倾向于两种观点：“一是本于心，一是源于道，而究其原委实出于儒道两家之哲学观和文学观。”④ 从文学的发展史我们可知：先秦时代文、史、哲是三位一体的，“文”、“学”交错混融。哲学经典《尚书·尧典》上记载的“诗言志”说，其实质就是

① 笔者注：要言之，该理论相信在内在状态和其外在表现之间存在着必然的联系，在内的东西必然向外流露。最典型的说法如《诗大序》所言“在心为志，发言为诗”。

② 徐复观：《中国人性论史·先秦篇》，（上海）三联书店2001年版，第322页。

③ ［美］宇文所安：《中国文论：英译与评论·导言》，第1页。

④ 张少康主编：《中国历代文论精品·导论》，时代文艺出版社2000年版，第3页。

指文学的本源来自人心。这个观念一直到清代的典籍中，我们仍可以听到它的回音：“何则古诗与乐一也，今诗与乐二也，诗自言志，而依咏而和声而成文而后谓之音古，乐不可得见。”① 代表儒家正统文学观的《毛诗序》云：“诗者，志之所之也，在心为志，发言为诗”、“情动于中而行于言”，指出“心动情发”，借助语言这个工具，发而为诗。可见诗之源仍在人心。中国古代文论中讲文学的真实性，就是讲文学作品的思想感情是否真实地反映作者的内心世界。刘勰在《文心雕龙·情采》篇中尖锐地批评那些“为文造情”的不良倾向，认为当时那种“志深轩冕，而泛泳皋壤；心缠机务，而虚述人外”的现象违背了文学创作的真实性原则。刘勰提出“为情造文”、“述志为本”的文论观，这是对文学抒发心志的最好概括。

文学源于道，在这里有两种不同的含义：一种是指文学源于具有宇宙规律的自然之道；一种指文学源于儒家的社会政治伦理之道，也即六经之道，后世的“文以载道”说是其最好的依据。但“文以载道”不是表现为抽象哲理性之道，它是体现在日常现实政治人伦中的圣人之道。而圣人之道也是圣人之心的体现，所以从根本上说，它与“诗言志”一样源于人心。而我们认为文学源于道，指的是起源于具有宇宙规律的自然之道。“道可道，非常道。”（《老子·第一章》）“大音希声，大象无形，‘道’隐无名，夫唯‘道’，善贷且成。”（《老子·第四十一章》）这里的“道”均是指宇宙鸿蒙中那种邈远难寻的自然规律。庄子认为一切文学艺术只有达到合乎自然之道的境界，才是最高最美的境界。他把绘画上“解衣般礴”、音乐上“天籁”的精神境界作为文艺创作批评的最高理想。在《庄子·养生主》中把这种“道”的境界描述为“合于桑林之舞，乃中经首之会”。这种观点体现在文论上，就是刘勰在《文心雕龙·原道》篇所言的“人文”：“文之为德也大矣，与天地并生者何哉？夫玄黄色杂，方圆体分；日月叠璧，以垂丽天之象；山川焕绮，以铺理地之形：此盖道之文也……心生而言立，言立而文明，自然之道也。”“人文”的本质乃是“道之文”，此“道”即指与天地万物根源同一的自然之道。然而，“持这种观点的人并不否认文学是人的心灵创造，只是认为人的心灵最终也是自然之道的一

---

① 蒋景祁编：《瑶华集》，中华书局 1982 年影印康熙年间天藜阁刻本（上册），第 11 页。

种体现。故主张文源于道者，也常常以人心作为中介”[①]。可见儒道两家的文学起源观虽然在侧重点上有所不同，但都承认文学是人的内心创造成果，这是符合文学创作规律的。

曹顺庆教授认为：“每一种文化、文论都有自己的规则……而文化规则是贯穿于历史长河之中的。”[②] 那么，中国固有的文化规则是什么呢？他认为有两个：一是以“道”为核心的意义生成和话语言说方式，二是儒家“依经立义”的意义建构方式和“解经”话语模式。[③] 强调意义的不可言说性是中国文化一个潜在的、深层的文化规则。《老子》的“道可道，非常道”、“道生一，一生二，二生三，三生万物”指明“道”既是万物的本源，又是意义的本源。“天下万物皆生于有，有生于无”，这种无中生有的意义生成方式决定了话语言说方式，“道”的不可言说性也就是意义的不可言说性，意义不可言说又必须用语言来表达，从而有了庄子的“言者所以在意，得意而忘言”，也有了《周易》所说的“言不尽意”、“圣人立象以尽意”，逐渐形成了强调言外之意、象外之象的话语言说方式。例如刘勰讲“隐秀”，注重“文外之重旨”；钟嵘论“滋味”，强调“文已尽而意有余”；司空图品“味外味”，提倡“味外之旨”、“韵外之致”、“象外之象、景外之景”；严羽谈“兴趣”，强调“莹彻玲珑，不可凑泊，如空中之音，相中之色，水中之月，镜中之象，言有尽而意无穷”；王士祯言“神韵”，注重“妙在象外”，“气韵生动”；王国维说“境界”，注重“入乎其内，出乎其外”……许多文论范畴都受这个文化规则制约，形成了一套独特的话语言说方式。

同样儒家也形成了自己独特的意义建构方式和“解经”话语模式。孔子自称“述而不作、信而好古”，他通过整理典籍，删定诗文，形成了中国文论“以经为本、解经为事、依经立义”的解读模式和意义建构方式。孔子在对《诗经》的解释中，提出了“兴观群怨”、“文质彬彬”等文论思想；汉代的古文经学与经文经学之争，均是围绕着是否应坚持依经立义

---

① 张少康主编：《中国历代文论精品》，第 4 页。

② 曹顺庆：《中国文论话语及中西文论对话》，《浙江大学学报》（人文社科版）2008 年第 1 期。

③ 曹顺庆：《中国文论话语及中西文论对话》，《浙江大学学报》（人文社科版）2008 年第 1 期。

的阐释方式而进行的激烈辩论；魏晋时以《周易》、《老子》、《庄子》作为玄学的经典；宋明理学时期，涌现出来二程（程颐、程颢）、朱熹、陆九渊、王阳明等解经大师；及至清代朴学也都遵从考经据典的述学方式。

从文化源流来考察，儒家文论主张“宗经”，在这种“依经立义”观念的主导下，形成了一套名目繁多的注疏传统和话语言说方式。如强调“文约而旨博”的“《春秋》笔法”，“微而显”、“志而晦”、“婉而成章”、“微言大义”的话语言说方式，强调通过读者自已的理解揣摩作者和文本内涵的“以意逆志”的言说方式，还有《毛诗序》主张的“婉而谲谏”、“比兴互陈”的意义含蓄表达方式，董仲舒提出的“诗无达诂”的阐释理论。通过这种“依经立义”观念的层累积淀，我们可以发现儒家诗学中许多被遮蔽的东西。如儒家诗学这种极力主张“立言”的背后，隐藏着儒家诗学主体生存渴望的三个深层目的：“一、儒家诗学把语言作为生命主体栖息和生存的家园；二、在语言的家园中规避死亡和寻求永恒；三、把语言的家园建构在中国古代学术宗教——经学的文本上，儒家诗学文化传统也正是在这两个深层目的论的意义上超越了西方诗学文化传统。”[①] 《左传·襄公二十四年》载：“太上有立德，其次有立功，其次有立言，虽久不废，此之谓不朽。”“立言”负载着立功、立德的重大人生历史使命，通过书写这种物质铭刻，而达到生命在肉体死亡后获得精神的长存。所以在中国文论中，“宗经”意识的世代传承，最显著的体现就是传释者对古代文学经典近乎生命投入般的狂热。“在东方诗学文化传统中，‘经’作为一个能指符号，生命主体赋予它的含义有四个层面：第一个层面是作为实物名词的使用，言指‘织物的纵丝’；第二个层面是作为动词使用，言指‘经天纬地’的‘统摄’与‘占有’等；第三个层面是作为抽象名词的使用，言指‘元一以统始’的本体范畴；第四个层面是再度作为实物名词的使用，言指作为铭刻——书写文本的‘经典’、‘典籍’与‘文章’。”[②]“经”的第四个层面，就鲜明地体现出儒家诗学主题在“立言”的文本形式中表现出来的逃避死亡而追求永恒价值的取向。曹丕在《典论·论文》中这样论

① 杨乃乔：《东西方比较诗学——悖立与整合》，文化艺术出版社 2006 年版，第 67 页。

② 杨乃乔：《东西方比较诗学——悖立与整合》，第 11 页。

述道：

夫文章者，经国之大业，不朽之盛事。年寿有时而尽，荣乐止乎其身，二者必至之常期，未若文章之无穷。是以古之作者，寄身于翰墨，见意于篇籍，不假良史之辞，不托飞驰之势，而声名自传于后。

在文学自觉的魏晋时代，《典论·论文》不过是对《左传》中通过语言建构精神家园从而追求不朽思想的重新回归。“人类灵魂时间上的不朽……生命在空间和时间中的谜之解决，是在空间和时间之外的。”① 为了寄托生命的灵魂，古人找到了这种最佳方法，即通过立言的方式。因此儒家诗学的整个价值体系、全部范畴、最高批评原则及其在价值论上设立的最高文学范本，均肇始于“六经”或“十三经”。正如袁济喜所言：“作为哲学与诗的交融，中国古代文论的完整形态肇始于先秦孔孟、老庄的学说之中，中经《周易》的整合，之后又受到佛教的影响。在言说文艺作品层面的同时，充溢着深挚的人文蕴涵。其概念范畴既依托文艺作品，同时更有内在的哲学意蕴与人格精神的激活。”②

由此可见，中国学者在探求中国文化规则的过程中，始终关注着文化经典，同时着重考察传统文学思想在文化传承中对生命精神的阐扬，为自己的生存价值寻找一个安身立命的所在。而宇文所安却认为中国文学阐释传统始终关注的问题是“知人”，他论述道：“按照这个起点发展起来的对文学的构想，加入一个文本强烈地扰动了读者的思绪，那么，根源在于作者及其时代；该体验并不涉及读者和文本之间的封闭关系。即使一个文本从千百个读者的手中传过，它所寻找的永远是这个或那个人，即一个‘知言’的人。”③ 在他看来，中西文论传统在初始都是对同一问题的思考，只不过因为二者关注点的不同才导致后来的分歧。那么，中西文论为何会出现这种分歧呢？

宇文所安指出，中西两种传统最初都是处理内外关系的假定问题。西

① ［奥］维特根斯坦著，郭英译：《逻辑哲学论》，商务印书馆1962年版，第96页。

② 袁济喜：《古代文论的人文追寻·引言》，中华书局2002年版，第1页。

③ ［美］宇文所安：《中国文论：英译与评论》，第22页。

方传统出于“being”（存在）与“becoming”（变化）分离对立的观念而假定：①先有内在真实（“理念”或真理），再有外在现象；②内在真实主宰而不依赖外在现象，外在现象则遮蔽或隐藏内在真实；③前者是真相，后者只是假象；④通过外在现象不能认识内在真实。中国传统则假定：①内外一体，二者之间存在必然联系；②内在真实并不能绝对控制其外发与显现，外在的东西不是“自觉地‘再现’（represent）”而是“非自觉地暴露”内在真实并暗示其起因；③内外皆真；④内外相符——外在真实虽然有可能隐瞒或扭曲内在真实，但只要知道如何去观察，就会发现“内在的真实（immanent）其实就在外在现象之中”①。要言之，关于内外关系的假定，西方强调二者之间的矛盾对立，中国则注重二者之间的和谐统一，后者并非没注意到二者的对立，只是不将其绝对化而已。宇文所安说：“这个分歧是使两种传统在文学及各种其他思想上分道扬镳的主要原因。”②

所有文学问题的最终解释都需求助于哲学，宇文所安在分辨了中西文学阐释传统的分歧后，从哲学上把两者分歧的原因进一步廓清。他认为这种分歧主要是中西真理观的差异。西方的真理观起源于柏拉图的理念论，柏拉图认为理念是至高无上的，它具有永恒性、不变性和自在性，与之相对应的理念的具体表象则是短暂性、变化性和偶然性的。他提出了艺术起源—模仿说，认为理念是第一性的。作为理念的现实是影子，属于第二性。在艺术中表现的现实是理念的“影子的影子”。在西方文论中，西方诗学的基本范式创建于亚里士多德，完成于黑格尔。在《对话录》中，古希腊人将自己的全部存在与活动分为两类：自然以及先在的存在，技艺及技艺生产的存在。亚里士多德《诗学》中的“piein”（诗）被归属于后者，即归属于技艺生产。在柏拉图看来，自然存在不同于技艺存在，前者是非人为的存在，是人面对的已然存在，比如自然界的万物；后者是人以技艺的方式创造的存在，比如桌子、诗歌与戏剧等。古希腊人又将技艺分为两类：生产实体的技艺与生产摹本的技艺。在他们看来，生产一张桌子（木匠的技艺）与生产这张桌子的摹本的技艺（画家的技艺）是不同的。生产摹本的技艺被称为“摹仿”（mimesis），在亚氏的《诗学》中就将诗

① ［美］宇文所安：《中国文论：英译与评论》，第20页。
② ［美］宇文所安：《中国文论：英译与评论》，第19页。

的制作看作“生产摹本的技艺”。在他的《诗学》中，他又根据“摹仿媒介”的不同，将“诗”归为“以语言来进行摹仿的技艺”；同时他根据“一般与个别的关系”，将“以语言来进行摹仿的技艺”分为三类：哲学、历史、诗歌。“哲学”摹仿一般而与个别无关；“历史”摹仿个别而与一般无关；“诗”通过摹仿个别揭示一般。正如亚氏所言：“诗人的职责不在于描述已发生的事，而在于描述可能发生的事，即按照可然率或必然率可能发生的事……因此写诗这种活动比写历史更富于哲学意味，更被严肃地对待；因为所描述的事带有普遍性，历史则叙述个别的事。”① 自柏拉图以降，经过亚里士多德的阐发，西方诗学中形成了一种重“理性”的哲学传统，十分关注文本背后的绝对精神。到后来集美学之大成者黑格尔那里，提出“美是理念的感性显现”就是最好的注解。而中国古代的文论传统，没有西方“诗学”那样的母体，他产生的土壤就是“儒”、“道”、“释”的文化基因。中国古代文论所论述的“文”，主要是指“人文”、“天文”、“地文”并列而同属于“道之文”。在“儒”、“道”、“释”文化的相互作用下，中国形成了一种“天人合一”的哲学观，自然万物与人之间是一种和谐相生的关系，而不像西方文化那样强调人与自然的对立冲突：因为残酷的自然生存环境，形成了西方人那种认识一切的强烈欲望，渴望了解和征服自然，追求灵魂的超越，结果导致人与自然的两分。因此在西方诗学传统中就发展出一种“理性”主宰一切的哲学观。

中国古代文论中的“人文”的表现形态是“心之言”，作为最高典范的“心之言”即“圣人之言”，圣人之心可以参天地、明大道而发言为“经”。因此“文—经—道”的从属关系是中国古代文论最为基本的形而上预设。在刘勰的《文心雕龙》中有明确表述，与传统的“依经立义”模式相契合。简言之，在宇文所安看来，中西文论的不同，其根源就是两者的文化哲学基础不同。西方文化是一种“二元的、超验的思维模式”，而中国文化则是一种内在的、有机的世界观。

宇文所安认为，在中国文学思想中，“与‘制作’② 相当的词是‘显现’（manifestation）：一切外在的东西——人的本性或贯穿在世界中的原

① ［古希腊］亚里士多德著，罗念生译：《诗学》，第24、25页。

② 笔者注：“制作”指宇文所安关于西方诗学的生成方式的观点。

则——都天然具有某种外发和显现的趋势"①。他站在西方学术文化背景的立场上，对中国文学阐释传统得出了不同于国内学界的观点。但他忽视了一条重要的文论规律：在文论源头，不同体类的文学作品的形成与发展，规范与制约着文学理论的形成与发展。美国学者厄尔·迈纳（Earl Miner）指出："对'文学'的概念下定义究竟是以抒情诗为出发点，还是以戏剧为出发点（如在西方），这似乎构成各种文学批评体系差异的根本原因。"②作为西方文明发展的源头——古希腊文学，最先发展起来的是戏剧和史诗。"希腊文学批评——至少在古典时代和古典时代以后——还没来得及为抒情诗命名，当时，人们对于与史诗和戏剧相对应的今日所谓抒情诗，并没有一致的认识。"③ 因为史诗与戏剧具有强烈的动作性和摹仿性，所以才有亚里士多德的文学"摹仿"理论的产生，与西方不同，在中国虽然有"后世之文，其体皆备于战国"④，然而戏剧要迟至金元之际才兴盛。中国当时最为发达的文学样式是抒情诗，第一部诗歌总集《诗经》与西方《荷马史诗》几乎同时产生。因此总结当时的文学实践成果，形成了"诗言志"的文学起源观。到文学自觉的魏晋时代，这种"诗言志"的观点演变为"缘情体物"观，诗歌的抒情本体特征进一步突显。宇文所安依据其先在的中西对立哲学观，站在"以西释中"的文化立场上来研究中国文论，使他未能从中国文论发展的实际来考察，只是削足适履地把中国文论思想中适合他阐释观的文本纳入其批评视野，从而忽略了中国文论思想源头的多样性。特别是对中国文论发展起重要作用的道家思想避重就轻⑤，只偏执于儒家的"知人"的阐释观，这是他中国文论研究中的明显缺陷，值得我们反省和批判。

---

① ［美］宇文所安：《中国文论：英译与评论》，第 19 页。

② ［美］厄尔·迈纳著，鲁效阳译：《比较诗学：比较文学理论和方法论上的几个课题》，参见《中国比较文学》（创刊号），浙江文艺出版社 1984 年版，第 257 页。

③ ［美］乌尔里希·威斯坦因：《文学体裁研究》，参见北京师范大学中文系比较文学研究组选编：《比较文学研究资料》，北京师范大学出版社 1986 年版，第 289 页。

④ 章学诚著，仓良编：《文史通义·诗教上》，上海古籍出版社 1993 年版，第 21～24页。

⑤ 笔者注：在早期文本评论中，宇文所安仅分析了庄子的《庄子·天道》，并且还是将其作为儒家文论观的反例提到的。

第二节　文本细读与文化观照的打通

宇文所安在中国文论研究中冲破“观念史”的樊篱，坚持“思想在文本中的运动”的认识论。在具体的批评实践中，坚持文本细读、历史想象与文化还原、中西双向阐发的综合研究方法，为我们构建文学批评方法提供了一个新门径。

一、思想在文本中运动

宇文所安在谈到《中国文论：英译与评论》的编撰目的时说：“《中国文论读本》一书首先是为了把中国文学批评介绍给学习西方文论和理论的学生，此书还有另一个目的——试图在当时流行的研究方法之外，提供另一种选择。当时的中国文学批评领域以所谓‘观念史’（history of ideas）为主流，学者的任务是从文本中抽取观念，考察一种观念被哪位批评家所支持，说明哪些观念是新的，以及从历史的角度研究这些观念怎样发生变化。”① 常见的这类批评著作喜欢使用摘要和节选。

从文论发展的历程看，中国古代文论研究在“五四”时期开始兴起，当时该领域的研究方法以“观念史”为明确特征。随着该领域研究日益成熟，诞生了一大批学术大师，如王国维、梁启超、黄侃、郭绍虞、朱东润、罗根泽等。这期间，许多原始资料经过整理成为文论专著，大量驳杂的原始材料得到整理，对古代许多重要的文论家也有专门的研究，产生了一大批学术研究成果。其中最典型的代表作是郭绍虞先生的《中国文学批评史》［上卷 1934 年由上海商务印书馆出版，下卷（两分册）1947 年由上海商务印书馆印行］。在该书自序中，他阐明了自己的文学批评观：“我只想从文学批评史以印证文学史，以解决文学史上的许多问题，因为

① ［美］宇文所安：《中国文论：英译与评论·中译本序》，第 1 页。

这——文学批评，是与文学之演变最有密切关系的。”[①] 郭先生从文学史与文学批评的互动关系出发，采取以史带论、论从史出的方法，强调用丰富确凿的材料来佐证自己的结论，“我所希望的，如能在这些材料中间，使人窥出一些文学的流变”[②]。对中国古代文论，他坚持重在说明而不重在批评。他在详细搜罗材料、考证思辨的过程中，提出中国文学批评的“三期说”，即把北宋作为文学批评分途发展期的界限，北宋之前，分为两个时期：前一时期从周秦至南北朝，是文学观念由混而析的时期，命名为文学观念演进期，这个阶段只重形式，即重“文”时期；后一时期从隋唐至北宋，却又成为文学观念由析而混的时期，命名为文学观念复古期，此阶段看重文学内容，属重“质”时期。南宋直至近代，为文学观念发展第三期，名之为文学批评完成期，在他看来，南宋以降，中国的文学批评，除掉一些袭用旧说陈陈相因者外，其能稍有特殊见解者，不是本于以前两个时期的文学理论，执其一端而益以阐发，成为一种更极端的更偏向的主张；或是本于以前偶一流露未遑说明的零星主张，而补苴完成以成一家之言；便是调和融合以前两个时期的文学理论之种种不同之点而折中打成一片。从郭先生的论述中得知，他的研究方法最大的特色是根据自己的文学批评观，然后通过搜集充足的材料论据来证明自己的观点。《中国文学批评史》的编撰体例，大致遵循以文学观念为纲、历史演变为主线，以具体的流派和文论家为回目的体例，在评述中摘取文论家著作中的若干材料进行阐述。

在当时名目繁多的文论史或文学批评史著作中，朱东润先生的《中国文学批评史大纲》以批评家为纲，罗根泽先生的《中国文学批评史》熔编年、纪事本末体、纪传体于一炉之“综合体”，方孝岳先生的《中国文学批评》“以史的线索为经、以横推各家义蕴为纬”的方法[③]，但大多没有跳出郭先生那种“观念史”研究的窠臼。“观念史”研究方法在资料的积累和文论思想的发掘方面的确取得了很大的成绩，但在研究过程中，没有顾及文论文本的整体性，导致文本中许多丰富的文论思想，或因在当时与研

---

① 郭绍虞：《中国文学批评史》（上卷），百花文艺出版社 1999 年版，第 1 页。

② 郭绍虞：《中国文学批评史》（上卷），第 1 页。

③ 蒋述卓、刘绍瑾等：《二十世纪中国古代文论学术研究史》，北京大学出版社 2005 年版，第 60 页。

究者的观念不相契合，或因研究者的方法偏颇而被人为地遮蔽或遗漏了，这样就容易造成对有些文论思想的片面理解，出现断章取义的误解现象。

宇文所安洞察到“观念史”研究的弊端，他认为这种方法虽然有着自身突出的优势，但是它容易忽视观念在具体文本中是如何运作的。他不希望把批评著作处理为观念的容器，于是尝试采用新方法来展示思想文本的本来面目。他认为各种观念不过是文本运动的若干点，不断处在修改、变化之中，它们绝不会一劳永逸地被纯化为稳定的、可以被摘录的“观念”。读者在认真阅读的过程中，可以看出文本中的冲突与歧义，从这些地方就可以见出“活的思想”的运动轨迹。刘勰在《文心雕龙》中说，论说文的完美可以达到“弥缝莫见其隙”，即批评话语表面上看起来完美无缺，似乎达到了文本与观念的高度统一，但文本自身却是一个修补空隙、缝合断片的过程，它不一定总是天衣无缝的。读者总能看出作者与文学修辞①之间思想的冲突与调和。宇文所安认为，文本本身具有独立性，它在一定程度上能够控制思想的走向和生成，但作者在写作过程中，也试图对文本思想的走向进行操控，从而引发了作者与文学修辞之间的冲突与妥协。呈现在我们面前的文本，在宇文所安看来，不过是作者与“话语机器”之间较量妥协的结果。读者在阅读的过程中，以文本为切入口，通过对文本的精细品读，融入自身的阅读体验，看到文本中的悖立、冲突、隐喻、“空隙”、“断片”之处，并对这些地方进行深入思考，可以全面捕捉作者与“话语机器”之间的矛盾与调和，体会到作者为文之用心，这样就能深入领会鲜活的文学思想。而“观念史”只能告诉我们古人的思想是什么，却不能回答古人的文论思想真正是什么，尤其是古人文论思想在文本中的演变过程是怎样的。这个难题却被宇文所安置换成“从文本中考察思想运动”解决了，从而达到了宇文所安文论批评的最终目的——激活传统。所以“从文本中考察思想运动”的一个最大长处，就是从批评文本整体着眼，防止“观念史”那样对文本思想断章取义，使本来血脉贯通的文本肌体成为评论者利斧下毫无生机的组织。这就使我们在理解文本冲突进程的同时亦能捕捉到作者“活的思想”，发现许多令人兴奋和新奇的事物，因为我们改变了观察事物的角度，也就改变了我们要寻找的对象。

① 宇文所安把“文学修辞”命名为“话语机器”。

河中相互关联或者不那么相关的一系列作品，涉及的问题也就不止一个，而是多种多样的。他的方法中还存在这样一个理论预设：认为中国传统的文学思想不是一个统一的整体，在不同的文本或者同一文本中永远存在着缝隙、对立和冲突，研究者的主要目的就是理解和领悟文本中这些纷繁复杂的思想。

面对多样性的文本和纷繁复杂的文学思想，宇文所安采取了表面上十分笨拙实际上却十分有效的解读方式，即先一段原文（中文），一段译文（英文），然后是对该段文字逐字逐句地解说和对所涉及问题作评述。不过他的解说形式会根据不同文本作相应的处理。如针对陆机《文赋》和司空图《二十四诗品》中词语内涵的复杂性问题，一般的西方读者难以理解，他就先从文字释义着手，对字词内涵进行解释，让他们首先理解文意，然后再进行文论思想阐释。而对欧阳修的《六一诗话》和曹丕的《典论·论文》，因为西方读者在文意理解方面不存在阅读障碍，宇文所安就把它们当作文学作品，直接进行文本欣赏和批评。这样根据不同文本采取不同的解读策略，使阐释十分有效。同时他还充分照顾了观念与文本形式的密切关联。不论文本蕴涵着怎样的观念，这些观念皆与每一文本的不同特性密切相关。正是出于这样的考虑，宇文所安选择了解说而不是概说的形式。这样就真正做到了从文本出发，从根本上克服了过去从文本中抽取观念以至排除大量与观念不完全吻合的极其生动丰富的文本现实的缺陷，并使产生文本的语境、长期被遮蔽的某些文本中的特殊内容，甚至作者试图弥合的某些裂隙最终都生动地呈现在读者眼前。

与之相反，前三种批评方法都或多或少残留着“观念史”研究模式的缺陷，往往暗含着一种先在观念，习惯于将文论家、文本与某种观念、某种传统之间的联系对应起来，并将传统看作一种观念和立场的稳定单一集合，歪曲了文学论述在某一具体情况下发挥功用的方式。宇文所安的研究方法则将“文本视为思想的过程”，将传统视为一个不断成长的各种观念和立场的总汇，充分考虑到哪些观念和立场在某些具体条件下被细绎出来，并因为哪些条件的挤压而改变，充分尊重文本的多样性和情境性，使论述本身更显真实生动。这样一种研究立场的确立与他所受的学术训练密切相关。他曾提到过自己研究中国文学的过程，这个过程与许多国内学人不同，主要体现在学习的先后顺序上，比如学习中国文学史或者中国古典诗歌，我们一般是先接受理论，形成先在的观念，然后到具体作品中去印证理论的对应与否。宇文所安则是先通过直接细读文本，形成自己的见解，然后再参看别人的评论，和其他观点发生思想碰撞和交锋。再加上他具备扎实的西方文论功底和独特的学术视角，所以他经常能提出许多有重要学术价值的观点。

二、内外涵摄的阐发

从宇文所安的学术历程，我们可以窥视他的学术发展路向：首先从中国唐诗研究入手，然后扩展到文学史写作和中国古典诗论的研究，再进入中国文论的批评阐释，最后上升到对中国文学阐释观的理论总结。尽管其研究对象几次变换，但一以贯之的是坚持文本在研究中的中心地位。具体到他的中国文论研究，他既致力于有关文本独立性与作家创作过程的探讨，也重视文本与读者之间不明朗的约定关系的考察。他认为文本自身具有独立性，但文本中也潜藏着欲望和反叛，文学不仅不能对社会教化和价值观的形成起积极作用，相反，一直通过文本的招引和诱惑企图唤醒人心中那种蠢蠢欲动的欲望，使文学在不遗余力地引起欲望的同时，又适度地压制着欲望，使之被控制在理性的范围之内。他说："诗歌是一种引起欲望而又压制欲望的游戏。"① 宇文所安关于文学隐藏着招引与诱惑，对社会的价值观有威胁的观点，重视文本独立性的批评方法，为他的整个文学研究奠定了宽广深厚的基础。更为可贵的是其在坚持文本独立的基础上，不固守既有的理论畛域，把自己的批评视阈向哲学观念、历史时空、文化心理、社会物质史等更广阔的领域延伸。他对文本、作者、文化语境的综合思考，都是在坚持文本独立性的逻辑起点上展开的，形成了一套论述严密的独特批评方法体系。

（一）文本细读

宇文所安认为，作为文学研究者，我们首先要处理好作者、文本及读者之间的三重关系。刘勰在《文心雕龙·知音》中说："缀文者情动而辞

① ［美］宇文所安著，程章灿译：《迷楼：诗与欲望的迷宫》，（北京）三联书店2003年版，第10页。

发，观文者披文以入情；沿波讨源，虽幽必显，世远莫见其面，觇文辄见其心。”[①] 对三者关系作了极其精辟的论述，指出作者因为内心情志被外物扰动，自然天成地产生出优秀的篇章。苏轼对这个过程也有描述：“……大略如行云流水，初无定质，但常行于所当行，常止于所不可不止，文理自然，姿态横生。”[②] 研究者通过对文本的深度阅读，可以揭示出作者那些隐秘的情感、复杂的欲望、深重的焦虑。那么，对宇文所安来说，他又是如何具体深入地理解文本思想的呢？

在《中国文论：英译与评论》中，宇文所安以文本为切入口，通过潜沉反复的品读来剖析文本深刻的内蕴。首先他根据自己对文本的判断，采取不同的解读方式，但我们发现他在对不同的文论文本进行阐释时，始终重视对文本中的关键词的把握。通过对词语内涵的多重解读，来发掘文本中的意蕴。在批评实践中，宇文所安非常关注词语的隐喻义，并对这些含义进行深入的探究。其方法是一般先列举词语的本义，然后结合具体语境，阐发其隐喻义，最后结合语境乃至全篇的主旨，把文本内涵挖掘出来。以他在《论文》中对“气”的阐释为例，他先从生理层面的“呼吸”与物质之“气”的本义出发，然后指出：“气”所负载的意思远远超过了表层的物质层面。接下来他阐述“气”来自作家内部，借助吟诵时所使用的“气”被引出来（它在那里可能成了影响听众的“风”），同时他联系中国传统思想比较推崇把抽象物和实物统一起来或把心理过程和生理过程统一起来的渊源，把“气”与音乐表演联系起来。与其他词语结合起来一同进行阐述，形成一个有关“气”的词语族群，对“气”的内涵进行了多角度揭示，激活了词语的生命力。这样的例子在他的批评文本中俯拾皆是，例如在陆机《文赋》与刘勰《文心雕龙》及司空图《诗品》的批评中，对“缠绵（135 页）、燥、濡（115 页）、浮天渊（104 页）、抱影者、怀响者（108 页）、音声（141 页）、秀（143 页）、五病（154）、弥纶（181 页）、自然（239 页）、隐秀（272 页）、物色（289 页）、知音（300 页）、体用（335 页）、雄浑（337 页）、纤秾（341～342 页）、绮丽（355

---

① 周振甫：《〈文心雕龙〉译注》，江苏教育出版社 2006 年版，第 662、663 页。

② 郭绍虞、王文生等编：《中国历代文论选》（卷二），上海古籍出版社 2001 年版，第 307 页。

页)”等词语的追根溯源，不仅揭示了这些词语在修辞学上的深刻意义，更重要的是从文化的角度，阐明了词语在文化语境中意义生成的深刻性、复杂性，触摸到了语言的文化之根。这样解读的好处是可以使西方读者在学习的过程中，防止把语言仅仅理解为一种传情达意的工具，让他们能够站在宏观视角来透视词语的文化意味。

其次，我们发现宇文所安特别留意从文本结构的角度关注作者在行文中的悖立、冲突、含混之处。在他看来，文本的生成，是多重作用力影响的结果，同时文本的形成过程是一个不断辩论的过程。如在骈体文中，这个过程就不是单向的，在很多情况下，我们可以看到两个角色在争夺对于论点走向的控制权。其中一个角色，我们可以把他命名为作者，一个有着自己信念、教育背景以及文化常识的人物；另外那个角色就是文体修辞，即话语机器，它也根据自己的规则和要求生产话语，虽然作者在创作的过程中，希望两个角色能够达到完美统一，但如果深入文本内部，就可以发现文体修辞经常把某一宣言、文学主张或传统思想进行处理，然后根据可以预测的规则加以充分发挥，这样的话语机器生产出来的文本就会遗漏许多重要内容，产生错误的或者误导读者的观念。作者意识到这种困境，总是想方设法要把它往自己认为正确的观点上靠近，于是作者时刻修正文本中他不认同的话语，试图使其符合自己的信念、教育背景和生活常识。如在曹丕的《典论·论文》中，宇文所安强调：“我们就必须格外注意文章的关节点，也就是那些语气吞吐或行文跳跃之处。”[①] 他指出曹丕的《典论·论文》贯穿着一股强烈的情感，是它（文体修辞）驱动着他的笔，串起了情绪的突然转换和相互冲突的立场，使《典论·论文》“一气”贯之。宇文所安在解读中列举了曹丕许多内心冲突之处：批评七子“贵远贱近，向声背实”与自己向往的“远”和未来声名的悖立；开头的“文以气为主”、“不可力强而致”与结尾惋惜人们“不强力”的冲突，最后得出自己的结论：曹丕《典论·论文》的伟大之处恰恰在于那种君王威严的声音受到反思的推动，最终投入对文学力量的强烈的焦虑和希望之中。正因为自身意识到“年寿有时而尽，荣乐止乎其身，二者必至之常期，未若文章之无穷”，他希望借文学以不朽，所以从开始对七子的贬抑到后来转为对

---

① ［美］宇文所安：《中国文论：英译与评论》，第70页。

文学的赞美，传达出曹丕深入骨髓的人生焦虑。如宇文所安所言："在任何文字表现系统的内部，一种立场的出现，总是伴随着其他立场，而作者表现某一立场的紧迫感，会将这个立场与其特殊的对立面缠结在一起。"①

宇文所安在文论批评过程中十分关注文本中词语和行文结构的冲突之处，从这些矛盾处去把握作者内心的焦虑和立场冲突。他的阐释焦点始终围绕着文本中的文学思想运动而展开，具有很强的现实指向，为西方读者理解中国文论的鲜活思想指明了方向。

（二）历史想象与文化还原

宇文所安在文论批评中，并不局限于对文本的孤立研究，他只是把文本作为理解作者思想的起点，在阐释过程中，他更为关注的是对文本中蕴涵的中国传统文学那套惯例和假说的阐释与厘定。例如他谈到《诗大序》时说："《诗大序》告诉我们，诗为读者进入诗人的内心思虑提供了一个直接入口，这些思虑与社会某一具体的历史时刻相关；读到这里，你必须意识到，只要存在这样一种观点，就说明有一种焦虑躲在它背后：诗也许具有某种欺骗性，或者无关痛痒。确切地说，《诗大序》试图告诉我们'诗应该是什么'（而不是'诗是什么'）。"② 又如关于明代"公安派"对大众文化的态度，按照"五四"时代文学史的观点，认为是一种"进步"。如果把它放回到中国文学批评内部去考察，就会发现它是针对16世纪明代复古思潮的一次反动。如果不是寻章摘句，而是通篇阅读，那些对乡村私塾和流俗之间的蔑视之辞会不时出现，这种情况在早期文本中并不多见。而如果把这种现象放到更广阔的文化史的范围内来考察，我们可以看出古典文学教育在当时迅速普及的迹象——那些一度被精英独占的经典知识已变成了公共知识。在这种情况下，转向大众文化就成了江南上层知识精英使自己区别于人数剧增的中级知识分子的一种策略。文学理论在这里与社会史和文化史遇合，这种较开阔的研究视阈有助于我们理解"大众文学"为何经常出现在只有富人才买得起的工艺精良的本子里，从而对"五四"时的大众文化进步论进行了颠覆性解读。再如有关地域文化的问题，我们常

① ［美］宇文所安著，陈引驰、陈磊译，田晓菲校：《中国"中世纪"的终结——中唐文学文化论集》，（北京）三联书店2006年版，第12页。

② ［美］宇文所安：《中国文论：英译与评论·序言》，第1页。

常把江南文化错当成“中国文化”。但我们常常看到一些充满地域意识的地方传统，尤其是四川与广东这样的地方，它们努力确认自己的身份，以对抗江南精英。我们潜意识里认为魏朝和江南的著名文论直接代表那个时代和地区，但宇文所安提醒我们，曹丕和曹植的那些标准的批评文本是保存在萧统所主编的《文选》里的，而且曹丕的《论文》很可能是一篇长篇作品的节选。该作品是否全篇以江南为核心内容还不一定。宇文所安告诫道，那些批评著述是曹氏家族和江南大师们编选的，被编选进来的还有大量的其他作品。我们应当注意到，曹丕和曹植的被选作品相当多，曹操的也有几篇。从梁朝对三个世纪前的时代的再现之中，我们不难看出梁朝的情况。总之，我们对建安和魏的理解在很大程度上是萧统及其属下群体动机的结果，也就是说受他们当时“事出于沉思、义归于翰藻”的选文标准所制约。我们对汉魏的理解不但被他们的判断所左右，还被他们的力量所左右，只有他们有能力保存文本并使其中一部分成为经典。在某种意义上，我们脑海中的建安和魏是被梁朝的摄影镜头拍摄进去的那些作品。

由此可见，宇文所安在评论过程中，注重联系时代文化发展历程进行历史还原想象，把批评文本与评论对象尽量还原到它们所存在的历史文化语境中。这一方面可以使研究的问题更具针对性，另一方面可以使考察的视角变得更加多样化，使展现在我们面前的对象不是一个被抽取血肉的僵死观念。同样，宇文所安对诗话的批评也贯穿了其丰富的历史想象和文化还原能力。他指出《沧浪诗话》其实很难配得上“诗话”这个名称。而在“观念史”的理论体系看来，严羽的《沧浪诗话》算得上最有影响的诗话著作。宇文所安这样说是有其历史根据的，他考察了有关“诗话”形态的整个历史变迁。他指出，诗话最初是一种口头社交的话语形式，后来才变成书面形式。它记录了口头创作与社交场合的情况，或者试图再现对这些场合的印象和情状。从 8 世纪晚期以来，文坛上出现了某种固定的社交盛会，文学家们聚在一起，探讨诗歌的妙处，谈论文章轶事，为诗人们提出建议并描述诗人的风格。这种文学聚会还蔓延到宋代更广阔的文学社会群体之中并不断发展。许多早期诗话以及后来出现的一些最好的诗话皆以轶事和对诗歌的口头评论为基础，如欧阳修《六一诗话》就回忆和记录了对诗歌的口头评论，往往带有一种和缓忧伤的语调。后世许多诗话中的那种感情用事的“文学争吵”也是从该传统中派生出来的。总之，最初的诗话追求直接的风格，然而随着诗话文类的确立及其发展，它的口头性和社交性大大降低，作家们开始把他们自己对各种文学问题的见解记录下来，在恰当的时候编辑出版，编排日益严整起来。这种体系化的倾向在南宋最为明显，以致诗话原来的审美价值与“本色”渐渐丧失。当然，这种变化应该放在南宋后期与元代前期文学研究渐趋通俗化的背景中加以理解，由于当时出现了一个大众阅读群体，他们希望从权威那里寻找创作指导和提高欣赏趣味，而当时杭州的印刷业又通过把诗话转变成诗学教育的方式，满足了城市小资产者参与精英文化的愿望。那时，诗歌写作已经成为下层绅士贵族与城市资产阶级最喜爱的消遣方式。他指出，《沧浪诗话》作为历史的产物，受到社会大环境的影响，也失去了诗话原初的松散、漫谈、随意的“本色”，由几种批评文类混合而成，只有最后两章还算得上“诗话”。这样从社会物质文化生产的视角来考察诗论，材料丰富确凿，论述理据充分，得出的结论真实可信。

宇文所安的文论研究，在重视文本细读的前提下，注意结合文论产生的文化背景，进行不断的历史想象和文化反思，打破了传统观念的桎梏，形成了新的学术观点。

（三）中西双向阐发

《中国文论：英译与评论》在西方获得热烈反响，被许多高校定为讲授中国文论的权威教材，首要原因是宇文所安在中国文论的批评过程中，十分重视与西方文论作比较阐发，如他运用对比论述作者与文本的假定关系：作者根据自己的意图，借助语言符号控制并创造出了文本意义，但作者的无意识与语言独立的中介作用却又导致文本意义与作者意图之间存在着不可跨越的鸿沟。然而中国阐释传统却并不如此。这首先是因为它区分了作者之“意”（意图）与作者之“志”：“意”是自觉的，“志”则既有自觉的成分，更有不自觉的成分。宇文所安特别辨析了中国所谓“志”与西方所谓“intention”（意图）的区别。[①] ①“intention”是“自觉的”，这个观念深刻地体现了“西方对自由意志的关注”；“志”则可能也有自觉的层面，但这个概念更重视一切抉择的种种非自觉（involuntary）的起源：“志”的发生是因为人受到了外在世界中某物的扰动。②就文学方面说，

① ［美］宇文所安：《中国文论：英译与评论》，第27、28页。

“intention”是指以某种方式来做诗的意图：其目标是文学创作，而“志”则指在诗歌之外的现实世界里人与某客体、事件或可能性的一种关系，亦即人与世界的一种主观联系，它常表现为政治的或道德的欲望，具有张力而寻求解决，同时也寻求外在表现；也就是说，“志”指向人的整个存在方式。根据作者与文本的假定关系，无论作者之“志”还是其“意”，都不能完全控制或预先决定文本意义；文本意义乃是作者之“志”处在某种具体情境之下有意无意的流露。其次是因为中国阐释传统假定了一种不同于西方的语言观。西方的理性传统注重以符号学模式来发展其语言理论。这种模式在中国早期（如《公孙龙子》）也曾出现过，但很快就被“志”这种更加高级的模式所取代了。从符号学模式来看，语言意义乃是符号的纯规范运作的结果，但从“志”这种模式来看，语言意义则是作者动机、具体情境以及符号运作三个方面共同作用的结果。“从表面上看这似乎是以心理学代替语言学，其实不然，毋宁说它体现了这样一种认识：如果不通过某种心理和在某种具体条件下，任何语言都是不可能产生的。既然注意到这个明显事实，就很难对语言的运作作非人格的理解。”[①] 宇文所安从词源学、文化学、符号学、心理学等不同层面对中国文论进行对比阐发，得出了中西文论对“志”、“意”的不同理解。

又如对严羽的文学价值观的解读，宇文所安首先指出严羽赖以建立自己价值和权威的最佳策略就是抨击异己。他把盛唐诗作为学诗者追摹的典范，树立起诗歌学习的榜样。后学不必再学习盛唐之后的诗歌，因为盛唐之后的诗歌在严羽看来都是糟粕，严羽采用一种不同于前人的诗歌评价体系，只有遵从《楚辞》的通俗诗学、《古诗十九首》、乐府诗、汉魏五言诗，到李杜诗篇，才是学诗者所应该走的正路。严羽对诗歌的多向演变与诗歌价值的历史相对性十分敏感，因此建立一套单一而持久的文学价值观就成为他的理论追求。为了加深目标读者对中国诗学这套传统诗歌价值观的理解，宇文所安援引席勒作类比，在西方诗学史上，席勒面对辉煌的诗歌历史，树立了一套双重标准：“素朴的诗”和“感伤的诗”。尽管席勒试图使“感伤的诗”变成一个非历史的概念，但是席勒提出这样一套新的价值观，就可以把后代的诗人提升为与他的前辈一样伟大甚至更伟大的诗

① ［美］宇文所安：《中国文论：英译与评论》，第25页。

人。但是严羽拒绝接受席勒的观点，提出后代的诗人绝对不可能跟古代的诗人平起平坐。他采用这样一种中西对比的方法，使我们更深刻地理解严羽在有关诗歌价值的论述中坚持的那种强烈的文学退化史观，即用贬抑甚至嘲笑同时代诗歌的方式，为其盛唐诗歌是最高峰的观点张本。宇文所安在回顾中国文学传统的转折时，指出："这个转折点并非时间上的一个点，而是若干世纪以来一直延续的一个过程。虽然就中国的情况来看，我们最早可以把它追溯到6世纪早期的文学派系之争，到13世纪，严羽以其好辩的声音，提出（或许第一次）一套与那些被奉为至尊的老生常谈对立的'立场'。"① 此外在关于文本产生过程、中西阐释传统的差异、文本与读者的复杂关系等问题的阐释方面，宇文所安都援引西方文论的相关内容进行对比论证，使许多以前被我们遮蔽的东西重新获得敞亮。既揭示了中西文论间的相同之处，同时也分辨出了双方差异，使目标读者加深了对中国文论思想的理解。正如乐黛云教授所言："在西方文论与中国文论多次双向阐释中，会产生一种互动，让我们发现或者'生发'出过去未曾认识到的中西文论的许多新的特色。"②

总之，文论发展的历史真相并非像人们想象的那样，人们对中国文论史的标准叙述会因为多种研究视角的加入而变得纷繁复杂，而这些研究视角的获得离不开对文本的具体分析和文化语境的深入考察及文学思想过程的具体描述。当文论史作者说某个朝代的文本提出了一些什么观点的时候，他也应该考虑一下这些文本如何流传于世，以及观点是如何从文本中显现的。宇文所安提出的这些问题，给文论研究提出了新的挑战。他在进行理论分析时，从不迷信权威的说法和现成的结论，而是始终面对文本，面对历史和文化。这形成了他在历史时空中纵贯文化、对比阐发、透视文本内涵的综合批评方法。

那么，宇文所安的这种综合的批评方法来源何处？他又是怎样进行理性扬弃的呢？

---

① ［美］宇文所安：《中国文论：英译与评论·导言》，第6页。

② ［美］宇文所安：《中国文论：英译与评论·导言》，第6页。

三、批评方法的借鉴与创新

像宇文所安这样中西兼通的批评家，要全面梳理其研究方法的来源，并不是一件轻而易举的事情。从他对文本的高度重视入手，来追问其“文本中心论”的渊源，我们把他的文论批评方法放到20世纪的文论背景下来考察，将会发现他自觉地进行理论更新的脉络。

从19世纪中叶到20世纪初，实证主义的研究方法占据文论研究的主流地位，直到20世纪初，形式主义理论才成为文学研究中新的方法论，韦勒克考察了形式主义理论的来源，“这种机体主义的形式主义并不缺少先例。它起源于18世纪后期的德国，经过柯勒律治传到英国。19世纪后期这派学说的许多思想通过曲折的渠道渗进法国象征主义的学说。这派机体主义的形式主义在黑格尔和桑德克提斯比较直接的影响下，在克罗齐的美学中得到了令人赞美的阐述。柯勒律治、克罗齐和法国象征主义是现代英美所谓新批评的直系先辈，尽管这个在哲学基础假定上是唯心主义的传统出人意料地同瑞恰兹的实证主义的心理学和功利主义的语义学结合到一起”①。在苏俄形式主义那里，他们把文本看成一个独立自足的整体，侧重从文本内部研究文学作品，关注其“文学性”。什克洛夫斯基提出了“陌生化”理论，重视从语言来理解文本，他区分了文学语言与日常语言的不同，指出文学语言具有陌生化作用，“形象的目的不是使其意义接近于我们的理解，而是造成一种对客体的特殊感受，创造对客体的视象，而不是对它的认知”②。俄国形式主义从主张文本的独立性出发，形成了把文本当作客体进行独立解读的方法。真正把形式主义推上文论高峰的是英美新批评，新批评源于20世纪的英国，但盛行于40年代的美国，其代表人物有艾略特、瑞恰兹、兰色姆、沃伦、布鲁克斯等，新批评为文学理论的学科独立作出了重要贡献。虽然其内部观点不同，但是大致表现出相同的立

---

① ［美］韦勒克著，张今言译：《批评的概念》，中国美术学院出版社1999年版，第355页。

② ［俄］维·什克洛夫斯基：《作为手法的艺术》，参见方珊等译：《俄国形式主义文论选》，（北京）三联书店1989年版，第213页。

场：①在文学本质观上，坚持文本中心论。他们强调文学的自足性和美学的自律性，同时认为文学是一个独立的世界，是一个完整的、自给自足而又有机的客观实体，文学受到这个世界内部的特殊规律所支配。如布鲁克斯反对将内容和形式分离开来的“二元论”文学批评，他认为诗歌是一个有机的整体，其效果依赖于各个部分的有机结合。②在文学的功能上，强调文学的认知功能。即认为文学是一个自足的独立结构，而这个整体是由语言的反讽、悖论、象征等构成的张力结构，在批评方法上表现为对诗歌语言的过分关注。③提倡文本中心观与语言重点论，在批评方法上讲究“细读法”（close reading），对文本的语言、结构、象征、修辞、音韵、文体等因素进行条分缕析，挖掘文本内部的意义。强调文本语言语义的丰富性、复杂性，以及文本结构中各组成部分之间所形成的复杂关系。细读的主要特点是“确立文本的主体性”，强调文本内部的语义和结构对意义的形成具有重要价值，而不看重从作者生平、心理、社会、历史和文化意识形态等因素来解读文本。因此从根本上说，它是一种以内部研究为特点的“文本批评”。

追溯俄国的形式主义到英美新批评的发展轨迹，可以明显看到宇文所安的文论研究受这些理论的深刻影响，其中受新批评影响尤甚。新批评坚持文本中心观，宇文所安也主张在文学研究中应该从文本出发，考察作者的思想运动。新批评主张语言重点论，着重从语言的张力、含混、反讽、悖论等方面去探究，宇文所安在文论研究中也一般不对词语的本义作过多的描述，而是在理解本义的基础上转入对词语隐喻义的深入探究，揭示词语背后深广的文化内涵。对文本结构的理解，宇文所安与新批评也相契合，两者都十分注意文本结构的冲突悖立之处，但与其不同的是，宇文所安侧重从行文的“缝隙”处，来寻找作者的思想矛盾，并且联系全篇作整体观照，这就与新批评的就结构论结构的纯形式主义有了显著区别。特别值得一提的是，在文论研究中，他尽管和新批评一样强调文本的中心地位，但与其着眼点明显不同，新批评走的是文本内循环式的批评之路，他们把作者与读者这两极都排除在文学研究之外。而宇文所安却把文本作为研究的入口，在此基础上，进一步在历史语境中还原文本，从文化发展史、社会物质史的角度来考察文本，避免了英美新批评“文本批评”的缺陷，从文本与历史文化的关系来洞察文论思想，获得更加深广的理论意义。

毫无疑问，就学于新批评派重镇耶鲁大学的宇文所安，新批评文论对他的影响是不言而喻的。20 世纪 40 年代，新批评进入了鼎盛时期，几乎占据了所有大学文学系文艺理论的教职，与宇文所安密切相关的是：当时最有影响力的理论家威廉·K. 维姆萨特、韦勒克和沃伦，被称为“耶鲁集团”（Yale Group）。受新批评理论的濡染，宇文所安亦浸淫于其中。与此同时，韦勒克对新批评的理论偏颇进行了一定程度的修正。他在与沃伦合著的《文学理论》中，把文学研究分为内部研究和外部研究，其中内部研究主要考察文学作品的存在方式，文体与文体学、意象、隐喻、象征、神话，文学的类型等方面；外部研究主要研究文学与传记、文学与心理学、文学与社会、文学与思潮以及文学与其他艺术五个方面。韦勒克文学理论的核心强调文学是一个复杂的、多层次的艺术整体。他接受了克罗齐的每一件真正的艺术品都具有独特个性的观点，但不赞成他无视文学作品的具体背景的历史虚无主义倾向；他倾心维谢洛夫斯基的“历史诗学”，但又反对他割裂内容与形式的观点。他认为，把内容与形式分开，就可能使人们忽略文艺作品的整体性和统一性，“我认为唯一正确的看法是一个必然属于‘整体论’的看法，它把艺术作品看作是一个多样统一的整体，一个符号结构，但却又是一个蕴含并需要意义和价值的结构”①。因此，他提出“材料（material）—结构（structure）”这一有机体，维系其间的是“审美目的”的理论架构。同时他对“内容与形式”的传统二分的不满与俄国形式主义一脉相承，他把所有与审美无关的因素称为“材料”，而把一切与审美发生关系的因素称为“结构”，材料与结构组成了一个相得益彰的关联体。他发展了罗曼·英伽登关于文学艺术具有多种不同交叉层面的理论，但同时抛弃了罗曼·英伽登仅对作品加以解析而不作审美判断的纯现象学偏颇。他提出了一种从不同角度分析判断作品的“透视主义”观点。即把诗和其他类型的文学看成是一个整体，这个整体在不同时代都在发展变化着，可以互相比较，而且充满各种可能性。② 它要求从结构、符号、价值三个不同维度审视作品，把文学作品看成一个动态发展的过程。

---

① ［美］韦勒克著，张今言译：《批评的概念》，第 278、279 页。

② ［美］勒内·韦勒克、奥斯汀·沃伦著，刘象愚等译：《文学理论》，第 36 页。

以这种“透视主义”理论为依据，韦氏把文学艺术品的存在方式表述为三个主要层面——声音的层面（包括谐音、节奏、韵律等）、意义的层面（包括语言结构、文体风格之类）、要表现的事物层面（通过意象、隐喻、象征、神话等），用一种综合的、多向的视点来透视文学作品，这样艺术品就被看作一个为某种特别审美目的服务的完整符号结构，从而确立了在文学批评中的审美判断和价值判断。但令人遗憾的是，韦勒克只从文本“内”、“外”两方面来分别说明，并没有把两者之间的关系揭示出来，没有把文学的“自律”与“他律”统一起来。

宇文所安作为在现代西方学术背景下训练出来的学者，深受西方从“俄国形式主义”到“新批评”直至“解构主义”都一致持有的“语言论转向”和“文本中心论”的形式主义理论的强烈影响，因而非常重视语言和文本自身的力量。同时这种重视文本的立场也是宇文所安对中西文论进行深入比较分析后的选择。在分析曹丕《典论·论文》时，曾提到，西方诗学通常认为文本在创作之前已通过创作意图被确定了，因而可以说是受作者控制、非时间性的假定客体，而“与西方的情况相比，中国传统更愿意或希望把诗歌视为时间中的事件”，“视文本为演奏”①。宇文所安不仅希望知道“古人的思想是什么”，更期望呈现历史的“活的思想”②。因此，无论对于文学文本还是文论文本（其实在中国文论批评史上，许多文论作品本身就是文学作品，如《文赋》和《二十四诗品》），知道它写了什么固然重要，但它如何呈现、展开内容或许更是其关键所在。他融合中国传统印象式批评，强调从个人的直观感悟出发，兴之所至，有感而发。如对陆机《文赋》中“操斧伐柯”③ 的批评、对欧阳修《六一诗话》中“随意”风格的阐发等，在批评过程中，他把文论文本放在批评的天平上衡量，保持一种独立反思的姿态，融入自身的审美体验，力图把握文本鲜活的思想。

总之，宇文所安在中国文论批评中，凭借自己深厚的西方文论根基，坚持对西方文论的深刻反思和扬弃，并有意识地借鉴中国传统的批评方

① ［美］宇文所安：《中国文论：英译与评论》，第69页。
② ［美］宇文所安：《中国文论：英译与评论·中译本序》，第2页。
③ ［美］宇文所安：《中国文论：英译与评论》，第89、90页。

法，使其批评方法呈现出内外打通、中西互证的特色，既追求对文本内涵的理解，又自觉把文论文本放在文化的视角下审视，融汇中西、独出心裁。正如他的夫人田晓菲教授所说：“一个好的文学批评家与学者，应该是一个好的读者。所谓阅读，既指文本的细读，也指一种以历史主义精神和历史想象力进行的阅读。”[①] 王晓路也指出：《中国文论》一书中“既有采纳新批评的细读方式，也有社会历史研究方法的语境分析”[②]。用它们来总结宇文所安的中国文论批评方法十分精当。

第三节　术语与文体

宇文所安认为中西文论在传统方面的若干假定具有相同性，两者在源头都是对同一问题的探索，只是因为原初关注点的不同，才导致在发展中产生了差异。这些差异则是多方面的，“它们表现在双方所坚持的各种观点、文类（genres）、文学思想的基本结构等方面”[③]。在本节中，我们只选取他关于术语和文体两方面的观点进行简要评述。

一、术语：文化的回响

“术语”一词，从语义学上考察，指“某门学科中的专门用语”[④]。具体到中国古代文论，指这门学科中的专门用语或名词，因此，确定有关论著中的某个用语是否属于古代文论术语，主要看这一用语是否具有本学科的特点，也就是看这个用语是否适合有关文论问题的描述和规定。这一基本特征决定了术语范围十分广泛，包括古人关于文章的起源（如“情”、“志”、“气”等）、文本（如“意象”、“文质”、“神韵”等）、文学创作

① ［美］宇文所安著，田晓菲译：《他山的石头记——宇文所安自选集》，第353页。

② 王晓路：《西方汉学界的中国文论研究》，第326页。

③ ［美］宇文所安：《中国文论：英译与评论·导言》，第2页。

④ 中国社会科学院语言研究所词典编辑室编：《现代汉语词典》（修订本），商务印书馆1996年版，第1174页。

（如“格律”、“章法”、“结体”等）、文学鉴赏（如“知音”、“兴”、“味”等）、文学发展（如“体用”、“通变”、“源流”等）等各类问题阐述所使用的词语，且术语在各个学科之间可以相互借用。如“道”、“气”、“理”、“性”等，既可以作为中国文论术语，也用于中国哲学，可见术语在中国文论中占有举足轻重的地位。可以这样说，如果没有一个稳固的术语系统，就没有中国文论学科的形成。汪涌豪在《范畴论》① 中明确区分了“范畴”、“概念”、“术语”之间的差别，他特别指出，术语是最稳定的，它一旦形成，在文论的发展过程中就会保持其意义的稳定性，并且它作为概念的物质载体或语言用料，是概念形成过程中的重要因素，参与概念形成的全过程。简言之，术语是构成概念的基础。作为子范畴的术语无疑是一门学科建构的前提，宇文所安敏锐地意识到了术语问题的重要性。

涂经诒先生指出：“（中国文论）这领域极有意义的发展就是对中国文学批评术语的日益认可。中国批评家所采用的一些术语通常包含了文学理论的实质，因而阐明这些术语有着相当的重要性。而对于批评家所采纳的术语不能正确理解往往会导致对这一批批评家整体思想的误读。”② 宇文所安把“术语”作为重点研究的对象，从中西文论传统对术语理解的差异根源、术语的具体批评实践两个层面来剖析中国文论“术语”的独特性。

（一）术语理解的差异根源

首先宇文所安指出一种文学思想传统是由一套词语及“术语”（terms）构成的，这些词语有它们自己的悠久历史、复杂的回响（resonances）和影响力。同样这些词语没有自身的独立性，它们只不过是相互界定的系统之一部分，该系统随时间而演化，并与人类其他活动领域的概念词汇相关。这些术语通过彼此间的关系而获得意义，每一个术语在具体的理论文本中都有一个使用史，每一个术语的功效都因其与文学文本中的具体现象的关系而不断被强化；此外，每个术语都有一定的自由度，以容纳各种变形和千奇百怪的定义。与汪涌豪关于术语的观点相异，宇文所安是从术语的内涵演变来考察的，他认为在每个术语的生成过程中，术语内

---

① 汪涌豪：《范畴论》，复旦大学出版社 1999 年版，第 4、5 页。

② 涂经诒：《传统中国诗学批评》，参见王晓路：《西方汉学界的中国文论研究》，第 300 页。

涵处在渐变的过程中。我们要把握术语的内涵，最好的办法是从每个具体的文论文本去解析，同时他对术语内涵的稳定性表达了自己不同的看法，“尽管受过教育的读者，有‘能力’（competent）使用这些术语，但是无论在说英语的传统还是在说汉语的传统中，没有谁知道那些术语‘是什么意思’”①。例如对于文学中经常提及的“情节”（plot），谁也不知道它是什么意思，但是只要遇到一个“情节”（plot），几乎所有的人都能认出来。

西方文学思想传统也汇入到整个西方文化对“定义”的热望之中，它们希望把词语的意义固定下来，以便于控制词语。在西方文化中寻求定义成为一个最深入、最持久的工程，但是与之相反，这样一种追求定义的热望在中国传统文学思想中却是严重缺席。在中国文学思想传统中，对于核心术语，文论家也只提供简短的，有时经常是经典性的定义，但要想寻求他们对术语作一系统性的解释则很难看到，即使这样的现象发生，也要到该传统的后期，即明清时期，而且只发生在文学研究的最低层面。换言之，该定义不觉得“定义”自身就足以构成一个重要的目标，定义是为学诗的后生准备的，因为他们不具备使用那些词汇的“能力”。

在宇文所安看来，中国文学思想传统与西方明显不同，西方文论中有一种力图把握“术语”的确切内涵的倾向，而中国文学思想传统中对“术语”的内涵界定并不十分重视，就算在文论发展的晚期，对“术语”内涵的界定，在他看来也只不过属于形而下的“器用”之范畴，即只是为了大家运用方便而粗略界定。那么在中西文论思想中对“术语”产生不同看法的深层根源是什么呢？他认为，中西文学传统对术语的主要区别在于：“在西方传统中始终存在这样一种张力：一边追求精确的定义，一边追求它们在文学中的回响（也就是它们在各种参照标准中的应用，而那些应用免不了与那个精确定义发生冲突）；而中国传统只重‘回响’。”

在中国思想史的各个领域，关键词（即术语）的含义都是通过它们在人所共知的文本中的使用而被确定的。现代学者，无论中西方，经常为中文概念语汇的“模糊性”（vagueness）表示感叹。其实这样的感叹，在他看来完全没有必要，因为与欧洲语言中的大部分概念比较，中国文学思想传统中的术语内涵并不比其更模糊。此外，更重要的是，在中国文学思想

---

① ［美］宇文所安：《中国文论：英译与评论·导言》，第2、3页。

传统中，概念的准确性一向就不被重视，我们也用不着维持一个存在一套精确的技术术语的幻觉。就像西方读者能识别“plot”（情节）、“tragedy”（悲剧）、“mimesis”（摹仿）、“representation”（再现）、“tructure”（结构）那样，中国读者可能并不能准确说出“道”、“虚”、“情”、“文”等术语的概念，但是只要它们出现在文本中，他们就理解它们，尽管这种理解可能是一种意会的把握，但丝毫也不影响中国读者对文本的理解。

其次，西方读者之所以觉得中国的文论术语模糊不清，是因为中国术语不符合西方读者已经熟悉的现象。即在使用史上，中国术语有一套约定俗成的惯例，即几乎每个术语在使用上都有多重指涉，但又不给读者明确提示，要求读者自己去领会，这种状况丝毫不影响中国读者在具体语境中对术语的理解。与西方传统习惯于对术语作理性的分析，追求语义的精确性和明晰性的传统不完全对等，因此在具体阅读中，西方读者试图寻求中国术语明确含义的努力，结果经常令他们十分沮丧。如古代文论中的“义”具有“a truth”（一个真理）、“duty”（义务）、“righteousness”（正义）、“principles”（理）、“significance”（意味）、“meaning”（意义）等含义，它与“意”经常互换，二词在宋代成为同音词，“义”是“一个真理”，意义上的“真理”，它适用于人和大千世界而非事物。我们可以说树有“理”，但是，像水那样随物赋形的事实既有“理”也有“义”。“意”主要发生在内心；而“义”虽然可以被内心感知，但它外在于心。正因为这两者的内在差别，所以宇文所安在翻译时没有把“义”译成“a truth”，而是选择了“significance”（意味）等词来代替它，他充分考虑了中国术语的复杂内涵。传统中国心理学、诗学、语言学的这一常见特点，虽然可以被西方读者所理解，但显而易见它不属于西方文化传统的一部分，每一个传统都有它的概念强项。取轻视态度的读者自然会发现，中国传统中所解释不了的文学的若干层面，恰好是西方传统绝对不可缺少的层面。

宇文所安从中国文论中择取典型术语，结合中西文化不同语境，让它们在一种中西互动、互识、互证的文化背景下进行对话，在他看来，在中西文论对话的过程中，采取一种文化中心主义的心态，只强调自身文论的优势，而不能站在他者文化立场上去作“同情的理解”，这样的立场根本无益于文论的发展，最佳的策略就是把每个文论术语置入其所产生的文本话语和文化语境中，考察其产生、发展、演化的历史，我们才能深刻地理解其内涵。

（二）关于术语的批评实践问题

宇文所安在编撰《中国文论：英译与评论》时，首先碰到的难题就是术语的翻译。根据现代翻译学的观点，两种语言之间没有完全对等的词汇，因为每种语言都有一个独立生发的语境，在长期的文化习惯濡养下，形成了各自独特的历史文化内涵。简言之，中西文论术语的不对等根源于彼此的文化差异。如果依据此观点，那么翻译永远无法达到对另一个文本的完全理解。宇文所安明确指出："其实没有什么最佳的翻译，只有好的解说。任何翻译都对原文有所改变，而且，任何一种传统的核心概念和术语的翻译都存在这个问题；这些术语对文明来说非常重要，它们负载着一个复杂的历史而且植根于该文明所共享的文本中。"① 从西方阐释学的观点看，任何理解都是"误解"。作为此在的"我"要理解历时的文本，势必融入了个体的当下审美体验，而自身的体验无疑会带有个体的某种"前理解"，对他种文化的理解自然受阐释者的先在视阈影响。与其说"我思故我在"，不如说"我在故我思"，既然"我在"总是在有限的时空之中的，那么我对任何文本的理解便都是生存性地受限的。作为一个文学翻译者，在面对不同语言时，潜意识中总会受自己母语长期形成的文化习惯和思维方式的影响。正如陈跃红所说："诗学译解活动作为人的跨文化阐释行为，同时也就始终保留着基于人的能动性的阐释性策略空间，也即是说，诗学翻译活动诚然有它无奈的误读宿命的一面，但是，正是这种规律性现象的存在和作为解释主体的人的能动性，为其在跨文化语境中的诗学意义生成开启了意义的可能性。"② 他提醒我们注意这样一个事实：绝没有任何两种诗学之间的概念或范畴在表达意义的内涵和外延上能够做到完全等同，也绝没有任何两种语言和句法系统的符号体系能够一一对应。如果主观地想象，在中西诗学概念互译的过程中，一个汉语词汇可以完全对应另一个西文词，一个中国诗学的概念可以对应于另一个西方诗学的概念，从而实现整体意义交换和透明的翻译，这不过是乌托邦的文化梦想。一切思想的存

---

① ［美］宇文所安：《中国文论：英译与评论·导言》，第15、16页。

② ［英］巴特、穆尔·吉尔伯特等编撰，杨乃乔等译：《后殖民批评》，北京大学出版社2001年版，第5页。

在，本身就是所谓语言性的，我们说语言是存在的家园，在某种意义上就是强调语言与人的存在休戚与共的性质。[①] 因此在跨文化翻译实践中，永远无法实现两种文论术语完全的意义转换。

这让宇文所安陷入翻译的焦虑中，在是否为了照顾翻译的流畅性和优雅性而曲解他种文化或为了保持他种文化的独特性而使英文翻译显得生涩的两难之间，他保持着适度的谨慎和取舍，坚持具体文本具体分析。比如对司空图《诗品》的解读，他认为司空图有两种表述方式：神秘化表述与命题式表述。司空图更关心的是大众感知边缘的特质：神秘化作为一种表现方式，符合文本所一再表达的诗学价值，但是在“命题式表达”（form of proposition）中给读者造成的印象是文本具有明确的信息，可是神秘化又遮蔽了这些假定的命题，并迫使读者从破碎的词汇中重新寻找“信息”，所以他认为《诗品》只适合用中文阅读。这样《诗品》每一品在整体中显得比较明确的命题，一旦到进入文本分析时就变得支离破碎，读者根本无法分清每一品的特性及与其他品的区别，他解释说：“每一品标题所使用的术语都承载着许多回响，熟悉中国文学思想的读者都能听出来。每一首诗也就是每一品中的各个形象和片断的表达都服务于那个核心术语（也许更准确地说，它们被那个核心术语同化了）。”[②] 如在《诗品》中，司空图所谓的“力”几乎包含两个基本因素：一是力的积累；一是把积聚的“力”释放出去。这样造成了读者的理解混乱，到底“力”是作者写作前就具备了，还是在写作过程中作者加入的？它描述了文本的运动吗（从保留到释放的过程）？它描述了文本的感染力吗（文本中积聚的力在阅读的余味中得到释放）？在他看来，最明智的做法就是从一个更高的文本整体层面来理解这些被描述的特质。但是要表达这多重内涵，他发现了英语翻译的困难。他说：“译文往往具有欺骗性：英文要求我在祈使语气与陈述语气之间，在主语‘他’与主语‘它（文本）’之间，在并列句与条件句之间做出选择。以上种种选择在汉语中都不是非此即彼的，它们往往可以随意游移，同古代汉语常见的情况一样，它们往往是真的无关紧要的。”[③]

---

① 孙康宜、孟华主编：《比较视野中的传统与现代》，北京大学出版社 2007 年版，第 459、460 页。

② ［美］宇文所安：《中国文论：英译与评论》，第 333 页。

③ ［美］宇文所安：《中国文论：英译与评论》，第 334 页。

在他看来，汉语与英语这两种语言，在表意上存在严重的差异，汉语语意表述的随意性，丝毫不影响中文读者对文本的理解，可是对西方读者来说，却容易把他们导向神秘和模糊，宇文所安看出了翻译在弥补两种文化差异上的无奈，他从开始对文本语言的关注，最后上升到文化层面的对比反思。他认为对术语的注释必须节制，过多的注释会使文本滑入一片反复的乱章。某些注释和解说孤立地看可能十分有趣，可加在一起就会把文本及对文本的讨论彻底淹没。正是基于这种考虑，他并没有把中国历史上流传下来的注疏传统"全都拿到桌面上来"。为此，他采用了一个既注重意义的明确概括，又反映历史变迁，还顾及具体语境，同时也不淹没文本主旨的注释策略。即一方面，在"术语集解"中对精选出来的术语，主要是单字词（它们或者很重要，或者一再出现在该书所选择的文本之中）作简明的概述；另一方面，考虑到"术语集解"中描述的只是这些术语的大致情况，它们的意思总是依语境变化，而只有在具体语境中，其语义价值才相对确定，因此，他在具体文本的解说过程中，对术语的用法作了更具体详细的讨论。

在翻译时他采取了一种折中的办法：根据文本的具体语境和术语本身的特点，作出自己理性的选择。有些术语他全部保留了汉语拼音，如"气"几乎是以拼音的形式出现，有些术语则根据语境给出多种翻译。如"变"在单独使用的时候几乎总是被译作"mutation"，以便于读者注意其确切含义，并区别于其他表示"变"的词，如"change"（变化）、"variation"（"变体"或"差异"）等。另外像"意"也通常译作"concept"，但有时在与其他词语混合使用时，则根据情况译成不同的英文，如译为"idea"（想法）、"meaning"（意义）、"concetto"（对某种物质的精巧解释）等。他表示："我尝试一个词一个词、一段文本一段文本地做出决定，我的首要目标是给英文读者一双探索中国思想的慧眼，而非优雅的英文。"① 为了让西方读者加深对中国术语的理解，宇文所安还采用了两个重要策略：①就是提供一个范围广阔的、各式各样的文论选本，在那些文本中一次又一次地与它们碰面，对它们的某些功用及意义，英语读者也自然会有所领悟。他通过这样一种"反复阅读"的方法，通过多次接触、直观

---

① ［美］宇文所安：《中国文论：英译与评论·导言》，第15页。

感悟，让西方读者在对中国文论术语的领悟中自然地理解中国文论思想。②宇文所安在《中国文论：英译与评论》的附注中，添加了一个“术语集释”，列出51个术语，其中包括“章、正、象、理、神”等48个单字词和“知音、造化、自然”3个复合词，分别就这些词的本义和引申义及在具体文论文本中的含义进行解说，有些还提供了拓展研究的参考文献。如关于“神”的释义，首先把它译为“spirit”（精神）、“divinity”（神圣），然后从词源学上考察其起源，对其意义进行深入考察，介绍它在精神层面的运用以及后世的使用情况，并举例说明和提供参考文献。王晓路曾指出：在西方汉学家中，“从笔者所收集到的材料来看，对中国古代文论术语最为公允的解说仍是宇文所安教授。他在论及中国文学思想时，从中西对比的角度对中国文学术语加以说明”①。例如在第二章《诗大序》中讨论“风”时，宇文所安首先指出它的本义即自然之风，然后通过考证找到《诗经·国风》中“风”具有使草木干枯、复生、再干枯的隐喻义，后来产生了“影响”的含义。此外“风”还适用于社会当地习惯或社会习俗（也许是作为“影响”或“气流”的延伸）。最后，“风”还与“讽”有关，二词可以相互代替，“讽”即批评，也属于一种“影响”。在指出“风”的四个层面的含义后，他再结合文本，在社会层面和文化影响上对“风”的道德教化意义和历史文化指涉进行具体评价。同时在术语的解说中，他并不盲从前人和时人的说法，而是从文本出发，根据自己的思考，得出自己的见解，真正做到“根底无易其固，裁断必由己出”。如在对司空图《诗品》的批评中，宇文所安认为“‘文学思想’难以跟十分复杂的语文难点区分开来”②，所以他采取中国传统的注疏方法，对诗行和字词进行精确的讨论，并积极借鉴中国学者在这方面的研究成果。在解读过程中，他选取杜黎均的《二十四诗品译注评析》、郭绍虞的《诗品集解》、吕兴昌的《司空图诗品研究》、乔力的《二十四诗品探微》、孙昌熙等编的《司空图诗品解说二种》、孙联奎的《诗品臆说》、王济亨和高仲章的《司空图选集注》、赵福坛的《诗品新解》以及祖保泉的《司空图诗品解说》等专著，还借鉴汪国贞的《司空表圣研究》、吴调公的《古今文论今探》、

① 王晓路：《西方汉学界的中国文论研究》，第308页。
② ［美］宇文所安：《中国文论：英译与评论·导言》，第12页。

祖保泉的《司空图的诗歌理论》等研究成果，材料选取多样完整权威，选用的版本新旧结合，既有清代的研究著作，也有20世纪80年代末的论著，如杜黎均的《二十四诗品译注评析》是北京出版社1988年的版本，王济亨和高仲章的《司空图选集注》是山西人民出版社1989年出版的，且著者均是司空图研究的专家，由此可见宇文所安学术视野之宽广，对学术前沿了解之敏锐。《中国文论：英译与评论》作为90年代初编成的文论教材，还充分吸收了中国文论界的最新研究成果，如对司空图《诗品》真伪问题的争论，他也有论及并发表了个人见解。[①] 他以这种术语解读方法为津梁，使西方读者循此作为理解中国文学思想的切入点，进行广泛的纵横比较，深入文本内部，追本溯源，追索中国文学思想的发展历程，进而深入中国文学批评的堂奥，达到对中国文化精神的深刻领悟。

二、文体：深层的立场

王瑶先生说："中国的文学批评，从它开始起，主要是沿着两条线发展的——论作者与论文体，一直到后来的诗文评或评点本的集子，也还是这样：一面是'读其文而不知其人可乎'的以作者为中心的评语，一面是'体有万殊'而'能之者偏'的各种文体体性风格的辨析。一切的观点与理论，都是通过这两方面来表现和暗示的。"[②] 无独有偶，宇文所安在中国文论批评中，也十分关注作者和文体问题，在第一节中关于文本与作者的关系有所论及，本节侧重就他关于文体的问题进行阐述。

现代"文体"观念来源于西文"style"，在翻译中，"style"兼有"文体"和"风格"的双重含义。据《简明不列颠百科全书》对"风格学"的解释，自亚里士多德、西塞罗、昆体良等以来，文体一直被理解为"思维的恰当的修饰"，它是规定适合特定类型的话语方式的一种"修辞格类型"。18世纪之际，这种具有语言学与修辞学意义的文体观被强调作家主体性在创作中的决定作用的文体概念所取代。如法国作家布封提出"文体（风格）即人"的观点，叔本华认为文体是"心灵的外现"，均强调文体

---

① 详解可参阅［美］宇文所安：《中国文论：英译与评论》，第392页注释［5］。
② 王瑶：《王瑶文集》（第一卷），河北教育出版社2000年版，第103页。

是作家独特个性的表现。20世纪以来，随着西方语言学的充分发展，文体的语言学意义也重新得到凸现，文体被看作文本话语体式和结构方式，如艾布拉姆斯认为“文体是指散文或韵文中语言的表达方式，是说话者或者作家在作品中如何说话的方式”①。与此相关的另一个法文词叫“genre”，来源于拉丁文“genus”，它本来指事物的品种和种类，在文艺理论中多指文学的种类或者类型，因此经常被译为“文体”。这与中国古代使用的文体概念比较接近，“文体”在古典文论中很多时候即简称为“体”。“体”本义指整个人体。《说文解字》释“体”为“总十二属也”。段玉裁《说文解字注》云：“十二属，许未详言。今以人体及许书核之。”说明“体”最初是指由“十二属”构成的人的整体。从这一原始意义可以看出，“整体”义构成了“体”在古典汉语语境中的基本内涵。古人以“体”称文的用意之一正是为了突出“文章整体”这层含义。今人在使用文体概念时往往标明体裁或文类的意义，强调不同文类规范的客观制约性。如《辞海》：“文体，谓文章之体裁也。”《隋书·经籍志》：“世有尧淳，时移治乱，文体变迁，邪正或殊。”② 正因为“文体”在内涵上的多重指涉，造成了在文学批评中的随意性。综观当代文论家对“文体”的阐释，大都偏重于“体”的研究，大致有如下四种观点：第一种局限于“体裁”的含义，就文体分类及文类特征进行研究，如穆克宏先生的《刘勰的文体论初探》、罗宗强先生的《刘勰文体论识微》只在文类范围内讨论文体。第二种将“文体”理解为风格，仅在风格的范畴内谈论文体，如詹锳先生的《文心雕龙的风格学》，以“风格”立论，将文类、文类体制和文类风格都纳入“风格”范畴进行辨析。第三种是把“体裁”和“风格”结合起来，作系统的考察，如徐复观先生的《文心雕龙文体论》对古代的文体进行了较为系统的阐释：认为古代的文体不只限于文类的概念，“体”在《文心雕龙》中具有三方面的内涵——体裁、体要和体貌。他认为体裁是由语言排列而成的形相；体要以事义为主，能见出主体智性经营的痕迹；而体貌主要以感情为主，能见出作者的性情和精神状貌。体裁必须在体要与体貌的升华

---

① ［美］艾布拉姆斯著，朱金鹏、朱荔译：《欧美文学术语词典》，北京大学出版社1990年版，第354页。

② 《辞海》，中华书局1984年版，第610页。

过程中，才能获得文体中的最高的艺术性意义。[①] 童庆炳先生提出“体裁、语体、风格”三层次论，童先生认为直接从体裁到风格跨度太大，生成的学理依据不足，应该有中介，他提出“语体层次”的概念，认为语体是语言体式，不同的体裁对语体有不同的规范和要求。文体的语体意义除了规范的语体之外，还有自由语体，后者包括作者充满个性的自由创作。因此“语体”是从客观性体裁到主观性风格的中介概念，是作家文体创作的生长点，而“风格”则显示着作家语体的成熟，是主客交织的文体的最高范畴。[②] 第四种是郭英德把“文体”界定为文本的话语系统和结构体式。他认为文体的基本结构应由体制、语体、体式和体性四个层次构成。体制指文体外在的形状、面貌、构架；语体指文体的语言系统、语言修辞和语言风格；体式指文体的表现方式；体性指文体的表现对象和审美精神。中国古代文学批评家对文体的体制、语体、体式和体性四个层次的构成、特征和功能等方面，都作了深入的考察和精到的论析。[③] 正因为对文体理解的莫衷一是，所以需要读者在具体文论语境中把握“文体”的内涵。

宇文所安深谙中国古代文论中关键词多义性的传统，在《中国文论：英译与评论》导言中对“文体”解说时，他指出，“体”既指风格（style），也指文类（genres）以及各种各样的形式（forms）。在这样的多重指涉中，中国文论术语体现了某种区分，也暗含了某种关注，这是在西方文论中那个术语所不具备的。在中国文学思想传统中，“体”既指规范性风格（normative style），也指类型规范（generic norm）以及规范文本中的具体落实层面（也就是说，风格意义上的“体”始终指一种标准风格类型，而非某一文本的具体风格）。[④] 正是明白“文体”概念的复杂性，所以宇文所安十分重视对文体的研究。

（一）选文侧重“文体”问题

《中国文论：英译与评论》一书所选篇目，除去导言和附录，总共十二章，分为早期文本、《诗大序》、《典论·论文》、《文赋》、《文心雕龙》

---

① 徐复观：《文心雕龙的文体论》，参见《中国文学研究》，（台北）学生书局1976年版，第118～170页。

② 童庆炳：《文体与文体创造》，云南人民出版社1994年版，第102～182页。

③ 郭英德：《中国古代文体学论稿》，北京大学出版社2005年版，第2页。

④ ［美］宇文所安：《中国文论：英译与评论·导言》，第3、4页。

节选、《二十四诗品》节选、诗话、《沧浪诗话》节选、通俗诗学：南宋和元、王夫之的《夕堂永日绪论》与《诗绎》节选以及《原诗》节选。在中国文论家看来，他的选文有很大的疏漏和个人偏向性，对于这个缺陷，宇文所安进行过辩解："有不少学者强烈要求我把这个或那个批评家或作品补充进来。我当然可以补充，但在本书所没有讨论到的另外一部分中国文学批评中，我也发现了一些其他方面的漏洞。"①

《中国文论：英译与评论》的编写主要针对两类读者：一类是希望理解一点非西方文学思想传统的西方文学学者；一类是初学传统中国文学的学生。他在编写中充分考虑到目标读者的接受水平，注重文论选本的通俗性和经典性。因此一些文论专著被排除了，如钟嵘的《诗品》、皎然的《诗式》。其实，他的深层困境是：面对浩如烟海的文论思想，就算一个精通中国古典文化的中国学者，要编成一本真正有代表性的选集都并非易事，何况像他这样的汉学家，从其个人学养和精力来看，都是勉为其难的。他解释道："中国文学思想的真正历史和一本真正有代表性的选集，都是不切实际的，这不仅因为翻译本身的规模巨大，也因为注释、论题和术语的解释，以及一个庞大的不断变化的文学作品传统所作的必要背景讨论，都会占据太大的篇幅。"② 因此在对中国文论选本的解说过程中，他采取了一种明智的策略，避免了中国古代的注疏传统，只是在对陆机的《文赋》与司空图的《诗品》解读中尝试性地使用了这种方法，其他文论文本的解说基本上都是借助自己的西方文论知识并辅之以自己的中国文论研究心得，同时借鉴国内外最新的文论研究成果，从而做出个人的"独断之学"。

在选文的取舍上，我们也可以看出他隐含的批评标准。从选本批评的观点看，选本具有巨大的批评价值，一方面，"选"这一行为使选本具有很大程度的主观性，使选本首先成为选者（批评家）张扬其文学主张的有效武器；另一方面，作为"选"这一行为的施动者，选者之"选"也就必然要受到他所处的社会时代环境以及个人才、学、识三者的影响与制约，因此一部选本的产生就往往是特定文学思潮甚至社会思潮的直接产物。选

---

① ［美］宇文所安：《中国文论：英译与评论》中译本序，第2页。
② ［美］宇文所安：《中国文论：英译与评论·导言》，第11页。

本不仅反映出选者（批评家）对文学理论的独特探讨，反映出特定时期的文学思潮，选本对作家作品的独特取舍排列还反映出该作家及其作品在文学史的不同历史时期地位与声望的盛衰起伏。此外，选本与文学术语、文学流派、文学集团、批评流派的确立，与文学理论的丰富、文学争论的产生等，都有着密不可分的关系。① 这段论述比较全面地阐明了制约选本产生的多重语境，可以看出选本的形成是多种力量较量的结果。具体到《中国文论：英译与评论》，宇文所安关注的是文论文本中“显现理论”对文体的影响，这种视角的形成，主要原因当归之于他对中国传统阐释观的独特理解。另一个原因就是西方哲学对文论研究的巨大影响，一般认为，西方哲学的发展经历了本体论—认识论—语言论三个阶段，在古希腊时期，哲学家关心的是存在问题，即世界的本原是什么，强调对事物本质的追问。到理性主义哲学家笛卡儿提出“我思故我在”的观点后，哲学关注的重点转向了认识论，即不再强调超验的存在物本身，而重视主客体之间的关系。到20世纪时语言论转向，研究的重点从主客体的关系转到了主体间的交流与表达，对主体的研究从心理学领域转向了语言学领域。哲学—语言学理论的现代开拓者是瑞士的索绪尔，他把语言与言语区分开来，提出言语是个人所说的话及其总和，语言是隐藏在言语之下的规则系统，它制约并决定着人们的言语活动。因此对语言的研究就成为20世纪各类人文学科的重点，俄国形式主义、英美新批评、法国结构主义等文论流派，都注重对语言的分析，形成了话语修辞研究的热潮。宇文所安站在西方文论的前沿，最先感受到这种语言研究转向的时代意义，所以在文论研究中十分关注“文体”问题。像《诗大序》、《典论·论文》、《文赋》、《文心雕龙》、《沧浪诗话》等篇目中都有对“文体”问题的专门论述。宇文所安在选编中十分关注这个热点，与他作为批评家的理论素养有密切关系。

（二）对“文体”问题的重点阐述

宇文所安对文体问题的重视，同样表现在他对中国文论文本的阐释过程中。他在文化的观照下，采取中西比较的视角，结合具体文本进行批评，着重发掘中西文论的差异。如在《诗大序》中关于诗经“六义”（“风”、“雅”、“颂”、“赋”、“比”、“兴”）的批评，他把“风”、“雅”、

---

① 邹云湖：《中国选本批评》，（上海）三联书店2002年版，第4、5页。

"颂"看成《诗经》的内容，而把"赋"、"比"、"兴"看成三种表现形式。对"兴"这种表现形式进行了中西对比阐释，"'兴'是形象，其主要功能不是指意，而是指某种情感或情绪的扰动：'兴'不是'指'那种情绪，而是发动它。所以，'兴'这个词的真正意义不是一种修辞性比喻。而且，'兴'的优势地位可以部分解释，传统中国之所以没有发展出见之于西方修辞中的那种复杂的分类系统，相反，它发展出一套情绪分类系统以及与每一种情绪相关的情境和环境范畴，正因为有作为整体心理状态之显现的语言概念，因此就有情绪语汇，正如有作为符号（sign）和指涉（referent）的语言概念，所以就有西方的图式（schemes）和比喻（tropes）修辞法"①，宇文所安在评论中吸收了中国经学家的观点。关于"赋"、"比"、"兴"意义的解说，朱熹在《诗集传》中的解释最为经典，他说："兴者，先言他物以引起所咏之辞；比者，以彼物比此物也；赋者，敷陈其事，而直言之也。"朱熹强调赋、比、兴是一种修辞手段，一种语言技巧。比汉儒那种"比兴美刺说"前进了一大步，肯定了文学自身的独立性。但是宇文所安不拘囿于前人的观点，他通过"兴"的解说与西方文论传统的比较，认为中国发展出一套情绪诗学，主要原因是中国人的文化心理倾向于整体直观，不善于对研究对象作逻辑分析，与西方那种讲究文体修辞的观点大相径庭，我们在此看到了中国文体观的萌芽。

真正的文体风格理论形成要到魏晋南北朝时期，其中曹丕的《典论·论文》、陆机的《文赋》、刘勰的《文心雕龙》影响最为深远。这也是宇文所安关注的重点。曹丕的《典论·论文》是中国第一篇专门评论作家作品的文章，在论文中他谈到了作家的风格问题，如"徐干时有齐气"、"应玚和而不壮、刘桢壮而不密"、"孔融体气高妙"。宇文所安这样阐释：在整个中国文学传统中，读者总喜欢把文本的风格或特征与作者的性格等同起来，即强调文如其人。这种情况在西方文学的某些阶段也发生过。当代文论家对把文品与人品对应的观点表示异议，宇文所安认为对这种批评不必太在意，重要的是读者与作者都认为这是对的，那就证明这个观点有其合理性。同时在创作风格中读者能强烈地直觉到作者的性格，这是一个不争的历史事实，而且一直受到大家的重视。他对这种性格类型学的来源进

① ［美］宇文所安：《中国文论：英译与评论》，第46、47页。

行了考察，认为“和而不壮、壮而不密”不是一个二项对立而是一个多项补充系列。其中一种特质走向极致，就由另外一种特质来补充。这种系列式补充来自《易经》的卦象符号理论。即每个特征都是不完满的，即使在最完满的阶段也是不完满的，完满只存在于每个具体阶段都得到“完全补充”之时。他从中国传统文化的角度考察文学风格，把文本风格与卦象系统相照应，开文体研究之新风，这种入思途径值得我们借鉴。

在《文赋》中，文体被分为十类，依次为诗、赋、碑、诔、铭、箴、颂、论、奏、说。宇文所安对各类文体特征分别进行了解说，描述的精练反映的是人们对文体特征认识的深化和对文体特征概括程度的提高。然后评价陆机的贡献，在中国文体理论的发展过程中，陆机对文体的讨论具有举足轻重的地位，他思考文体的方式也同样重要。“刘勰从词源和早期作品两方面追溯各文体的根源，而陆机则继承了曹丕《论文》的传统，把每一文体与某一特征联系在一起。各文体彼此区别的原因既非正式特性亦非其目的（尽管在实际创作中，这种区分非常大），而是其方式或样态。文体是‘体’，即‘规范形式’；特征类型也被视为‘体’。”① 这样诞生了一种根本认识：有两种样态的“体”，一种是“类属的”，一种是风格或形态的，对文体的最恰当描述是把文体之“体”与恰当的方式之“体”匹配在一起。于是，他指出：“试图获得的某一类型之‘体’的冲动，表明了这样一种愿望：让某一理论术语拥有尽可能广的指涉范围——保持宽广的、统一的层面，以容纳各种精微的区别。”② 在这里，宇文所安把曹丕在《典论·论文》中文体类型与作家个性相关的理论作了进一步的阐发，并且对“体”的双重含义进行了揭示。

真正对文体问题进行深入论述的是刘勰的《文心雕龙》，全书分为上、下两篇，与文体有关的在上篇。刘勰自称《文心雕龙》上篇为“论文叙笔”，比较自觉地将所有文体分为有韵之“文”和无韵之“笔”两大类，并且按照“文”先“笔”后的顺序成篇。其后各种文集和文章分类著作，大多暗含了“文”与“笔”的分类意识。刘勰有开风气之先的功劳，在《体性》篇中，他列出了八体：典雅、远奥、精约、显附、繁缛、壮丽、

---

① ［美］宇文所安：《中国文论：英译与评论》，第136、137页。
② ［美］宇文所安：《中国文论：英译与评论》，第137页。

新奇、轻靡。这八体又两两相对，缩减为四对。宇文所安指出，在这些篇章中，刘勰回头重申了人的生理和心理本性，文学作品和介于两者之间的规范形式这三者之间的有机结合，他把上文提到的差别减少为三个方面：学、才、气。同时结合魏晋南北朝时期喜欢品藻人物、玄谈清议的风尚，对刘勰的文体观进行评述："刘勰采用了中国品评人物性格和写作风格的基本样式，刘勰的同时代人钟嵘的《诗品》在描述每一种诗歌风格时也大体采用了同样的方式。这种大段大段列单子的做法为唐人和后世的大众批评开了先河，后者经常在某个类型下面列举出若干变体。""刘勰所采用的品评程式如下：首先给出某人的名字和一般风格；然后，借助一个因果连词'故'，以两个具体特性，分别概括该作家作品的两个方面。这种固定程式的一个重要后果或许是结构上的重复，它加强了这样的结论：人的天性和他的作品永远是一致的。还有一点值得注意：用来描述人的性格和作品风格的那些词语也是一模一样的。"① 周振甫先生对《体性》篇也有论述，他认为本篇是讲作品的体貌和作者的性情，体貌就是风格。"刘勰认为作品的风格是由作者的性情所决定，并受外界的陶染而形成的，即由才、气、学、习所造成的，才气本于性情，学习由于陶染。"这就形成了他的才气说，但是周先生对刘勰的才气先天说表示了质疑，他认为才是才能，"才能不是与生俱来的，是在素质（先天的解剖生理特点）的基础上，经过教育和培养，并在实践活动中形成和发展起来的。气指气质，气质只能使人的个性带有一定色彩，不能决定其个性特征的内容；气质特点能受人的世界观和性格的制约，也能在外界影响下通过实践活动而改变。个性是个人的气质、性格、兴趣、能力等方面心理特征的统一体。个性特征是在人的素质的基础上，在一定的社会生活和教育影响下，通过其本身的实践活动形成和发展起来的"②。两相比较，宇文所安侧重从文体风格与作家个性的对应以及刘勰对前代文体论的继承与创新角度来评论，而周先生的论述更带有理论反思的意味，对刘勰提出的"才气说"进行了入情入理的阐释，既肯定其合理的方面，同时对他主观臆断之处进行了指正，对我们在文论研究中树立批判反思意识具有十分重要的意义。

---

① ［美］宇文所安：《中国文论：英译与评论》，第220～223页。

② 周振甫：《〈文心雕龙〉译注》，江苏教育出版社2006年版，第417、418页。

在《中国文论：英译与评论》中，对文体的阐述还有许多内容（如司空图《诗品》关于诗歌风格的论述、严羽《沧浪诗话》中的诗辨等），在此，我们仅选取几个典型进行中西对比阐发，其目的并不是评定优劣，而是从具体实例中看出宇文所安与中国文论家在文体问题上不同的批评视角和阐释重点，从而对其学理思路有深入理解。正如他本人所说："比较的目的是为了理解而非评判价值的高低，因为每一传统都在追索它自己的一套问题，用以解释一个与他者迥异的文学文本传统。"①

第四节　差异的认同与理性的回归

在当今多元文化语境中，随着各国经济文化交流日益密切，中西文论作为根源于不同文明的诗学，在交流过程中势必会碰到差异和矛盾，那么面对这种状况，采取文化对立主义立场还是文化相对主义立场，这是作为中西方文论家必然要面对的问题。每种立场的选择在更深层面上突显出文论家的价值观与文化观。在当今比较诗学的研究过程中，我们欣喜地看到，文化相对主义的立场逐渐成为研究者选取的主流，乐黛云指出："文化相对主义是以相对主义的方法论和认识论为基础的人类学的一个学派，这个学派强调人类学应更属于人文科学而不是自然科学，坚持人类学应以'发现人'为主要目标。他们认为：每一种文化都会产生自己的价值体系，也就是说，人们的信仰和行为准则来自特定的社会环境，任何一种行为如信仰、风俗等等都只能用它本身所从属的价值体系来评价，不可能有一个一切社会都承认的、绝对的价值标准。"② 文化相对主义者在承认中西文论差异性的同时也不排斥吸收和鉴取对方文论的长处。而文化对立主义者的立场就是对不同文化采取全盘否定的态度，坚持这样的文化对立主义立场既不利于我们对不同文化秉持一种包容理解和客观评价的心态，也使自身的文化研究陷入一种本位主义的封闭循环中，长此以往，一种文化因缺乏

① ［美］宇文所安：《中国文论：英译与评论·导言》，第 4 页。

② 乐黛云：《比较文学与比较文化十讲》，复旦大学出版社 2004 年版，第 8 页。

外来文化新质的激活会逐渐走向保守和衰颓。之所以中华文明历五千余年而不衰，根据赵林教授的观点，是因为中国文化在发展历程中，不时受到边地游牧民族文化和外来文化的渗透，在文化的碰撞中保持了生机和活力。像先秦时期的“以夏化夷”、汉代的“援佛入儒”、唐宋时期的中外文化交流、晚清时的西学东渐，使中华文明处于生生不息的进化中。[①] 英国哲学家罗素也认为：“不同文化之间的交流过去已被多次证明是人类文明发展的里程碑。希腊学习埃及，罗马借鉴希腊，阿拉伯参照罗马帝国，中世纪的欧洲又模仿阿拉伯，而文艺复兴时期的欧洲则仿效拜占庭帝国。”[②] 即一种文明只有在借鉴他种文明后，形成一种新的文化混合体，才能显现出自身文明的“杂交优势”。那么文化相对主义者在跨文化研究中对异域文化的差异性是怎样理解的呢？西方比较文化学者赫斯科维奇指出：“文化相对主义的核心的核心是尊重差别并要求相互尊重的一种社会训练。它强调多种生活方式的价值，这种强调以寻求理解与和谐共处为目的，而不去评判甚至摧毁那些不与自己原有文化相吻合的东西。”[③] 这就不仅强调了自身文化的价值，对异质文化也采取宽容理解的心态。

在此，我们只就宇文所安文论研究的得失，站在文化相对主义的立场上，进行简要评述。宇文所安中国文论研究的独特性主要体现在如下四个方面：

首先，突显强烈的“问题”意识。学起于思，思源于疑。综观宇文所安的中国文学研究，从唐诗研究起步，中间经过对文学史写作和诗歌理论的思考，最终形成“知人”的中国文学阐释观。“问题”意识始终是其入思和取意的重要门径。他从西方文化的独特视角入手，结合自己深厚的西方文论知识，对中国文学和文论文本进行深度解读并提出有价值的问题，这种从“无疑处生疑”的问题意识对我们激活中国古代文论的生命具有重要的启发借鉴意义。

其次，在中国文论解读过程中，他以西方读者为潜在对象，采用文本细读、历史想象、文化还原及中西文论双向阐发的批评方法。在中西文论

---

① 赵林：《告别洪荒——人类文明的演变·导论》，武汉大学出版社 2005 年版，第 1～20 页。

② 乐黛云：《比较文学与比较文化十讲》，第 8 页。

③ 乐黛云：《比较文学与比较文化十讲》，第 20 页。

的互证、互识、互照的过程中，不仅使西方读者能够找到解读中国文论的钥匙，更为重要的是，为比较诗学的研究树立了一个典范，打破了我们在文论研究中的“文本内”与“文本外”互相割裂的研究状态，真正实现了文论研究立足于文本的基础，把研究视角向更深广的文化领域拓展，形成一种内外互动的研究格局，也为中国文论研究者构建了一个重要的方法津梁。

再次，选文的独特性。在《中国文论：英译与评论》中，宇文所安的选文颇具个人学术眼光，除了第三章提到的文体问题论述外，另一个最大特色是他用了整整两章的篇幅选读了《沧浪诗话》（见原书第七章）和《通俗诗学：南宋和元》（见原书第九章）。在他看来，诗话这类“非正式”散文（随笔），具有种类丰富、轻松随意、言近旨远的特点，最能见出论者的思想风格。另外，他选了中国文论家几乎不选的技法手册——周弼的《三体诗》、杨载的《诗法家数》，这些著作连国内大学中文系的学生都鲜有接触。中国古代的文论家把它们视为一种“低级”批评类型，在他们看来只是为学诗的后生准备的。虽然这类书在出版时经常印刷质量较差，错误讹字泛滥，学术水平不高，但这一类诗歌手册也可以让我们了解许多关于诗歌学习的情况。通过对这些文本的解读，我们能够对中国古典文论有一个全面的了解，而不被那些“高级”文类（书信、短文、序言与诗歌）所掩盖。同时也见出他对当代通俗文化研究热潮的回应，通过一种古今对接的方式，确立了通俗文化在文论中的重要地位，既引导西方读者在学习中国文论的过程中注重理论的学习，又在培养他们实际的写作技能方面提供方法论的指导，达到了一箭双雕的效果。

最后，文学批评讲究文质兼美。他认为文学研究需要“散文”，散文具有“entertain an idea”（娱思）功能。因为关于文学研究已经拥有很多“论文”了，“人们不断给知识的大厦添砖加瓦，但是这座大厦是建立在太多的不假思索地接受下来的论断上的。有时，这些论断是好的，有时则不然。但即使这些论断是好的，我们也只有依靠‘娱乐’不同的想法才能重新发现这一事实”①。在宇文所安看来，要激活中国文学传统，需要去掉那

---

①［美］宇文所安著，田晓菲译：《他山的石头记——宇文所安自选集·自序》，第2页。

种充满脚注的学术论文，而代之以散文。因为散文既是文学性的，也是思想性的和学术性的。它欢迎一种对于文学进行思考的方式和对于文学进行评论的方式，使得作者既可以提出新问题，也可以从新的角度和用新方法重新提出一个老问题。在批评文体中，他十分讲究文笔与思想的优美。关于宇文所安的文论研究，正如田晓菲所说："归根结底，最重要的还是'如何思想'；至于思想的具体内容，尚居次位。作为动词的思想（也即如何思想）与作为名词的思想不同：前者无所谓进步与落后，无所谓过时。而且，也无所谓国界。思想意味着以清楚的头脑、锐利的目光和丰富的事实作为基础，对一个大的问题进行持续、透彻的探索与追寻。"[①] 宇文所安在中国文学研究中正是秉持着激活传统的信念，在自己学术探索的历程中，融入自身独特的生命体验，所以在他的文学批评中，我们不仅为他的见识高远而赞叹，更感动的是在每一个文字的背后，是诗与思的冶炼与提纯。

然而，不可否认，宇文所安在中国文论研究过程中，因为其西方文化学术背景和哲学观的影响，遮蔽了他在中国文论研究中一些重要的东西，导致了一些学术盲视，主要表现在如下三个方面：

一、中国诗学是一种"非虚构"的自然传统

宇文所安认为中国诗歌是一种"历史经验的真实记录"，诗可以作为"特殊形态的日记"来读，它和普通日记的不同之处在于它的语言之优美，它和普通日记的相同之处就是它记录了真实的时间、地点和情境关系，所以诗歌的伟大不在于它的创新，而在于它是诗人与此时此景的真实相遇。[②] 其依据是宇文所安认为中西哲学思想的根本对立，西方诗学思想建立在本体二元论的基础上，即认为在具象的领域之上有一个超验的真实领域，也就是柏拉图所说的"理念世界"，因此西方的诗歌文本具有想象性。文本

---

① ［美］宇文所安著，田晓菲译：《他山的石头记——宇文所安自选集》，第352、353页。

② Stephen Owen. *Traditional Chinese Poetry and Poetics*: *Omen of the World*. Madison: Wisconsin University Press, 1985. pp. 13, 57.

中的事物与作者客观所见之物可以两分，而中国的哲学观完全不同，它坚持的是一种一元论的世界观。虽然它也讲宇宙之道有超越个体的现象，但是他认为这种超越是内在于此宇宙的，即中国传统思想没有一个真正的超验领域，万物之间只有生发感应关系，所以在他看来中国诗歌只是诗人对业已存在的宇宙感应关系的再现。正如他在评论陆机的《文赋》时所言："在中西关于文学文本之创生的各种理论模式中，宇宙发生论最具影响力，正如自然一直是理解文本之动力的最具影响力的模式。传统中国知识阶层对宇宙发生论持有这样一种主导性观点：存在（更确切地说是'有'）从虚无（更确切地说是'无'）中自动产生。"① 同时在有关刘勰的《文心雕龙》论述中，他也指出："刘勰一次又一次地强调'文'所表现出来的自然性，以告诫我们不要对文学产生他预先的怀疑，他告诉我们：它们根本不是外在的装饰，它们就是'自然'。"② 对于宇文所安信守的中国诗学的"非虚构的自然传统"，张隆溪表示了强烈反对："我不同意把刘勰视为自然主义的代表，不仅是质疑站不住脚的中西文化二元对立论，也更要质疑这种文化相对论的模式，因为这种模式使跨文化沟通变得不可能，甚至使任何学术追求失去意义。"③ 这是宇文所安在中国文学研究上的深层困境。

二、阐释策略选择的失当

宇文所安认为中国文学研究的学术传统需要保持，但是它需要补充，需要一个开放的空间，一个欢迎来访的想法的接待站。面对中国文学传统，中西方学者站在同一条起跑线上。在他看来，中西文化之间，以至中国现代与传统之间存在一条不可逾越的鸿沟，"这条鸿沟是绝对的，忽略它就只是对某人或某种文化的自满"④。其深层含义即中国人阐释中国古代文论未必比西方人有文化上的优势，他把自己跨越中西文论鸿沟的欲望命

① ［美］宇文所安：《中国文论：英译与评论》，第 122 页。

② ［美］宇文所安：《中国文论：英译与评论》，第 190 页。

③ 张隆溪：《自然、文字与西方的中国诗研究》，参见《西方汉学界的中国文论研究》，第 30、31 页。

④ Stephen Owen. *Traditional Chinese Poetry and Poetics*: *Omen of the World*. p. 4.

名为“一种富于学术沉思的游戏”①。这样宇文所安就把自己的身份合法化了，在中国文论的研究中，他自觉地承担了“导游”的角色，变成了传统中国阅读成规的“自我范例”。在对中国文论阐释的过程中，他占据了一个有利的阅读位置：

我活在一间没有窗子的黑暗房间之中。你则从一个隐蔽的耳筒中聆听。有人从隔邻的房间通过墙上的小洞自说自话。我不能判定声音之后的存在。我不停讲话以引诱他作出回应，但声音却只在喜欢之时才断续出现。我知道我所听到的可能只是自己的狂想，但当声音来的时候，我感到它是属于某人的；他有自己的身份和想讲的话。我明白我不是在说那些话。但正如我曾经讲过的，我知道我可能已被骗。然而，在旁聆听的你却不会被骗。②

他通过把自己的身份界定为中西文化阐释者的权威角色，既肯定了中国传统文化（隔邻的房间）的神秘性，又为自己占据了将中国传统文化神秘性过滤为“阅读成规”的专有位置，从而为树立个人的学术权威找到了一个最佳的阐释策略。但在我们看来，这样的阐释策略是失当的，他为了在学术权力场中维护个人的学术地位和个人名利，人为地为中国文论研究设立疆界，并且坚持自己在解读中的独一无二的中介角色，因此在他关于中国文论的批评中，我们可以看到的几乎是个人的“学术沉思”和见解。

三、文论批评的解读指瑕

宇文所安的中国文论研究，总体来说是公允的，没有像其他汉学家那样在解读中硬伤处处，所以获得了中国文论界的褒誉。作为一个域外研究者，虽然其西学功底深厚，对中国文论研究也不遗余力，但在其研究中，我们仍然发现存在一些错误。如对陆机《文赋》中“操斧伐柯”③ 那段话

① Stephen Owen. *Traditional Chinese Poetry and Poetics*: *Omen of the World*. p. 4.
② Stephen Owen. *Traditional Chinese Poetry and Poetics*: *Omen of the World*. p. 11.
③ ［美］宇文所安：《中国文论：英译与评论》，第89、90页。

的解读，他认为具有四种理解：一指陆机在谈论伐柯和创作两类活动的区别，前者有固定的模子，而后者是直觉的、表述性的，因而是不可传达的。二指陆机在隐约暗示他自己正在创作的《文赋》，其文学性可比拟为“手中之柯”，这样就为读者提供了一个用以描述创作过程的更直接、更现成但比较远离文学的模子。三指创作模子存在，但我们感到难以描述它。最后一种解释强调粗糙、固定的模子（柯）和该活动之微妙处的对比，其结论是局部论的，即创作问题中的一部分可以用语言表述，但最微妙的运动是无法表达的，这又回复到“轮扁斫轮”的寓言。当然他的解读是极其富有学术趣味的，可是在阐述中，他总是有意识地拿西方的模仿论来硬套中国的文学创作，始终纠缠在模子的有无问题上。参照国内郭绍虞、王文生及张少康等先生的解读，均倾向于把其解释为“鉴取前人的经验，研究写作规律”①。两相对比，宇文所安的解读尽管很精细，却在解读中犯了穿凿附会的毛病。另外关于刘勰《文心雕龙》中“文之为德也大矣”的解读②，宇文所安从西方文论谱系学理论出发，牵强附会地认为刘勰借鉴了《庄子·齐物论》的“文与天地并生”观点来证明文学的价值，认为刘勰选用这样的措辞是适得其反的，对“文”的起源的权威性进行了嘲弄。周振甫先生的注解却对宇文所安的观点是一个极好的纠偏。周先生首先解释“文”有广狭两种含义。广义的“文”包括三种，即形文、声文、情文。狭义的“文”指文辞，形文指文辞要讲究文采；声文指要讲究音韵；情文指要讲究情意。文又可指礼乐教化。在此处，文指的是广义之文，具体说就是文的属性或功用是这样遍及宇宙。③ 我们认为周先生的注释更切合刘勰的本意。另外他关于中国文论思想的起源问题，避重就轻地提到“道家”思想的影响，无论怎样说都是一大致命的学术失误。这些典型错误产生的根源，主要还是作者坚持中西哲学观的对立，研究中不自觉地按照“以西释中”的模式来考察中国文论而产生的误解。

从总体上看，宇文所安的中国文论研究，意义是十分重大的。首先是经过近三个多世纪的中西文化交流，从17世纪开始时龙华民等西方传教士

---

① 参见郭绍虞主编：《中国历代文论选》（第一卷），第175、176页；张少康主编：《中国历代文论精品》，第132页。

② ［美］宇文所安：《中国文论：英译与评论》，第191页。

③ 周振甫：《〈文心雕龙〉译注》，第58页。

提出的“宗教礼仪之争”到今天的中西文论互动，这种变化本身就预示着汉学研究领域某种新的学术观念正在形成，这是中西文化交流互动、互相理解的成果。其次对于我们正在进行的中国古代文论的现代转换研究，宇文所安的文论研究无疑是一面重要的镜子，可以观照我们在古代文论研究中的盲视，对于那些全盘拒斥西方文论的研究者，这未尝不是一个新的反思途径，通过中西双向阐发，达到文论的双向互动，从而实现古代文论创新。

但是有学者指出：“人们在接触异质文化时，往往很难摆脱自身文化传统和思维方式的影响，总是根据自己熟识的一切进行选择、切割和解读。”① 既然这样，那么我们所进行的文化研究，从本质上讲都是对自身文化的重新思考、评价与转化。因此宇文所安对中国古代文论研究的个案，只能作为我们透视中国古代文论的现代转换的一面镜子，以供我们在研究中借鉴，但永远不能代替我们自己的独立思考和探索。激活传统不是一代人的事业，它是一个薪火相传的过程，那么在经过近百年的探索后，中国古代文论研究往何处走呢？法国思想家于连指出：“在世纪转折之际，中国知识界要做的应该是站在中西交汇的高度，用中国概念重新诠释中国的思想传统，如果不做这一工作，下一世纪中国思想传统将被西方概念所淹没，成为西方思想的附庸，如果没有人的主动争取，这样一个阶段是不会自动到来的。中国人被动接受西方思想并向西方传播自己的思想经历了一个世纪，这个历史时期现在应该结束了。”② 于连的论述并非危言耸听，他给我们敲响了一记警钟，必须始终牢记：我们还在路上……

---

① 乐黛云等：《独角兽与龙——在寻找中西文化普遍性中的误读》，北京大学出版社 1995 年版，第 110 页。

② 王岳川：《中西文论互动与文化输出》，参见曹顺庆主编：《中外文化与文论》（第 13 辑），四川大学出版社 2006 年版，第 90 页。

后 记

《移动的诗学——中国古典文论现代观照的海外视野》是蒋述卓教授主持的教育部人文社会科学重点研究基地重大项目“中国古典文艺美学的现代价值研究”结项成果之一，也是同题丛书中的一本。

选择海外华人学者的中国古典文论研究作为考察对象，确有用“第三只眼睛”看世界、从彼岸寻求“传统文论的现代转换”新途之用意。本书所列五章，努力从不同角度探讨海外华人学界中国古典文论研究的得失与启示。其中立论，未必允当，但寻绎新路的过程却充满真诚。

本书的写作修改前后历时六年，显示了一个年轻学术团体的通力合作。有着相近兴趣的几位青年学人，在这一问题上反复讨论，在差异中寻求共识，使书稿得以以今天的面貌呈现给诸君。书稿写作具体分工如下：

引言：李凤亮、沈一帆；第一章：闫月珍、朱巧云（第一节）；第二章：孙琪；第三章：沈一帆；第四章：朱巧云；第五章：吴宏娟；结语：李凤亮、沈一帆；附录：袁伟军。

我负责本书的整体设计和统稿，沈一帆博士承担了部分统稿和校对工作。对各位作者在撰著和修改过程中的倾力合作，我要表示诚挚的感谢。

特别想说的是，蒋述卓教授、刘绍瑾教授对本书的整体框架、主要观点及写作过程给予了多方面的指导，我将深深的谢意献给他们。

最后，感谢山东大学、暨南大学的相关领导和专家，感谢暨南大学出版社的史小军总编辑和李艺、陈绪泉编辑。有了他们的支持和付出，本书才得以顺利写作和面世。

本书的不足之处，敬请各位读者批评指正。

李凤亮

2012 年 2 月